AF304663

Catherine Lloyd wurde in der Nähe von London, England, in eine große Familie von Träumern, Künstlern und Geschichtsliebhabern geboren. Sie schloss ihre Ausbildung mit einem Master in Geschichte am University College of Wales, Aberystwyth, ab und nutzt die dort erworbenen Kenntnisse für die Recherche und das Schreiben ihrer historischen Krimis. Catherine lebt derzeit mit ihrem Mann und ihren vier Kindern auf Hawaii.

CATHERINE LLOYD

DER TOD KENNT KEINE GEHEIMNISSE

EIN FALL FÜR MAJOR KURLAND
& MISS HARRINGTON

STAFFEL 2

Deutsche Erstausgabe November 2022

Copyright © 2022 dp Verlag, ein Imprint der
dp DIGITAL PUBLISHERS GmbH
Made in Stuttgart with ♥
Alle Rechte vorbehalten

Der Tod kennt keine Geheimnisse

ISBN 978-3-98778-054-7
E-Book-ISBN 978-3-98637-526-3

Copyright © 2020 by Catherine Duggan
Titel des englischen Originals: Death Comes to the Nursery

Published by Arrangement with KENSINGTON PUBLISHING
CORP., NEW YORK, NY 10018 USA THE PUBLISHER.
Dieses Werk wurde vermittelt durch die Literarische Agentur
Thomas Schlück GmbH, 30161 Hannover.

Übersetzt von: Robin Morgenstern
Covergestaltung: ARTC.ore Design
Umschlaggestaltung: ARTC.ore Design
Unter Verwendung von Abbildungen von
shutterstock.com: © 1000 Words, © KathySG
Korrektorat: Stefanie Wenke
Satz: dp DIGITAL PUBLISHERS GmbH
Druck und Bindung: Books on Demand GmbH, Norderstedt

Kapitel 1

Kurland Hall
Kurland St. Mary, England, 1825

Lucy, Lady Kurland, hob misstrauisch den Blick zum lächelnden Gesicht der wunderschönen jungen Frau vor ihr und ließ ihn dann auf den Brief, den sie ihr überreicht hatte, sinken.

„Sie sind Polly, die Cousine von Agnes?"

„So ist es, Mylady." Polly machte erneut einen Knicks. „Agnes hat mir geschrieben und erzählt, dass Sie nach einem neuen Kindermädchen suchen. Und da ich ohnehin London verlassen wollte, sagte sie mir, ich solle mich auf die Stelle bewerben." Sie nickte in Richtung des Briefs in Lucys Hand. „Dieser Brief stammt doch von Ihnen, oder? Darin bieten Sie mir eine Stelle an."

Inzwischen war eine Spur Unsicherheit aus Pollys Stimme herauszuhören. „Sagen Sie mir bitte nicht, dass Agnes sich das alles ausgedacht hat und Sie mich doch nicht haben wollen. Ich habe alles verkauft, um die Reise hierher bezahlen zu können."

Lucy legte den Brief beiseite und musterte Polly erneut. Ja, sie sah in der Tat ihrer Cousine Agnes nicht im geringsten ähnlich, aber nur, weil sie hübsch war, bedeutete das nicht, dass sie nicht auch hart arbeiten konnte. Agnes hatte sie in höchsten Tönen gelobt und Lucy hatte eine hohe Meinung vom derzeitigen Kindermädchen ihres Sohnes.

„Mir wurde gesagt, Sie hätten Erfahrung im Umgang
mit jungen Kindern?", erkundigte sich Lucy.

„Ja, Mylady. Ich habe zwei jüngere Brüder und eine
Schwester. Ich musste meiner Mutter immer helfen,
besonders nachdem sich mein Vater aus dem Staub gemacht hatte."

„Waren Sie schon einmal als Kindermädchen angestellt?"

„Nein, aber ich bin bereit, alles Notwendige zu lernen.
Und wenn Agnes es mir erklärt, dann bin ich sicher,
dass es nicht lange dauern wird, bis ich es richtig be-
herrsche." Polly musste die Unentschlossenheit auf
Lucys Gesicht erkannt haben, da sie schnell weitersprach. *„Bitte,* Mylady. Geben Sie mir nur die Chance,
mich zu beweisen. Ich verspreche, dass ich Sie nicht
enttäuschen werde."

Lucy seufzte und nahm den Brief wieder in die Hand.
„Dann fangen wir doch mit einer einmonatigen Probezeit an. Wäre das in Ordnung? Wenn Sie sich gut ein-
finden und Ihre Arbeit zufriedenstellend ist, werde ich
darüber nachdenken, Sie für ein volles Jahr anzustel-
len."

Polly schlug die Hände vor der Brust zusammen und
ihre blauen Augen funkelten freudig. „Oh, vielen Dank,
Mylady!"

Lucy winkte Foley herbei, der Polly in den Morgensa-
lon geführt hatte. „Könnten Sie Polly hoch in die Kinderstube führen, Foley? Und bitten Sie Agnes darum,
sich um ihre Cousine zu kümmern. Ich werde wie üblich zum Mittagessen hochkommen, um Ned zu sehen."

„Sehr wohl, Mylady." Foley schenkte Polly ein warmes Lächeln und hielt ihr die Tür auf. „Dann kommen

Sie mal mit, meine Liebe. Ich werde James Ihr Gepäck nach oben bringen lassen."

Lucy steckte sich den Brief in die Tasche und ging gemächlichen Schrittes in Richtung des Arbeitszimmers ihres Ehemanns Robert. An diesem hellen Spätsommermorgen flutete das Sonnenlicht durch die Fenster und zeichnete Rautenmuster auf den Holzfußboden. Lucy klopfte an und trat ein. Ihr Ehemann saß gerade am Schreibtisch, wälzte die Geschäftsbücher und sah nicht gerade froh über die Unterbrechung aus.

„Robert ..."

„Was gibt es denn?"

„Ich hatte gerade das Vorstellungsgespräch mit Polly Carter für die Stelle als Kindermädchen."

„Und was hat das mit mir zu tun?", fragte Robert. „Hatte Ned Angst vor ihr? Ist sie ungeeignet für die Aufgabe?"

Lucy setzte sich auf den Stuhl vor dem Schreibtisch. „Ich bin mir sicher, dass er sie lieben wird. Sie ist schließlich die Cousine von Agnes."

„Da du mir ständig damit in den Ohren liegst, wie wunderbar Agnes ist, frage ich mich, warum du solche Zweifel bezüglich ihrer Cousine zu hegen scheinst."

„Sie ist ... sehr hübsch", gestand Lucy ein.

„Na und?" Robert legte seine Feder auf den Tisch. „Hast du Angst, dass ich mich mit ihr zusammen aus dem Staub machen könnte?"

„Nein, natürlich nicht." Die Bemerkung brachte Lucy zum Lächeln. „Aber ich frage mich, wie der Rest des Haushalts mit ihr umgehen wird. Foley hat sich vor lauter Höflichkeit fast überschlagen und das sieht ihm in letzter Zeit kaum ähnlich."

„Er sollte sich zur Ruhe setzen", bemerkte Robert. „Hast du Grund zu der Annahme, dass das Mädchen inkompetent ist?"

„Ganz und gar nicht. Agnes hat für sie gebürgt", sagte Lucy. „Ich habe ihr eine Probezeit von einem Monat eingeräumt, bevor ich eine endgültige Entscheidung treffe."

„Dann solltest du ihr die Chance geben, sich zu beweisen. Es sieht dir gar nicht ähnlich, dass du dir solche Sorgen wegen eines hübschen Gesichts machst, meine Liebste." Robert kam hinter dem Schreibtisch hervor und lehnte sich direkt vor Lucy an die Tischkante. „Warum brauchen wir überhaupt ein neues Kindermädchen? Wir haben doch schon drei Frauen in der Kinderstube. Ich möchte nicht, dass Ned von all den Röcken erstickt wird."

„Diese Gefahr besteht ja wohl kaum", protestierte Lucy. „Er verbringt viel Zeit mit dir und er geht auch gerne mit James zum Gutshof und zu den Stallungen spazieren."

„Aber trotzdem ...", sagte Robert. „Wozu sollen wir ein weiteres Kindermädchen einstellen?"

Lucy blickte hinunter auf ihre Hände, die gefaltet auf ihrem Schoß lagen. „Ich dachte, der Grund wäre dir inzwischen vielleicht aufgefallen."

„Was hätte mir auffallen sollen?"

„Dass mein Bauch wieder größer wird."

„Guter Gott!" Robert stotterte. „Aber du bist so ... wohlauf."

„Du meinst, im Gegensatz zu meiner letzten Schwangerschaft, bei der es mir ganz und gar nicht gut ging?", fragte Lucy und Robert nickte. „Grace sagt, dass jede

Schwangerschaft anders sei und ich diesmal vielleicht gar keine negativen Auswirkungen befürchten müsse."

„Das will ich verdammt nochmal hoffen. Aber Grace ist eine ausgezeichnete Heilerin, daher verlasse ich mich auf ihr Urteil. Es war furchtbar, dich so leiden zu sehen", bemerkte Robert. „Wann können wir mit dem kleinen Quälgeist rechnen?"

„Kurz vor Weihnachten, denke ich."

Robert stand auf, hob Lucy von ihrem Stuhl und nahm mit ihr auf dem Schoß wieder Platz. Er drückte ihr einen Kuss auf die Wange und schlang einen Arm um ihren runder werdenden Bauch.

„Ein wunderbarer Gedanke, dass Ned vielleicht bald schon ein kleines Brüderchen bekommt."

„Oder ein Schwesterchen", merkte Lucy an.

„Umso besser." Er küsste sie erneut. „Aber ernsthaft, meine Liebste, das sind wirklich großartige Neuigkeiten."

„Ich habe es sonst noch niemandem erzählt", gestand Lucy. „Aber jetzt, wo du es weißt, werde ich wahrscheinlich bald mit Dr. Fletcher und meiner Familie sprechen."

„Nur zu, wie es dir beliebt."

Sie legte die Hände um sein Kinn. „Freust du dich wirklich?"

„Wie könnte ich nicht?" Er zog eine seiner dunklen Augenbrauen hoch.

„Nun ja, Ned ist noch nicht einmal drei."

„Und daher hast du meine Erlaubnis, so viele Leute für die Kinderstube anzuwerben, wie du möchtest. Meine Liebste, ich möchte nicht, dass du dich völlig verausgabst." Er schenkte ihr ein Lächeln und seine dunkelblauen Augen glänzten voller Freude. „Und Polly kann so hübsch ja gar nicht sein, nicht wahr?"

Polly war nicht hübsch.

Robert hielt unwillkürlich die Luft an, als das neue Kindermädchen vor ihm einen Knicks machte und ihn mit einem sehr aufreizenden Lächeln bedachte. Sie war atemberaubend schön. Ihre Haare muteten an wie ein Fluss aus Gold, ihre Augen strahlten in kräftigem Blau und ihre Haut war so makellos, dass man sie ohne Weiteres für eine Porzellanpuppe hätte halten können. Darüber hinaus besaß sie die Figur einer antikgriechischen Göttin.

„Guten Tag, Sir Robert. Es ist mir eine Freude, Sie kennenzulernen."

Polly lächelte ihrem kleinen Schutzbefohlenen zu, der gerade voll konzentriert auf dem Teppich vor dem Kamin der Kinderstube einen Turm aus Holzklötzen zu bauen versuchte. „Der junge Master Ned sieht genauso aus wie Sie."

„Willkommen in Kurland Hall", brachte Robert schließlich als Antwort hervor. „Ich hoffe doch, dass Sie sich gut eingefunden haben?"

„Ja, in der Tat, Sir. Alle sind so freundlich zu mir." Sie setzte sich auf den Teppich und reichte Ned einen weiteren Bauklotz für den Turm. Robert bot sich so eine ungewollt gute Aussicht auf ihren üppigen Busen.

Robert setzte sich auf den Sessel beim Kamin und wuschelte Ned durchs Haar. „Guten Abend, mein kleiner Rabauke."

Ned funkelte Robert ob der Unterbrechung ungehalten an, bevor er sich wieder seinem Bauprojekt widmete. Der Gesichtsausdruck erinnerte ihn nur allzu sehr an sich selbst.

„Er ist ein bezaubernder kleiner Junge, Sir", bemerkte Polly. „Er ist so höflich! Ganz und gar nicht wie meine kleinen Brüder. Die konnten fluchen wie die Matrosen."

„Ich glaube, da hätte Lady Kurland auch etwas dagegen", murmelte Robert. „Ned scheint aber ein friedvolles Gemüt zu haben."

Er blickte auf, als Agnes die Kinderstube betrat. Sie trug das das Abendessen auf einem Tablett herein. Hochgewachsen, hager und dunkelhaarig sah sie ihrer Cousine Polly tatsächlich in keinerlei Hinsicht ähnlich.

„Guten Abend, Agnes. Wie schön, dass Sie jetzt zusammen mit Ihrer jungen Cousine in der Kinderstube arbeiten können."

Agnes stellte das Tablett mit ein wenig zu viel Wucht auf dem Tisch ab. „Ich freue mich natürlich über jedes zusätzliche Paar Hände, Sir Robert, besonders vor dem Hintergrund von Lady Kurlands wunderbaren Neuigkeiten."

„Ja, noch ein Schützling für Sie ist auf dem Weg", stimmte Robert ihr zu. „Ich verlasse mich darauf, dass Sie ein Auge auf Lady Kurland haben. Sie neigt dazu, sich zu verausgaben."

„Machen Sie sich keine Sorgen, Sir Robert. Ich weiß ja, wie sie sein kann."

Robert rang mit einem Lächeln. Seine Frau hatte die Angewohnheit, sich zu sehr in alles zu involvieren. Allerdings lag sie mit ihren Ideen und Vorstellungen oft richtig.

Genau in diesem Moment schwang die Tür zur Kinderstube auf und Lucy trat ein. Ihr Blick richtete sich sofort liebevoll auf ihren Sohn.

„Ned, bist du bereit für dein Abendessen?"

Zu Roberts Erleichterung ignorierte er seine Mutter genauso sehr, wie er ihn ignoriert hatte, und legte stattdessen lieber einen weiteren Klotz auf den wankenden Turm.

Gerade wollte Robert Lucys Frage bezüglich des Abendessens wiederholen, als der Turm zu Boden krachte und Neds Unterlippe zu beben begann. Bevor Robert reagieren konnte, hatte Polly den Jungen auf die Beine gehoben und marschierte mit ihm hinüber zum Tisch.

„Das ist nicht schlimm, Ned. Beim nächsten Mal bauen wir einen noch größeren. Jetzt komm und iss dein Abendessen. Die Köchin hat gesagt, dass sie etwas ganz Besonderes für dich gezaubert hat."

Robert wechselte einen Blick mit Lucy und zuckte mit den Schultern. Was auch immer man sonst über Polly Carter sagen mochte, sie verstand in jedem Fall den Umgang mit Kindern. Wie er seine Frau kannte, würde das mehr als ausreichen, um ihre Anstellung in Kurland Hall zu sichern.

Er streckte ihr die Hand entgegen, als er sich von seinem Sessel erhob. „Hier scheint alles in Ordnung zu sein, meine Liebste. Vielleicht sollten wir Ned dann jetzt sein Abendessen genießen lassen?"

„Ich ..." Zur Abwechslung sah Lucy unentschieden aus und ihr Blick wanderte in Richtung des Tischs, wo Ned sich angeregt mit Polly unterhielt, während diese sein Fleisch zerkleinerte.

„Heute Abend kommen dein Vater, meine Tante Rose und die Fletchers zum Essen vorbei. Vielleicht wäre das eine gute Gelegenheit, ihnen unsere guten Nachrichten zu erzählen?", schlug Robert vor. „Bist du ganz sicher, dass die Köchin genug für uns alle kochen kann?"

„Natürlich wird sie das." Schließlich kam Lucy endlich zu ihm. „Aber ich denke, es kann nicht schaden, nochmal nachzufragen."

Robert unterdrückte ein Lächeln, während er den Kindermädchen und seinem Sohn eine gute Nacht wünschte und im Anschluss seine Frau die Treppe hinunter begleitete. Polly würde entweder als Kindermädchen erfolgreich sein oder auch nicht. Seine Frau war schlau genug, um in der Sache eine Entscheidung zu treffen, ohne dabei Pollys Aussehen zu berücksichtigen, und das war gut genug für ihn.

Er ging in sein Ankleidezimmer und ließ sich von seinem Leibdiener eine neue Krawatte reichen, um die inzwischen verknitterte an seinem Hals zu ersetzen. Er band den Stoff ohne Hilfe ordentlich zusammen und steckte die Krawattennadel an, die ihm Lucy zu seinem letzten Geburtstag geschenkt hatte. Sein Leibdiener half ihm in seinen neuen Mantel, der in dunklem Blau gehalten war und dem strengen Schnitt einer Militäruniform folgte, wie er es noch immer bevorzugte.

Nach seinem Besuch in Bath, bei dem er in den Genuss der heißen Quellen dort gekommen war, hatte er im Ankleidezimmer eine große Badewanne einbauen lassen, sodass er dort regelmäßig angenehme heiße Bäder nehmen konnte. Es war zwar nicht ganz dasselbe wie die Heilbäder in Bath, aber es half ohne Zweifel mit den Beschwerden seines verletzten Oberschenkels. Inzwischen brauchte er seinen Gehstock nur noch selten.

Lucy hatte sich bereits fertig zum Abendessen umgezogen, daher traf er sich mit ihr im Salon, wo sein Schwiegervater, der Ehrenwerte Ambrose Harrington, Pfarrer von Kurland St. Mary und den umliegenden Gemeinden, sich gerade am Feuer aufwärmte.

„Ah! Da sind Sie ja, Robert. Ich habe Lucy gerade erzählt, dass es an der Zeit ist, Ned sein erstes Pferd reiten zu lassen.“

„Er ist erst zwei“, bemerkte Robert. „Er hat noch nicht einmal das Laufen vollends gemeistert.“

„Und damit ist jetzt der ideale Zeitpunkt.“ Mr Harrington war ein begeisterter Reiter, der die Jagd liebte. Er richtete das Wort an seine Ehefrau, Roberts Tante Rose. „Denkst du nicht auch, meine Liebe?“

„Ich denke, das liegt ganz bei Robert, mein Lieber“, antwortete Rose und schenkte ihnen beiden ein warmes Lächeln. „Meine Kinder waren erst vier oder fünf, als ich sie das erste Mal auf ein Pferd gelassen habe.“

„Aber du hast auch in der Stadt gelebt. Hier auf dem Land ist es essentiell, ein guter Reiter zu sein“, sagte Mr Harrington nachdrücklich. „Die Anwesenden natürlich ausgenommen.“

Robert versuchte, sich von der Bemerkung des Pfarrers nicht verunsichern zu lassen, aber es fiel ihm nicht leicht. Er hatte einst genauso gedacht wie sein Schwiegervater, bevor Robert bei der Schlacht von Waterloo beinahe von seinem eigenen Pferd erdrückt worden wäre. Heute konnte er sich kaum in der Nähe eines Pferdes aufhalten, ohne von Ängsten übermannt zu werden.

„Sie müssen es ja nicht selbst tun, Kurland“, sagte der Pfarrer ermutigend. „Ich bin mir sicher, dass einer der Stallknechte Ihnen zur Hand gehen kann. Oder noch besser: Schicken Sie den Jungen zu mir und ich werde dafür sorgen, dass er lernt, wie man sich richtig auf einem Pferd zu verhalten hat.“

„Ich weiß, dass er bei Ihnen in guten Händen wäre, Sir, aber ich würde lieber noch etwa ein Jahr warten. Ich möchte mir sicher sein, dass Ned versteht, was passiert, und auch Freude daran hat“, sagte Robert nachdrücklich.

„Und da stimme ich Robert zu.“ Lucy stellte sich an seine Seite und hakte sich bei ihm ein. „Ned liebt es, mit James zu den Ställen zu gehen, aber das ist erstmal auch genug.“

„Wenn du es sagst, meine Liebe.“ Mr Harrington seufzte. „Ich versuche nur, dafür zu sorgen, dass mein erster Enkel seinen Verantwortungen auch gewachsen ist.“

Zur Überraschung aller war dem sonst so egoistischen und eher trägen Mr Harrington sein furchtloser Enkel sehr ans Herz gewachsen. Sein Interesse an Ned und sein Bedürfnis, Teil von dessen Leben zu sein, hatte die meisten fast schon schockiert, besonders seine Tochter.

„Ich hoffe doch, dass der kleine Ned heute Abend noch nach unten kommt und seine Großeltern begrüßt?“, erkundigte sich Mr Harrington. „Vielleicht können wir ihn ja fragen, was *er* von der Idee hält, Reiten zu lernen, nicht wahr?“

Lucy wechselte einen Blick mit Robert, der nur mit den Schultern zuckte. Er hatte kein Problem damit, wenn Ned für eine Weile nach unten käme, bevor es Zeit fürs Bett war, aber er wusste, dass seine Frau es nicht schätzte, wenn er unnötig viel Aufmerksamkeit erhielt.

„Ich werde James nachsehen lassen, ob Ned noch wach ist." Lucy ging hinaus auf den Flur. Während sie sich darum kümmerte, hieß Robert seinen alten Freund Dr. Fletcher und dessen Frau Penelope willkommen, die gerade den Salon betreten hatten. Sein Landverwalter, Dermot Fletcher, stieß ebenfalls zu ihnen und sie unterhielten sich freundlich, bis Lucy zurückkehrte. Robert hatte wenig Spaß an großen Zusammenkünften, aber er war mit all seinen heutigen Gäste gut vertraut, daher machte es ihm diesmal nur wenig aus.

„Ist unser Sohn und Erbe noch wach?", flüsterte er in Lucys Ohr, als sie an seine Seite trat.

„Ich denke schon. Er wird gleich nach unten kommen. Ich habe Agnes angewiesen, dass er nicht länger als eine Viertelstunde bleibt."

„Für den Fall, dass sein Großvater versucht, ihn zu verhätscheln?", fragte Robert.

„Für den Fall, dass Ned anfängt zu glauben, dass er jetzt jeden Abend seiner üblichen Bettzeit entgehen kann", erwiderte Lucy. „Es ist so schon schwierig genug, ihn ohne die ganze Aufregung so kurz vor seiner Bettzeit zum Einschlafen zu bewegen."

„Guter Gott", murmelte Mr Harrington, als er sich zur Tür umwandte und sein Glas zur Begrüßung auf Augenhöhe hob. „Wen haben wir denn hier?"

Lucy seufzte, während die errötende Polly mit Ned an der Hand vor Lucys Vater einen Knicks machte. „Ich nehme an, Agnes war zu beschäftigt, um Ned selbst nach unten zu begleiten."

„Davon ist auszugehen." Robert tätschelte ihr die Schulter. „Mach dir keine Sorgen. Ich schreite ein und sorge dafür, dass dein Vater sich benimmt."

Robert sah sich schnell im Zimmer um und bemerkte, dass die beiden Fletcher-Brüder ebenfalls vom plötzlichen Erscheinen der schönen Polly wie gefesselt schienen. Dermot räusperte sich, als Robert an ihm vorbeiging.

„Ist das Agnes' Cousine, Sir?"

„Offenbar."

„Sie sieht ihr gar nicht ähnlich."

„Sie ist reizend, oder?", schaltete Rose, die neben dem Landverwalter stand, sich in das Gespräch über das Kindermädchen ein. Sie schien keineswegs besorgt darüber, dass die krumme Nase ihres neuen Ehemanns doch recht nahe über dem üppigen Busen von Polly schwebte. „Seit wann ist sie hier, Robert?"

„Seit heute Morgen."

„Ah, das erklärt, warum ich sie noch nicht getroffen habe", sagte Dermot.

„Ich war außer Haus beim Gutshof."

„Ich bin mir sicher, dass Sie bald die Gelegenheit kriegen werden, sich bei ihr vorzustellen, Dermot", sagte Robert ermutigend. „*Sie* sind schließlich derjenige, der die Löhne zahlt und die Dienerschaft verwaltet."

Er ging hinüber zu seinem Schwiegervater und rettete das rotwangige Kindermädchen, indem er dessen Aufmerksamkeit auf seinen Enkel lenkte.

Polly machte vor ihm einen Knicks. „Vielen Dank, Sir. Ich werde dort drüben warten, bis Master Ned bereit ist, in die Kinderstube zurückzukehren."

Sie zog sich zur Tür zurück. Robert wandte sich zu seiner Frau, die an der Seite von Penelope Fletcher stand und sich angeregt zu unterhalten schien.

„Nun, wenn ich du wäre, Lucy, würde ich diese Frau nicht in meinem Haus dulden."

„Wieso nicht?", fragte Lucy mit erstaunlich ruhiger Stimme. „Sie scheint mir ein ausgezeichnetes Kindermädchen zu sein."

Die Freundschaft zwischen Lucy und Penelope war manchmal recht konfrontativ. Robert wusste jedoch, dass seine Frau ihre Angestellte immer gegen die Einwände ihrer Freundin verteidigen würde.

„Sie ist viel zu hübsch!" Penelope verdrehte die Augen in Richtung von Robert. „Du würdest deinem Ehemann doch keine *Ideen* in den Kopf setzen wollen, oder?"

„Was für Ideen?", schaltete Robert sich in das Gespräch ein.

„Sie wissen sehr genau, was ich damit meine", schnaubte Penelope. „Männer sind manchmal schwach und leicht vom rechten Pfad abzubringen – besonders, wenn ihre Ehefrau nicht mehr in ihrer jugendlichen Blütezeit steht."

Lucy zog die Augenbrauen hoch. „Penelope, wenn man bedenkt, dass wir gleich alt sind, willst du damit sagen, dass Dr. Fletcher auch vom rechten Weg abkommen könnte?"

„Natürlich nicht", Penelope glättete sich mit einer Hand das Haar. „Ich bin immer noch wunderschön, während du, meine liebe Lucy, schon immer eher passabel ausgesehen hast."

Robert schritt eilig ein, da seine Frau sich sichtbar aufplusterte. „Ich kann Ihnen versichern, dass meine Frau keinen Grund zur Sorge hat. Ich bin sehr zufrieden mit meiner Wahl."

Penelope musterte ihn einen Moment lang misstrauisch, bevor sie nickte. „Ich werde es durchgehen lassen. Schließlich haben Sie meine Schönheit für ihr ... durchschnittliches Aussehen verschmäht. Daher sind Sie vielleicht wirklich nicht die Art Mann, die einem Kindermädchen hinterherjagt."

„Vielen Dank, schätze ich", sagte Robert. „Aber, wenn ich mich recht erinnere, waren Sie es, die unsere Verlobung aufgelöst hat, nicht ich."

Penelope winkte seinen Einwand ab. „Das spielt doch wohl kaum eine Rolle, oder? Wir haben am Ende beide die Partner gefunden, die wir verdienen." Sie blickte mit einem warmen Lächeln hinüber zu ihrem Ehemann, der in eine Diskussion mit seinem Bruder vertieft war. „Auch ich bin mit meinem Schicksal zufrieden."

Foley erschien im Türrahmen und räusperte sich laut. „Das Abendessen ist angerichtet."

Ned verschwand ohne das geringste Anzeichen von Trotz mit dem Kindermädchen nach oben und Robert richtete die Aufmerksamkeit ganz auf das bevorstehende Abendessen.

Da es eine informelle Zusammenkunft war, schaute Lucy zwischenzeitlich nach Ned, um sicherzugehen, dass er auch wirklich ins Bett ging, bevor sie Robert ins kleine Esszimmer begleitete. Penelopes Bemerkungen darüber, dass ihr Ehemann sich von einem hübschen Gesicht den Kopf verdrehen lassen könnte, hatten ihr nichts ausgemacht. Es war ihr sofort klar gewesen, dass Penelope etwas sagen würde, als Polly das Zimmer betrat und sich die Blicke aller Männer im Zimmer auf sie richteten. Da Penelope es gewohnt war, die Schönste im Raum zu sein, hatte es ihr vermutlich missfallen, von jemandem überstrahlt zu werden.

Lucy nahm ihren Platz ein und wartete, bis ihr Vater das Tischgebet gesprochen hatte, bevor sie die Diener entließ, damit sich die Gäste selbst bedienen konnten. Robert bevorzugte es, seine Mahlzeiten in ruhiger Atmosphäre zu genießen, und da sie sich im Kreis von Vertrauten befanden, machte es ihr nichts aus, seinem Wunsch nachzukommen.

Er stupste sie kurz an, als er sich setzte, zog fragend die Augenbrauen hoch und hob sein Weinglas. Lucy antwortete ihm mit einem leichten Nicken und er räusperte sich.

„Meine Frau und ich freuen uns sehr, ankündigen zu können, dass wir zu Weihnachten weiteren Zuwachs zu unserer Familie erwarten."

Die Versammelten wandten sich geschlossen zu Lucy und lächelten ihr zu. Sie konnte spüren, wie ihr die Röte ins Gesicht stieg.

„Wie wundervoll!", rief Rose aus. „Ein kleines Brüderchen oder Schwesterchen für Ned."

„In der Tat." Robert schenkte ihr ein breites Lächeln, wie man es an ihm nur selten sah. „Wir sind wirklich außer uns vor Freude."

Dr. Fletcher zwinkerte Lucy zu. „Ich gehe davon aus, dass Grace sich um Sie kümmert, aber bitte zögern Sie nicht, mich um Hilfe zu bitten, wenn sie benötigt wird, Mylady.“

„Sehr gerne“, erwiderte Lucy. „Tatsächlich geht es mir diesmal außergewöhnlich gut.“

„Das freut mich zu hören.“ Dr. Fletcher erhob das Glas auf sie.

Als alle sich ihrem Essen widmeten, lehnte Penelope sich nah zu Lucy herüber.

„Jetzt, wo du ein Kind erwartest, gilt meine Warnung bezüglich dieser jungen Frau im Haus gleich doppelt. Es ist allgemein bekannt, dass selbst die besten Männer vom Weg abkommen, wenn ihre Ehefrauen nicht mehr in der Lage sind, sich um ihre Bedürfnisse zu kümmern."

„Ich mache mir deswegen keine Sorgen, Penelope.“ Lucy sprach mit so viel Nachdruck, wie sie aufbringen konnte.

„Dann lass uns hoffen, dass dein Vertrauen in Sir Robert gerechtfertigt ist“, erwiderte Penelope. „Denn, wenn ich in deinen Schuhen stecken würde, Lucy Kurland, wäre ich nicht *ganz* so guter Dinge.“

Kapitel 2

„Ich werde Master Ned zu den Ställen begleiten.“

„Das ist meine Aufgabe, Mr Fletcher.“

„Und ich sage Ihnen, dass ich es heute übernehmen werde.“

„Das werden Sie verdammt noch mal nicht ...“

Lucy eilte auf die beiden Männer zu, die sich am Fuße der Treppe in der Haupthalle beinahe Nase an Nase gegenüberstanden und einander anfunkelten.

„Was um alles in der Welt geht hier vor sich?“

Dermot Fletcher wirbelte herum. Er sah aus wie ein Schuljunge, den man bei einer Untat ertappt hatte.

„Lady Kurland! Ich bitte um Entschuldigung, Sie gestört zu haben. Ich wollte nur anbieten, den jungen Ned hinunter zu den Ställen zu begleiten.“

„Was meine Aufgabe ist, wie Sie wissen, Lady Kurland“, schaltete sich James, der Ranghöchste der Bediensteten des Anwesens, ein. „Ich wollte gerade nach oben gehen und ihn und Miss Polly abholen, als Mr Fletcher beschloss, sich einzumischen.“

„Ich habe mich nicht eingemischt, ich wollte lediglich ...“

Lucy bedachte die beiden Männer mit einem ungehaltenen Blick, bis sie endlich schwiegen. „Ich denke, dass ich heute mit Ned gehen werde, daher werden ihrer beider Dienste nicht benötigt.“

Mr Fletcher trat einen Schritt zurück und verbeugte sich. „Wie Sie wünschen, Mylady.“

Er stapfte aus der Eingangshalle hinaus in den Flur. Lucy konnte deutlich die Tür seines Büros weiter hinten im Gang ins Schloss fallen hören.

„Es tut mir leid, Mylady, aber Mr Fletcher verhält sich gegenüber Miss Polly geradezu aufdringlich", sagte James. „Und sie hat für Männer wie ihn nichts übrig, das kann ich Ihnen versichern."

„Ich habe Sie nicht nach Ihrer Meinung gefragt, James", sagte Lucy streng. „Und ich bin mir recht sicher, dass Polly es nicht schätzen wird, dass Sie sich um sie streiten wie zwei Hunde um einen Knochen. In Gegenwart meines Sohnes geht sie ausschließlich ihrer Arbeit nach und soll dabei nicht von Ihnen beiden abgelenkt werden."

„Oh, sie erledigt ihre Arbeit, Mylady. Ich möchte Sie nichts Gegenteiliges denken lassen. Und der Kleine mag sie wirklich sehr und gehorcht ihr aufs Wort", versicherte ihr James hastig. „Ich sollte wohl besser nach oben gehen, Mylady. Der kleine Mann wird sich bestimmt schon fragen, wo ich bleibe."

Lucy hob die Hand. „Ich habe doch gerade gesagt, dass ich Ned heute begleiten werde. Bitte gehen Sie zurück in die Küche und finden Sie etwas anderes, mit dem Sie Ihre Zeit verbringen können."

James verbeugte sich mit niedergeschlagener Miene und verschwand in Richtung der Bedienstetentreppe. Lucy richtete den Blick nach oben und machte sich auf den Weg zur Kinderstube. Penelope hatte sich geirrt, was Roberts Interesse am neuen Kindermädchen anging. Allerdings hatten sich alle anderen Männer im Haus in den letzten drei Wochen wegen des armen Mädchens völlig zum Narren gemacht. Und um Polly kein Unrecht anzutun, musste man zu ihrer Verteidigung sagen, dass sie allen gegenüber absolut freundlich und professionell auftrat. Sie machte ihre Arbeit gut und gab keinem der Männer, die um ihre Aufmerksamkeit buhlten, auch nur den geringsten Anlass dafür. Es war nicht das erste Mal, dass Lucy die Männer des Haushalts dabei überrascht hatte, sich wegen Polly zu streiten, und sie vermutete, dass es nicht das letzte Mal sein würde.

Als sie die Kinderstube erreichte, kam ihr Ned schon entgegengestürmt. Sein Lächeln ähnelte dem seines Vaters so sehr, dass sie gar nicht anders konnte, als es zu erwidern.

„Pferde?", fragte er hoffnungsvoll.

„So ist es." Lucy warf Polly, die sich bereits Mantel und Haube angezogen hatte und bereit war aufzubrechen, einen Blick zu. „Es ist ein wunderschöner, sonniger Tag und der Spaziergang wird uns guttun."

„Ja, Mylady." Polly machte einen Knicks und wandte sich Agnes zu, die gerade mit einer Ladung frischer Leinenbettwäsche eingetreten war. „Wir machen uns dann auf den Weg, Cousine."

„Hmpf", erwiderte Agnes. „Nur keine Eile. Ich muss das Bett noch machen."

Polly zögerte. „Wenn du damit wartest, bis ich wieder da bin, kann ich dir helfen."

„Nicht nötig." Agnes nickte Lucy zu. „Ich werde es viel schneller erledigen können, wenn du und Ned nicht ,helft'."

Polly schien Agnes' scharfe Worte nicht allzu ernst zu nehmen und reichte Ned ihre Hand. „Na gut. Dann mal los."

Lucy hielt die Tür auf und ließ ihrem Sohn mit seinem Kindermädchen den Vortritt. Polly schien sich nicht daran zu stören, nicht von einem Mann begleitet zu werden. Das brachte Lucy zu dem Schluss, dass das Kindermädchen trotz all der Aufmerksamkeit an keinem der Männer besonders interessiert war.

Sie nahmen einen der vielen Seiteneingänge des alten elisabethanischen Anwesens nach draußen und durchquerten die Barrockgärten an der Hinterseite des Hauses, die bis hinunter zu den Ställen und dem Gutshof führten. Ned sprang fröhlich hüpfend voran und Lucy genoss es, ihm einfach dabei zuzusehen. Nach zwei Fehlgeburten hatte sie die Geburt ihres Sohnes in vielerlei Hinsicht verändert. Es war ihr beinahe peinlich, wie stark die Gefühle waren, die sie für ihn hegte, und versuchte sie so gut wie möglich zu verbergen.

„Er ist ein zauberhafter Bursche, Lady Kurland." Polly schloss zu Lucy auf. Sie trug ein schlichtes, blaues Kleid, das dennoch ihre Schönheit in keinerlei Weise schmälerte. „Er ist so ein liebes Kind."

„Man kann nur hoffen, dass das so bleibt", stimmte Lucy ihr zu. „Er könnte eifersüchtig werden, wenn er ein Brüderchen oder Schwesterchen bekommt."

„Oh ja." Polly gluckste. „Ich kann mich daran erinnern, wie es in meiner Familie war. Aber bei all der Aufmerksamkeit, die Ned genießt, glaube ich, dass wir uns deswegen keine großen Sorgen machen müssen."

„Das wäre wunderbar." Lucy ging noch ein paar Schritte weiter, bevor sie ihre Begleiterin ansah. „Haben Sie sich schon an das Leben auf dem Land gewöhnt, Polly?"

„Es gefällt mir, Mylady." Polly atmete tief durch. „Die Luft ist sauber und man wird nur selten von jemandem belästigt."

„Wenn Sie jemand belästigt, würde ich gerne davon hören", sagte Lucy mit Nachdruck.

„Ach, Sie wissen ja, wie die Männer sind. Sie machen sich wegen eines hübschen Gesichts gern zum Narren. Ich versuche, sie darin nicht zu bestärken, und irgendwann hören sie dann schon damit auf."

Lucy hatte nie über darüber nachgedacht, was es für eine Frau bedeutete, derart schön zu sein.

„Und wenn sie doch nicht aufhören, Mylady, dann habe ich auch keine Probleme damit, ihnen einen kurzen Tritt zwischen die Beine zu verpassen, um sie zurechtzuweisen."

Lucy hatte Mühe, nicht laut loszulachen. „In der Tat."

„Ich bin in den Armenvierteln großgeworden. Ich kann sehr gut auf mich selbst aufpassen." Polly schirmte die Augen vor der Sonne ab, um Ned besser sehen zu können. Er war vor ihnen stehen geblieben, um die Gänseblümchen auf dem Rasen zu bewundern. „Irgendein alter Kerl hat versucht, mich meiner Mutter abzukaufen, als ich ungefähr fünf war."

„Er wollte Sie kaufen? Wofür denn um alles in der Welt?", fragte Lucy.

„Was glauben Sie?" In Pollys Lächeln lag eine Spur Bitterkeit. „Manche Männer mögen ihre Frauen jung und rein."

„Das ist ja ... furchtbar."

Polly zuckte mit den Schultern. „Es hat mich gelehrt, wie ich mich selbst schützen kann, Mylady. Ich bin mehr als nur ein hübsches Gesicht."

Lucy blieb auf Höhe von Ned stehen und wandte sich Polly zu. „Wenn Sie hierbleiben möchten, wäre es mir eine Freude.“

„Lassen Sie uns schauen, wie gut die nächste Woche verläuft.“ Polly grinste breit. „Man weiß schließlich nie, ob ein gutaussehender Prinz auftaucht und mein Herz im Sturm erobert.“

***

In Gedanken versunken warf Robert einen Blick zu seinem Sohn und winkte dann seinen Begleiter näher heran.

„James, würden Sie kurz auf Ned aufpassen? Ich möchte nicht, dass er auf dem Hof herumtollt, wenn eine Kutsche einfährt.“

„Ich behalte ihn im Auge, Sir. Machen Sie sich keine Sorgen.“ James schnappte Ned hinten am Kragen, hob den Jungen hoch und setzte ihn sich auf die Schultern. „Komm her, mein Kleiner.“

Robert hatte seinen Sohn, James und Polly hinunter zum Gasthaus von Kurland St. Mary begleitet, wo ein Paket für Lucy per Postkutsche eintreffen sollte. Sie hatte ihn außerdem angewiesen, alle Briefe, die ans Anwesen oder das Pfarrhaus adressiert waren, mitzubringen. Der Gastwirt war nirgends zu sehen, daher war Polly hineingegangen, um nachzusehen, ob dessen Frau in der Küche war. Damit lag es bei Robert, auf seinen Sohn aufzupassen.

Es schien so, als hätte Ned von seinem Großvater die Liebe für Pferde geerbt. Einerseits freute es Robert, andererseits war es ein Problem für ihn, weil er sich noch immer sträubte, Pferden zu nahe zu kommen. Niemand würde ihm heute glauben, dass er früher einmal in einem Kavallerieregiment gedient und dabei in mehreren Schlachten sein Leben einem Pferd anvertraut hatte. Seit seine Militärlaufbahn und beinahe auch sein Leben in Waterloo geendet hatten, hatte er den Mut zum Reiten verloren. Ein sehr ungünstiger Umstand für einen Landadligen. Das unaufhörliche Durcheinander von ankommenden und abfahrenden Postkutschen, Planwagen und Menschen auf dem Stallhof des Gasthauses machte ihn nervös.

Vielleicht würde er tatsächlich auf das Angebot seines Schwiegervaters eingehen, dass dieser Ned das Reiten beibrachte …

„Ich habe die Post, Sir.“ Polly trat mit einem Stapel Briefe aus der Tür. „Mrs Jarvis sagte, sie suche das Paket für Ihre Ladyschaft und komme dann gleich.“

„Vielen Dank.“ Robert nahm die Briefe entgegen und verstaute sie in der Manteltasche. „Könnten Sie vielleicht James mit Ned zur Hand gehen?“

Polly blickte hinüber zur Postkutsche, deren Passagiere gerade ausstiegen. James trug Ned auf den Schultern und zeigte ihm die vier Pferde, die vor das Gefährt gespannt waren. Polly erstarrte und Besorgnis legte sich wie ein Schatten über ihr übliches Lächeln.

„Wenn es Ihnen nichts ausmacht, Sir, dürfte ich dann warten, bis James das Gespräch mit dem Stallburschen beendet hat?“

„Wieso?“

Polly verzog das Gesicht. „Weil Bert Speers mich in letzter Zeit einfach nicht in Ruhe lässt.“

Robert blickte den jungen Stallburschen finster an. „So, so. Bei Jupiter, dann werde ich ein Wörtchen mit seinem Arbeitgeber sprechen müssen."

„Machen Sie sich nicht die Mühe, Sir Robert." Polly sprach schnell, wobei sie immer wieder den Blick auf den Stallburschen und die aussteigenden Passagiere richtete. „Es wird alles nur schlimmer machen, wenn er glaubt, dass ich mich über ihn beschwert habe." Sie stellte sich auf Zehenspitzen und reckte den Hals, um über Roberts Schulter schauen zu können. „Oje, es sieht aus, als würde James ihn mal wieder zurechtweisen. Ich hoffe, dass sie nicht wieder anfangen zu streiten."

„Nicht solange mein Sohn mittendrin steckt", sagte Robert. „Polly, kommen Sie mit, und bringen Sie Ned in Sicherheit."

Robert schob sich durch den gut besuchten Hof des Gasthauses zu den beiden Männern, die neben der Postkutsche standen.

Er packte Ned und stellte ihn neben Polly auf den Boden. „Gehen Sie und warten Sie drinnen."

„Jawohl, Sir." Polly nahm Ned an der Hand und eilte mit ihm in Richtung der Herberge.

James ließ den wütend dreinblickenden Stallburschen keine Sekunde aus den Augen. „Dieser Mistkerl belästigt Miss Polly, Sir."

„In der Tat." Robert richtete den Blick auf den kleineren Mann. Das erboste Funkeln seiner dunklen Augen, die unter dem dichten schwarzen Haar hervorlugten, weckte nicht gerade Sympathie bei Robert.

„Wenn ich herausfinden sollte, dass Sie eine meiner Angestellten belästigen, werde ich Sie vor den Magistrat zerren und Sie für Ihre Unverschämtheit zur

Rechenschafft ziehen“, blaffte Robert ihn an. „Und der zuständige Magistrat im Ort bin zufälligerweise ich selbst“, schloss er mit ruhiger Stimme.

„Sie können mich nicht davon abhalten, ein Mädchen zu fragen, ob es ein Stück mit mir gehen möchte“, erwiderte Bert spöttisch.

„Das kann ich sehr wohl, wenn das fragliche Mädchen Sie wiederholt abgewiesen hat, und Sie es dennoch weiter verfolgen.“

„Wer sagt denn, dass ich das tue?“ Bert warf einen Blick in Richtung des Gasthauses, wohin Polly und Ned sich zurückgezogen hatten. „Sie lügt, Sir. Erst lockt sie uns an und dann lacht sie uns aus. Und Sie verlangen, dass wir darauf einfach nicht reagieren sollen? Schauen Sie sie doch nur *an*. Sie hat sich das alles selbst zuzuschreiben, schließlich gibt sie sich wie eine Hure.“

Robert hielt den Finger drohend direkt vor Berts Gesicht. „Wenn Sie auch nur noch ein Wort sagen, lasse ich Sie festnehmen.“

„Auf welcher Grundlage, Sir?“

„Auf egal welcher Grundlage! Die mir gerade einfällt.“ Robert nutzte nicht gerne seine Privilegien aus, aber in dieser Situation war er ohne Zögern dazu bereit. „Was denken Sie, wem man eher glauben wird? Halten Sie Abstand zu Polly Carter und bleiben Sie runter von meinem Land, dann wird nichts weiter geschehen.“

Endlich zog Bert sich zurück und murmelte etwas, das ein wenig nach einer Entschuldigung klang, bevor er in den Stallungen verschwand. Robert atmete erleichtert aus.

„Haben Sie davon gewusst, James?“

„Ich habe es erst gestern herausgefunden, als ich mit Polly und Master Ned spazieren war, Sir. Bert ist uns gefolgt.“ James scharrte mit den Füßen. „Ich hatte gehofft, in Ruhe ein Wörtchen mit ihm zu reden. Aber wie Sie sehen können, ist er niemand, der leicht nachgibt.“

„Hoffentlich wird er das jetzt tun“, sagte Robert. „Wenn nicht, möchte ich umgehend davon erfahren.“

„Sehr wohl, Sir Robert.“ James richtete sich zu voller Größe auf und erst jetzt bemerkte Robert den blauen Fleck auf seiner Wange.

„Haben Sie sich *geprügelt?*“

„Wie ich sagte, Sir. Bert ist uns gestern gefolgt. Ich habe Miss Polly und Master Ned vorausgeschickt und gewartet, bis er zu mir aufschloss.“ James rieb sich den Kiefer. „Wir haben ein paar Schläge ausgetauscht, bevor er davongelaufen ist, aber es war nichts Ernstes.“

„Das ist kein angemessenes Verhalten, wenn mein Sohn anwesend ist“, sagte Robert mit ernster Stimme. „Was wäre gewesen, wenn Bert Sie außer Gefecht gesetzt hätte und Polly nach Hause gefolgt wäre? Stellen Sie sich vor, was dann hätte passieren können!“

„Das hätte ich nicht zugelassen, Sir. Ich bin doppelt so groß wie dieser kleine Gnom“, sagte James beharrlich. „Ich würde mein Leben für den kleinen Ned geben.“

Robert schüttelte den Kopf und ging zurück zur Herberge, an deren Tür Mrs Jarvis stand und ihm zuwinkte. Er hatte James eine Menge zu sagen, aber er wollte zunächst seine Gedanken sammeln und mit Lucy sprechen, bevor er noch etwas sagte, das er am Ende gar nicht so meinte. Robert war überrascht, wie sehr ihn der Gedanke erzürnte, dass Ned in eine solch unschöne Situation hätte geraten können.

„Da sind Sie ja, Sir Robert!" Mrs Jarvis lächelte zu ihm herauf. „Und wie schön, auch Ihren kleinen Jungen zu sehen! Wie ich höre, trägt Lady Kurland schon den nächsten Nachwuchs? Gute Arbeit!" Sie zwinkerte ihm zu und stieß ihm spielerisch mit dem Ellbogen in die Rippen. „Hier habe ich Lady Kurlands Paket mit Textilien und Spitzenstoffen aus London, Sir. Allerdings wird sie in ihrem jetzigen Zustand wohl kaum neue Kleider benötigen, nicht wahr?"

„Vermutlich nicht", gelang es Robert schließlich, ihren Redefluss zu unterbrechen. „Nun, wir müssen uns auf den Weg machen. Wir sind schon viel zu spät dran für Neds Mittagsschlaf."

„Es ist immer schön, Sie zu sehen, Sir. Mr Jarvis wird es leidtun, wenn er hört, dass er Sie verpasst hat."

Robert senkte die Stimme und neigte den Kopf näher zur Frau des Gastwirts. „Ihr Stallknecht. Bert Speers."

„Was ist mit ihm, Sir?"

„Richten Sie Ihrem Ehemann aus, dass ich sehr erbost wäre, sollte ich hören, dass Bert meinem Kindermädchen und meinem Sohn erneut nachstellt."

„Bert?" Mrs Jarvis blickte hinüber zu den Stallungen. „Er ist recht schweigsam. Er ist kaum einen Monat bei uns. Er scheint keine Freunde zu haben und eher für sich zu bleiben, es sei denn, er hat ein paar Pints getrunken."

„Er hat Polly auf dem Heimweg nachgestellt."

„Nun, sie ist sehr schön. Wer kann es ihm verübeln, dass er sein Glück versucht?" Ihr Lächeln verblasste, als sie Roberts Miene bemerkte. „Ihnen ist die Sache ernst, nicht wahr?"

„Das ist sie in der Tat."

„Dann werde ich Mr Jarvis Bescheid geben, sobald er wieder hier ist." Sie nickte. „Es ist nicht gerecht Polly gegenüber. Sie ist ein anständiges Mädchen, die nicht versucht, die Jungs zu verführen, obwohl sie so gut aussieht."

„Vielen Dank." Robert nickte und ging zurück auf den Hof, wo James, Polly und Ned auf ihn warteten.

„Guten Tag, Mrs Jarvis."

Lucy blickte von ihrer Näharbeit auf, als Robert in ihren Salon trat, die Tür hinter sich schloss und anfing, mit finsterem Blick auf und ab zu gehen.

„Was ist denn los?", fragte sie schließlich.

„Es geht um Polly." Er wandte sich mit grimmiger Miene zu ihr.

„Sag mir nicht, dass du doch ihren Vorzügen erlegen bist und vorhast, mit ihr davonzulaufen", sagte Lucy neckisch.

„Nein." Er seufzte und setzte sich ihr gegenüber, wobei er seine Hände nervös knetete. „Sie ist ein liebes Mädchen, aber wo auch immer sie auftaucht, verbreitet sie Unruhe."

„Inwiefern?" Lucy legte ihre Nähsachen beiseite.

„Ich war heute Morgen unterwegs, um dein Paket vom Gasthaus abzuholen. Dabei habe ich herausgefunden, dass einer der Stallburschen ihr regelmäßig nach Hause nachstellt."

„Das ist wohl kaum ihre Schuld", bemerkte Lucy.

„Das weiß ich." Robert schien kurz über seine nächsten Worte nachzudenken, was für ihn recht ungewöhnlich war. „James hat sich gestern mit ihm geprügelt, als er Polly und Ned nach Hause begleitete. Wenn ich heute nicht eingeschritten wäre, hätte es vermutlich eine weitere Auseinandersetzung gegeben, um diesen Bert Speers fernzuhalten.“

„Oje“, seufzte Lucy. „Vor ein paar Tagen habe ich mitgehört, wie James und Mr Fletcher darüber stritten, wer Polly und Ned bei ihrem Ausflug zu den Ställen begleiten sollte. Und das ist nicht das erste Mal, dass ich solche Streitereien zwischen den männlichen Angestellten beobachtet habe.“

„Du siehst also, was ich meine?“ Robert warf entnervt die Arme in die Luft. „Wo auch immer sie hingeht, folgt ein Durcheinander. Es missfällt mir, Lucy. Es missfällt mir, dass mein Sohn dadurch in Gefahr geraten könnte.“

Lucy ließ seine leidenschaftlichen Worte einen Moment auf sich wirken. „Ich kann dir, was Ned betrifft, nur zustimmen. Aber es fällt mir schwer, Polly für das respektlose Verhalten der Männer um sie herum die Schuld zu geben. Sie geht wunderbar mit Ned um, sie versteht sich gut mit Agnes und erfüllt ihre Pflichten mit Bravour. Es wäre ungerecht, wenn sie ihre Stelle wegen etwas verliert, das sie nicht kontrollieren kann.“

„Das ist ja alles richtig. Aber sicherlich muss unser erster Gedanke doch Neds Sicherheit gelten.“

„Natürlich.“ Lucy zögerte. „Vielleicht könntest du dich mit James und Mr Fletcher unter vier Augen unterhalten und sie darum bitten, Polly in Ruhe zu lassen?“

„Das kann ich tun, aber ich habe keinerlei Kontrolle über Bert Speers oder irgendwelche anderen Männer, die sich vielleicht Hoffnungen machen, die Dorfschönheit für sich zu gewinnen.“

„Polly möchte nach der einmonatigen Probezeit bleiben“, sagte Lucy. „Und ich ... ich habe ihr praktisch schon zugesichert, dass sie die Stelle für das nächste Jahr haben kann.“ Zu seinem Erstaunen wurde ihre Stimme brüchig. „Ich hatte gehofft, dass sie hier sein würde, wenn das Kind auf die Welt kommt.“

„*Wieso?*“

„Weil ich sie *gerne habe* und ...“ Lucy schluckte schwer und konnte nicht weitersprechen.

„Lucy.“ Robert ergriff ihre Hand. „Weinst du wegen eines *Kindermädchens?*“

„*Ja.*“ Sie suchte hastig nach ihrem Taschentuch. „Tut mir *leid.*“

„Ist schon gut.“ Robert musterte sie einen Moment. „Wenn Polly für dein Wohlergehen wichtig ist, dann kann ich sie wohl kaum entlassen.“

„Vielen Dank.“ Lucy trocknete ihre Tränen. „Vielleicht bieten wir ihr einfach einen kürzeren Vertrag an – bis zum nächsten Quartal?“

„Das ist eine gute Idee.“ Robert nickte. „Lass mich am besten mit ihr reden, damit sie weiß, dass es meine Entscheidung ist und nicht deine.“

Lucy stand auf, kam zu ihm und legte eine Hand auf Roberts Schulter. „Vielen Dank.“

Er sah zu ihr auf. „Wofür?“

„Für dein Verständnis.“

„Ich und Verständnis?“ Er lächelte gequält. „Vielleicht werde ich mit dem Alter sanfter.“

Sie küsste ihn auf die Stirn. „Das kann ich nur hoffen, denn immerhin musst du dich bald nicht mehr nur um eins, sondern gleich um zwei Kinder sorgen.“

„Aber versteh mich nicht falsch, Lucy." Er blickte ihr fest entschlossen in die Augen. „Wenn es auch nur das kleinste Anzeichen gibt, dass sie Ärger für Ned bedeutet oder sie in eine gewalttätige Auseinandersetzung verwickelt ist, werde ich sie entlassen."

Lucy nickte. „Dem stimme ich voll und ganz zu."

Er legte seine Hand auf die ihre. „Dann lass uns hoffen, dass ich James, Dermot und alle meine anderen Angestellten, die Polly schöne Augen machen, zur Vernunft bringen kann."

„Tut mir leid, Sir Robert", wiederholte Dermot Fletcher, der seinem Arbeitgeber gegenüber vor dessen Schreibtisch stand. „Aber ich kann Ihnen in dieser Angelegenheit nicht zustimmen."

„*Wie* bitte?" Robert musterte das vor Aufregung gerötete Gesicht seines Landverwalters. „Sie finden nicht, dass es unangemessen ist, einem Kindermädchen hinterherzujagen?"

„Natürlich ist das unangemessen, Sir, aber das meinte ich nicht." Dermot sprach hastig weiter. „Ich respektiere Miss Polly!"

„Dann haben Sie eine ungewöhnliche Art, das zu zeigen", erwiderte Robert prompt. „Sie streiten mit anderen Angestellten, folgen ihr wie ein verlorenes Schaf und denken sich Ausreden aus, um ständig die Kinderstube besuchen zu können, selbst wenn Sie eigentlich arbeiten sollten."

„Sie ist von Leuten umzingelt, die ihrer nicht würdig sind", erwiderte Dermot beharrlich. „Sie ist anders, als sie auf den ersten Blick scheint, Sir Robert. Sie ist sehr intelligent und belesen."

Robert musterte den Landverwalter. „Wollen Sie mir sagen, dass Sie Gefühle für sie haben?"

„Ich *habe* Gefühle für sie", sagte Dermot mit voller Überzeugung. „Ich habe schon mit dem Gedanken gespielt, um ihre Hand anzuhalten."

Robert setzte sich und bedeutete Dermot mit einer Geste, es ihm gleichzutun. Umsichtige Formulierungen lagen nicht in seiner Natur, aber er würde sein Bestes geben.

„Mit allem gebührenden Respekt, Dermot, Sie kennen sie erst seit ein paar Wochen und sie entspricht kaum Ihrem gesellschaftlichen Stand."

„Welcher gesellschaftliche Stand?", fragte Dermot herausfordernd. „Ich bin ein irischer Katholik, der seinen Lebensunterhalt im selben Haus verdient wie sie."

„Hat sie Ihnen in irgendeiner Weise zu verstehen gegeben, dass sie Ihre Gefühle erwidert?", fragte Robert.

„Bisher nicht, Sir." Dermot runzelte die Stirn. „Sie wird von vielen Dummköpfen belästigt und versucht, so gut sie kann, freundlich zu ihnen zu bleiben."

„Würden Sie ihr dann vielleicht die Möglichkeit lassen, sich selbst eine Meinung zu bilden, wenn sie dafür bereit ist?", schlug Robert vor. „Soweit ich sehen kann, behandelt sie alle Männer gleich."

Dermot sah Robert in die Augen. „Sie halten mich für einen Narren, nicht wahr?"

„Es steht mir nicht zu, eine derartige Einschätzung abzugeben, aber ..."

„Sie denken *wirklich*, dass ich ein Narr bin." Dermot seufzte.

„Ich denke, dass Sie sich einsam fühlen und glauben, dass Sie eine Partnerin finden müssen. Jetzt wo Miss Anna mit Captain Akers verlobt ist."

Dermot verzog das Gesicht. „Ist das so offensichtlich?"

„Nur für diejenigen, die Sie gut kennen." Robert dachte kurz nach. „Ich denke, es ist zu früh, Polly Carter Ihre Absichten mitzuteilen. Sie wird noch mindestens für ein weiteres Quartal hier sein. Vielleicht sollten Sie abwarten, bis Sie sicher wissen, dass sie Ihre Gefühle teilt, ehe Sie übereilt handeln und sie dadurch verschrecken."

Dermot nickte. „Ich werde über Ihre Worte nachdenken, Sir Robert. Vielen Dank für Ihren Rat." Er stand auf und versuchte zu lächeln. „Ich sollte besser zurück an die Arbeit. Ich fürchte, ich habe meine Pflichten in letzter Zeit vernachlässigt."

Bevor Robert ihn gehen ließ, bat er Dermot darum, Foley hereinzuschicken.

Als der Butler eintrat, bedeutete Robert ihm, sich zu setzen.

„Ich möchte mit Ihnen über James sprechen."

Foley zog die Augenbrauen hoch. „Hat er Sie verärgert?"

„Ja. Er hat sich mit einem Stallburschen vom *Queen's Head* geprügelt, sich mit Mr Fletcher gestritten und ist in Polly Carter verschossen, um nur ein paar Beispiele zu nennen."

„Miss Polly ist eine hübsche Frau."

„Das ist sie in der Tat, aber das heißt nicht, dass meine Angestellten ihre Pflichten vernachlässigen dürfen. James ist so sehr damit beschäftigt, ihre Ehre zu verteidigen, dass er dabei vergessen zu haben scheint, seine

Hauptaufgaben zu erfüllen: dem Haushalt zu dienen und – noch viel wichtiger – Schaden von meinem Sohn abzuwenden.“

„Er ist ein wenig hitzköpfig, was Polly angeht“, gestand Foley ein. „Ich habe ihn früher nur freundlich und sanftmütig erlebt. Dieser Tage scheint er jedem zu drohen, der sie auch nur schief ansieht.“

„Das ist mir ebenfalls aufgefallen.“ Robert wechselte unruhig die Sitzposition. „Ich möchte mich persönlich mit ihm unterhalten. Außerdem würde ich gerne mit allen männlichen Bediensteten über ihr Verhalten in Gegenwart von weiblichen Angestellten sprechen. Unsere Kinderstube erhält in wenigen Monaten Zuwachs, was bedeuten wird, dass noch mehr Frauen Einzug in die Dienerschaft halten werden. Ich möchte von keinerlei Problemen hören.“

„Ich verstehe, Sir.“ Foley erhob sich, was bedingt durch sein Rheuma eine Weile dauerte. „Ich war eigentlich der Meinung, dass James einen guten Butler abgeben würde, wenn ich mich einmal zur Ruhe setze.“

„Vor den letzten paar Tagen hätte ich Ihnen da zugestimmt. Aber ich kann es nicht dulden, wenn sich jemand möglicherweise mit Gästen prügelt“, sagte Robert. „Ziehen Sie also endlich den Ruhestand in Erwägung, Foley?“

„So ist es, Sir.“ Sein ältester Diener neigte den Kopf. „Sie haben sich inzwischen sehr gut eingelebt.“

„Ja, ich denke, das habe ich.“ Robert schenkte Foley ein Lächeln. „Lady Kurland hat mich gut im Griff.“

„Das hat sie in der Tat, Sir. Gott sei Dank. Und mit weiterem Nachwuchs auf dem Weg ist Ihre Blutlinie gesichert und ich kann mich ohne Sorgen und glücklich zur Ruhe setzen." Foley neigte sein Haupt.

Robert räusperte sich. Ihm wurde plötzlich bewusst, dass er der letzte seiner Bediensteten war, der noch seinen Eltern gedient hatte. „Sie müssen nicht weit wegziehen, wissen Sie? Ich kann Ihnen ein Häuschen hier auf den Ländereien suchen oder in irgendeinem der anderen umliegenden Ortschaften, die Ihnen gefällt. Sagen Sie nur Bescheid und ich kümmere mich darum."

„Vielen Dank, Sir." Foley stellte sich mit einiger Mühe gerade hin. „Ich werde mir die Sache in den nächsten Wochen durch den Kopf gehen lassen. Ich hatte vor, mich zu Weihnachten zur Ruhe zu setzen, was Ihnen genug Zeit gibt, einen Nachfolger für mich zu finden."

„Nun, dann hoffen wir mal, dass der junge James auf seine Manieren achtet und sich läutert, um in Ihre Fußstapfen treten zu können", bemerkte Robert. „Schicken Sie ihn doch bitte direkt zu mir und fragen Sie Agnes, ob sie Polly für ein paar Minuten entbehren kann."

„Sehr wohl, Sir."

Während er auf James' Eintreffen wartete, widmete Robert sich den Briefen, die er im Gasthaus abgeholt hatte.

„Sie wünschen, mich zu sprechen, Sir Robert?"

„Ja, bitte treten Sie ein und schließen Sie die Tür hinter sich."

Er blickte auf, als James eintrat und bedeutete ihm, vorzutreten. James' nervöse Körperhaltung erinnerte Robert an die jungen Offiziere, die während seiner Zeit im Militär immer wieder vor ihm gestanden hatten. Robert hatte sein Bestes gegeben, sie mit Rat und Tadel lebendig durch den Krieg zu bringen. Er beschloss, dass

James etwas brutale Ehrlichkeit vertragen konnte und blickte ihm tief in die Augen.

„Ich werde es nicht dulden, dass Sie oder irgendein anderer meiner Angestellten sich während der Arbeit prügeln. Insbesondere nicht, wenn es Ihre Aufgabe ist, meinen Sohn zu beschützen. Haben wir uns verstanden?"

Der eisige Tonfall ließ James schwer schlucken. „Jawohl, Sir Robert."

„Wenn es irgendwelche Probleme mit Polly und anderen Männern geben sollte, erwarte ich, dass Sie für die Sicherheit meines Sohnes und seines Kindermädchens sorgen, ohne dafür gewalttätig zu werden."

„Polly macht anderen Männern keine Hoffnung, Sir", protestierte James. Robert zog eine Augenbraue hoch. „Ich habe nie behauptet, dass sie das tut."

„Sie ist ein gutes Mädchen und eines Tages hoffe ich, dass sie mich heiraten wird."

„Hat Polly angedeutet, dass die Gefühle reziprok sind?", fragte Robert zum zweiten Mal an diesem Morgen.

„Rezi ... was, Sir?"

„Hat Polly angedeutet, dass sie Ihre Gefühle erwidert?"

„Nein, Sir, das hat sie nicht. Aber das liegt daran, dass sie eine anständige Frau ist, die in anderen keine falschen Hoffnungen wecken würde, egal, was Bert Speers behauptet."

„Wenn Polly eine anständige Frau ist, wird sie es nicht zu schätzen wissen, wenn sich ein Mann für sie prügelt."

James nickte. „Ja, Sir. Das hat sie mir ebenfalls zu verstehen gegeben." Er verlagerte das Gewicht unruhig von einem Bein auf das andere. „Ich verspreche, dass ich Sie nicht noch einmal enttäuschen werde, Sir."

Robert erwiderte seinen Blick. „Das will ich hoffen. Denn andernfalls kann ich Ihnen versichern, dass Sie nicht viel länger Angestellter in diesem Haus sein werden."

„Es ist nur so, dass sie nichts für all die Aufmerksamkeit kann, Sir. Und ich sehe es nicht gerne, dass sie behandelt wird wie eine Schankdame in der Taverne – oder noch schlimmer", sagte James mit aufrichtiger Besorgnis. „Es gibt Männer, die ein freundliches Wort von ihr fälschlicherweise für etwas völlig anderes halten. Wie Mr Fletcher, Sir, er …"

Robert hob die Hand. „Mr Fletcher ist nicht Ihr Problem."

„Ja, Sir, aber …"

„Seien Sie gewiss, dass ich mich wenn nötig um Mr Fletcher oder jeden anderen Mann in diesem verdammten Haus kümmern werde, der glaubt, ein Recht zu haben, sich Polly aufzuzwängen." Robert sah James eindringlich an. „Haben wir uns verstanden?"

James nickte. „Jawohl, Sir Robert."

„Dann gehen Sie wieder an die Arbeit." Robert wartete, bis James das Zimmer verlassen hatte, bevor er aufstand und sich ein Glas starken Brandys einschenkte.

„Guter Gott", murmelte er zu sich selbst. „Ich fühle mich wie in einer schlechten Schmierenkomödie!"

Es klopfte erneut an der Tür und Polly Carter trat ein. Sie trug ein schlichtes blaues Kleid unter ihrer Schürze.

Ihre blonden Locken hatte sie unter einer Kappe versteckt. Sie machte einen tiefen Knicks.

„Sie wünschen, mich zu sprechen, Sir Robert?"

„Ja, bitte setzen Sie sich doch."

Er nahm wieder am Schreibtisch Platz und wartete, bis auch sie sich auf dem Stuhl niedergelassen hatte.

„Ich mache mir Sorgen, welche Auswirkungen Sie als Kindermädchen auf meinen Sohn haben könnten."

Polly blinzelte ihn mit ihren schönen Augen fragend an. „Inwiefern, Sir?"

Robert hatte die diplomatischen Antworten satt. „Ich beziehe mich damit auf die Männer, die Sie umschwärmen und offenbar zu Prügeleien neigen."

„Ich weiß nicht, was ich dazu sagen kann, Sir." Polly faltete nervös den Stoff ihrer Schürze zwischen den Fingern. „Ich tue mein Möglichstes, um mit allen höflich und anständig zu sprechen, Sir. Aber ich toleriere keine Unhöflichkeit, besonders nicht in Gegenwart Ihres Sohnes."

„Das soll keine Anschuldigung sein, Polly. Ich sage nur, dass ich meinen Sohn nicht irgendwann in einer Situation wissen will, in der er um sein Leben rennen muss, weil die Fäuste fliegen." Robert musterte Pollys angespannte Miene. „Ich weiß, dass Lady Kurland Ihnen die Stelle als Kindermädchen für ein volles Jahr anbieten wollte. Aufgrund der derzeitigen Situation habe ich jedoch beschlossen, vorsichtiger zu sein und Ihnen vorerst nur einen Vertrag bis zum Quartalsende anzubieten."

Polly starrte ihn einen langen Moment nachdenklich an. „Das ist für mich absolut akzeptabel, Sir. Und ich kann Ihre Zurückhaltung in dieser Sache sehr gut nachvollziehen.“

Robert, der sich schon auf Tränen oder Schlimmeres eingestellt hatte, nickte erleichtert. „Gut.“

„Vielleicht sollte ich mehr auf dem Gelände des Anwesens bleiben und weniger oft hinunter ins Dorf gehen?“ Polly sah ihn hoffnungsvoll an. „Zumindest für eine Weile, bis sich die Dinge wieder beruhigt haben.“

„Ich schlage vor, dass Sie das mit Lady Kurland und Agnes besprechen“, sagte Robert. „Ich würde nur ungern Ihre Bewegungsfreiheit beschneiden wollen.“

Polly erhob sich, strich über ihr Kleid, musterte ihn und schenkte ihm ein Lächeln. „Sie sind ein guter Mann, Sir Robert. Die meisten Arbeitgeber hätten mich entlassen, ohne sich auch nur meine Version der Geschichte anzuhören.“

Robert blickte ihr in die Augen. „Das werde ich auch tun, wenn mein Sohn zu Schaden kommen sollte.“

Sie machte einen Knicks. „Ich kann Ihnen versprechen, dass er durch mich keinen Schaden erleiden wird, Sir.“ Sie wandte sich erhobenen Hauptes zur Tür. Sie blickte auf die Uhr auf dem Kaminsims und dann zu ihm. „Jetzt ist eigentlich mein freier Nachmittag, Sir. Darf ich den noch nehmen?“

„Selbstverständlich“, sagte Robert. „Solange Agnes Bescheid weiß.“

Pollys Lippen verzogen sich zu einem verschmitzten Lächeln. „Agnes glaubte schon, dass Sie mich entlassen würden, und hat angeboten, meine Sachen für mich zu packen. Ich werde definitiv Bescheid sagen, dass das nicht der Fall ist, bevor ich gehe.“

Robert hatte gewisse Spannungen zwischen den Cousinen bemerkt, dies aber als übliches Geplänkel zwischen Verwandten abgetan. War Agnes neidisch, weil Ned offensichtlich Polly bevorzugte?

Nachdem sie gegangen war, bemerkte Robert, dass das Kindermädchen recht gut darin war, die Männer in ihrem Leben zu lenken – und das schloss ihn mit ein. Er würde gut daran tun, dies nicht zu vergessen.

Kapitel 3

„Was ist denn, Agnes?" Lucy blickte vom Brief, den sie gerade schrieb, auf, wandte sich um und erblickte das Kindermädchen ihres Sohnes hinter sich stehen.

„Ich kann Polly nicht finden, Mylady."

Lucy legte die Feder hin. Sie befanden sich in ihrem privaten Salon an der Hinterseite des Hauses, wo sie üblicherweise ihren Tag mit einem Gespräch mit der Köchin und der Haushälterin begann, bevor sie sich den Aufgaben in ihrem Terminplan widmete.

„Geht es ihr nicht gut?"

„Ich weiß es nicht. Sie ist einfach verschwunden."

Lucy rückte vom Tisch zurück, stand auf und streckte den Rücken. „Wann haben Sie sie zuletzt gesehen?"

„Gestern um die Mittagszeit herum, bevor sie gebeten wurde, Sir Robert in dessen Arbeitszimmer aufzusuchen." Agnes schien kurz nachzudenken. „Könnte es sein, dass er sie entlassen hat?"

„Er hat zumindest nichts davon erwähnt und ich hätte Ihnen Bescheid gesagt, wenn wir ab sofort zu wenige Angestellte in der Kinderstube hätten. Soweit ich weiß, hat Sir Robert Polly lediglich angewiesen, Ned aus jeglichen romantischen Verflechtungen herauszulassen. Er wollte ihr außerdem eine Stelle bis zum Quartalsende anbieten."

„Sie hat nicht mal den Anstand besessen, mir auch nur irgendetwas davon zu erzählen." Agnes runzelte die Stirn. „Aber das überrascht mich nicht."

Lucy ging dicht gefolgt von Agnes in Richtung der Hintertreppe. Zusammen begaben sie sich hinauf unter das Dach, wo sich die Schlafzimmer der Angestellten befanden. Die gesamte Etage war menschenleer, da alle schon aufgestanden und bei der Arbeit waren. Lucy blieb am Treppenabsatz stehen, um wieder zu Atem zu kommen, und wartete, bis Agnes zu ihr aufschloss.

„Welches der Zimmer ist das von Polly?"

„Hier entlang." Agnes bog links ab in den Flügel der Frauen, ging zur dritten Tür und öffnete sie. „Es sieht nicht aus, als hätte sie heute Nacht in ihrem Bett geschlafen."

„Nein, in der Tat, aber ihre Sachen sind alle noch da." Lucy begutachtete die Kleider, die an den zugehörigen Haken an der Wand hingen, die offene Truhe voller Unterröcke, Strümpfe und Unterwäsche. Der Inhalt eines Nähkästchens lag über die Ankleidekommode verteilt. Daneben befand sich eine Haarbürste und eine achtlos weggeworfene Schleife. Lucy entdeckte außerdem eine halbgefüllte Tasche.

„Gestern war Pollys freier Nachmittag", sagte Agnes. „Bei ihrer Rückkehr hat sie sonst immer kurz in der Kinderstube vorbeigeschaut, um gute Nacht zu sagen und nach Master Ned zu sehen, aber gestern Abend ist sie nicht da gewesen."

„Vielleicht ist sie nicht zum Haus zurückgekehrt", überlegte Lucy. „Ist es möglich, dass sie die Nacht bei einer Freundin verbracht und lediglich verschlafen hat?"

„Sie ist erst seit einem Monat hier, Mylady", bemerkte Agnes. „Sie hat kaum Bekanntschaften geschlossen, abgesehen von denen hier auf dem Anwesen."

Lucy ging langsam im Kreis und überlegte, was mit Polly passiert sein könnte. Ihre Gedanken flogen in so viele Richtungen, dass sie sich recht unwohl fühlte. „Ich muss mit Sir Robert sprechen."

„Ja, Mylady." Agnes zögerte. „Denken Sie, sie ist davongelaufen?"

„Ich weiß es nicht", sagte Lucy. „Sie ist Ihre Cousine. Denken Sie, das ist wahrscheinlich?"

„Es schien ihr hier zu gefallen." Agnes verzog das Gesicht. „Vielleicht war es ihr hier aber zu ruhig und sie hat beschlossen, nach London zurückzukehren."

„Wenn das der Fall wäre, wieso packt sie dann nicht ihre Sachen und geht, sondern stimmt zu, für drei weitere Monate zu bleiben?"

„Ich habe keine Ahnung, Mylady." Agnes ging zur Tür. „Ich muss zurück in die Kinderstube. Ned ist so schon aufgebracht genug, weil Polly einfach ohne ein Wort verschwunden ist …"

„Natürlich, gehen Sie nur."

Lucy blieb stehen und hob ein blaues Kleid auf, das Polly auf den Boden geworfen hatte. Sie schüttelte den Stoff aus. Am Saum des Kleides befand sich ein großer Matschfleck, der vielleicht erklärte, warum es auf dem Boden lag und nicht an einem der Haken. Ihr Mantel war nicht zu sehen, ebenso wenig ihre beste Haube und ihre robusten Stiefel. Das alles waren Dinge, die sie vermutlich angezogen hatte, wenn sie an ihrem freien Nachmittag ausgegangen war. Aber wo war sie nur hingegangen?

Tief in Gedanken versunken ging Lucy die Treppe hinunter und fand Robert in seinem Arbeitszimmer vor. Er blickte zu ihr auf, als sie eintrat, und erstarrte sofort. „Was ist los?"

„Polly ist verschwunden."

„Meinst du damit, sie ist gegangen oder sie ist nicht zurückgekehrt, von wo auch immer sie ihren freien Nachmittag verbracht hat?“

„Die meisten ihrer Sachen sind noch da, nur sie nicht.“ Lucy biss sich auf die Lippe. „Wirkte sie aufgebracht, als du gestern mit ihr gesprochen hast?“

„Ganz und gar nicht. Um ehrlich zu sein, war sie erstaunlich verständnisvoll, was die ganze Sache anging.“

„Hast du ihr Geld gegeben?“

„Nein, natürlich nicht.“ Robert sah verwirrt aus. „Wir bezahlen unsere Angestellten immer am Monatsende.“

„Was bedeutet, dass sie erst letzte Woche den Lohn für den ersten Monat erhalten hat.“ Lucy runzelte die Stirn.

„Damit wäre sie nicht besonders weit gekommen.“

„Das denke ich auch“, sagte Lucy, während sie im Zimmer Kreisbahnen zog. „Dann frage ich mich umso mehr, wo sie stecken könnte.“

„Vielleicht hat sie bei jemandem übernachtet und die Zeit vergessen“, spekulierte Robert.

„Ich hatte den gleichen Gedanken, aber Agnes meinte, dass Polly kaum Bekanntschaften außerhalb des Haushalts gemacht hat.“ Lucy blickte über die Schulter zu ihrem Ehemann. „Hat Polly dir gegenüber gestern erwähnt, ob sie vorhatte, jemanden zu treffen?“

„Nein, nach unserem Gespräch, hat sie mich gefragt, ob es noch immer in Ordnung wäre, wenn sie den Nachmittag frei nähme. Ich habe es ihr gestattet. Da habe ich sie das letzte Mal gesehen.“

„Seitdem hat sie auch niemand sonst gesehen.“ Lucy seufzte und setzte ihre Kreisbahnen fort.

„Ist sie denn nicht nach oben gegangen, um Agnes Bescheid zu sagen, dass sie sich auf den Weg machen wollte?“, fragte Robert.

„Laut Agnes nicht. Und sie habe auch bei ihrer Rückkehr nicht vorbeigeschaut, um Ned gute Nacht zu sagen.“

Robert runzelte die Stirn. „Ich habe Polly angewiesen, Agnes Bescheid zu sagen, dass sie ging, und sie hat mir versichert, dass sie das auch täte.“ Er überlegte kurz, bevor er weitersprach. „Ich hatte stark das Gefühl, dass sich die beiden nicht gut verstanden. Vielleicht hat Polly beschlossen, ihrer Cousine aus Trotz nicht Bescheid zu sagen. Agnes hat laut Polly wohl gemutmaßt, dass wir ihre Cousine entlassen wollen und soll angeboten haben, die Taschen für Polly zu packen.“

„Davon hat Agnes nichts erwähnt, aber auch ich habe mich schon gefragt, ob zwischen den beiden alles in Ordnung ist.“ Lucy runzelte die Stirn. „Ned ist sehr von Polly angetan und ich glaube, dass Agnes das nicht besonders gefällt.“

Robert erhob sich. „Lass uns Foley finden und dann das Haus und das Grundstück absuchen.“

Er ging vor Lucy nach draußen und nahm die Tür in Richtung der Küche und des Arbeitsbereichs des Butlers. Bis Lucy zu ihm aufgeschlossen hatte, sprach er bereits mit dem Butler und der Köchin. Soweit sie es beurteilen konnte, kamen die Neuigkeiten für alle überraschend und lösten vor allem Kopfschütteln aus.

„Wo ist James?“, fragte Robert und suchte mit seinen scharfen, blauen Augen die Küche ab.

Foley kratzte sich am Kopf. „Ich habe ihn heute Morgen noch nicht gesehen. Sie, Mrs Bloomfield?“

Der Butler und die Köchin tauschten einen Blick aus, bevor auch sie die Frage verneinte.

Michael, der den nächsthöheren Rang in der Dienerschaft besaß, trat vor. „Soll ich nach oben gehen und in seinem Zimmer nachsehen? Vielleicht geht es ihm nicht gut."

„Sehr gerne", antwortete Robert. „Und dann kommen Sie bitte hierher zurück. Sie müssen danach für mich zu den Stallungen gehen."

„Jawohl, Sir Robert."

Lucy beugte sich zu ihm und flüsterte: „Ich frage mich, ob James vielleicht mit Polly zusammen ist."

„Das will ich verdammt noch mal nicht hoffen", antwortete Robert ebenso leise. „Aber es sieht nicht gut aus, oder?"

Dermot Fletcher kam eine Melodie pfeifend durch die Hintertür herein und blieb dann wie angewurzelt stehen, als er seine Arbeitgeber in der Küche entdeckte.

„Gibt es ein Problem?", frage er vorsichtig.

„Nun, immerhin sind Sie hier", sagte Robert. „Polly ist verschwunden."

„Verschwunden?" Dermot wurde blass. „Ich habe sie gestern in der Auffahrt in Richtung des Dorfs gehen sehen."

„Wann war das?"

„Kurz nach Mittag. Ich hatte gerade die Glocken läuten hören."

Michael kam mit lautem Stampfen die Hintertreppe wieder herunter und trat vor Robert. „Er ist nicht in seinem Zimmer, Sir, und das Bett ist unbenutzt."

Lucy legte sich die Hand auf ihren leicht gerundeten Bauch und schloss kurz die Augen, als der Raum zu verschwimmen begann. Waren James und Polly einem Impuls folgend davongelaufen, ohne auch nur Kleider zum Wechseln oder ihre anderen Besitztümer mitzunehmen? Oder hatten sie nur zusammen einen Ausflug gemacht und würden zurückkehren, sobald ihnen danach war? Beide Szenarien verärgerten sie.

„Miss Polly würde nicht ...", setzte Mr Fletcher an, bevor Robert ihm das Wort abschnitt.

„Mr Fletcher, gehen Sie bitte ins Dorf und geben Sie dem Pfarrer Bescheid. Und bringen Sie in Erfahrung, ob James und Polly nicht bei irgendjemandem untergekommen sein könnten."

„Die Eltern von James haben einen Hof ungefähr eine Meile entfernt, Sir", sagte Michael. „Vielleicht sind sie dort hingegangen."

„Ja, natürlich." Robert nickte. „Gehen Sie zu den Stallungen, Michael, und setzen Sie Mr Coleman darüber in Kenntnis, was vor sich geht. Bitten Sie ihn darum, die Stallburschen auszusenden, um das umliegende Gebiet zu durchkämmen. Sobald Sie das erledigt haben, kommen Sie bitte mit einer Kutsche hierher zurück, damit wir zum Bauernhof von Mr Green fahren können, um zu hören, ob James vielleicht dort aufgetaucht ist."

„Jawohl, Sir Robert." Michael eilte durch die Spülküche nach draußen.

Während Robert seine Befehle gab und dann mit Mr Fletcher hinausging, ließ Lucy sich auf einen Stuhl sinken und genehmigte sich eine Tasse starken Tees aus der Kanne auf dem Tisch, die die Köchin bereits vorbereitet hatte. Lucy wusste, dass Robert ihr in ihrer derzeitigen Verfassung nicht erlauben würde, mit nach draußen zu laufen und nach Polly zu suchen.

Allerdings fühlte sie sich ohnehin nicht danach, als könnte sie überhaupt irgendwo hineilen, denn es war schon mühsam genug, ausreichend Luft zu kriegen. Ihr war noch immer schwindelig.

„Geht es Ihnen gut, Mylady?", fragte die Köchin.

„Ja." Lucy setzte ein Lächeln auf. „Ich mache mir nur Sorgen wegen Polly und James."

„Denken Sie, die beiden sind zusammen durchgebrannt? Der Junge hat sie wirklich angehimmelt."

„Das klingt zumindest plausibel." Lucy seufzte, während die Köchin ein Stück Zucker in den Tee gab. „Vielen Dank."

In der Küche kehrte langsam Normalität ein. Lucy nippte an ihrem warmen Getränk und dachte darüber nach, was sie als Nächstes tun sollte. Es war noch früh am Morgen, daher bestand die Möglichkeit, dass Polly und James nach Kurland Hall zurückkehren würden. Es fiel ihr schwer, darüber nachzudenken, was danach passieren würde, denn Robert würde die beiden sicher nicht länger anstellen wollen. Vielleicht würden sie lediglich ihre Sachen zusammenpacken und gehen.

Oder war es möglich, dass James Polly in einer Notlage begegnet war und sie vor dem Stallburschen Bert hatte retten müssen? Vielleicht war Polly dabei aufgefallen, dass sie Gefühle für James hegte, und sie hatte ihm ihre Liebe gestanden. James hätte sie in dem Fall vielleicht zum Hof ihrer Eltern gebracht, um deren Segen einzuholen, und sie hätten dann die Nacht dort verbracht.

Selbst für Lucy klang ein solches Szenario eher wie ein Kapitel aus einem Schundroman, allerdings wirkte Polly auch wie die perfekte Jungfrau in Nöten ...

Lucy trank ihren Tee aus und warf einen Blick auf die Uhr in der Küche. Zu diesem Zeitpunkt gab es kaum etwas, das sie tun konnte, außer Spekulationen aufzustellen. Aber sie weigerte sich, einfach so herumzusitzen und sich Sorgen zu machen. Agnes brauchte Hilfe in der Kinderstube und es gab niemanden, der Ned für seinen üblichen Spaziergang ausführen konnte. Sie würde sich ihre festen Stiefel anziehen, ihren Mantel suchen und mit ihrem Sohn im Park spazieren gehen. Dabei würde sie nicht nur ein wenig dringend nötige Bewegung bekommen, sondern auch ein wenig Zeit mit ihrem Sohn verbringen, der immer ihre volle Aufmerksamkeit benötigte.

Robert zog sich die Reitstiefel und seinen dicksten Mantel an. Er verließ das Haus durch die Vordertür, wo Michael bereits auf ihn wartete. Er kletterte in die schwankende Kutsche.

„Kennen Sie den Weg zum Hof der Greens?", fragte Robert, während er es sich gemütlich machte.

„Ja, Sir." Michael nahm die Zügel in die Hand und setzte das Pferd mit einem Zungenschnalzen in Bewegung. „Halten Sie sich nur gut fest und wir sind im Handumdrehen dort."

„Kein Grund zur Eile", sagte Robert. „Ich würde lieber sicher dort eintreffen als gar nicht."

„In Ordnung, Sir." Michael blickte über die Schulter und lenkte die Kutsche vorsichtig im Kreis. Es war für die meisten im Haushalt recht offensichtlich, dass sich Robert im Gegensatz zu den meisten Landadeligen in der Gegenwart von Pferden nicht wohlfühlte. Robert hatte vor langer Zeit aufgegeben, jemals wieder der wilde Pferdeverrückte werden zu wollen, der er in Jugendzeiten gewesen war.

Er hielt sich mit einer Hand an der Sitzbank fest und blickte entschlossen hinaus über die flachen Felder, die den Großteil seiner Ländereien ausmachten. Die Entwässerung war ein großes Problem; in den Monaten, in denen der Fluss Kurland über die Ufer trat und die Felder unter Wasser setzte, war es ein ewiger Kampf. Robert und Dermot hatten kürzlich die Ländereien von Coke und Holkham Hall in Norfolk besucht, um sich die Anbaumethoden dort anzusehen. Sie hatten wichtige Erkenntnisse zum Ausheben von Gräben und zur Kraft von Wasserkanälen und Windmühlen mitgenommen. Das Land in nächster Nähe des Flusses hatten sie bereits für das neue Entwässerungssystem vorbereitet.

Das Licht verschwand nach und nach, als die Bäume um die Straße immer dichter wurden und irgendwann den Weg wie ein grüner Tunnel aus knochigen, ineinander verschlungenen Fingern umschlossen. Das Zwielicht im Zentrum eines Eichenhains, den sie passierten, schien endlos.

„Es ist nicht mehr weit, Sir", sagte Michael, als sie endlich wieder ins Licht kamen. Robert musste aufgrund der plötzlichen Helligkeit blinzeln. „Der Hof liegt direkt hinter dem der Prentices."

„Vielen Dank." Robert hatte die Familie Green schon fast ein Jahr lang nicht mehr besucht. In der Regel kamen sie nach Kurland Hall, um James zu sehen, und trafen Robert bei der Gelegenheit oder sie kamen zum Markttag nach Kurland St. Mary, um mit ihm zu sprechen.

Die Farm war nirgendwo zu sehen, aber Michael schien sich sicher zu sein, dass der schmale Pfad, auf den er abbog, der richtige war. Robert hielt seinen Hut fest, als ein Windstoß über die Felder fegte und dem darauf wachsenden Weizen und Mais ein Rauschen entlockte, das wie tausend flüsternde Stimmen klang. Es sah ganz nach einer guten Ernte aus, aber man konnte nie wissen, was das Wetter brachte. Eine Woche Regen konnte die Feldfrüchte zerstören und eine Woche Trockenheit konnte sich ebenso verheerend auswirken.

Das waren die Freuden eines Bauern ... Robert war herzensfroh, dass der Hauptteil seines Einkommens aus den Anteilen seiner Familie im industriellen Norden stammte, der auch weiterhin florierte, während der Ertrag seiner Felder immer mehr schwand.

Er schirmte die Augen gegen die Sonne ab, als das Haupthaus und die Nebengebäude des Bauernhofs der Greens in Sichtweite kamen. Die Hütte aus Bruch- und Ziegelsteinen war erst vor einem Jahr neu gedeckt worden und wirkte wie ein stabiles Gebäude, um das sich gut gekümmert wurde. Gerade als die Kutsche begleitet von einer Kakophonie von Entenrufen und Hundebellen zum Stehen kam, wurde die Vordertür geöffnet und Mr Green kam heraus.

„Sir Robert!" Er näherte sich dem Pferd und hielt es am Zaumzeug fest, während Robert aus der Kutsche kletterte. „Ich wollte gerade selbst nach Kurland Hall fahren."

„Aus welchem Grund, Mr Green?", fragte Robert und schüttelte dem Mann kräftig die Hand.

„Nun, kommen Sie und sehen Sie selbst." Mr Green ging zurück zum Haupteingang und rief in den Flur hinein. „Sir Robert selbst ist hier, Gwen! Wir müssen uns keine Sorgen machen."

Robert folgte ihm hinein ins Bauernhaus und den Flur entlang in die große, sonnendurchflutete Küche am hinteren Ende des Hauses. Dort fand er Mrs Green vor, die sich um ihren Sohn James kümmerte, der zugedeckt auf einer Sitzbank lag.

„Guten Morgen, Sir Robert", sagte Mrs Green. „Suchen Sie meinen Sohn?"

„In der Tat, Mrs Green. Auch Ihnen einen guten Morgen." Robert nahm den Hut ab und setzte sich neben James. „Was ist passiert?"

James seufzte schwer und wandte sich dann Robert zu. „Jemand hat mich niedergeschlagen, Sir."

„Haben Sie sich schon wieder geprügelt?", fragte Robert mit ruhiger Stimme.

„*Nein*, Sir. Ich war gerade auf dem Weg vom Anwesen hinunter ins Dorf. Jemand hat sich von hinten angeschlichen und mir einen so starken Schlag verpasst, dass ich zu Boden ging."

„Am helllichten Tag, Sir Robert!", warf Mrs Green ein. „Was ist nur aus der Welt geworden?"

„Das weiß ich auch nicht, Mrs Green", erwiderte Robert höflich und widmete seine Aufmerksamkeit dann wieder James. „Und wie sind Sie hierhergekommen? Wir sind mehr als eine Meile von dem Ort entfernt, an dem Sie zu Boden gingen."

„Das weiß ich nicht, Sir", stöhnte James. „Das Nächste, an das ich mich erinnern kann, war mein Hund Nell, der an mir herumgeschnüffelt und mir die Pfote ins Gesicht gelegt hat. Und dann habe ich die Stimme meines Vaters gehört."

Robert blickte auf zu Mr Green, der sich auf einen Holzhocker neben dem Küchentisch gesetzt hatte. Seine Hände ruhten auf den gespreizten Knien. „Wo genau haben Sie ihn gefunden?"

„Nahe der Straße hoch zum Hof, Sir." Mr Green tätschelte einen der Hunde, die sich um ihn geschart hatten. „Nicht, dass ich ihn ohne Hilfe gefunden hätte. Ohne den Hund hätte er da vielleicht den ganzen Tag herumgelegen, schließlich hatte ich heute gar nicht vor, den Hof zu verlassen." Er nickte in Richtung seines Sohnes. „Ich war um fünf Uhr wach, um die Kühe zu melken, und da hat Nell mich am Ärmel nach draußen gezerrt."

„Ein schlauer Hund", bemerkte Robert. „Also weiß niemand von Ihnen, wie James nach dem Angriff irgendwo in der Nähe von Kurland Hall auf Ihr Land gekommen ist?"

„Es klingt merkwürdig, Sir, aber so ist es", bestätigte Mr Green. „Wir sind nur froh, dass es dem Jungen gut geht."

„Gott sei Dank", murmelte Mrs Green.

Robert musterte James weiter, der Schwierigkeiten zu haben schien, ihm in die Augen zu sehen. „Wäre es möglich, dass ich mich einen Moment allein mit Ihrem Sohn unterhalten könnte?"

Mr und Mrs Green tauschten überraschte Blicke aus. „Wenn Sie wünschen, Sir. Wir warten dann in der Wohnstube."

„Vielen Dank."

Robert wartete, bis sie gegangen waren und wandte sich dann James zu.

„Ich kann verstehen, dass Sie die tatsächlichen Umstände Ihres Handelns vor Ihren Eltern nicht verraten wollen, aber ich würde jetzt gerne die ganze Geschichte hören. Haben Sie sich mit Bert Speers geprügelt?"

„Nein, Sir. Das schwöre ich."

„Haben Sie Polly gestern gesehen?"

James' Hand schloss sich zu einer krampfhaften Faust um die Decke. „Ich hatte kurz nach ihr frei, also bin ich ... ihr nach Kurland St. Mary gefolgt."

„Haben Sie mit ihr gesprochen?"

„Nein, Sir." James schüttelte energisch den Kopf und verzog dann das Gesicht vor Schmerz. „Sie war mir zu weit voraus. Ich habe versucht, nach ihr zu rufen, aber ich bezweifle, dass sie mich gehört hat."

„Oder sie hat Sie einfach ignoriert. Fahren Sie fort."

„Womit soll ich fortfahren, Sir?" James blinzelte ihn fragend an. „Ich habe sie nie eingeholt. Kurz bevor ich die Kirche erreichte, hat mich jemand von hinten überfallen und an mehr kann ich mich nicht erinnern."

Robert musterte seinen Angestellten nachdenklich. Er sah recht mitgenommen aus und hatte eine blutige Wunde an der Seite des Kopfes.

„Haben Sie gesehen, in welche Richtung Polly gegangen ist, nachdem sie ins Dorf kam?"

„Nein, Sir. Die Kirche hat mir die Sicht versperrt."

„Und Sie können sich an nichts erinnern seit gestern Abend, bis Ihr Vater Sie heute Morgen gefunden hat?"

„So ist es, Sir." James zögerte. „Hat Polly etwas Gegenteiliges gesagt? Stellen Sie mir deshalb all diese Fragen?"

Das war eine interessante Bemerkung von James – beinahe so, als befürchtete er, irgendeiner bestimmten

Tat beschuldigt zu werden. Robert musterte den jungen Diener und entschied sich dazu, direkt zu sein.

„Polly ist verschwunden. Ich hatte eigentlich gehofft, sie in Ihrer Gesellschaft zu finden."

***

Lucy saß an ihrer Ankleidekommode, während Betty sie neu frisierte. Draußen war es windig, daher vermutete Lucy, dass sich ihre losen Locken auf einem stürmischen Spaziergang nicht gut machen würden. Sie hatte Betty angewiesen, ihr Haar eng an den Kopf zu flechten, damit sie alles unter der Haube verstecken konnte.

„So ist es viel besser." Lucy begutachtete ihr Spiegelbild. „Vielen Dank."

„Sehr gerne, Mylady." Betty befestigte eine weitere Haarnadel in der Frisur. „Gibt es Neuigkeiten wegen Polly?"

„Bisher noch nicht." Lucy seufzte. „Ich kann einfach nicht glauben, dass Sie davongelaufen sein soll."

„Mr Foley sagte, dass James ebenfalls vermisst wird." Betty legte eine hoffnungsvolle Pause ein. „Vielleicht sind die beiden ja zusammen. Das würde Agnes mit Sicherheit übel aufstoßen. Sie war schon immer an James interessiert."

„Das wusste ich nicht." Lucy wandte sich auf ihrem Stuhl um, damit sie Betty direkt ansehen konnte. Normalerweise lag es ihr fern, mit ihren Bediensteten Tratsch auszutauschen, aber Betty war schon an ihrer Seite gewesen, als sie noch im Pfarrhaus gewohnt hatte, und war eine zuverlässige Vertraute. „Finden Sie, dass Polly und Agnes sich gut verstanden haben?"

„Ganz und gar nicht, Mylady. Agnes ist ziemlich eifersüchtig, weil Master Ned Polly lieber mag. Genau wie James." Betty räumte die restlichen Haarnadeln wieder ordentlich ein. „Agnes hat das gar nicht gefallen und sie hat ihre Cousine das auch spüren lassen." Betty schnalzte mit der Zunge. „Die ganzen Streitereien, die die beiden hatten, sobald Ned im Bett war."

„Haben Sie sich häufig gestritten?"

Betty nickte energisch. „Gestern Morgen, als ich in der Kinderstube war, um Ihr verschwundenes Buch zu suchen, habe ich die beiden durch die Wand gehört, Mylady. Agnes bestand darauf, dass Polly entlassen werden würde und dass ihr das rechtgeschehe. Polly hat sich das nicht gefallen lassen."

Lucy war schnell klar, dass der Streit vor Pollys Gespräch mit Robert stattgefunden haben musste, nach welchem sie niemand mehr gesehen hatte.

„Agnes meinte, es wäre ein Segen, wenn Polly ginge. Und Polly sagte, dass Agnes nur eifersüchtig sei." Betty strich die Bettlaken glatt. „Polly hat die Tür ganz schön zugeknallt, als sie herauskam und die Treppe hinunterging."

„Du meine Güte", sagte Lucy. „Vielleicht ist das der Grund, warum Polly beschloss, nicht zurückzukommen."

„Ich schätze, das ist möglich, Mylady, aber warum sollte sie ohne ihre Sachen verschwinden?" Betty wirkte wenig überzeugt. „Erinnern Sie sich noch daran, als Mary aus dem Pfarrhaus verschwand? Sie hat alles mitgenommen."

Trotz der todernsten Natur des damaligen Vorfalls, musste Lucy beinahe lächeln. Sie würde dieses Ereignis nie vergessen, denn es hatte ihr ein unstetes Bündnis mit dem damals noch ans Bett gefesselten Robert beschert, das schließlich ihre Ehe zur Folge gehabt hatte.

Betty kam zu ihr herüber und tätschelte ihr die Schulter. „Machen Sie sich nicht zu viele Sorgen, Mylady, besonders nicht in Ihrer Verfassung. Sir Robert würde das gar nicht gefallen.“

„Da haben Sie recht“, stimmte Lucy ihr zu. „Allerdings fühle ich mich in gewisser Weise dafür verantwortlich. Polly ist meine Angestellte und sie schien zumindest ein weiteres Quartal hierbleiben zu wollen.“

„Vielleicht ist sie aber genauso flatterhaft, wie sie von außen wirkt, hat ein besseres Angebot erhalten und hält uns jetzt alle zum Narren.“ Betty ging in Richtung der Tür. „Das Mädchen hat auf mich immer ein wenig geheimniskrämerisch gewirkt.“

Lucy dachte über Bettys Worte nach, während sie sich bereitmachte, um hinauf in die Kinderstube zu gehen. Die Sache war so verwirrend. Polly hatte ihrer Cousine nicht erzählt, dass sie sich den halben Tag freinehmen würde; Agnes hatte nicht erwähnt, dass sie und Polly gestritten hatten, kurz bevor Polly ging. Aber wer sagte die Wahrheit?

Lucy entschied sich dazu, Agnes nichts weiter zu sagen, bis Robert von seinem Besuch bei der Familie Green zurückkehrte. Wenn man Polly und James zusammenfand, gäbe es immer noch genug Anlässe, um sich über die Angelegenheit zu unterhalten.

Kapitel 4

„Ich habe James auf dem Bauernhof seiner Eltern gefunden." Robert betrat Lucys Wohnzimmer und schloss die Tür hinter sich. „Er hat keine Ahnung, wo Polly ist."

Lucy runzelte die Stirn. „Wo hat er sich dann herumgetrieben? Foley sagte mir, dass James gestern nur den halben Tag frei und keine Erlaubnis hatte, die Nacht auf dem Bauernhof zu verbringen."

„James behauptet, dass ihm jemand einen Schlag auf den Kopf verpasst hat und er am nächsten Morgen im Heukarren seines Vaters mit dem Hund an seiner Seite aufgewacht ist", sagte Robert.

„Du klingst nicht, als würdest du ihm glauben." Lucy musterte das Gesicht ihres Ehemanns.

„Weil es ziemlich fantasievoll klingt! Wie kann er nicht wissen, wie er auf den Bauernhof seiner Eltern kam?", fragte Robert. „Wenn ihm wirklich jemand auf den Kopf geschlagen hat, wieso sollte ein Angreifer ihn danach tragen und in beinahe einer Meile Entfernung wieder ablegen, wo man ihn sicher finden würde?"

„Ich muss zugeben, dass es in der Tat etwas merkwürdig klingt", sagte Lucy langsam. „Mir stellt sich die Frage, wie die Person, die James angegriffen haben soll, ihn so gut kannte, dass sie wusste, wo er lebt."

„James lebt jetzt hier, Lucy, und zwar schon seit mehreren Jahren", erinnerte Robert sie. „Wieso also hat der Angreifer ihn nicht vor unserer Tür abgelegt?"

„Vielleicht, weil man ihn dann zu früh gefunden hätte?" Lucy sah ihren Ehemann an. „Wenn die Person lediglich wollte, dass James aus dem Bilde war, dann wäre es umso besser gewesen, je länger es dauerte, bis man ihn fand."

„Mr Green sagte, er hätte James ohne seinen Hund nie so schnell gefunden." Robert fuhr sich mit der Hand durchs Haar und setzte sich Lucy gegenüber. „Und ich bin noch immer nicht sicher, ob er wirklich angegriffen wurde."

Lucy erstarrte. „Glaubst du, er hat sich wieder wegen Polly geprügelt?"

„Oder *mit* Polly." Robert seufzte. „Er sagte, er habe sie vor sich ins Dorf gehen sehen, aber sie hatte wohl zu viel Vorsprung, um ihn zu bemerken."

„Ich schätze, das ist möglich." Lucy biss sich auf die Lippe. „Robert, willst du wirklich andeuten, dass James sich alles nur ausgedacht hat?"

„Ich habe es während meiner Zeit in der Kavallerie mit sehr vielen jungen Männern zu tun gehabt, Lucy, und ich bin recht gut darin, die Lügner und die Feiglinge unter ihnen zu erkennen." Robert zögerte. „Ich denke, dass James mir nicht die ganze Wahrheit gesagt hat, aber ich bin mir nicht sicher, warum."

„Vielleicht hat er sich mit Polly gestritten und sie war es, die ihn ausgeschaltet hat. Dann wäre es ihm sicher peinlich, das zuzugeben."

„Das ist möglich, aber wie ist er dann auf den Bauernhof seiner Eltern gelangt?"

„Er könnte selbst dorthin gegangen sein", bemerkte Lucy. „Wenn er wirklich benommen war, hat er es vielleicht nur vergessen."

„Das stimmt." Robert runzelte noch immer skeptisch die Stirn. „Er wirkte nicht gerade überrascht, als ich ihm sagte, dass Polly verschwunden ist." Er zog eine Augenbraue hoch. „Ich gehe davon aus, dass sie noch nicht gefunden wurde?"

„Nein, noch nicht. Ich habe darüber nachgedacht, hinunter zum *Queen's Head* zu gehen und nachzufragen, ob sie eine Fahrkarte für die Postkutsche gekauft hat", sagte Lucy.

„Lass mich gehen. Ich hatte noch keine Gelegenheit, mich umzuziehen, und die Kutsche steht noch draußen." Robert stand auf. „Bleib du hier und ruh dich aus."

„Ich bin keine Invalidin, Robert." Lucy setzte sich gerade auf. „Ich bin nicht einmal besonders müde."

„Ich bin mir deiner Fähigkeiten bewusst, meine Liebste, aber es würde mir besser gehen, wenn du unsere Suche nach Polly von *hier* aus koordinierst." Robert ging in Richtung der Tür. „Falls Polly gefunden wird, bevor ich zurückkehre, dann schicke mir einen der Stallbuschen hinterher."

Und damit verschwand er und ließ Lucy leicht verärgert über seine eigenmächtige Entscheidung zurück. In angespannten Lagen neigte er dazu, sie herumzukommandieren wie eine Untergebene. Da Lucy zu rastlos war, um sich wieder ihrem Buch zu widmen, ging sie hinaus auf den Flur in Richtung der Eingangshalle. Diese befand sich im ältesten Teil des Hauses, an das sich die mittelalterliche Halle anschloss.

Sie hatte Foley und Mrs Bloomfield darum gebeten, das Gutshaus durchsuchen zu lassen, da es bedingt durch die vielen baulichen Veränderungen über die Jahre zahlreiche versteckte Ecken, Winkel, dunkle Keller und Treppen ins Nirgendwo gab. Polly wäre nicht die erste Angestellte im Haus, die von den gewohnten Fluren abgekommen wäre und sich verlaufen hätte.

Mr Fletcher war hinunter zum Pfarrhaus gegangen und Tante Rose hatte sich freiwillig gemeldet, in den Häusern im Dorf herumzufragen. Lucys Vater war in die weiter entfernten Gemeinden von Kurland St. Anne und Lower Kurland geritten, um nachzusehen, ob Polly sich auf dem Weg dorthin verlaufen hatte und vielleicht irgendwo untergekommen war.

Auf einem ihrer gemeinsamen Spaziergänge mit Ned hatte Polly Lucy gestanden, dass sie die Wege auf dem Land wegen der offenen Felder und ohne Straßenbeleuchtung ein wenig verwirrend und beängstigend fand. Vielleicht hatte sie sich einfach verlaufen.

Lucy blieb am Fuß der Treppe stehen und wusste nicht ganz, was sie tun sollte. Sie könnte wieder hinauf gehen und noch einmal nach Ned sehen, aber damit würde sie seine tägliche Routine stören, die sie so sorgfältig aufgebaut hatte, nur um ihre eigene Rastlosigkeit zu befriedigen. Sie war völlig eingenommen von ihrer Vorahnung, dass Polly sich nicht einfach verlaufen hatte, sondern irgendetwas ganz und gar nicht stimmte.

„Lucy?"

Sie blinzelte und wandte sich zur jetzt offenstehenden Vordertür, wo ihre Schwester Anna mit einem breiten Lächeln auf sie wartete.

„Anna!" Lucy eilte ihrer Schwester entgegen und fiel ihr in die Arme. „Wie schön, dich zu sehen! Ich habe dich frühestens nächste Woche zurückerwartet!" Sie nahm die Hand ihrer Schwester. „Komm und erzähl mir alles über deinen Besuch bei den Akers. Wie war es mit Harry?“

Anna lachte und klopfte ihr auf die Schulter. „Gute Güte, Lucy. Du hast so viele Fragen, dabei will ich nichts anderes, als nach oben zu gehen und zu sehen, wie es meinem niedlichen Neffen geht!“

„Du kannst ihn später sehen“, sagte Lucy entschlossen und winkte Foley herbei, der hinter ihrer Schwester das Haus betreten hatte. „Aber zuerst trinken wir etwas Tee.“

„Wie du wünschst.“ Anna band die Schnüre ihrer Haube los und gab den Blick auf ihre natürlichen blonden Locken preis, die zu einem lockeren Zopf gebunden waren. „Ich bin gerade erst im Pfarrhaus gewesen, aber außer der Köchin war niemand da. Daher habe ich beschlossen, zum Anwesen zu kommen und dir als Erster meine Neuigkeiten mitzuteilen.“

Anna zog ihre Handschuhe aus und hielt Lucy die Hand zur Begutachtung hin. „Ich habe Captain Akers geheiratet.“

Lucy keuchte auf und legte die Hand auf den Brustkorb. „Du bist *verheiratet?*“

„Ja.“ Annas Gesicht färbte sich bezaubernd rot. „Ich weiß, dass du dich über die Eile wundern musst, wo wir doch beschlossen hatten, noch zu warten. Aber während ich bei ihm zuhause war, hat er neue Befehle erhalten, die ihn für fast ein *Jahr* fernhalten werden.“ Annas fröhliches Lächeln verblasste. „Harry hat versucht, so zu tun, als wäre alles in Ordnung, aber ich wusste, dass er tief in seinem Herzen besorgt war, dass ich ihn in einem Jahr ganz vergessen haben würde.“ Sie zuckte mit den Schultern. „Natürlich ist das ganz und gar unmöglich, aber du weißt ja, wie die Männer sind."

Lucy konnte sich zwar nicht vorstellen, dass Robert so ein Gedanke kommen würde, aber sie nickte zustimmend.

„Er hat mich gefragt, ob es für mich möglich wäre, ihn zu heiraten, bevor er ginge, und ich habe Ja gesagt", erzählte Anna so schnell, dass sie fast schon außer Atem kam. „Es ist ihm gelungen, eine Sondergenehmigung zu erhalten. Aber weil es so schnell gehen musste, konnte ich Freunde und Familie nicht einladen. Ich hoffe, dass du mir das verzeihen kannst, Lucy."

„Aber natürlich!", beschwichtigte Lucy sie. Sie war zwar enttäuscht, nicht dabei gewesen zu sein, aber sie war so überrascht, dass Anna überhaupt beschlossen hatte zu heiraten, dass ihre anderen Gefühle dagegen verblassten. Ihre Schwester war der Institution der Ehe aus Angst davor, ein Kind zu bekommen, schon immer abgeneigt gewesen.

Captain Akers hatte nicht nur Annas Liebe gewonnen, sondern sie auch noch davon überzeugen können, dass er alles in seiner Macht Stehende tun würde, um eine Schwangerschaft zu verhindern. Lucy kannte diese intimen Details nur, weil sie bei einem Besuch bei den Akers versehentlich ein privates Gespräch mitgehört und weil Anna sie um Rat gebeten hatte.

„Wo ist Captain Akers jetzt?", fragte Lucy.

„Er musste sich umgehend in Southampton zum Dienstantritt melden." Anna sah aus, als versuchte sie mit großer Mühe, nicht in Tränen auszubrechen. „Seine Mutter hat mich darum gebeten, eine Weile bei ihr zu bleiben, während er fort ist, aber ich musste

zuerst nach Hause kommen und meine guten Neuigkeiten mit allen teilen."

Lucy nahm Annas Hand in die ihre. „Ich freue mich
so für dich, meine liebste Schwester. Vater wird so
glücklich sein."

„Er wird jedenfalls sehr überrascht sein." Anna zögerte. „Denkst du, dass er verletzt sein wird, weil er die
Hochzeit nicht vollziehen konnte?"

„Ich denke, dass seine Freude über deine Heirat seine
Enttäuschung überwiegen wird, Anna", sagte Lucy bestimmt. „Sobald Captain Akers zurückkehrt, kann Vater vielleicht eine Zeremonie in der Kirche von Kurland
St. Mary abhalten, um eurer Ehe den Segen zu erteilen."

„Ich bin mir sicher, dass ihm das gefallen würde."
Anna nickte. „Und ich glaube sehr, dass auch Harry
nichts dagegen hätte."

Foley erschien mit einem Teetablett und stellte es vor
Lucy ab.

„Ich bitte um Entschuldigung für die Unterbrechung,
Mylady, aber ich wollte Sie darüber in Kenntnis setzen,
dass wir die Durchsuchung des Hauses abgeschlossen
haben und keine Spur Ihres verschwundenen Kindermädchens finden konnten."

„Vielen Dank, Foley." Lucy machte sich daran, den
Tee einzuschenken, während Anna ihre Pelisse ablegte.
„Bist du zu Fuß hier, Anna?"

„Ja, weil niemand zuhause war. Das war wirklich
merkwürdig, weil ich einen Brief vorausgeschickt
hatte, in dem ich Tag und Zeit meiner Ankunft ange-
kündigte." Anna nahm ihre Tasse. „Stimmt etwas
nicht?"

„Mein neues Kindermädchen ist nach ihrem freien Nachmittag gestern nicht wieder nach Hause gekommen“, sagte Lucy und bot Anna einen Keks an. „Das ganze Dorf und alle Bediensteten des Anwesens sind unterwegs und suchen nach ihr.“

„Das arme Mädchen!“, klagte Anna. „Das erklärt, warum Tante Rose nicht zuhause und Vaters liebstes Pferd nicht im Stall war.“

„Sie sollten aber bald zurück sein“, sagte Lucy. „Ich kann jemanden schicken, um ihnen zu sagen, dass du hier im Gutshaus bist, wenn du möchtest.“

„Ich habe der Köchin Bescheid gesagt. Ich bin mir recht sicher, dass sie es Tante Rose bei ihrer Rückkehr ausrichten wird. Es besteht also kein Anlass zur Sorge.“ Anna sah Lucy an und lächelte. „Du siehst sehr gut aus.“

„Vielen Dank.“ Lucy legte die Hand auf ihren rundlichen Bauch. „Ich erwarte ein weiteres Kind im Dezember.“

„Oh!“ Annas Lächeln verblasste. Sind das ... gute Neuigkeiten für dich?“

„In der Tat.“ Lucy lächelte zur Untermalung ihrer Aussage. „Das sind sogar wunderbare Neuigkeiten.“

„Ja, natürlich. Wie egoistisch von mir, dir nicht sofort zu gratulieren.“ Anna nahm Lucys Hand. „Du musst mich für eine furchtbare Schwester halten.“

„Ganz und gar nicht.“ Lucy hatte vollstes Verständnis für Annas Ängste. Die eigene Mutter im Kindsbett zu verlieren, hatte sie beide gezeichnet. „Robert freut sich ebenfalls. Er war der Ansicht, dass wir Ned noch völlig verziehen, wenn er Einzelkind bliebe.“

„Wenn du möchtest, kann ich bis zur Geburt hierbleiben und erst dann zurückkehren, um den Akers während der Abwesenheit von Harry beizustehen", bot Anna ihr enthusiastisch an.

„Das wäre sehr schön", sagte Lucy. „Ansonsten wäre ich allein mit Penelope, die mir sagen wird, dass ich mich wegen den Geburtsschmerzen nicht so anstellen solle, weil bei ihr ja schließlich alles problemlos funktioniert habe."

Anna verdrehte die Augen. „Ich würde keiner Frau, die ein Kind kriegt, Böses wünschen, aber Penelope ist seit der Geburt des kleinen Francis geradezu unerträglich."

Lucy schenkte ihnen Tee nach. Sie war viel dankbarer, als sie sich hätte vorstellen können, ihre Schwester wieder hier in Kurland Hall zu haben, um mit ihr tratschen zu können. „*Und* sie hat mich davor gewarnt, dass das neue Kindermädchen zu schön sei, weil es Robert den Kopf verdrehen könnte."

Anna prustete ihren Tee heraus. „Das hat sie nicht!"

Lucy nickte. „Unglücklicherweise ist genau dieses Kindermädchen verschwunden. Ich bin ein wenig überrascht, dass Penelope nicht schon längst hier aufgetaucht ist, um nachzufragen, ob Robert mit ihr durchgebrannt ist, und um mich zu erinnern, dass sie ja von Anfang an gesagt habe, dass das Mädchen Ärger bedeute."

„Ich hoffe, dass sie wieder auftaucht." Anne stellte die Tasse auf dem Tisch ab. „Vielleicht sollte ich für ein paar Tage hier auf dem Anwesen bleiben, bevor ich ins Pfarrhaus zurückkehre. Ich kann in der Kinderstube helfen, bis sie wieder da ist."

„Das würde ich sehr zu schätzen wissen." Lucy schenkte ihrer großherzigen Schwester ein warmes

Lächeln. „Solange Tante Rose und Vater nichts dagegen haben."

„Sie werden das schon verstehen." Anna winkte Lucys Einwand mit einem Glucksen ab. „Sobald ich ihnen von meiner unerwarteten Hochzeit erzählt habe, setzen sie mich vielleicht ohnehin vor die Tür!"

***

Robert wies Michael an, die Kutsche auf den Stallhof des Gasthauses zu fahren, während er direkt ins Haupthaus des *Queen's Head* ging. Hinter dem Tresen traf er auf den Eigner, Mr Jarvis.

„Guten Tag, Sir Robert."

„Guten Tag." Robert nickte. „Haben Sie einen Moment Zeit, für ein Gespräch unter vier Augen?"

„Natürlich, Sir." Mr Jarvis bedeutete Robert, ihm in den hinteren Teil der alten Herberge bis in die Küche zu folgen. „Ich werde Mrs Jarvis holen. Sie würde es nicht schätzen, außen vor zu bleiben."

Robert seufzte innerlich, da Mrs Jarvis zur Schwatzhaftigkeit neigte und nur zu gerne ihre Meinung zu jedem Thema kundtat.

Er wartete in dem kleinen, gemütlichen Zimmer rechts neben der Küche, dessen weiße Wände aus Stroh und Lehm von großen schwarzen Balken getragen wurden. Schließlich stießen die beiden zu ihm.

„Polly Carter ist gestern nicht von ihrem freien Tag zurückgekehrt", sagte Robert. „Hat sie hier eine Fahrkarte für die Postkutsche gekauft?"

72

Die beiden wechselten erst einen Blick, bevor sie Robert ansahen. „Nicht, dass ich wüsste, Sir“, antwortete Mr Jarvis für beide.

„Ist es möglich, dass sie sich auf andere Weise eine Mitfahrgelegenheit gesichert hat, ohne dafür zahlen zu müssen?“

„Bei ihrem hübschen Äußeren habe ich keine Zweifel, dass es einige Männer gibt, die sie mitgenommen haben könnten“, sagte Mrs Jarvis. „Aber ich kann nicht behaupten, sie gestern überhaupt hier gesehen zu haben. Du etwa, mein Lieber?“

„Nein, aber ich werde in den Ställen nachfragen, wenn Sie bereit sind, hier einen Moment zu warten, Sir.“ Mr Jarvis sah Robert fragend an.

„Das würde ich sehr zu schätzen wissen.“

Mrs Jarvis hatte beschlossen, Robert weiter Gesellschaft zu leisten, nachdem ihr Mann hinausgegangen war. Es dauerte nicht lange, bis sie wieder anfing zu reden.

„Wenn Polly gestern eine Fahrkarte für die Postkutsche gekauft hätte, hätte sie bis heute Morgen warten müssen, um abreisen zu können. Und sie hat die letzte Nacht nicht in der Herberge verbracht.“

Robert verzog das Gesicht. „Das hatte ich nicht bedacht. Vielen Dank.“

„Es ist viel wahrscheinlicher, dass sie einem jungen Bauern schöne Augen gemacht und dieser sie dahin mitgenommen hat, wo auch immer sie hin wollte. Woher stammt sie?“

„Aus London, glaube ich“, antwortete Robert.

„Dann wäre die Postkutsche die naheliegendste Option gewesen." Mrs Jarvis nickte. „Sofern sie sich eine Fahrkarte leisten konnte."

„Sie hat letzte Woche den Lohn für ihren ersten Monat erhalten."

„War sie oben auf dem Anwesen denn unglücklich?"

„Soweit ich weiß, hatte sie sich gut eingelebt."

„Sie war ein nettes Mädchen, hat immer gerne geplaudert und Respekt für die Leute über ihr besessen", bemerkte Mrs Jarvis. „Vielleicht standen schlechte Nachrichten in dem Brief, den sie neulich abholte, als Sie mit ihr hier waren."

„Ja, vielleicht." Zur Abwechslung war Robert froh darüber, den Tratsch der Gastwirtin zu hören. Im Gegensatz zu ihr war Robert nicht aufgefallen, dass Polly ebenfalls Post erhalten hatte. „Ihre Familie lebt noch in London."

„Dann könnte das die Erklärung sein." Mrs Jarvis strich sich die Schürze glatt. „Sie hat nur auf ihren Lohn gewartet und ist bei der ersten Gelegenheit abgereist. Vermutlich werden Sie einen Brief von ihr erhalten, sobald sie zu Hause ankommt."

„Ich hätte es lieber gesehen, wenn sie uns wie üblich im Voraus über ihre Absichten in Kenntnis gesetzt hätte", merkte Robert an. „Ohne ein einziges Wort gegenüber den anderen – selbst ihrer Cousine – zu verschwinden, ist ausgesprochen ungebührlich."

„Die jungen Leute denken nur selten über solche Dinge nach, nicht wahr, Sir Robert?" Mrs Jarvis seufzte so stark, dass sich ihr üppiger Busen beinahe aus dem tiefen Ausschnitt ihres Kleides befreite.

„Arbeitet Bert noch hier?", fragte Robert.

„Ich glaube schon“, antwortete sie vorsichtig. „Mr Jarvis hat neulich ein Wörtchen mit ihm wegen Polly gesprochen. Er hat darauf bestanden, dass sie ihn absichtlich verführen wolle.“ Mrs Jarvis gluckste. „Als ob ein Mädchen wie sie an jemandem wie Bert interessiert wäre. Das habe ich ihm auch gesagt.“

Robert nahm seinen Hut. „Vielleicht werde ich selbst nach draußen in die Ställe gehen und nach Mr Jarvis sehen. Ich halte Sie wahrscheinlich nur von der Arbeit ab.“

„Es macht keine Umstände, mich mit Ihnen zu unterhalten, Sir.“ Sie zwinkerte ihm zu und öffnete die Tür. „Allerdings wollen wir ja nicht, dass man sich im Dorf Gerüchte über uns erzählt, nicht wahr?“

„Nein, das wollen wir nicht.“ Robert entschuldigte sich und eilte in Richtung der Tür, die hinaus auf den Hof und zu den Ställen neben dem alten Gasthaus führte. Er hatte schon einmal ein Missverständnis mit seiner Frau wegen der Gastwirtin des *Queen’s Head* überwinden müssen und war nicht besonders erpicht darauf, diese Erfahrung zu wiederholen.

Mr Jarvis kam ihm bereits aus den Ställen entgegen.

„Niemand kann sich daran erinnern, Polly Carter hier gestern gesehen zu haben, Sir.“

„Vielen Dank.“ Robert dachte kurz nach. „Und was ist mit Bert Speers?“

„Er ist heute nicht hier.“

„Wieso nicht?“

„Heute ist sein freier Tag, Sir Robert.“ Mr Jarvis deutete mit einer ausladenden Geste auf den halb leeren Hof. „An Dienstagen ist nie besonders viel los. Aber ich brauche jeden Mann hier an den Markt- und Samstagen."

„Würden Sie es mich bitte wissen lassen, wenn er wieder hier ist?", fragte Robert.

„Glauben Sie, das Polly bei ihm sein könnte?"

Robert bemerkte die Ungläubigkeit in der Stimme des Gastwirts, aber er wollte keine Möglichkeit ausschließen. So musste er sich noch nicht um schlimmere Szenarien Sorgen machen.

„Die Herzen der Frauen sind unergründlich, Mr Jarvis", erwiderte Robert. „Lassen Sie mich einfach wissen, wenn er wieder da ist. Ich möchte mich mit ihm unterhalten."

„Ja, Sir. Ich sage Ihnen Bescheid."

Robert fand Michael und kletterte in die Kutsche hinein. Als sie sich wieder im Dorfzentrum befanden, wandte er sich seinem Bediensteten zu.

„Haben Sie auf dem Hof noch irgendwelche Gerüchte bezüglich Polly aufgeschnappt?"

„Nein, Sir. Auch dort hat sie offenbar niemand gesehen." Michael zog die Zügel enger. „Und ich habe extra nach ihrem Verbleib herumgefragt."

„Wo ist dann dieses verdammte Mädchen?", murmelte Robert zu sich selbst, während sie die Fahrt zurück nach Kurland Hall antraten.

Wenn Polly keine Fahrkarte für die Postkutsche gekauft hatte, hatte sie dann vielleicht jemanden davon überzeugen können, sie den ganzen Weg nach London mitzunehmen? Irgendein Narr, der in sie verschossen war, hätte das vielleicht getan, aber in dem Fall stellte sich immer noch die Frage, wer James angegriffen hatte. Hatten die beiden Ereignisse vielleicht gar nichts miteinander zu tun? Seine Erfahrung sagte ihm jedoch, dass es einen direkten Zusammenhang geben musste.

Er richtete den Blick auf den Horizont, während er seine Gedanken ordnete. Langsam näherten sie sich den Toren von Kurland Hall.

Mrs Jarvis hatte außerdem einen an Polly adressierten Brief erwähnt. Hatte sie sich vielleicht gar keine Fahrkarte leisten müssen, weil ihr das Geld zugeschickt worden war? Oder hatte ihr jemand gar angeboten, nach Kurland St. Mary zu kommen, um sie abzuholen? Wenn das der Fall war, erklärte es vielleicht, warum James niedergeschlagen wurde. Hatte er vielleicht etwas beobachtet? War er vielleicht in einen Kampf zwischen Polly und einem unbekannten Mann verwickelt gewesen?

Robert war sehr froh, als die Kutsche endlich vor der Tür seines Hauses zum Stehen kam. Wenn er jetzt irgendetwas brauchte, dann war es ein Gespräch mit seiner immer logisch denkenden Ehefrau.

Kapitel 5

„Sir Robert?"

Lucy blickte auf, als Foley mit sorgenvoller Miene in den Frühstückssalon trat. Nachdem sie am Vorabend alles mit Robert besprochen hatte, war Lucys Schlaf von heftigen Alpträumen gestört worden, welche sie die halbe Nacht wachgehalten hatten.

„Was gibt es denn?" Robert senkte seine Zeitung.

„Giles Durley ist hier und möchte Sie dringend sprechen."

Robert ließ die Zeitung auf den Tisch fallen. „Ich bin sofort da."

Auch Lucy erhob sich, doch Robert wandte sich zu ihr. „Lass dich bitte nicht stören, meine Liebste."

Sie hob das Kinn. „Ich komme mit dir."

Er machte sich nicht die Mühe, ihr zu widersprechen, sondern ging schnellen Schrittes nach draußen, sodass sie Schwierigkeiten hatte, mitzuhalten. Die Durleys hatten einen Bauernhof auf der anderen Seite der Kurland-Ländereien. Die Familie lebte bereits seit mehreren Generationen auf dem Land, das sich den Hügel hinunter bis zum Fluss erstreckte.

„Sir Robert, Lady Kurland." Der Bauer nahm den Hut ab und verbeugte sich vor ihnen.

„Guten Morgen, Mr Durley. Weswegen wollten Sie mich sprechen?", fragte Robert.

Giles verzog das Gesicht. „Wir haben an den neuen Entwässerungsgräben gearbeitet, Sir, wie Sie uns gesagt haben, und wir haben in einem davon eine Leiche gefunden."

Lucy presste sich die Hand vor den Mund, während Robert instinktiv einen Schritt vortrat, als könne er sie so vor den furchtbaren Nachrichten abschirmen.

„Glauben Sie, es könnte sich um Polly Carter, unser verschwundenes Kindermädchen, handeln?"

„Ja, Sir. Meine Frau und ich haben das Mädchen gesehen, als wir das letzte Mal in Kurland St. Mary waren." Giles räusperte sich. „Wir haben sie bedeckt, wie es sich gehört, und hinten in meinen Karren geladen."

„Vielen Dank." Robert nickte. „Könnten Sie die Leiche zu Dr. Fletchers Haus im Dorf fahren, damit sie richtig aufgebahrt werden kann."

„Wie Sie wünschen, Sir." Giles setzte sich den Hut wieder auf. „Die arme Frau. Möge sie in Frieden ruhen."

„Amen", flüsterte Lucy, als Giles sich verbeugte und sie im Arbeitszimmer zurückließ. Sie wandte sich zu Robert und hatte Schwierigkeiten, ihre Stimme zu finden. „Wir sollten zu Dr. Fletcher gehen."

„*Ich* werde gehen." Er hob eine Hand. „Bitte diskutiere darüber nicht mit mir."

„Ich hatte nicht vor, zu diskutieren. Ich werde einfach meinen Mantel holen!", antwortete Lucy und wirbelte davon, bevor er auch nur ein Wort sagen konnte.

Robert schwieg, als Lucy mit entschlossener Miene zu ihm in die Kutsche kletterte. Er hatte über die Jahre gelernt, dass seine Frau beinahe so stur war wie er selbst. Daher musste er sich gut überlegen, welche Kämpfe es wert waren, ausgefochten zu werden. Sie sah vielleicht zerbrechlich aus, aber sie drückte sich niemals vor ihren Pflichten. Er respektierte das, auch wenn sie ihm damit manchmal Sorgen bereitete.

Bevor er gegangen war, hatte er Foley noch angewiesen, James im Auge zu behalten, der inzwischen zur weiteren Erholung auf seinem Zimmer lag, und keine Besucher zu ihm vorzulassen. Da Foley schon erraten hatte, was mit Polly geschehen war, führte er Roberts Befehle umgehend aus und schickte Michael nach oben, um vor der Tür Wache zu stehen.

Robert bemühte sich nicht um Konversation, während die Kutsche die Auffahrt von Kurland Hall hinunter in Richtung der Landstraße ins Dorfzentrum von Kurland St. Mary fuhr. Zu dieser Tageszeit waren kaum Leute auf den Straßen. Die wenigen, denen sie begegneten, hoben ihre Hüte oder machten einen Knicks, während die Kutsche an den Cottages und Läden in Richtung des Ententeichs vorbeirumpelte. Dort befand sich die Dorfschule und direkt daneben das Haus von Dr. Fletcher.

Die Kinder spielten gerade auf dem Schulhof unter Aufsicht der neuen Lehrerin und einer Gehilfin. Robert erwiderte das Winken der Lehrerin mit einem Nicken, als sie den Teich umrundeten und vor dem Haus des Doktors stehen blieben. Da er Penelope, Patricks bissiger Frau, nicht begegnen wollte, half er Lucy beim Aussteigen und betrat dann das Haus durch die Seitentür, wo sein Freund normalerweise seine Patienten empfing.

Das Zimmer, in dem Patrick üblicherweise die Medizin zusammenmischte und Operationen durchführte, lag hinter dessen Arbeitszimmer, also ging Robert schnurstracks weiter.

Patrick blickte auf, als Robert eintrat. Sein Blick wanderte jedoch an ihm vorbei und er hob eine Augenbraue.

„Lady Kurland? Möchten Sie vielleicht mit Penelope sprechen? Die Sache hat sie wirklich mitgenommen und sie könnte Ihren guten Rat und beruhigenden Beistand gebrauchen."

„Wie es scheint, sind Sie beide fest entschlossen, mich vom Leichnam fernzuhalten", sagte Lucy. „Ich werde mit Penelope sprechen, aber erwarten Sie nicht, dass ich auch den Rest meines Besuchs bei ihr bleibe!"

Robert trat ein und schloss die Tür hinter sich. Der Geruch von Reinigungsmittel gemischt mit anderen unangenehmen Substanzen lag in der Luft, sodass er darauf bedacht war, den Mund nach Möglichkeit geschlossen zu halten. Auf dem großen Marmortisch, den Patrick irgendwann einer Metzgerei für seine Untersuchungen abgekauft hatte, lag der Leichnam aufgebahrt.

„Es ist ohne Zweifel Polly Carter", sagte Patrick.

„Haben Sie eine Ahnung, wie sie zu Tode gekommen ist?", fragte Robert.

„Sie wurde erwürgt. Das lässt sich jetzt schon sagen." Patrick fasste vorsichtig an Pollys wachsweiße Wange und drehte den Kopf zur Seite. „Sehen Sie die Purpurfärbung der Haut und die Blutergüsse an der Kehle?"

Robert beugte sich näher heran, um besser sehen zu können. Selbst im Tod sah Polly aus wie die marmorne Skulptur eines wunderschönen Engels.

„Sie hat offensichtlich versucht, sich gegen den Angreifer zu wehren." Patrick deutete auf die Hände. „Einige ihrer Fingernägel sind sogar abgebrochen und da ist etwas Blut, als ob sie ihn gekratzt hätte ...“ Er überlegte kurz, bevor er weitersprach. „Sie hielt sogar eine Handvoll Haare von dem Bastard zwischen den Fingern.“

Roberts Blick wanderte von Pollys verletzter Kehle zum Durcheinander ihrer Bekleidung. Einer ihrer Stiefel fehlte; das Kleid war voller Matsch und am Saum eingerissen.

„Wurde sie vergewaltigt?“, fragte er abrupt.

Patrick nahm die Frage ungerührt entgegen. Sie hatten während der schlimmsten militärischen Konflikte in Frankreich und Spanien zusammen gedient. Es war nicht die erste tote Frau, die sie sahen und um die sie sich als Teil ihrer Pflichten kümmern mussten.

„Das kann ich noch nicht sagen.“ Patrick richtete sich auf. „Ich muss all ihre Kleidung entfernen, um den Körper genauer zu untersuchen.“

„Sind Sie absolut sicher, dass sie die Verletzungen nicht erlitten haben könnte, weil sie ausgerutscht und in den Entwässerungsgraben gefallen ist?“, fragte Robert.

„Sofern sie nicht gerade zum Zeitpunkt des Sturzes die Hände um die eigene Kehle geschlossen hatte, um sich selbst zu erwürgen, ist es ausgeschlossen“, sagte Patrick trocken. „Ich gehe davon aus, dass es einen Kampf gab und sie schließlich ermordet wurde.“

„Ich wünschte, das wäre nicht ausgerechnet jetzt passiert“, murmelte Robert. „Lucy wird darauf bestehen, dem Ganzen auf den Grund zu gehen. Es wäre viel besser, wenn sie zu Hause bliebe, wo sie die Füße hochlegen und sich in Ruhe auf die bevorstehende Geburt unseres zweiten Kindes freuen könnte.“

Patrick gluckste. „Wenn das Ihr Wunsch ist, haben Sie vermutlich die falsche Frau geheiratet. Mit allem gebührenden Respekt, aber wenn Lady Kurland beschließt, sich dieser Angelegenheit anzunehmen, dann wird sie nichts davon abbringen können.“

Robert nahm an Patricks Schreibtisch Platz. „Da haben Sie wahrscheinlich recht. Daher werde ich einen Moment hierbleiben und Ihnen bei der Arbeit zusehen, bevor ich meiner Frau Bericht erstatte.“

„Nun, sag nicht, ich hätte dich nicht gewarnt.“ Penelope schenkte Lucy eine Tasse Tee ein und lehnte sich dann in ihrem Sessel zurück.

„Mich wovor gewarnt?“ Lucy war nicht in der Stimmung, höflich zu sein, während jedes Wort von Penelope vor Selbstgefälligkeit triefte.

„Dass es ein Fehler war, Polly Carter einzustellen.“

„Du hast doch aber gesagt, sie würde mit Robert davonlaufen“, erinnerte sie Lucy. „Soweit ich das beurteilen kann, ist sie nicht weggelaufen, sondern wurde wahrscheinlich ermordet.“

„Lucy, wenn man diese Sorte Mädchen einstellt ...“

„Welche Sorte Mädchen war sie denn?“, fragte Lucy herausfordernd. „Polly hat sehr hart gearbeitet und wurde von allen Angestellten des Anwesens geschätzt.“

Penelope winkte die Bemerkung ab. „Sie war viel zu hübsch und das weißt du. Mädchen wie sie bringen sich *immer* in Schwierigkeiten.“

„Ich glaube kaum, dass sie es verdient hat, ermordet zu werden, nur weil sie schön war“, sagte Lucy trotzig.

„Auch du bist sehr schön und niemand hat dich umgebracht. Bisher zumindest.“

Penelope setzte sich kerzengerade auf. „Weil ich verstehe, dass Schönheit eine Bürde ist. Ich weiß, dass ich sehr vorsichtig sein muss, nicht *zu vertraut* mit irgendeinem Mann zu werden."

„Polly war mit niemandem zu vertraut. Und selbst wenn sie es war, heißt das nicht, dass sie deswegen den Tod verdient hat." Lucy stellte ihre Tasse mit solcher Wucht auf den Tisch, dass sie auf der Untertasse laut schepperte.

Penelope schnalzte mit der Zunge. „Bitte werde nicht gleich wütend, Lucy. Das ist schlecht für das Kind."

„Ich bin nicht wütend, ich will doch nur ..."

„Verteidigen, was nicht zu verteidigen ist", unterbrach sie Penelope. „Vielleicht hat Polly ja ihren Angreifer irgendwie provoziert? Vielleicht hat sie auf Risiko gespielt, sich mehrere Liebhaber genommen und jemand hat sie ertappt?"

„Und vielleicht war sie auch einfach nur auf dem Weg ins Dorf, um ihren freien Nachmittag zu genießen, und wurde grundlos von einem Verrückten angegriffen!" Lucy bemerkte, dass ihre Stimme mit jedem Wort lauter wurde und sie am Ende sogar beinahe *brüllte*. Offenbar war sie doch recht wütend.

Sie sprang auf und stieß dabei fast die Tasse um. „Ich werde mit Dr. Fletcher sprechen. Bitte entschuldige mich."

Auch Penelope stand auf und streckte eine Hand aus. „Lucy, bitte tu das nicht. Patrick hat gesagt ..."

Lucy marschierte strammen Schrittes dicht gefolgt von Penelope auf die Tür zu und betrat Dr. Fletchers leeres Arbeitszimmer. Robert erschien in der gegenüberliegenden Tür und versperrte ihr die Sicht auf das, was Dr. Fletcher mit dem Leichnam auf dem Marmortisch machte.

„Vielleicht möchtest du lieber warten, bis Dr. Fletcher seine Untersuchung beendet hat, meine Liebste."

Lucy funkelte ihn an. „Ich würde es bevorzugen, Polly sofort zu sehen."

Er näherte sich ihr und schloss die Finger sanft um ihren Ellbogen. „Und ich würde es bevorzugen, wenn du warten würdest. Du bist offensichtlich aufgebracht."

„Ich bin aufgebracht, weil ich mich die letzte Viertelstunde an Penelopes *Meinung* erfreuen konnte, laut der Polly einfach nur besser hätte aufpassen müssen."

„Das habe ich doch gar nicht gesagt, Lucy!", rief Penelope. „Ich habe nur angedeutet, dass sie möglicherweise unabsichtlich verursacht haben könnte, was passiert ist."

„Was genau dem entspricht, was meine Frau gerade gesagt hat." Robert bedeutete Penelope mit einer Geste, zurück durch die Tür zu gehen. „Würdest du mir erlauben, mit in den Salon zu kommen und zu erklären, was Dr. Fletcher bisher herausgefunden hat, damit er ungestört weiterarbeiten kann?"

„Wenn es sein muss." Lucy war sich bewusst, dass sie missmutig klang, aber sie hatte keinerlei Absicht, ihren Tonfall im Zaum zu halten

„Ich werde nachsehen, ob Francis sein Mittagessen schmeckt." Penelope entschuldigte sich, warf Lucy einen letzten vorwurfsvollen Blick zu und stapfte dann die Treppen erhobenen Hauptes nach oben.

Robert führte Lucy in den Salon und schloss die Tür hinter ihnen. „Du warst Penelope gegenüber sehr unhöflich."

„Sie war unerträglich", erwiderte Lucy. „Sie hat sofort angenommen, dass Polly irgendetwas getan haben muss, um den Tod zu verdienen!"

Robert lehnte sich gegen die Tür und musterte seine Frau genau. „Tatsächlich liegt es nahe, dass Pollys Tod keine vollkommen zufällige Gewalttat war."

„Was willst du damit andeuten?"

„Ich will damit sagen, dass es unwahrscheinlich ist, dass ein Mörder über die Kurland-Ländereien gestreift ist, zufällig über Polly stolperte und sie dann umbrachte."

Sein ruhiger Tonfall beruhigte sie, aber sie war noch nicht bereit, den Kampf aufzugeben. „Dann glaubst du also auch, dass sie für ihren eigenen Tod verantwortlich war!"

„Nein!" Er sah sie finsteren Blickes an. „Hör auf, diese albernen Schlussfolgerungen zu ziehen und sieh dir die Faktenlage an. Wir wissen, dass Polly eine Menge Aufmerksamkeit von Männern auf sich gezogen hat. Wir wissen auch, dass sie vor einem von ihnen Angst hatte."

Lucy nickte. „Bert Speers."

„Genau. Und James wurde gestern ebenfalls angegriffen. Ein weiterer merkwürdiger Zufall, findest du nicht auch?"

„Ich schätze damit hast du nicht ganz unrecht." Lucy ging ruhelos im Zimmer auf und ab. „Aber Penelope ..."

„Sagt oft Dinge, die unsensibel und unhöflich sind", beendete Robert den Satz für sie. „Und daher können wir ihre Meinung in diesem Fall völlig außer Acht lassen."

Lucy ging auf Robert zu, der sie sofort in die Arme schloss.

„Es tut mir leid", sagte sie.

Er platzierte einen Kuss auf ihrem Haupt. „Weil du wütend bist auf Penelope? Das ist ja nicht das erste Mal."

„Ich … bin im Moment ein wenig emotional", gestand Lucy. Sie vergrub ihre Wange im dunkelblauen Stoff von Roberts Weste.

„Das habe ich überhaupt nicht gemerkt", erwiderte er trocken.

Lucy legte die Hand auf seine Brust und schmiegte sich noch tiefer in seine Umarmung. „Als meine Mutter mit den Zwillingen schwanger war, wurde eins der Dienstmädchen entlassen, weil dieses ebenfalls schwanger war."

Er erstarrte. „Ich verstehe nicht, was …"

„Anna und ich hat das sehr mitgenommen, weil wir sie sehr mochten. Die Köchin sagte, dass sie ihr Schicksal verdiente und dass es nicht richtig wäre, eine gefallene Frau in einem christlichen Haushalt zu haben, in dem auch unschuldige Mädchen lebten." Lucy hob langsam den Kopf, um Robert ansehen zu können. „Aber wie ergibt das Sinn, wenn es mein Vater war, der mit ihr gesündigt hat?"

„Lucy, meine Liebste …" Robert legte die Hand an ihre Wange. „Ich hatte ja keine Ahnung." Sanft küsste er sie auf die Nase. „Wusste dein Vater, dass das Kind von ihm war?"

„Das nehme ich an, da er ihrer Familie jedes Jahr Unterhalt gezahlt hat." Lucy versuchte, ihren unsteten Atem durch tiefes Einatmen zu stabilisieren. „Es tut mir leid. Ich habe keine Ahnung, warum ich dir dieses Familiengeheimnis offenbart habe."

„Vermutlich, weil du selbst schwanger bist und dir wegen Polly Sorgen machst."

„So ist es." Irgendwie gelang es ihr zu lächeln. Sie war dankbar für seine nüchterne Antwort und bemühte sich, selbst vernünftig zu erscheinen. „Also, was wolltest du mir zu Polly sagen?"

Robert runzelte die Stirn. „Bist du sicher, dass du hören willst, was Patrick mir erklärt hat oder würdest du die Details lieber nicht hören?"

„Ich würde gern die ganze Wahrheit kennen. Polly ist … ich meine … sie war eine unserer Angestellten."

„Jemand hat sie erwürgt", sagte Robert unverblümt. „Offensichtlich hat sie versucht, ihren Angreifer abzuwehren, aber wer auch immer es war, hat die Oberhand gewonnen."

„Meine Güte", flüsterte Lucy.

Robert nahm ihre Hand und führte Lucy zu einem Sessel am Feuer. „Ich habe aus meiner Zeit in der Kavallerie gelernt, dass man bei Ermittlungen in solchen Fällen die Männer auf Kratzer und Anzeichen einer Prügelei untersuchen muss." Er verzog das Gesicht. „Das hat den Kreis der Verdächtigen immer beträchtlich eingegrenzt und war oft ein guter Hinweis auf den oder die Täter."

Lucy erschauderte. „Hatte James Kratzer im Gesicht?"

Robert wechselte unruhig die Sitzposition. „Ja, aber er hatte sich einige Tage zuvor mit Bert Speers geprügelt und wurde in einem Brombeerbusch auf dem Hof seiner Eltern aufgefunden."

„Wissen wir, wo sich Bert Speers aufhält?"

„Vermutlich noch immer beim *Queen's Head*. Sobald wir hier fertig sind, werde ich dorthin gehen und mit Mr Jarvis sprechen."

„Die arme Polly", murmelte Lucy. „Ich muss nach Kurland Hall zurückkehren und Agnes und die anderen Bediensteten wissen lassen, was passiert ist."

„Wir gehen, sobald Dr. Fletcher seine Untersuchung beendet hat", versprach Robert. „Ich würde es wirklich bevorzugen, wenn du mich das übernehmen lassen würdest. Ich verspreche, dass ich alles, was er sagt, an dich weitergeben werde."

„Wie du wünschst." Lucy fühlte sich viel zu müde, um mit ihm zu streiten. Der Gedanke daran, Pollys Leiche zu sehen, machte sie ungewöhnlich nervös.

„Vielen Dank." Robert streckte eine Hand aus, um ihre Finger zu drücken, und deutete auf das Teetablett. „Glaubst du, es macht Penelope etwas aus, wenn ich mich an dem Tee bediene? Es ist doch noch ein wenig zu früh für Brandy."

Als Patrick schließlich die Tür öffnete, folgte ihm Robert zurück ins Behandlungszimmer, wo Pollys Leiche jetzt anständig mit einem Leinentuch bedeckt da lag.

„Soweit ich das beurteilen kann, wurde sie nicht vergewaltigt", sagte Patrick. „Allerdings hat ihr Körper mehrere Schläge erlitten, wovon sie Blutergüsse und Platzwunden davongetragen hat."

„Stammen sie von einer Waffe?", erkundigte sich Robert.

Patrick verzog das Gesicht. „Nein, jemand hat ihr die Verletzungen ausschließlich mit den Fäusten zugefügt." Er wusch sich die Hände. „Das arme Mädchen hatte keine Chance."

„Ich nehme an, dass Sie die Leiche hier aufbewahren können, bis wir die Wünsche von Pollys Familie in Erfahrung gebracht haben."

„Ja, natürlich. Unser Keller ist sehr kalt." Patrick deutete auf die Kiste auf seinem Schreibtisch. „Möchten Sie ihre Kleidung mitnehmen?"

„Ja, ich denke, das sollte ich." Widerwillig nahm Robert die Kiste. „Ich weiß, dass meine Frau alles für Pollys Familie aufheben wollen wird."

„Haben Sie irgendeine Ahnung, wer das getan haben könnte, Major?", fragte Patrick und fiel dabei instinktiv auf Roberts alten Rang bei der Kavallerie zurück.

„Da jeder Mann in Kurland St. Mary der Ansicht war, dass Polly die schönste Frau war, die er je zu Gesicht bekommen hatte, ist die Liste der Verdächtigen recht lang", bemerkte Robert. „Aber ich habe ein paar Ideen."

Patrick trocknete sich die Hände und öffnete die Tür zum Arbeitszimmer. „Ich habe sie ein paar Mal im Dorf mit Ihrem Angestellten James gesehen."

„In der Tat." Robert wollte sich noch nicht zu sehr auf eine der Möglichkeiten einschießen.

„Ich habe auch gehört, dass James kürzlich bewusstlos geschlagen wurde."

Robert hielt inne und sah seinen Freund an. „Wer hat Ihnen davon erzählt?"

Patrick zuckte mit den Schultern. „Das ist nur der übliche Tratsch aus dem Dorf. Sie müssen bedenken, dass ich bei den Leuten jeden Tag ein- und ausgehe. Dabei hört man ein paar interessante Geschichten."

„Ich würde es begrüßen, wenn Sie Ihren Verdacht für sich behielten."

Patrick gluckste beinahe belustigt. „Als ob das in einer so kleinen Ortschaft einen Unterschied macht, wo doch jeder über die Angelegenheiten der anderen Bescheid weiß. Etwas so Außergewöhnliches wie ein Mord wird nur noch mehr Tratsch hervorbringen."

„Unglücklicherweise weiß ich das dank unserer Erfahrung mit dieser Sorte von Fällen nur zu gut." Robert seufzte. „Vielen Dank, für Ihre Hilfe."

Patrick deutete einen Salut vor ihm an. „Sehr gerne, Major."

Robert ging hinüber in den Salon, wo er Penelope antraf, die ihren Sohn aus der Kinderstube nach unten geholt hatte. Er hatte nichts gegen den Jungen, der das freundliche Gemüt seines Vaters geerbt zu haben schien. Allerdings hatte Robert nicht vor, sich mit irgendeinem anderen Kind als dem eigenen zu beschäftigen.

Lucy hatte sich bereits erhoben und kam ihm mit erwartungsvoller Miene entgegen.

„Müssen wir uns schon auf den Weg machen, mein Liebster?"

„Ja, wenn wir uns noch mit Mr Jarvis im *Queen's Head* unterhalten und unseren Angestellten von dem furchtbaren Vorfall berichten wollen, bleibt uns nichts anderes übrig." Er verbeugte sich vor Penelope, die ihrem Sohn gerade einen Keks von ihrem eigenen Teller anbot. „Es war schön Sie zu sehen, Mrs Fletcher. Vielen Dank für den Tee."

„Sehr gerne, Sir Robert.“ Penelope ließ den Blick zu Lucy wandern und senkte dann die Stimme. „Es bleibt nur zu hoffen, dass Ihre Frau bald die Fassung wiederfindet.“

„Meiner Frau steht eine eigene Meinung zu“, sagte Robert. „Und sie ist durchaus dazu in der Lage, für sich selbst zu sprechen.“

Er bot Lucy den Arm an. „Sollen wir uns auf den Weg machen, Mylady?“

Lucy schenkte ihm ein Lächeln, als er ihr in die Kutsche half.

„Was ist so amüsant?“, fragte Robert.

„Du.“ Sie tätschelte ihm die Wange. „Im Privaten stimmst du mir vielleicht mit keinem Wort zu, aber in der Öffentlichkeit trittst du immer als mein entschlossener Verfechter auf.“

„Und genau so sollte es doch auch sein.“ Er ging auf die andere Seite des Gefährts und stieg selbst ein. „Willst du mich zum *Queen’s Head* begleiten, bevor wir zum Anwesen zurückkehren? Es liegt ohnehin auf dem Weg.“

„Sehr gerne.“ Lucy ordnete die Falten ihrer Röcke und schloss den Mantel am Hals. „Hat Dr. Fletcher außer seiner Erkenntnis, dass Polly erwürgt wurde, noch etwas herausfinden können?“

„Nur, dass jemand sie geschlagen hat“, sagte Robert und ballte die behandschuhten Hände zu Fäusten. „Ich wünschte, ich hätte den Bastard, der ihr das angetan hat, jetzt vor mir.“

„Üblicherweise weiß ich Gewalt zwar nicht zu schätzen, aber in diesem Fall kann ich dir nur zustimmen", sagte Lucy.

„Dr. Fletcher hat erwähnt, dass er Polly in Begleitung von James gesehen habe."

„Oje." Lucy seufzte. „Wenn Dr. Fletcher die beiden zusammen gesehen hat, dann wird jeder im Dorf zum offensichtlichen Schluss gelangen."

„Du meinst, dass James Polly umgebracht hat?" Robert runzelte die Stirn. „Er ist hier aufgewachsen und gehört einer Familie an, die sehr bekannt und geschätzt ist. Glaubst du wirklich, dass die Leute das von ihm glauben werden?"

„Es geht nicht wirklich darum, ob sie es glauben oder nicht, oder? Sie werden in jedem Fall darüber sprechen. James sollte besser auf dem Anwesen bleiben, bis wir die Sache aufgeklärt haben."

Robert bog auf die Hauptstraße des Dorfes. „Aber was, wenn es wirklich James war?"

Lucy schwieg eine ganze Weile, bevor sie ihm antwortete. „Wir wissen bereits, dass Liebe manchmal hässliche Züge annehmen kann – dass vernünftige Menschen Unvorstellbares tun können, wenn sie sich bedroht fühlen."

„In der Tat." Robert zügelte das Pferd und nickte einem der Ladenbesitzer zu, der vor die Tür getreten war, um ihnen nachzusehen. „Vergiss nicht, dass wir uns auch noch mit Bert Speers unterhalten müssen."

Er brachte die Kutsche im ummauerten Hof des *Queen's Head* zum Stehen und war innerlich dankbar, dass heute kein Markttag und die Postkutsche längst abgefahren war. Einer der Stallburschen näherte sich und hielt das Pferd am Zaumzeug fest.

„Guten Morgen, Sir Robert."

„Guten Morgen, Fred. Wir werden nur kurz bleiben, daher muss das Pferd nicht in den Stall."

„Wie Sie wünschen, Sir. Ich werde einen der Knechte holen, damit er sich solange darum kümmern kann."

„Vielen Dank." Robert half Lucy beim Absteigen und zusammen betraten sie die Herberge durch den Seiteneingang.

Begrüßt wurden sie vom sehr besorgt dreinblickenden Mr Jarvis.

„Falls Sie wegen Bert Speers hier sind, Sir, er ist gestern Abend nicht zurückgekommen."

„Ach wirklich?" Robert wechselte einen Blick mit Lucy, bevor er sich wieder dem Gastwirt zuwandte. „Sind seine Besitztümer noch hier?"

„Ja, Sir. Ich habe in seinem Zimmer nachgesehen." Mr Jarvis verzog das Gesicht. „Ich habe gehört, was mit Polly Carter geschehen ist. Wenn Bert hier wieder auftaucht, werde ich ihn eigenhändig einsperren."

„Das würde ich sehr zu schätzen wissen." Robert nickte. „Und informieren Sie mich in dem Fall bitte umgehend, da es ausgesprochen wichtig ist, dass ich mich mit ihm unterhalte."

„Verstanden, Sir." Der Gastwirt nickte.

Robert führte Lucy zurück zur Kutsche und zusammen fuhren sie schweigend über die mit Wiesenkerbel gesäumte Straße zurück, bis sie vor den Toren von Kurland Hall standen.

„Ich sollte mich zuerst mit Agnes unterhalten." Lucy schien sich bereits innerlich zu stählen.

„Wir werden zusammen mit ihr sprechen." Robert nahm kurz ihre Hand in die seine. „Ich nehme an, dass sie auch die Adresse von Pollys Mutter hat?"

„Ja." Lucy verfiel wieder in Schweigen, bis sie die Vordertür des Anwesens erreichten.

„Geht es dir gut?", fragte Robert, als er um die Kutsche herumging, um ihr beim Aussteigen zu helfen. „Soll ich lieber allein mit Agnes sprechen?"

„Ich würde es bevorzugen, wenn wir zusammen mit ihr sprächen." Sie bedachte ihn mit einem kurzen, müden Lächeln. „Und dann brauche ich vielleicht zur Erholung ein Nickerchen."

Er führte sie direkt durch die Eingangshalle in sein Arbeitszimmer, wo er Foley darum bat, ihnen Tee zu bringen und Agnes zu holen. Während sie auf sie warteten, schritt Robert vor dem Feuer auf und ab.

„Sie wünschen mich zu sehen, Sir Robert, Mylady?", erklang Agnes' Stimme aus Richtung der Tür.

Sie sah wie immer penibel gekleidet aus. Ihr Spitzenkragen war perfekt gebügelt und ihre Röcke raschelten vor Wäschestärke.

„Wir haben traurige Nachrichten bezüglich Ihrer Cousine Polly", sagte Robert. Er war überzeugt davon, dass man bei schlechten Nachrichten direkt zum Punkt kommen sollte. „Ihr Leichnam wurde in einem Entwässerungsgraben auf dem Hof der Durleys entdeckt."

Agnes keuchte auf und presste sich die Hand vor den Mund. „Oh, mein Gott."

„Mein Beileid für Ihren Verlust, Agnes. Ich kann Ihnen versichern, dass Lady Kurland und ich alles in unserer Macht Stehende tun werden, um herauszufinden, was mit Polly geschehen ist, und, wenn nötig, den Übeltäter seiner gerechten Strafe zuzuführen."

„Was habe ich nur getan?", flüsterte Agnes kaum hörbar und mit geweiteten Augen. „Warum habe ich mich nur in dieses furchtbare Durcheinander ziehen lassen?"

Robert zog eine Augenbraue hoch und blickte hinüber zu Lucy, die sich Agnes vorsichtig näherte.

„Ich bin mir nicht ganz sicher, was Sie uns damit sagen wollen, Agnes. Niemand gibt Ihnen die Schuld an dem, was vorgefallen ist", sagte Lucy.

„Wenn ich *dieser Frau* doch nur nicht gestattet hätte, hierherzukommen und ... solche Trauer über die Familie zu bringen ..."

„Wie ich schon sagte, Agnes, niemand macht Ihnen Vorwürfe", sagte Lucy nachdrücklich. „Ich weiß, dass Polly und Sie sich nicht immer bestens verstanden haben, aber so ist das oft mit Familienangehörigen. Das bedeutet nicht, dass sie Ihnen nicht am Herzen gelegen hat oder dass Sie sich für irgendetwas schuldig fühlen müssten."

„Aber das war sie *nicht.*" Agnes schluchzte jetzt lautstark.

„Was war sie nicht?" Lucy blickte Robert verwirrt an.

„Eine Familienangehörige." Agnes schluckte schwer. „Ich habe sie nie zuvor gesehen, bevor sie hier in Kurland Hall aufkreuzte."

Kapitel 6

Während Agnes weiter weinte, führte Lucy sie zu einem Platz am Feuer, bot ihr ein frisches Taschentuch an und wartete geduldig, bis die schlimmsten Schluchzer abgeebbt waren. Als Agnes sich wieder ausreichend gefasst hatte, blickte Lucy ihr in die Augen.

„Ich dachte, Polly sei Ihre Cousine."

„Das *ist* sie auch, Madam – also Polly Carter ist meine Cousine, aber das war nicht *sie*."

„Ich verstehe nicht ganz. Wollen Sie damit sagen, dass Sie getäuscht wurden?"

„Nein, Mylady."

„Wenn die Polly, die wir getroffen haben, nicht Ihre Cousine war, warum haben Sie es dann nicht schon bei ihrer Ankunft erwähnt, als sie hier mit einem Brief von mir auftauchte, in dem ich ihr die Stelle in der Kinderstube angeboten habe?", fragte Lucy.

Agnes schluckte schwer und ließ den Blick hinunter auf ihre Schürze sinken. „Weil sie nach dem Treffen mit Ihnen nach oben kam und mir einen Brief von meiner Cousine Polly übergab, in dem sie erklärte, warum diese Frau an ihrer Stelle hier war."

„Und dennoch ist es Ihnen nicht in den Sinn gekommen, mir oder Lady Kurland etwas davon zu erzählen?", schaltete Robert sich mit unverhohlener Empörung in der Stimme ein. „Ist Ihnen nicht der Gedanke gekommen, dass wir vielleicht hätten wissen sollen, dass sich eine völlig Fremde in unserem Haushalt aufhielt, die sich auch noch um unseren *Sohn* kümmerte?"

Agnes brach wieder in Tränen aus und Lucy warf Robert einen ungehaltenen Blick zu. Er war viel zu sehr an den Umgang mit einfachen Soldaten gewöhnt, um einer aufgelösten Frau wichtige Antworten entlocken zu können.

Lucy unterdrückte ihre eigene Ungeduld, bis Agnes sich wieder gefasst hatte.

„Sie sagten, Ihre Cousine Polly habe einen Brief geschrieben. Was hat sie darin mitgeteilt?"

„Sie bat darum, der Frau, die Sie als Polly kannten, die Stelle an ihrer statt zu überlassen."

„Hat sie erklärt, wen sie an ihrer Stelle schickte?"

„Nein, Mylady. Ich kenne nicht einmal ihren richtigen Namen. Meine Cousine Polly sagte, dass diese Täuschung nötig sei und dass sie für ihre Freundin bürge."

„Und das genügte Ihnen, um diesen Betrug ungehindert vonstattengehen zu lassen?", fragte Robert.

Agnes warf Robert einen besorgten Blick zu. Er hatte sich inzwischen auf den Platz am Fenster zurückgezogen, von dem aus er das Kindermädchen eindringlich musterte.

„Sie hat mir Geld dafür gegeben", flüsterte Agnes. „Eine Menge Geld – mehr als zwei Jahresgehälter."

Lucy versuchte, ihre Überraschung und Enttäuschung über das Kindermädchen ihres Sohnes zu verbergen, fürchtete aber, dass es ihr nicht gut geglückt war, da Agnes erneut zu weinen begann.

„Es tut mir so leid, Mylady, Sir. Ich weiß nicht, was ich mir dabei gedacht habe. Sie hat mir versprochen, dass ‚Polly' innerhalb von einem Monat wieder weg sein würde. Das erschien mir nicht so lange, als dass sie ernsthaften Schaden hätte anrichten können." Agnes blickte auf. „Und sie war gut in dem, was sie tat. Sie hat sich mir gegenüber meistens respektvoll verhalten und Ned mochte sie. Wenn das nicht der Fall gewesen wäre, hätte ich Ihnen schon viel früher davon erzählt, das *schwöre* ich."

„Aber Polly hat zugestimmt, ein weiteres Quartal hier zu bleiben", sagte Lucy langsam. „Ist das der Grund, warum Sie kurz vor ihrem Verschwinden gestritten hatten?"

„Ja, Mylady. Ich sagte ihr, dass ich die Wahrheit ans Licht bringen würde, wenn sie noch länger bliebe."

„Und was war ihre Antwort?"

„Sie hat gelacht und gesagt, ich solle es einfach versuchen. Dass ich ja sehen würde, wie lange ich meine eigene Stelle dann behielte. Sie sagte, dass sie es hier mochte." Agnes tupfte sich die Augen trocken. „Ich wusste, dass sie damit recht hatte. Ich wünsche von ganzem Herzen, ich hätte niemals zugelassen, mich in eine so unrechte Sache mit hineinziehen zu lassen."

Robert räusperte sich. „Tun wir das nicht alle?" Er kam zurück zum Kamin und starrte Agnes durchdringend an. „Vielleicht gehen Sie besser nach oben in die Kinderstube. Mein Instinkt sagt mir, Sie ohne Empfehlungsschreiben zu entlassen, aber Ned hat schon genug Störungen seines Alltags erlitten, um jetzt auch noch sein Kindermädchen zu verlieren. Wir werden zum nächsten Quartal über Ihre weitere Anstellung entscheiden."

Agnes erhob sich und machte einen unsicheren Knicks. „Vielen Dank, Sir Robert. Es tut mir so leid, Mylady."

Sie verschwand eilig aus dem Zimmer und Robert wandte sich Lucy zu.

„Bitte versuch nicht, mir zu sagen, dass ich zu streng mit ihr war."

„Das werde ich nicht. Ich war in meinem Leben noch nie so schockiert! Was um alles in der Welt ist in sie gefahren, so eine Dummheit zu begehen?"

„Geld, natürlich", sagte Robert grimmig. „Zwei Jahresgehälter und sie glaubte, dafür nur einen Monat lang eine andere Polly Carter im Haus dulden zu müssen? Ich kann ihren Gedankengang beinahe nachvollziehen – nur betrifft es in diesem Fall *mein* Haus und *meinen* Sohn. Und ich kann einfach nicht anders, als wütend zu werden, ob dieser wissentlichen Täuschung."

Lucy atmete langsam aus. „Wenn Agnes so verzweifelt war, ihre Taten zu vertuschen, wäre sie dann auch verzweifelt genug gewesen, Polly umzubringen?"

„Daran hatte ich nicht gedacht." Robert dachte kurz nach, bevor er fortfuhr. „Aber ich bezweifle, dass sie stark genug gewesen wäre, um Polly zu erwürgen."

„Vielleicht hat sie jemanden dafür bezahlt", schlug Lucy vor. „Sie hätte in jedem Fall genug Geld dafür gehabt."

„Das wirkt noch immer recht unwahrscheinlich, aber ich werde es nicht einfach so von der Hand weisen", sagte Robert. „Sollten wir Agnes also sofort entlassen?"

„Mein Instinkt ist da ganz bei dir. Aber wenn wir vermuten, dass sie am Mord beteiligt war, wäre es besser, ihren Aufenthaltsort zu kennen", sagte Lucy. „Ich werde Anna darum bitten, die Aufsicht über die Kinderstube zu übernehmen und sehr genau darauf zu achten, was Agnes tut."

„Ich schätze, das sollte ausreichen." Robert ging ruhelos im Zimmer auf und ab. „Aber ich muss dir sagen, Lucy, dass der bloße Gedanke, dass Agnes und Polly in der Nähe meines Sohnes waren, *entsetzlich* für mich ist."

„Auch mir tut es leid." Lucy sah ihm direkt in die Augen. „Schließlich habe ich Agnes eingestellt, also trage ich auch die Verantwortung dafür."

Er winkte ihre Worte ab. „Sie ist nicht die erste Person, die sich von Geld korrumpieren lässt, und sie wird sicher auch nicht die letzte sein. Du hast alles getan, was du konntest."

Lucy stand auf. „Ich werde gehen und mit Anna sprechen. Dann werde ich Pollys Zimmer durchsuchen. Vielleicht kann ich Hinweise darauf finden, wer sie wirklich war."

„Das ist eine ausgezeichnete Idee. Ich habe Foley auch die Besitztümer, die Dr. Fletcher mir mitgegeben hat, in ihr Zimmer bringen lassen. Lass mich wissen, was du herausfindest." Robert ging hinüber zur Tür.

„Und was machst du jetzt?", fragte Lucy.

Grimmige Falten zeichneten sich auf seinem Gesicht ab. „Ich werde noch einmal ein Wörtchen mit James reden."

Robert ging ins oberste Geschoss des Hauses, wo Michael geduldig vor James' Zimmer saß. Michael sprang auf, als er Robert erblickte, und trat einen Schritt zur Seite.

„Guten Morgen, Sir Robert."

„Guten Morgen, Michael. Sie können nach unten in die Küche gehen. Ich werde es Sie wissen lassen, wenn sie zurückkehren sollen.“

„Ja, Sir.“

Robert betrat James' kleines Zimmer und zog dabei den Kopf ein, um nicht an den geschwärzten Balken zu stoßen, der das alte elisabethanische Dach trug. James saß aufrecht mit einer Bibel an seiner Seite im Bett.

„Sir Robert, es geht mir heute schon viel besser. Dürfte ich wieder meinen Pflichten nachkommen?“

„Noch nicht ganz.“ Robert nahm auf dem einzigen Stuhl Platz und starrte seinen Diener an. Die Blutergüsse und Kratzer in seinem Gesicht waren nicht mehr ganz so frisch, aber noch immer deutlich sichtbar.

„Wir haben Polly Carter gefunden.“

Sofort zeichnete sich Erleichterung in James Miene ab. „Geht es ihr gut?“

„Nein. Ihr Leichnam wurde auf dem Land der Durleys entdeckt.“

James schloss kurz die Augen und tastete hektisch nach der Bibel. „Ich ... weiß nicht, was ich sagen soll.“

„Die Wahrheit vielleicht?“

„Aber ich *habe* Ihnen doch schon gesagt, was passiert ist, Sir“, sprudelte es aus James heraus, bevor er abrupt still wurde. Seine Miene verwandelte sich in einen Ausdruck des Entsetzens. „Denken Sie – *ich* hätte sie *umgebracht?*“

Robert hatte schon früh in seiner Laufbahn beim Militär gelernt, wie wertvoll Schweigen sein konnte, und beschränkte sich darauf, James weiter skeptisch zu betrachten.

„Ich habe sie *geliebt!* Warum sollte ich so etwas tun?“

Robert zuckte mit den Schultern. „Liebe ist eine sehr starke Emotion. In dieser Hinsicht ist sie Hass sehr ähnlich."

„Ich habe sie nicht umgebracht." James presste die Lippen aufeinander.

„Wer war es dann?"

„Bert Speers? Mr Fletcher?" James schüttelte den Kopf. „Irgendjemand, nur nicht ich, Sir, das *schwöre* ich."

Robert ließ einen langen Moment verstreichen, bevor er sprach. „Ich bin der Magistrat im Ort und daher für die Aufklärung von Verbrechen und deren Strafverfolgung zuständig. Daher ist es meine Pflicht, herauszufinden, wer Polly Carter ermordet hat. Ich gedenke, diese Pflicht ohne Rücksicht auf eine mögliche Bekanntschaft mit dem Mörder oder seiner Familie zu erfüllen."

„Sie wollen damit sagen, Sie würden mich hängen sehen wollen, wenn ich es gewesen wäre."

„Ja." Robert sah in James' verzweifelte Augen. „Wollen Sie mir also doch noch etwas darüber erzählen, was sich zugetragen hat, als Sie Polly zum letzten Mal sahen?"

***

Lucy betrat Pollys Schlafzimmer und verschaffte sich einen Überblick. Auf ihre Anweisung hin hatte niemand das Zimmer gereinigt oder auch nur betreten, seit Pollys Verschwinden bekanntgeworden war.

Sie fing damit an, die Bettwäsche abzuziehen, allerdings fand sie nichts weiter, als ein kleines, mitgenommenes Stück Stoff unter dem Kissen. Dem Aussehen nach hatte der Fetzen möglicherweise einmal zu einem Kinderschal gehört. Ned hatte eine Decke, die er gerne beim Schlafen umklammert hielt. Lucy fragte sich, ob Polly vielleicht ihren eigenen derartigen Glücksbringer besessen hatte. In diesem Fall hatte er jedoch nicht geholfen, sie vor Monstern zu beschützen ...

Lucy legte die schmutzige Bettwäsche draußen vor die Tür und widmete ihre Aufmerksamkeit der Kiste in der Ecke. Sie ließ sich auf dem Stuhl nieder und nahm systematisch den Inhalt heraus, wobei sie die Taschen aller Kleidungsstücke sowie die Innenseiten von Schuhen und Taschentüchern untersuchte. An den Kleidern hing ein leichter Hauch von Parfüm gemischt mit einem anderen, eher öligen Geruch, den Lucy nicht erkannte. Am Boden der Truhe entdeckte sie einige Programme für ein Londoner Theater, mit denen sie zum Fenster hinüberging, um sie zu lesen.

Die Hefte erwähnten eine Reihe von Stücken darunter Aufführungen von Shakespeare, Tanzvorstellungen, Komödien und Tragödien. Ein recht gewöhnliches Programm für die beliebteren Theater in London. Zwei der Hefte gehörten zu einem Theater namens *Corinthian*, das sich offenbar in der Nähe von *Covent Garden* befand. Das Dritte gehörte zum *Prince of Wales*.

Lucy war noch nicht sehr oft in London gewesen und konnte sich nicht daran erinnern, schon einmal eines der beiden Etablissements besucht zu haben. Hatte Polly die Programmhefte behalten, weil sie eine der Vorstellungen besucht hatte oder gab es eine tiefere Verbindung? Nach ihrem derzeitigen Wissensstand war alles möglich. Lucy konnte nur hoffen, dass eine genaue Ermittlung mehr Hinweise bringen würde, was Pollys richtigen Namen und ihre frühere Beschäftigung betraf.

Sie legte die Kleider auf das Bett, stellte die Schuhe ordentlich davor auf dem Boden ab und wandte sich dann der Ankleidekommode zu. Sie legte die verstreut liegenden Haarnadeln, Ersatzknöpfe, Garne und Nähnadeln zurück in die zugehörigen Behälter. In der ersten Schublade befanden sich Strümpfe, die Lucy einzeln in Augenschein nahm, bevor sie sie zu Pollys restlicher Unterwäsche auf das Bett legte.

Die zweite, kleinere Schublade beinhaltete Pollys saubere Taschentücher, Halstücher und Handschuhe. Darin fand sie außerdem eine grelle, rote Lippenfarbe in einem Döschen, die ebenso stark nach Öl roch wie die Truhe. Lucy griff tiefer in die Schublade und fand ein kleines Samtkästchen am hinteren Ende.

„Gute Güte", murmelte sie, als sie den Schlüssel drehte und den Blick auf den Inhalt freigab. „Ich frage mich, woher dieser Schmuck ist. Das sieht nach sehr guter Handarbeit aus." Vorsichtig hob sie eine Diamanthalskette und zwei Ringe heraus und sah auch unterhalb des Samtbezugs des Kästchens nach. Dort befand sich eine einzelne Karte, die mit einer auffallend spitzen Handschrift beschrieben war.

„An Flora Rosa, in ewiger Hingabe", las Lucy laut vor. Unglücklicherweise war die Unterschrift am Ende nicht zu entziffern.

Lucy ließ die Theaterprogramme und das Schmuckkästchen auf der Ankleidekommode liegen und packte alles andere wieder ein. Sie würde mit ihren Funden zu

Robert gehen und hören, was ihm dazu einfiel. Bevor sie ging, verfing sich Lucys Blick noch einmal an der Kiste.

„Ist das dein richtiger Name? Flora Rosa?", flüsterte Lucy. „Er klingt nicht echt, aber ich wünsche dir Frieden und schwöre, dass ich alles in meiner Macht Stehende tun werde, um dir Gerechtigkeit zuteilwerden zu lassen."

Sie schloss die Tür hinter sich und ging dann die Treppe nach unten zu Robert.

Er saß mit finsterem Blick in seinem Arbeitszimmer und massierte sich die Stirn.

„Ah, Lucy, komm herein."

Sie schloss die Tür, trat an seinen Schreibtisch und breitete die Fundstücke vor ihm aus.

„Was hatte James zu seiner Verteidigung zu sagen?"

„Er beteuert, dass er sie nicht getötet hat. Aber er hat zugegeben, dass er zu ihr aufgeschlossen hatte, bevor sie die Kirche erreichte."

„Meine Güte." Lucy legte eine Hand auf den Mund.

„Er sagt, sie hätten gestritten. Sie habe ihm gesagt, dass er sie in Ruhe lassen solle, und er habe sie daraufhin gehen lassen."

„Ich nehme an, das war noch, bevor er den Schlag auf den Kopf erlitt?", fragte Lucy.

„Ja." Robert verzog das Gesicht. „Dafür sagt er jetzt aus, dass er glaubt, sie mit Bert Speers direkt vor der Kirche gesehen zu haben. Ich bin mir nicht sicher, ob ich ihm glaube."

„Weil James weiß, dass er, jetzt, wo Polly tot ist, dafür sorgen muss, dass man ihn als unschuldig erachtet?", schlug Lucy vor. „Und Bert Speers zu beschuldigen wäre der einfachste Weg, um seinen eigenen Namen reinzuwaschen?"

„Ja, das ist genau mein Gedankengang." Robert schnaubte frustriert. „Bin ich dabei zu zynisch? Ich kenne James schon seit seiner Geburt. Er hat auf mich nie wie jemand gewirkt, der einen Mord begehen und dann mühelos deswegen lügen könnte. Ich habe erlebt, dass Leute in einem Moment des Zorns töten, aber normalerweise sind sie danach von Schuldgefühlen und Reue geplagt, sodass sie in der Regel gestehen, wenn sie mit Beweisen für ihre Tat konfrontiert werden."

„Ich denke, dass du dich bei ihm genau richtig verhalten hast", ermutigte Lucy ihren Mann. „Du versuchst nur, gerecht zu sein und dein Urteil nicht von dem ganz natürlichen Impuls trüben zu lassen, jemanden zu verteidigen, den zu persönlich kennst."

„Ich kann versuchen, herauszufinden, ob irgendjemand im Dorf Polly an dem Tag in Begleitung eines anderen Mannes gesehen hat", schlug Robert vor. „Das würde die Aussage von James untermauern. Aber bis dahin ist es meiner Meinung nach besser, wenn er in seinem Zimmer bleibt."

„Dem muss ich zustimmen." Lucy nickte. „Hast du irgendetwas von Mr Jarvis vom *Queen's Head* gehört?"

„Bisher noch nicht." Robert fuhr sich mit der Hand durchs Haar. „Hast du dir von Agnes die Adresse von Pollys Mutter geben lassen?"

„Ja. Ich werde ihr umgehend schreiben und Michael den Brief direkt zur Postkutsche bringen lassen, damit er so schnell wie möglich ankommt."

„Gut", sagte Robert und deutete auf die Gegenstände, die Lucy auf seinem Schreibtisch platziert hatte. „Was haben wir denn hier?"

Lucy reichte ihm die Theaterprogramme und öffnete das Schmuckkästchen, in dem sich die Karte befand. „Ich glaube, Pollys richtiger Name könnte Flora Rosa gewesen sein. Eine reiche Person muss ihr diesen Schmuck geschenkt haben."

„Wieso hat sie dann hier Lohnarbeit als Kindermädchen verrichtet?", fragte Robert.

„Sie hat mir gesagt, sie sei froh, aus London weg zu sein", sagte Lucy langsam. „Vielleicht ist sie vor jemandem oder etwas davongelaufen."

„Und hat beschlossen, ihre Probleme in mein Haus zu bringen?", fragte Robert.

„Am Ende hat es ohnehin nichts gebracht, nicht wahr?", erinnerte ihn Lucy. „Sie ist dennoch gestorben."

„Und hat uns damit schon wieder in einen Mordfall verwickelt", grummelte Robert.

„Diese Karte ist Flora Rosa gewidmet." Lucy versuchte die Aufmerksamkeit ihres Ehemanns von seiner persönlichen Kränkung auf den Fall vor ihnen zu lenken. „Die Unterschrift ist unleserlich."

Robert nahm die Karte, setzte sich die Brille auf und versuchte blinzelnd die Zeichen zu entziffern. „Es ist nur ein einzelnes Wort. Mehr kann ich nicht erkennen. Flora Rosa klingt wie ein Name, den eine Schauspielerin annehmen würde."

„Der Gedanke war mir nicht gekommen." Lucy deutete auf die Theaterprogramme. „Ist sie in einem davon als Darstellerin aufgeführt?"

Robert begann zu lesen, legte die beiden Hefte des *Corinthians* beiseite und hielt dann inne, als er die lange Liste der Darsteller des *Prince of Wales* überflog.

„Ah. Da ist sie ja. Hier steht zwar nicht, welche Rolle sie spielt, aber der Name Flora Rosa ist aufgeführt."

„Ich schätze, dass Polly auch für die Schauspielerin gearbeitet und den Schmuck von ihr gestohlen haben könnte", merkte Lucy an.

„Allerdings war unsere Polly gutaussehend genug, um tatsächlich auf der Bühne recht erfolgreich zu sein und dabei vielleicht einen Verehrer bekommen zu haben."

„Da ich von derlei Dingen keine Ahnung habe, gehe ich davon aus, dass du damit recht hast." Lucy blickte ihn tadelnd an.

Robert zuckte mit den Schultern. „Als junger Mann habe ich einige Zeit hinter den Bühnen verschiedener Theater verbracht."

„Dessen bin ich mir bewusst – schließlich kanntest du daher auch Mrs Jarvis aus dem *Queen's Head*."

Lucy wollte lieber nicht seine jugendliche Wertschätzung der ehemaligen Schauspielerin zum Thema machen. Diese hatte sich für Lucys Geschmack etwas zu gut an ihn erinnert, als sie das Leben auf der Bühne aufgegeben hat und hierher ins Dorf gezogen war, um den Gastwirt zu heiraten.

„Ich frage mich, ob Mrs Jarvis vielleicht noch Verbindungen zum Londoner Theater hat", sagte Robert. „Vielleicht hat sie sogar schon von Flora Rosa gehört."

„Das bezweifle ich, aber ich kann sehr gerne nachfragen", bot Lucy an. „Aber wenn wir wirklich herausfinden wollen, was Flora Rosa nach Kurland St. Mary gebracht hat, werden wir selbst nach London reisen und der Sache auf den Grund gehen müssen.“

Robert legte den Schmuck und die Programmhefte in die Schublade seines Schreibtischs und schloss ab.

„Bevor wir zu voreilig handeln, meine Liebste, sollten wir vielleicht erst erörtern, was wir hier noch herausfinden können. Bert Speers ist immer noch verschwunden und James sagt mir nicht die ganze Wahrheit. Der einzige Verehrer, der nicht für Pollys Mord infrage kommt, ist Dermot Fletcher, der die letzten zwei Tage an meiner Seite verbracht hat, um seine Arbeit nachzuholen.“

„Wir wissen nicht genau, wann Flora Rosa ermordet wurde. Dermot könnte sie irgendwo gefangen gehalten und dann später umgebracht haben“, wandte Lucy ein.

„Wir sind in dem Zeitraum ausgeritten, um mit den Durleys zu sprechen, also vielleicht hast du recht.“ Robert stöhnte. „Vielleicht hat Dermot sie auf den Feldern mit einem anderen Mann herumlaufen sehen und wurde von Wut gepackt.“

„Ich finde allerdings auch, dass das unwahrscheinlich klingt.“ Lucy überlegte einen Moment. „Ich habe noch etwas vergessen.“

„Was denn?“

„Ich muss noch die Kleidung untersuchen, die Flora am Tag ihres Todes trug.“

„Ich hatte Foley angewiesen, sie auf ihr Zimmer zu bringen. War sie denn nicht dort?“

Lucy stand auf. „Ich glaube, ich habe sie woanders hingelegt, um die Bettwäsche abzuziehen. Ich gehe gleich hoch und sehe nach. Ich bin so vergesslich!“ Robert hatte kein Bedürfnis, die Kleider des ermordeten

Kindermädchens zu durchsuchen, dennoch wartete er geduldig, bis Lucy mit der Kiste zurückkehrte.

Als sie hereinkam, nahm sie Floras Kleid heraus und rümpfte die Nase ob des zerknüllten und verschmierten Stoffs, bevor sie es beiseitelegte.

„Ist etwas in einer der Taschen?“, fragte Robert.

Lucy sah ihn geduldig an. „Ihr Kleid hat keine Taschen.“ Sie griff tiefer in die Kiste und zog einen schmalen Stoffstreifen hervor, an dem zwei Beutel hingen. „Die sind hier.“

Sie runzelte die Stirn, als sie das Innenleben einer der Taschen untersuchte. „Ich habe weder ihren Geldbeutel noch ihren Lohn irgendwo gefunden und auch hier scheint nichts davon zu sein. Vielleicht war es ein einfacher Raubüberfall.“

„Das bezweifle ich, aber bitte fahr fort“, sagte Robert.

Sie löste die Schnur des anderen Beutels, der bei Berührung leicht knisterte, und zog einen Brief hervor, den sie Robert präsentierte.

„Mrs Jarvis hatte erwähnt, dass sie einen Brief erhalten habe. Das muss er sein.“ Er bedeutete Lucy, ihn vorzulesen.

Sie entfaltete das Blatt und hielt es ins Licht.

„Meine liebe Freundin, die Lage hier ist nicht gut. Deine Flucht wurde bemerkt und dein Ziel ist bekannt. Sei sehr vorsichtig.“

„Nun, das ist nicht besonders hilfreich“, sagte Robert.

„Es deutet darauf hin, dass Flora in Gefahr schwebte“, bemerkte Lucy. „Und dass Polly Carter sie beschützen wollte.“

„Wir wissen nicht, ob dieser Brief von Polly stammt“, wandte Robert ein.

„Wer sonst könnte ihr schreiben?“

„Ihr Gönner?“

„Wenn sie einen mächtigen oder reichen ‚Gönner‘ gehabt hätte, wäre ihr sicher nicht in den Sinn gekommen, überhaupt davonzulaufen.“ Lucy hob einen Finger. „Es sei denn, das war genau die Person, vor der sie weglief.“

Robert nahm den Brief und las ihn selbst. „Die Handschrift ist sehr grob und stammt daher vermutlich nicht von einem Gentleman. Du könntest also recht haben, dass das Schreiben von Polly ist.“

„Vielen Dank.“ Lucy sah ihn erwartungsvoll an. „Also, wann brechen wir nach London auf, um die echte Polly Carter zu finden und sie zu fragen, was um alles in der Welt hier vor sich geht?“

Kapitel 7

Lucy ging mit der Kiste, in der sich Floras Besitztümer befanden, in die Küche. Sie würde die Haushälterin darum bitten, die Kleidung zu waschen und alles zurück in Floras Schlafzimmer bringen zu lassen.

Robert hatte ausweichend auf ihre Frage bezüglich einer Reise nach London reagiert. Er hatte behauptet, sich noch mit Mr Fletcher treffen zu müssen, und war aus dem Arbeitszimmer verschwunden, bevor sie ihn aufhalten konnte. Da er ihr gegenüber nur selten unehrlich war, hatte sie den Verdacht, dass er nur deswegen ungerne darüber mit ihr sprechen mochte, weil er nicht wollte, dass sie ihn begleitete.

„Natürlich will er nicht, dass du mitkommst", murmelte Lucy zu sich selbst. „Warum würdest du daran überhaupt zweifeln?"

„Wie bitte, Mylady?"

Lucy blickte auf und sah Foley, der ihr die Küchentür aufhielt.

„Guten Morgen, Foley." Lucy trat an ihm vorbei. „Ist Mrs Bloomfield hier?"

„Ich glaube, sie ist heute Morgen draußen auf dem Gutshof, Mylady", sagte Foley. „Ich habe ihr gesagt, sie solle einen der Diener mitnehmen. Wir wollen schließlich nicht, dass noch einmal passiert, was man der jungen Polly angetan hat, nicht wahr?"

Lucy nickte und brachte die Kiste in die Spülküche. „Könnten Sie sie darum bitten, die Wäsche hier zu waschen und auf Pollys Zimmer bringen zu lassen?"

„Das werde ich, Mylady." Foley folgte ihr zurück in die Küche. „Ich wollte gerade Sir Robert diese Nachricht hier bringen." Er streckte ihr ein gefaltetes Stück Papier entgegen. „Sie ist aus dem *Queen's Head.*"

„Vielen Dank." Lucy überflog den Brief. „Würden Sie bitte die Kutsche vor dem Haus vorfahren lassen und *dann* diese Nachricht Sir Robert bringen?"

Als ihr Mann schließlich aus dem Haus kam, saß sie bereits in der Kutsche und erwartete ihn. Er ging kurz langsamer, als er näherkam, und zog eine Augenbraue hoch.

„Du kommst also mit?"

„In der Tat." Sie bedachte ihn mit einem herausfordernden Lächeln. „Hast du noch immer nicht gelernt, dass ich nicht gut gehorche?"

„Das wusste ich schon vor unserer Hochzeit." Er stieg auf den Kutschbock und nahm ihr die Zügel ab. „Ich hatte die Hoffnung, dass der Schwur, mir zu *gehorchen*, deinen Impulsen Einhalt gebieten würde, aber wie es scheint, lag ich da falsch."

Zunächst war sie empört über seine Worte – bis ihr auffiel, dass er grinste. Daher gab sie sich damit zufrieden, ihm in den Arm zu kneifen.

„Und du wirst mich auch nicht davon abhalten, mit nach London zu kommen."

„Oh, ich werde es auf jeden Fall versuchen." Robert setzte die Kutsche in Bewegung. „Aber vielleicht sollten wir zunächst einen Waffenstillstand aushandeln, während wir uns um Mr Jarvis im *Queen's Head* kümmern, bevor wir unsere Feindseligkeiten fortsetzen?"

Die Fahrt hinunter zum Gasthaus dauerte nicht lange und bald schon bogen sie auf den belebten Hof. Robert sprang ab und reichte Lucy die Hand zum Absteigen, bevor einer der Stallknechte die Kutsche aus dem Weg fuhr.

Mr Jarvis kam ihnen im Flur mit grimmiger Miene entgegen.

„Er ist heute Morgen mit der Postkutsche zurückgekehrt. Er war nicht besonders kooperativ, daher habe ich ihn in den Keller gebracht und die Tür abgesperrt."

„Vielen Dank." Robert berührte Lucys Schulter. „Könntest du Mrs Jarvis fragen, ob du Berts Habseligkeiten durchsuchen kannst, während Mr Jarvis und ich uns um diese Angelegenheit kümmern?"

Zur Abwechslung entschied Lucy, seinem Vorschlag nachzukommen. Sie hatte keinerlei Bedürfnis, im Keller mit einem wütenden Mann festzusitzen.

„Wie du wünschst." Sie bedachte ihn mit ihrem süßesten Lächeln.

„Siehst du, wie einfach es ist, deinem Ehemann zu gehorchen?", murmelte er ihr ins Ohr, bevor er sich wieder Mr Jarvis zuwandte und ihm in den Schankraum des Gasthauses folgte.

Lucy schnaubte und machte sich auf die Suche nach Mrs Jarvis. Diese hatte keinerlei Probleme damit, ihr Zugang zu Berts geteiltem Zimmer zu gewähren.

„Ich komme mit Ihnen, Sir, sofern es Ihnen nichts ausmacht", sagte Mr Jarvis.

„Das macht mir ganz und gar nichts aus", antwortete Robert, während Mr Jarvis einen großen Knüppel in die Hand nahm, der von außen gegen die verriegelte Tür gelehnt stand.

Wie bei vielen der älteren Gebäude in Kurland St. Mary befanden sich unter dem Gasthaus Überreste des alten Klosters und der Kirche, die einst hier gestanden hatten. Die elegant geschwungene Decke des Kellers, die von steinernen Säulen getragen wurde, passte nicht so recht zu den zahlreichen Fässern und staubigen Flaschen, die hier gelagert wurden.

Sofort nachdem sie den Raum betreten hatten, sprang Bert Speers von seinem mit einem Mantel bedeckten Bett auf und stürmte auf sie zu. Sein Haar und seine Kleidung waren unordentlich und sein Kinn war voller schwarzer Stoppeln.

„Was zur Hölle ist denn hier los? Warum werde ich hier eingesperrt wie ein gewöhnlicher Krimineller?"

„Ich hatte gehofft, dass Sie *mir* das beantworten könnten", sagte Robert. „Wo waren Sie in den letzten drei Tagen?"

„Ich muss Ihnen gar nichts sagen", erwiderte Bert spöttisch.

Robert wandte sich zu Mr Jarvis. „Als sein Arbeitgeber bin ich mir relativ sicher, dass *Sie* das Recht haben, dieselbe Frage zu stellen."

„Allerdings. Sie können nicht einfach tagelang verschwinden, ohne jemandem Bescheid zu sagen, Bert."

Bert verdrehte die Augen, was ihn Robert nicht gerade sympathischer machte. „Ich musste nach Hause. Meine Mutter hat mich gebraucht."

„Und Ihnen ist nicht in den Sinn gekommen, mich um Erlaubnis zu bitten?", fragte Mr Jarvis. „Wieso nicht?"

„Weil ich sofort aufbrechen musste! Ich habe Jeremiah Bescheid gesagt."

„Merkwürdig, dass Jeremiah es niemandem gegenüber erwähnt hat."

„Nun, das ist wohl kaum meine Schuld, Mr Jarvis, oder?"

„Wo genau sind Sie gewesen?", fragte Robert.

„Zurück in London", sagte Bert. „Wo sonst? Ich habe eine Fahrkarte gekauft und bin in die Postkutsche gestiegen. Wenn Sie mir nicht glauben, fragen Sie doch Henry Haines, wenn er das nächste Mal hier ist."

„Ich werde ihn fragen", sagte Mr Jarvis. „Da können Sie sicher sein."

Robert lehnte sich gegen eins der aufrechtstehenden Bierfässer und musterte Bert gründlich. „Vielleicht könnten Sie eine weitere Sache für uns erhellen. Wann haben Sie Polly Carter zuletzt gesehen?"

Bert runzelte die Stirn. „Was hat Sie denn mit alledem zu tun?"

„Bitte beantworten Sie einfach die Frage", wies ihn Robert mit fester Stimme an.

„Wieso? Hat sie schon wieder Lügen über mich verbreitet?"

„Sie hat rein gar nichts verbreitet." Robert studierte Berts Miene genau. „Wann haben Sie zuletzt mit ihr gesprochen?"

„Das geht Sie gar nichts an."

„Zeigen Sie Sir Robert gegenüber ein wenig Respekt." Mr Jarvis hielt den Knüppel bedrohlich vor Berts Gesicht. „Beantworten Sie die Frage oder ich verpasse Ihnen eine Tracht Prügel."

„Ich habe am Tag vor meiner Abreise mit ihr gesprochen", sagte Bert widerwillig. „Ich habe ihr gesagt, dass sie aufhören soll, alberne Spielchen zu spielen und mich in Schwierigkeiten zu bringen, sonst würde ich es sie büßen lassen."

„Haben Sie das?" Robert wartete auf eine Antwort.

„Habe ich was?" Bert runzelte erneut die Stirn.

„Es sie büßen lassen." Robert starrte ihn weiter an, bis Bert unruhig mit den Füßen zu scharren begann.

„Ich könnte versucht haben, ihr ein wenig Vernunft einzubläuen, und habe sie geschüttelt, aber wenn sie etwas anderes behauptet, dann lügt sie."

„Sie ist tot", sagte Robert ohne Umschweife „Vielleicht ist ja der Versuch, ihr ‚Vernunft einzubläuen' ein wenig gewalttätiger geworden und Sie haben sie ohne es zu *wollen* umgebracht."

Röte stieg in Berts Gesicht auf. „Ich habe sie verdammt nochmal nicht umgebracht!"

Mr Jarvis blickte zu Robert. „Ich könnte Wetten darauf abschließen, wer in diesem Fall der Lügner ist, Sir."

„Ich habe sie nicht getötet!", schrie Bert, sodass es von der niedrigen Steindecke hallte. „Warum sollte ich das tun?"

„Weil Sie ein gewalttätiger und eifersüchtiger Mann sind?", schlug Robert vor. „Die Sorte Abschaum, die lieber eine Frau, die keine Gefühle für ihn hegt, schlägt, anstatt sich eine andere zu suchen."

Er baute sich vor ihm auf und hielt Berts zornigem Blick unbeeindruckt stand. „Sie bleiben hier, bis ich mit Henry Haines gesprochen habe."

„Das können Sie nicht machen!", protestierte Bert.

„Das kann ich sehr wohl." Robert trat einen Schritt auf ihn zu. „Wie ich Ihnen bereits gesagt habe: Ich bin der Magistrat im Ort und es ist meine Aufgabe, Verbrechen zu untersuchen und die Täter zu verfolgen."

Er nickte Mr Jarvis zu. „Lassen wir ihm ein wenig Zeit, um über seine Handlungen nachzudenken; was denken Sie? Vielleicht macht ihn das ein wenig entgegenkommender.“

Während Robert und Mr Jarvis sich aus dem Raum zurückzogen, stürmte Bert in die andere Richtung und schlug wiederholt mit der Faust gegen die Wand.

„Mir ist egal, was er sagt, Sir Robert. Es ist sonnenklar, dass er schuldig ist“, bemerkte Mr Jarvis, während sie die Treppe in den Schankraum nach oben gingen.

„Das wird sich noch zeigen, aber er hat sich mit seinem Benehmen nicht gerade einen Gefallen getan, nicht wahr?“, stimmte Robert ihm zu. „Kein Wunder, dass Polly Angst vor ihm hatte.“

„Also, was das angeht, Sir ...“ Mr Jarvis hielt inne und schloss die Kellertür hinter ihnen ab. „Ich habe sie *tatsächlich* ein oder zweimal reden sehen, ohne jedes Anzeichen von Ärger. Deswegen hatte ich mich gefragt, was denn eigentlich vor sich ging, als Mrs Jarvis mir eröffnete, dass er ihr nach Hause gefolgt sei.“

„Das war mir nicht bewusst“, sagte Robert. „Ich hatte eindeutig das Gefühl, dass Polly Angst hatte, in seine Nähe zu kommen.“

„Vielleicht war es ein Streit zwischen zwei Liebenden. Bert hat möglicherweise die Beherrschung verloren, weil sie sich nicht vertragen wollte.“

„Zu welcher Zeit trifft üblicherweise die Postkutsche ein?“, fragte Robert.

„Gegen acht Uhr morgens, Sir Robert.“ Mr Jarvis füllte zwei Pints mit Ale und reichte eines davon Robert. „Wollen Sie selbst mit Henry sprechen?“

„Ich denke, das wäre das Beste“, sagte Robert. Dankbar nahm er einen großen Schluck Bier gefolgt von einem weiteren, den er versuchte mehr zu genießen. „Ich denke, ich werde einfach hier sitzen bleiben und mein Bier trinken, bis Lady Kurland fertig ist.“

Mrs Jarvis schaute sich angewidert in dem engen Raum um und rümpfte die Nase.

„Hier drin riecht es wie in einem Fuchsbau und es sieht auch genauso aus. Tut mir leid, Lady Kurland.“

Lucy blieb auf der Türschwelle stehen, während Mrs Jarvis durch die Unordnung stapfte, Kleidungsstücke aufhob und sie wahllos auf die beiden Betten warf.

„Welche Seite ist die von Bert Speers?“, fragte Lucy.

„Diese hier. Die, die aussieht, als hätte er vor seiner Abreise, die uns drei Tage im Dunkeln tappen ließ, sämtliche seiner Besitztümer auf dem Boden ausgebreitet.“

„Vielleicht hat er tatsächlich alles ausgeleert“, sagte Lucy langsam. „Vielleicht wollte er sichergehen, dass hier nichts sein würde, das ihn belasten könnte, falls er nicht zurückkehrte.“

„Was die Frage aufwirft, warum er überhaupt zurückgekommen ist“, sagte Mrs Jarvis.

Lucy richtete nachdenklich den Blick nach oben. „Ich schätze, wir sollten besser alles durchsuchen, und schauen, ob wir zumindest das herausfinden können.“

Lucy versuchte, so viel wie möglich durch den Mund zu atmen, während sie sich durch den Kleiderhaufen wühlte, Taschen durchsuchte und Kleidungsstücke zu einem ordentlichen Haufen auf dem Bett zusammenlegte. Sie nahm einen der abgelegten Stiefel und drehte ihn vorsichtig um. Eine kleine lederne Geldbörse fiel heraus und sie hob sie auf. „Das sieht nicht nach der Geldbörse eines Mannes aus, oder, Mylady?", bemerkte Mrs Jarvis.

„Nein, in der Tat nicht." Lucy löste die lederne Schnur und zählte die Münzen, die ihr in die Handfläche fielen. „Ich frage mich, wo er die gefunden hat."

„Und warum er sie in seinem Stiefel versteckt hat." Mrs Jarvis streckte Lucy einen gefalteten Brief entgegen. „Das hier war ganz klein zusammengefaltet in der Tasche seiner Weste."

Lucy las den Brief und runzelte die Stirn. „Das ergibt kaum einen Sinn für mich."

„Geben Sie mal her." Mrs Jarvis schnappte ihn sich aus ihrer Hand. „Sieht aus wie ziemlich viele Zahlen. Vielleicht Wetten, die er abschließen wollte? Er spielt sehr gerne, dieser Kerl."

Lucy nahm das verschmierte Blatt Papier wieder an sich, legte es zusammen mit der Geldbörse beiseite und blickte nachdenklich auf den Kleiderhaufen. Was hatte Bert Speers zurück nach Kurland St. Mary verschlagen? Sie würde alles, was sie gefunden hatte, zurück zu Robert bringen, und nachfragen, ob er Bert irgendwelche Informationen entlocken konnte, die seine Beweggründe klarer machten.

Mrs Jarvis begann, Jeremiahs Seite des Zimmers aufzuräumen, während sie leise über die beiden Männer und ihren mangelnden Ordnungssinn fluchte. Lucy wartete, bis sie damit fertig war, und erhob sich dann.

„Ich würde es begrüßen, wenn Sie für sich behalten würden, was wir hier gefunden haben, Mrs Jarvis. Ich will nicht, dass Bert weiß, dass wir seine Sachen durchsucht haben.“

„Ich werde keiner Seele etwas davon erzählen.“ Mrs Jarvis bekreuzigte sich vor ihrer Brust. „Abgesehen von Mr Jarvis natürlich. Ich kann vor ihm nichts geheim halten.“

„Da er Sir Robert in den Keller begleitet hat, denke ich, dass er seine eigenen Geheimnisse zu bewahren haben wird, nicht wahr?“ Lucy öffnete die Tür und ließ eine willkommene Brise frischer Luft ins Zimmer. „Sie waren sehr hilfreich.“

„Wenn Bert es war, der das arme Mädchen ermordet hat, dann verdient er alles, was ihm noch bevorsteht“, sagte Mrs Jarvis leidenschaftlich. „Ich würde bei seiner Hinrichtung in der ersten Reihe stehen.“ Sie seufzte. „Zuerst schien er sehr in sie verliebt zu sein, aber wenn er sie mit James zusammen sah, wurde er wütend und er hat sich davon nie wieder erholt.“

Lucy ging wieder ins Gasthaus und fand dort ihren Mann auf einem der Stühle sitzend vor, während er sich zusammen mit dem Gastwirt ein Pint Ale genehmigte.

„Bist du bereit aufzubrechen?“, fragte sie.

Zur Antwort trank Robert seinen Humpen aus, bot Mr Jarvis ein paar Münzen zur Bezahlung an, die dieser jedoch ablehnte, und kam zu Lucy hinüber.

„Bert wird mindestens noch für eine Nacht im Keller bleiben, während wir seine Behauptung, dass er die letzten drei Tage in London verbracht hat, überprüfen.“ Er nickte Mrs Jarvis zu und führte Lucy hinaus zur Kutsche im Hof. „Hast du etwas Interessantes gefunden?“

„Ja, in der Tat. Ich werde es dir zeigen, sobald wir zuhause sind." Lucy ließ sich von ihm in die Kutsche helfen und wenig später fuhren sie los.

Robert wartete in seinem Arbeitszimmer, während Lucy nach oben ging, um ihre Haube abzulegen und nach Anna und Ned zu sehen. Dermot hatte ein paar Briefe auf seinen Schreibtisch gelegt, die noch unterschrieben werden mussten, also verbrachte er die Wartezeit damit, bis seine Frau zurückkam. „Ist in der Kinderstube alles in Ordnung?", fragte Robert.

„Ned ist ziemlich schlecht gelaunt. Anna sagt, er vermisse Polly und James." Lucy seufzte. „Agnes ist auch ganz außer sich."

„Ich bin froh zu hören, dass sie offenbar immerhin ein schlechtes Gewissen hat", antwortete Robert und schenkte ihnen beiden ein wenig Kaffee ein. „Wenn sie gleich wieder fröhlich wie ein Rehkitz umhergesprungen wäre, hätte ich meine Entscheidung ihrer weiteren Beschäftigung vielleicht noch einmal überdacht."

„Durch das Ganze ist Ned richtig aufgebracht", sagte Lucy. „Ich habe versprochen, ihn heute später zu den Ställen mitzunehmen, aber er hat geweint und gesagt, dass er mit James gehen wolle."

„Ich werde mit ihm hingehen", sagte Robert abrupt.

Seine Frau musterte ihn eine Weile. „Vielleicht können wir ja zusammen gehen."

„Ich bin durchaus dazu in der Lage, ein oder zwei Stunden lang alleine mit meinem Sohn zurechtzukommen."

„Das weiß ich, aber er ist in der Gegenwart von Pferden immer so aufgeregt und …"

„Du willst nicht, dass ich in Panik gerate und die Lage damit verschlimmere", beendete er den Satz für sie.

„Ganz so hätte ich es nicht formuliert, aber ..."

„Es ist schon gut. Ich bin mir über meine Einschränkungen durchaus im Klaren." Robert blickte sie finster an. „Nimm du ihn mit."

Sie griff nach seiner Hand und sah ihm in die Augen. „Komm doch mit. Ned würde sich sehr freuen."

„Vielleicht morgen, nachdem ich mich mit dem Fahrer der Postkutsche unterhalten habe." Er trank seinen Kaffee mit einem großen Schluck aus und füllte die Tasse wieder auf. „Würdest du jetzt gerne hören, was Bert Speers gesagt hat oder willst du mir zuerst verraten, was ihr in seinem Zimmer gefunden habt?"

Lucy zog eine kleine lederne Geldbörse hervor und legte sie auf den Tisch. „Die hier steckte in einem von Berts Stiefeln."

Robert öffnete sie und ließ die Münzen herausfallen. „Das ist nicht gerade ein Vermögen, oder?"

„Das ist genauso viel, wie wir Polly für ihren ersten Arbeitsmonat gezahlt haben", bemerkte Lucy. „Und ich habe sie gerade Agnes gezeigt, die mir bestätigt hat, dass Pollys Geldbörse in etwa so aussah."

Robert zählte die Münzen. „Du hast Pollys Geldbörse nicht bei ihr gefunden, oder?"

„Nein, was den Verdacht nahelegt, dass diese hier tatsächlich ihre sein könnte und Bert sie ihr irgendwann abgenommen hat."

„Er hat behauptet, sie im Dorf getroffen und davor gewarnt zu haben, Lügen über ihn zu verbreiten. Dann drohte er, dass sie ansonsten Schwierigkeiten mit ihm bekäme."

„*Das* hat er zugegeben?“

„Ja, das fand ich auch recht bemerkenswert. Als ich ihm sagte, dass Flora tot ist, verlor er die Fassung und beteuerte, dass er sie nicht getötet, sondern die letzten drei Tage in London verbracht habe, um seine kranke Mutter zu besuchen.“

„Was für ein günstiger Zufall für ihn“, bemerkte Lucy abschätzig.

„In der Tat.“ Robert dachte kurz nach. „Er wirkte auch nicht besonders überrascht. Aber wenn er sie tatsächlich umgebracht hat, wieso um alles in der Welt ist er dann wieder nach Kurland St. Mary zurückgekommen?“

„Das hat Mrs Jarvis sich auch gefragt.“ Lucy nickte. „In dem Zimmer wurde alles auf den Kopf gestellt, als ob er in großer Eile aufgebrochen wäre. Vielleicht kam er zurück, weil ihm einfiel, dass er Floras Geldbörse dort gelassen hatte, und besorgt war, dass man sie entdecken würde.“

Sie hielt ihm ein sehr häufig gefaltetes Papier hin. „Das hier hatte er ebenfalls in der Tasche. Mrs Jarvis glaubte, dass es vielleicht mit Pferdewetten zu tun haben könnte.“

Robert runzelte die Stirn, als er die Liste mit Zahlen studierte. „Ich bin mir nicht sicher, was das sein könnte. Wenn man auf Pferde wettet, hat man üblicherweise die Chancen *und* die Namen des Pferdes. Das hier ist einfach nur ein Durcheinander von Zahlen.“

Er legte das Blatt auf den Schreibtisch und strich es mit der Handfläche glatt. „Soweit wir bisher wissen, könnte das alles Mögliche sein.“

„Der Umstand, dass Bert ihn an einem sicheren Ort aufbewahrt hat – und zwar offenbar schon seit längerer Zeit – deutet darauf hin, dass er wichtig sein könnte, oder?", fragte Lucy.

„Das stelle ich auch gar nicht infrage", versicherte ihr Robert. „Es interessiert mich nur viel mehr, was er dazu zu sagen hat, dass er im Besitz von Floras Geldbörse ist."

„Vielleicht hat er sie ihr gestohlen, um ihr eine Lektion zu erteilen." Lucy nippte an ihrem Kaffee und aß einen der Kekse, die Foley auf dem Tablett arrangiert hatte. „Er hat schließlich zugegeben, dass er sich mit ihr unterhalten hat, nicht wahr?"

„Er sagte, er habe sie kräftig geschüttelt." Robert verzog das Gesicht. „Vielleicht ist die Geldbörse dabei heruntergefallen."

„Das bezweifle ich, wenn sie sie in der Tasche oder unter ihren Röcken trug", wandte Lucy ein. „Außer, sie hatte sie vielleicht gerade in der Hand." Sie stellte die Tasse ab und lehnte sich vor. „Das klingt fast so, als würdest du nach einer Rechtfertigung für Berts Verhalten suchen."

„Ganz und gar nicht. Ich versuche nur, jede mögliche Erklärung in Betracht zu ziehen, bevor ich jemanden beschuldige, der es möglicherweise gar nicht verdient."

„Aber Bert hat fast schon zugegeben, dass er sie umgebracht hat!"

„Nein, das hat er nicht. Er hat es vehement abgestritten."

„Dann hat er offensichtlich gelogen."

„Mr Jarvis sagte mir, dass er Flora und Bert mehrfach in freundlicher Unterhaltung beim Gasthaus gesehen habe und daher überrascht gewesen sei, als ich ihn darum bat, Bert von ihr fernzuhalten."

„Das waren vermutlich die Anlässe, bei denen Bert versucht hatte, sie erstmals zu umwerben."

„Das könnte schon sein." Robert verschränkte die Arme und blickte hinaus in den Park. Aus irgendeinem Grund nagten Zweifel an ihm und der Miene seiner Frau nach zu urteilen, hatte er bisher nicht ausreichend erklären können, warum.

„Was ist mit James?", fragte er abrupt.

„James hat Bert und Flora zusammen gesehen, wurde niedergeschlagen und dann beim Bauernhof seines Vaters abgeladen", fasste Lucy zusammen.

„Also, wenn Bert mit Flora zusammen war, wer hat dann James angegriffen?"

Lucys Mund blieb zu einem perfekten ‚O' geformt, während sie ihn ansah. „Vielleicht hat Bert bemerkt, dass James sie beobachtete, lief zurück, um ihn bewusstlos zu schlagen, und brachte James schließlich zum Bauernhof."

„Und hat Flora währenddessen allein zurückgelassen?"

Lucy runzelte die Stirn. „Das ist alles wirklich bemerkenswert kompliziert, nicht wahr?"

„Immerhin können wir uns darauf voll und ganz einigen", sagte Robert. „Wenn James die Wahrheit sagt, wer hat ihm den Schlag auf den Kopf verpasst? Ist vielleicht noch jemand in die Sache verwickelt, von dem wir bisher nicht wissen?"

„Mr Fletcher?", schlug Lucy vor. „Hast du schon mit ihm über irgendeinen Aspekt des Falls gesprochen? Er hat ausgesagt, dass er Flora an dem Tag ins Dorf gehen gesehen habe."

Robert runzelte die Stirn. „Wie ich bereits sagte, er hat den Tag, an dem Flora ermordet wurde, mit mir verbracht."

„Den *ganzen* Tag?", fragte Lucy. „Kannst du mit Sicherheit schwören, dass er sich nicht irgendwann abgesetzt haben könnte?"

Robert verfiel wieder in Schweigen. Mit dem Fuß wippte er ungeduldig auf dem Boden.

„Ich kann mir Dermot einfach nicht als Mörder vorstellen."

„Dem stimme ich zu, aber wenn er Flora gesehen hat, dann hat er vielleicht auch James oder eine andere Person beobachtet, die interessant sein könnte", merkte Lucy an.

„Ich werde mich mit ihm unterhalten, sobald ich nochmal mit James gesprochen habe."

„Vielen Dank." Lucy seufzte. „Ich habe Foley darum gebeten, Mr Snape eine Nachricht zukommen zu lassen, damit dieser den Leichnam aus Dr. Fletchers Haus abholt."

„Mr Snape hat sehr gute Lagerungsmöglichkeiten. Ich werde ihm den Sarg und den Arbeitsaufwand bezahlen." Robert trank die zweite Tasse Kaffee aus. „Ich möchte wetten, dass Patrick froh sein wird, dem Bestatter den Leichnam überlassen zu können. Er sagte mir, dass seine Frau etwas dagegen habe, wenn er Leichen in ihrem Keller aufbewahrt."

„Das kann ich mir vorstellen", sagte Lucy, erhob sich und unterdrückte ein Gähnen. „Ich hoffe, dass die Mutter der echten Polly Carter bald auf meinen Brief antwortet. Ich habe ihr genug Geld mitgeschickt, um das Porto für die Antwort an uns abzudecken.“

„Das wirst du vermutlich nie wiedersehen.“ Robert erhob sich und hielt ihr die Tür auf. Sie blieb stehen und blickte zu ihm auf.

„Womit wir umso mehr Anlass hätten, nach London zu reisen, um uns persönlich mit ihr zu unterhalten!“

Kapitel 8

Da er keine Fortschritte mit James gemacht hatte und dieser weiterhin stur bei seiner Version der Geschichte blieb, laut der er nur Bert Speers mit ‚Polly‘ gesehen und danach mit keinem von ihnen gesprochen hatte, widmete sich Robert seinem Landverwalter. Er hatte Dermot darum gebeten, ihn früh am nächsten Morgen zum *Queen's Head* zu begleiten, weswegen dieser gerade neben ihm in der Kutsche saß. Robert hatte Lucy versprochen, bis elf Uhr zurück zu sein, damit sie noch gemeinsam mit ihrem Sohn spazieren gehen konnten.

„Denken Sie also, Bert Speers ist der Täter, Sir Robert?", fragte Dermot, als er mit geübten Handgriffen die Pferde um die Kurve auf die Landstraße lenkte.

„Er scheint sicherlich ein Problem mit Polly gehabt zu haben." Robert blickte zu seinem Landverwalter hinüber. „Haben Sie die beiden jemals zusammen gesehen?"

Es dauerte eine Weile, bis Dermot antwortete. Die Augen hielt er auf die Straße vor ihnen gerichtet. „Ich habe sie gesehen."

„Mr Jarvis sagte mir, dass nicht alle ihre Begegnungen feindseliger Natur waren."

„Nein, das waren sie nicht." Dermot verfiel wieder in Schweigen.

Robert wollte ihm gerade eine weitere Frage stellen, als sein Begleiter losplapperte. „Zuerst schien sie nichts gegen ihn zu haben. Später hat sie mir dann gestanden, dass er wütend gewesen sei, weil sie Zeit mit mir verbracht habe. Er habe gedacht, dass sie zu sehr im Mittelpunkt stehen wolle."

Robert dachte über diese interessanten neuen Informationen nach. Das klang fast genau wie das, was Polly offenbar James gesagt hatte.

„Ich hatte mich schon gefragt, ob Polly nur …",

Dermot hielt kurz inne, „… Spielchen mit uns allen spielte." „Was bringt Sie zu der Annahme?", fragte Robert.

„Vielleicht hat sie es genossen, dass wir uns wegen ihr gestritten haben."

„Das ist möglich."

„Manchmal wirkte es, als wäre das alles für sie nur ein großes Spiel gewesen. Als ob sie keinen von uns wirklich ernst nahm."

„Vielleicht hat sie das auch nicht."

Robert kam der Gedanke, dass Flora in der unbekannten Welt von Kurland St. Mary mit ihren Fähigkeiten vermutlich einen großen Vorteil besessen hatte, wenn sie wirklich eine Schauspielerin und Tänzerin gewesen war. Sich mit allen gut verstehen zu können, hatte zweifelsohne seine Vorzüge.

„Nicht, dass sie es genossen hätte, mitzuerleben, wenn wir uns um sie stritten", sagte Dermot. „Tatsächlich hat sie es sehr gestört und sie hat deutlich gesagt, dass wir es unterlassen sollten."

„Was möglicherweise unsere Beobachtung untermauert, dass ihr Herz nicht vergeben schien, egal mit wem sie sich unterhielt."

„Traurigerweise ja." Dermot verzog das Gesicht und seufzte schwer. „Sie hat sich nie wirklich für mich interessiert, oder? Sie hat nur mein eigenes Interesse an ihr gespiegelt.“

Robert erinnerte sich daran, wie Flora seine eigenen Bedenken beschwichtigt hatte, indem sie problemlos seinem Willen gefolgt war, und musste Dermot recht geben.

„Liefen Sie ihr an diesem Morgen nach, als Sie sahen, wie sie ins Dorf ging?“, fragte Robert.

„Da ich vorhatte, zum *Queen’s Head* zu gehen, um einen Brief an meine Schwester in Irland zu schicken, hatte ich keine andere *Wahl*, als ihr zu folgen.“

„Haben Sie sie in Begleitung von jemandem gesehen?“

„Nur James, der vor mir ging und zu ihr aufholte. Sie hatten eine recht lebhafte Auseinandersetzung, bevor sie in Richtung der Hauptstraße davongestürmt ist.“

„Was hat James danach getan?“

„Er ist ihr noch eine Weile gefolgt und dann habe ich den Sichtkontakt zu ihm verloren.“ Dermot fummelte an den Zügeln herum, während sie auf den Hof des Gasthofs bogen. „Ich habe allerdings gesehen, dass Polly sich mit Bert traf.“ Seine Miene verfinsterte sich. „Er hat sie am Arm gepackt und ist ihrem Gesicht mit dem seinen bedrohlich nahe gekommen. Ich habe ihm zugerufen, dass er aufhören solle, aber ich denke, dass keiner der beiden mich gehört hat, weil ich zu weit weg war.“

„Sind sie zusammen verschwunden?“

„Ja. Ich glaube nicht, dass Polly in der Sache eine große Wahl hatte, immerhin hielt Bert sie immer noch am Arm fest und schleifte sie praktisch hinter sich her.“

Robert wandte sich um, damit er Dermot direkt ansehen konnte. „Verzeihung, aber es fällt mir schwer, zu glauben, dass ein Mann, der vorgeblich in eine Frau verliebt ist, keinen Finger rührt, wenn diese derart von einem anderen Mann angegriffen wird."

Ein Anflug von Röte breitete sich auf Dermots Gesicht aus. „Sie … haben mir befohlen, mich nicht mit ihr einzulassen, Sir. Ich habe nur versucht, zu tun, was Sie verlangten."

Robert starrte seinen Bediensteten an, bis Dermot vom Kutschbock sprang und sich mit einem der Stallknechte unterhielt. Vielleicht hatte Lucy doch recht gehabt und auch sein Landverwalter erzählte ohne Skrupel die Unwahrheit über die Geschehnisse des besagten Tages.

Er wollte die Sache zwar nicht einfach fallen lassen, war sich aber auch dessen bewusst, dass er noch mit dem Fahrer der Postkutsche sprechen musste, bevor er das Gasthaus verließ. Daher stieg er von der Kutsche und ging hinaus auf den belebten Hof. Einige Passagiere stiegen gerade in die Postkutsche und einer der Stallknechte lud das Gepäck auf deren Dach.

Robert wich einer Kiste mit zwei Hühnern aus, wobei er gerade noch verhindern konnte, über ein kleines Kind zu stolpern, das hinter den Röcken seiner Mutter fast vollständig verborgen war.

„Entschuldigen Sie, Madam." Er lüftete kurz den Hut, bevor er seine Aufmerksamkeit dem älteren Herrn widmete, der auf dem Kutschbock saß und Anweisungen zum Beladen der Kutsche brüllte.

„Sind Sie Henry Haines?"

„Ja, Sir." Der Mann berührte die Krempe seines altmodischen Dreispitzes. „Sie müssen Sir Robert Kurland sein. Mr Jarvis erwähnte, dass Sie sich mit mir unterhalten möchten." Er blickte auf seine Taschenuhr und winkte Robert näher heran. „Klettern Sie zu mir hoch, damit ich Sie besser hören kann. Wir haben an dieser Station nicht viel Zeit."

Robert warf einen nervösen Blick auf die vier Pferde, die vor die Kutsche gespannt waren, bevor er sich neben den Fahrer auf den Kutschbock schwang.

„Einer der Stallknechte von Mr Jarvis, ein gewisser Bert Speers, behauptet, dass er vor drei Tagen mit Ihnen nach London gefahren sei. Stimmt das?"

„Ja, in der Tat." Henry nickte. „Ich habe ihn auch zurückgefahren."

„Ist er den gesamten Weg nach London in der Kutsche geblieben?"

„Ich habe ihn nicht aussteigen sehen." Henry wandte sich um und rief einem der Stellknechte Anweisungen zur Positionierung einer Tasche zu.

„Tut mir leid, Sir."

„Wo haben Sie ihn in London abgesetzt?"

„In Whitechapel."

„Und dort haben Sie ihn drei Tage später auch wieder abgeholt?"

„Ich habe ihn in Mayfair abgeholt, Sir, was mich ein wenig überrascht hat, aber er hat mir die zusätzlichen Fahrtkosten bezahlt." Henry warf erneut einen prüfenden Blick auf die Taschenuhr. „Ich habe auch Ihr hübsches Kindermädchen nicht nach London zurückkehren sehen."

„Das dachte ich mir." Robert verzog das Gesicht.

„Allerdings erinnere ich mich an ihre Fahrt hierher. Sie saß oben und ist während der Fahrt mit Bert ins

Gespräch gekommen. Er fing da gerade seine Stelle als Stallknecht hier an."

„Sie sind in derselben Kutsche angekommen?" Robert wollte sichergehen, dass er den Postkutscher richtig verstanden hatte.

„Ja. Sie haben sich die ganze Fahrt über angeregt unterhalten." Henry schüttelte den Kopf. „Möge Gott sie in Frieden ruhen lassen."

„Amen", sagte Robert.

Henry steckte die Taschenuhr ein und griff nach dem Posthorn. „Wir werden in einer Minute abreisen, Sir Robert. Wenn Ihnen also nicht der Sinn nach einem Abstecher nach London steht, sollten Sie jetzt absteigen."

„Vielen Dank für Ihre Hilfe. Ich wünsche Ihnen eine sichere Reise nach London."

„Vielen Dank, Sir."

Robert überlegte kurz, ob er abspringen sollte, entschied sich dann aber gegen einen würdevollen Abgang. Er setzte sich wenig elegant direkt an die Kante und ließ sich vorsichtig heruntergleiten.

Gerade als Robert wieder festen Boden unter den Füßen hatte, blies Henry in das Horn. Sofort beschleunigte sich die Aktivität um die Kutsche, sodass Robert unwillkürlich an einen aufgeschreckten Bienenschwarm erinnert wurde.

„Letzter Aufruf!", rief Henry, als der letzte Passagier hastig nach oben auf das Dach kletterte und die Stallknechte die Türen zuschlugen und zurücktraten. „Nächster Halt: Clavering!"

Robert hielt den Atem an, als Henry den scheinbar unmöglich schwer beladenen Wagen unter dem

Torbogen des Stallhofs hindurchmanövrierte und dann auf die Straße bog. Als Kind hatte er es geliebt, mit seinem Vater zum Gasthaus zu kommen, um die Pferdegespanne zu sehen. Damals saß er regelmäßig auf einem der Pferderücken und stellte tausende Fragen. Er hatte bereits den Verdacht, dass es mit Ned genauso sein würde.

Bert war also tatsächlich in London gewesen. Das entlastete ihn nicht des Mordes an Flora, aber immerhin untermauerte es seine Aussage, laut der er drei Tage lang nicht in Kurland St. Mary gewesen war. Robert hielt am Eingang des Gasthauses inne. Aber wenn Bert nicht im Ort gewesen war, als man Floras Leichnam fand, wann hatte er dann von ihrem Tod erfahren?

Er suchte kurz nach Mr Jarvis, den er schließlich in der Küche antraf, wo dieser gerade ein ausgiebiges Frühstück zu sich nahm.

„Morgen, Sir. Was halten Sie von einer kleinen Stärkung, bevor wir uns mit Bert unterhalten?“

Robert musterte das große Stück wohlduftenden Hammelbratens und die vier Eier auf dem Teller von Mr Jarvis und sofort lief ihm das Wasser im Munde zusammen.

„Das würde ich sehr zu schätzen wissen.“

„Dann setzen Sie sich doch, Sir.“

Mr Jarvis zog einen Stuhl unter dem Tisch hervor, während seine Frau einen sauberen Teller vor Robert platzierte und ihm ein saftiges Stück Braten und zwei Eier servierte.

„Vielen Dank, Mrs Jarvis.“

Sie zwinkerte ihm zu, bevor sie sich wieder dem Herd zuwandte und die Pfanne erneut füllte. Robert verbrachte die nächsten paar Minuten damit, seinen Appetit zu stillen. Er kaute genüsslich auf dem selbsteingelegten und – geräucherten Hammelbraten, der auf den Punkt zubereitet war. Schließlich, als er die Hälfte seines Ales ausgetrunken hatte, wandte er sich Mr Jarvis zu, der bereits an seinem zweiten Teller aß.

„Haben Sie Bert bei seiner Rückkehr verraten, dass Polly tot ist?"

„Nein, Sir. Das habe ich Ihnen überlassen."

„Aber Sie sagten, er sei streitlustig gewesen, als er aus der Kutsche stieg."

„So ist es, aber das könnte auch daran gelegen haben, dass er drei Tage Urlaub genommen hat, ohne mir Bescheid zu sagen, und wusste, dass ich wütend auf ihn sein würde."

„Hat er jemals zuvor erwähnt, dass seine Mutter krank war?"

„Nein, und nicht nur das: Er hatte mir ursprünglich erzählt, er sei in einem Waisenhaus aufgewachsen und zum Arbeiten in die Ställe von irgendeinem Londoner Nobelmann geschickt worden, bevor er mit dem Boxen anfing."

„Er war Boxer?"

„Ja, früher einmal. Als er sich auf diese Stelle bewarb, sagte er, er habe die Lust am Kämpfen verloren und wolle eine sicherere Anstellung."

Robert rief sich Berts krumme Nase, breiten Körperbau und missmutige Miene in Erinnerung und konnte ihn sich gut im Ring vorstellen. Wenn er noch immer den Sport verfolgte, dann war das Stück Papier, das Lucy bei seinen Sachen gefunden hatte, vielleicht wirklich eine Liste mit Wettchancen für Kämpfe.

„Und er hat hier vor etwa einem Monat angefangen? Henry Haines sagte, er sei mit der gleichen Kutsche gekommen wie Polly Carter."

„So ist es!" Mrs Jarvis schaltete sich ins Gespräch ein. „Das hatte ich schon wieder vergessen. Bert hat ihr vom Dach geholfen und ihr die Taschen heruntergehoben."

Robert trank sein Ale aus und lehnte dankend Mrs Jarvis' Angebot von Nachschlag ab. Als der Gastwirt fertig gegessen und den Teller beiseite geräumt hatte, gingen die beiden erneut hinunter in den Keller. Diesmal hielt Robert draußen vor der Tür inne.

„Ich muss mich mit Bert allein unterhalten. Können Sie hier draußen warten und nur hineinkommen, wenn ich nach Ihnen rufe?"

Mr Jarvis runzelte die Stirn. „Sind Sie sich da sicher, Sir? Er schreckt nicht vor einem Kampf zurück."

„So viel ist offensichtlich." Robert zog seine Pistole hervor. „Ganz wehrlos bin ich nicht, Mr Jarvis. Ich werde nicht zulassen, dass er die Oberhand gewinnt."

„Wie Sie wünschen." Mr Jarvis sah nicht glücklich aus, als er die Tür aufschloss. „Aber zögern Sie nicht, nach mir zu rufen, wenn Sie mich brauchen. Verstärkung anzufordern, ist keine Schande, Sir."

Da Robert selbst in der Armee gedient hatte, war er sich über diesen Umstand völlig im Klaren. Er betrat den Raum und fand Bert an der gegenüberliegenden Wand sitzend vor. Er hatte sich den Mantel um die Schultern gelegt und starrte die Tür an. Robert legte die Pistole auf das nächst gelegene Bierfass, sodass sie jederzeit in Griffweite lag.

„Guten Morgen, Bert." Sein Gegenüber antwortete nicht.

„Woher wussten Sie von Polly Carters Tod, wenn Sie in London waren, als ihr Leichnam entdeckt wurde?“

„Ich wusste nichts davon, bis Sie es mir sagten.“

„Und doch schienen Sie davon nicht überrascht.“

Bert zuckte mit den Schultern. „Man könnte sagen, dass es sich schon länger angekündigt hat.“

„Also war auch der Umstand nicht überraschend, dass sie ermordet wurde?“

„Das habe ich nie behauptet, Sir.“ Bert sah ihm in die Augen. „Ich habe ihr gesagt, dass sie vorsichtig sein soll. Aber sie hat nicht auf mich gehört und jetzt ist sie tot.“

„Für einen Mann, der behauptet, sie geliebt zu haben, wirken Sie erstaunlich zufrieden darüber, dass sie tot ist.“

„Es ist wohl kaum meine verdammte Schuld, dass sie nicht hören wollte, oder? Ich habe versucht, sie zu warnen.“

„Sie meinen, Sie haben sie davor gewarnt, mit keinem anderen Mann außer Ihnen zu sprechen?“

Bert setzte zu einer Antwort an, schloss dann jedoch wieder den Mund.

„Wo ist *Polly* hingegangen, nachdem Sie sie auf der Straße belästigten?“, fragte Robert nach einem langgezogenen Moment der Stille.

„Darauf habe ich nicht geachtet, Sir. Ich musste zurück an die Arbeit.“

„Sie ist Ihnen also nicht zum Gasthaus gefolgt?“

„Soweit ich weiß, nein.“

„Und Sie haben sie nicht hinter sich hergezerrt?“

Bert blickte finster drein. „Ich wünschte, das hätte ich. Vielleicht wäre sie noch am Leben, wenn ich sie für ein paar Tage in meinem Zimmer eingesperrt hätte.“

„Mehr als eine Person hat gesehen, dass Sie mit Polly stritten und sie dann dazu zwangen, mit Ihnen von der Straße zu kommen. Wohin haben Sie sie gebracht und was haben Sie mit ihr angestellt?"

„Ich habe nichts getan, was sie nicht auch verdient hatte, Sir", erwiderte Bert. „Sie können mir so viele Fragen stellen, wie Sie wollen, ich werde Ihnen immer wieder die gleiche Antwort geben!"

„Hat sie den Tod verdient?" Trotz seiner wachsenden Frustration hakte Robert weiter nach. „Hat sie vielleicht Ihre Avancen abgelehnt und Sie haben sie in einem Anflug von Rage ermordet?"

„Ich habe sie verdammt nochmal nicht umgebracht!", erwiderte Bert mit bedrohlichem Unterton.

Robert griff in die Tasche und zog die blaue Geldbörse hervor, die Lucy gefunden hatte.

„Wie kommt es dann, dass wir Pollys Geldbörse versteckt in der Spitze Ihres Stiefels gefunden haben?"

Bert sprang auf und starrte Roberts offene Handfläche an. „Wo zur Hölle haben Sie das her? Ich ..." Er brach ab und atmete schwer durch die Nase aus. „Das *beweist*, dass ich es *nicht* gewesen bin."

„Wie das?", fragte Robert.

„Wenn ich die dumme Kuh ermordet hätte, wäre ich nicht so blöd gewesen, ihre Geldbörse zu klauen und auch noch zu behalten!"

Jetzt war es an Robert, mit den Schultern zu zucken. „Die meisten Mörder machen Fehler. Ist das nicht auch der Grund, warum Sie nach Kurland St. Mary zurückgekehrt sind? Um Ihren Fehler zu beheben?"

„Ich bin *zurückgekommen*, um ..." Bert schloss den Mund, setzte sich wieder und verschränkte die Arme vor der Brust.

„Um *was* zu tun, Bert?"

„Jemand versucht, es so aussehen zu lassen, als ob ich der Täter sei, Sir. Jemand will, dass man mir die Schuld dafür gibt. *Das* ist der Mann, nach dem Sie suchen sollten, nicht ich."

„Und hat dieser Mann einen Namen?", fragte Robert mit ruhiger Stimme. „Denn nach allem, was ich weiß, deuten alle Beweise in diesem Fall auf Sie. Sie wurden im Streit mit Polly beobachtet und haben das sogar selbst zugegeben. Sie wurden dabei gesehen, wie Sie sie davonzerrten und *Sie* hatten ihre gestohlene Geldbörse in Ihrem Besitz."

„Sie liegen falsch, Sir. Polly selbst hat mir gesagt, dass sie den Mann gesehen habe, was überhaupt der Grund für unseren Streit war! Wenn Sie mich nur hier rauslassen würden, dann könnte ich es Ihnen sofort beweisen!"

„Aber natürlich könnten Sie das." Robert steckte die Geldbörse wieder ein. „Ich befürchte, dass Sie vorerst bleiben werden, wo Sie sind. Wenn Ihnen plötzlich der Name des Mannes einfällt, nach dem wir Ihrer Meinung nach suchen sollten, dann lassen Sie es mich bitte wissen."

Bert schnaubte frustriert. „Wenn Sie mich rauslassen, kann ich ihn für Sie aufspüren."

„Wenn Sie mir seinen Namen oder eine Beschreibung geben, dann kann ich ihn selbst finden." Robert nahm die Pistole wieder an sich. „Wenn dieser Mann sich in

Kurland St. Mary aufhält, dann sollte er leicht aufzuspüren sein.“

„Er ist inzwischen bestimmt wieder zurück in London.“

„Und Sie denken törichterweise, dass ich Sie nach London gehen lasse, um ihn zu suchen?“ Robert wandte sich zum Gehen. „Sie müssen mich für einen völligen Dummkopf halten. Guten Tag, Bert.“

„Sie können mich hier nicht ewig einsperren!“

Robert klopfte an die Tür und blickte über die Schulter zu Bert. „Dessen bin ich mir bewusst. Aber als der zuständige Magistrat kann ich Sie für Ihren Mordprozess in die Hauptstadt der Grafschaft überstellen lassen, wann immer es mir beliebt.“

Bert funkelte ihn an. „Wenn Sie das tun, verurteilen Sie einen Unschuldigen zum Tode.“

„Dann sollte Ihnen besser der Name des Mannes einfallen, von dem Sie so beharrlich behaupten, dass er der wahre Mörder ist, bevor ich diese Entscheidung fälle, nicht wahr?“

Robert sah zu, wie Mr Jarvis die Tür hinter ihm wieder sicherte, bevor er die Treppe nach oben ging.

„Hat er schon ein Geständnis abgelegt, Sir?“

„Nein, er behauptet vehement, dass jemand anders verantwortlich ist.“ Mr Jarvis’ ungläubiges Schnauben entsprach Roberts Gedanken.

„Wenn er nicht bald seine Aussage revidiert, lasse ich ihn zum Grafschaftsgericht überstellen, damit er da seinen Mordprozess erwarten kann“, sagte Robert, als er in den Flur des Gasthauses trat.

„Gut, Sir. Aber machen Sie sich bis dahin keine Sorgen. Ich kann ihn hier sicher für Sie verwahren.“

„Das weiß ich sehr zu schätzen." Robert schüttelte dem Gastwirt die Hand.

„Haben Sie Post, die ich bei der Gelegenheit mit zum Anwesen nehmen kann?"

„Nein, Sir. Erwarten Sie denn etwas Bestimmtes?"

„Nur einen Brief aus London." Tatsächlich war Robert sich recht sicher, dass sie nie einen Brief von Pollys Mutter aus London erhalten würden, aber er war noch nicht bereit, die Hoffnung aufzugeben.

„Ich werde einen meiner Jungs zu Ihnen hochschicken, wenn später noch etwas eintreffen sollte, Sir." Mr Jarvis durchquerte mit ihm den Hof des Gasthauses und bedachte seine Stallknechte, die herumstanden und offenbar kaum etwas zu tun hatten, mit einem tadelnden Blick.

„Fahr Sir Roberts Kutsche vor, Fred!", rief Mr Jarvis.

Da Dermot ins Dorf gegangen war, um mit einigen Bewohnern zu sprechen, stieg Robert allein auf, nahm die Zügel in die Hand und fuhr aus dem Stallhof. Seine Gedanken kreisten um die komplizierten Unterhaltungen, die er an diesem Morgen geführt hatte. James und Dermot waren nicht ehrlich mit ihm und Bert Speers stritt beharrlich ab, was wie eine eindeutige Beweislage gegen ihn wirkte.

Robert seufzte schwer. Es führte kein Weg daran vorbei: Wenn er herausfinden wollte, was genau mit der echten Polly Carter geschehen und warum sein Kindermädchen ermordet worden war, dann würde er nach London reisen müssen. Vermutlich in Begleitung seiner Ehefrau. Denn, sofern er sie nicht neben Bert Speers im Keller einsperren ließ, würde sie ihm nie erlauben, ohne sie zu gehen.

Lucy lächelte, während ihr Sohn vor ihnen herrannte und dabei beständig die Ställe, die sich noch in einiger Entfernung befanden, im Blick fixiert hielt. Er hatte zweifellos die Entschlossenheit seines Vaters geerbt und sie war sich recht sicher, dass Ned den gesamten Tag mit den Pferden und den Stallknechten verbringen würde, wenn man ihm die Wahl überließe. Sie warf ihrem Ehemann, der neben ihr ging und sehr nachdenklich wirkte, einen Blick zu. „Konntest du Bert zu einem Geständnis bewegen?"

„Nein." Er verzog das Gesicht. „*Er* hat versucht, *mich* davon zu überzeugen, dass noch ein anderer Mann in die Angelegenheit verwickelt ist – jemand, dessen Namen er praktischerweise nicht mit mir teilen wollte."

„Und dennoch wirkst du nachdenklich."

„Du kennst mich zu gut." Sein sanftes Lächeln erwärmte ihr Herz. „Wie ich Bert schon sagte: Er war derjenige, den man dabei beobachtet hat, wie er Flora bedrohte – was er selbst auch zugibt – und dann wurde er noch gesehen, wie er sie irgendwohin wegzerrte. Anschließend lief er nach London davon, um seine ‚kranke Mutter' zu besuchen, obwohl Mr Jarvis mir erzählte, dass er in einem Waisenhaus aufwuchs."

Zur Abwechslung schwieg Lucy, während Robert weitersprach.

„Und dann haben wir da noch das Rätsel darum, was James getrieben hat. Und warum hat Dermot mir erzählt, dass er Bert mit Flora beobachtet, aber nichts getan hat, um ihn aufzuhalten? Ich kann mir nicht vorstellen, dass er nur meine Befehle nicht missachten wollte."

„Das wirkt unter den Umständen in der Tat sehr unwahrscheinlich", stimmte Lucy zu.

„Ich mag diese ganzen losen Enden nicht, Lucy. Als zuständiger Magistrat sollte ich die Beweise abwägen und Bert umgehend vor Gericht stellen lassen, aber mein Instinkt sagt mir, dass ich etwas Wichtiges übersehe."

„Ich bin mir nicht sicher, was das sein könnte", sagte Lucy. „Auf mich wirkt das Ganze recht klar. Bert war von Flora besessen, es missfiel ihm, dass sie auch Zeit mit anderen Männern verbrachte und daher erwürgte er sie aus Eifersucht in einem Anflug von Rage."

Robert blieb stehen und warf frustriert die Arme in die Luft. „Wieso in Gottes Namen ist er dann zurück nach Kurland St. Mary gekommen?"

Lucy runzelte die Stirn. „Vielleicht fühlte er sich schuldig und *wollte*, dass man ihn schnappt?"

„Wieso gesteht er dann nicht alles, anstatt stur darauf zu beharren, dass er sie nicht ermordet habe, sondern jemand anders es nur so aussehen lassen wolle? Nichts davon ergibt Sinn."

„Und ich habe auch von Pollys Mutter noch nichts gehört", merkte Lucy an.

Robert ging weiter. „Es führt kein Weg daran vorbei, meine Liebste. Wir werden nach London reisen und mit Pollys Mutter sprechen müssen, damit wir herausfinden, was mit der echten Polly Carter passiert ist."

Kapitel 9

Im Wissen, dass Ned in ihrer Abwesenheit gut versorgt sein würde, da Anna und die ausgesprochen reumütige Agnes sich um ihn kümmerten, freute Lucy sich bereits auf ihren Besuch in London. Sie war seit ihrer Eheschließung nicht mehr dort gewesen und war erpicht darauf, in den Läden herumzustöbern, ins Theater zu gehen und die neueste Mode in Augenschein zu nehmen. Von Robert erhielt sie ein beträchtliches Nadelgeld, das sie nur selten hier im Dorf ausgab. Daher hatte sie ein recht großes Budget und eine lange Liste mit Wünschen von Anna und Rose, die es zu erfüllen galt.

Das Einzige, das ihr an der Reise Sorgen bereitete, saß derzeit auf dem Platz ihr gegenüber in der Kutsche …

„Ich freue mich so sehr darauf, die Zeit bei deinem Onkel, dem Earl of Harrington, zu verbringen, Lucy! Ich bin mir sicher, dass deine Familie sich in den besten Kreisen bewegt und wie wir beide wissen, ist *das* der Ort, an den ich gehöre."

Lucy bemerkte Dr. Fletchers Versuch, ein Grinsen zu unterdrücken, während seine Frau ihre eigenen familiären Verbindungen ausführte und erklärte, wie sehr die gehobene Gesellschaft in London sie vermisst haben müsse.

Als Robert sie informiert hatte, dass er Dr. Fletcher mitnehmen wollte, hatte sie nichts gegen einen starken Mann einzuwenden gehabt, der ihren Ehemann in die eher zwielichtigen Gebiete um Whitechapel, wo Pollys Mutter leben sollte, begleiten konnte. Sie hatte allerdings *nicht* damit gerechnet, dass Penelope darauf bestehen würde, ebenfalls mitzukommen und ihren eigenen Sohn in Lucys Kinderstube stecken würde, um Ned ‚Gesellschaft zu leisten‘.

Es sah Penelope allerdings sehr ähnlich, Lucys Bedürfnisse zu ignorieren, um ihre eigenen Pläne voranzutreiben. Genau so war es damals dazu gekommen, dass Penelope sechs Wochen mit ihnen im Stadthaus in Bath gewohnt und dort auch ihren Sohn zur Welt gebracht hatte. Manchmal musste man sein Schicksal akzeptieren, allerdings war Lucy es langsam leid.

„Wo genau liegt denn die Residenz der Harringtons, Lucy?“, fragte Penelope.

„Portland Square.“

Penelope seufzte glückselig. „Wie schön! Und wohnen alle deine Cousins und Cousinen zuhause?“

„Sie sind beide noch immer dort. Ich glaube, Julia ist inzwischen verlobt und wird nächstes Jahr heiraten. Es ist unwahrscheinlich, dass Max ausziehen darf, bis mein Onkel der Meinung ist, dass er die nötige Reife besitzt.“

„Haben die Harringtons oft Gäste?“

„Ich habe keine Ahnung.“ Lucy täuschte ein Gähnen vor und machte es sich auf ihrem Platz gemütlich. „Ich hoffe, dass du mich entschuldigst, Penelope, aber ich bin recht müde.“

Robert, der überall schlafen konnte, war bereits vom Schaukeln des Wagens in den Schlaf gewiegt worden. Sie würden mindestens zwei lange Tage brauchen, wobei sie viermal die Pferde wechseln mussten, um wie geplant nach London zu kommen. Unterwegs würden sie bei mehreren Gasthäusern Halt machen. Lucy konnte nur hoffen, dass Penelope nicht vorhatte, ihr die gesamte Reise über Fragen über ihre Familie zu stellen.

Schließlich fuhren sie endlich vor der beeindruckenden Villa von Onkel David am *Portland Square* vor und Lucy ließ sich von Robert aus der Kutsche helfen. Die Vordertür des Hauses wurde geöffnet und ein Strom von Bediensteten in Uniform strömte heraus und nahm sich sofort des Gepäcks an. Robert streckte vorsichtig das verwundete linke Bein aus, dem lange Kutschfahrten nie gut bekamen. Mit Umsicht machte er sich an den Aufstieg der Treppe zur Vordertür. Er wartete in der weiß gefliesten Halle auf Lucy und die Fletchers, wo sie von einem stattlichen Butler begrüßt wurden.

„Sir Robert, würden Sie mir bitte folgen? Lord und Lady Harrington warten im Salon auf Sie."

Der Butler wandte sich um und erklomm eine weitere Treppe. Robert verzog das Gesicht. Lucy trat an seine Seite, bot ihm ihren Arm an und machte sich gemeinsam mit ihm an den mühseligen Aufstieg. Robert murmelte recht laut, dass er Stadthäuser für ein Werk des Teufels hielt, mit ihren endlosen Treppenhäusern und teils bis zu sieben Stockwerken.

„Lady Kurland, Sir Robert Kurland, Dr. Fletcher und Mrs Fletcher", wurden sie vom Butler angekündigt. Dann trat dieser beiseite und gab Lucy den Weg in den Raum frei.

„Lucy, meine Liebe!" Lucys Onkel David kam auf sie zu und schloss sie in die Arme. „Du siehst sehr gut aus, mein Mädchen, wirklich sehr gut."

„Du ebenfalls." Lucy bedachte ihn mit einem breiten Lächeln. Er sah ihrem Vater sehr ähnlich, war allerdings deutlich direkter und stets voller Energie. „Vielen Dank, dass wir ein paar Tage bei euch unterkommen können."

„Es ist uns ein Vergnügen." Er wandte sich Robert zu und schüttelte ihm die Hand. „Wie geht es Ihnen, Sir?"

„Sehr gut, vielen Dank, Mylord." Robert deutete mit einer Vierteldrehung auf die Fletchers. „Darf ich Ihnen den Earl of Harrington vorstellen, Mrs Fletcher, Dr. Fletcher?"

Penelope machte einen tiefen Knicks. „Es ist mir eine Ehre, Mylord."

„Dr. Fletcher und ich haben zusammen bei den Husaren gedient. Er ist allein für die Rettung meines Lebens verantwortlich", sagte Robert.

Der Earl tauschte eine Verbeugung mit Dr. Fletcher aus und bedachte Penelope mit einem freundlichen Lächeln. „Sie sind beide herzlich bei uns willkommen." Er blickte hinüber zu seiner Frau, die sich gerade mit Lucy unterhielt. „Ich glaube, wir werden für morgen Abend ein großes Abendessen ausrichten, um Ihre Ankunft zu feiern. Nicht wahr, Jane?"

„Das werden wir in der Tat." Lucys Tante Jane, die eine äußerst fähige Gesellschaftsdame war, bedachte ihre Besucher mit einem warmen Lächeln. „Sie werden die Gelegenheit haben, Julias Verlobten kennenzulernen und auch Max hat mir versprochen, dass er kommen wird."

„Ach, wirklich?" Der Earl zog eine Augenbraue hoch. „Das ist gut, denn ich wollte sowieso ein Wörtchen mit ihm reden, weil er sein Taschengeld überzogen hat."

Tante Jane hakte sich bei Lucy ein und wandte sich zur Tür. „Ich bin mir sicher, dass die Reise ermüdend gewesen sein muss. Lass mich euch eure Zimmer zeigen und dann erwarte ich euch um sechs Uhr zum Abendessen."

Nach einem ausgiebigen Mahl und lebhafter Konversation zogen sich Robert und Lucy in ihr Schlafzimmer zurück. Mithilfe seines Leibdieners Silas tauschte er seinen besten Mantel gegen einen älteren aus und zog sich ein stabiles Paar Stiefel an.

„Es ist nicht nötig, deinem Onkel mitzuteilen, wo Dr. Fletcher und ich hingehen, meine Liebste." Robert steckte sich die Pistole zusammen mit einem kleinen, scharfen Messer in die Tasche. „Lass sie einfach in dem Glauben, dass wir nach unserer Reise früh zu Bett gehen."

„Du vergisst, dass in einem Haus dieser Größe immer Angestellte im Dienst sind. Meine Tante und mein Onkel werden sicher davon erfahren, dass du ausgegangen bist, aber ich bezweifle, dass sie *mich* danach fragen werden."

Er lächelte sie verschwörerisch an. „Sie werden vermutlich denken, dass wir uns in einer Spielhölle oder einem Bordell herumtreiben."

„Was genau der Grund ist, warum sie keine Fragen stellen werden!" Lucy lehnte sich vor. „Bitte sei vorsichtig, Robert."

„Wir werden nur die beiden Theater besuchen, von denen Flora Programmhefte besessen hat, und dort nach ihr fragen." Robert erhob sich. „Wenn wir Glück haben, stoßen wir dabei auch auf Polly Carter."

„Das bezweifle ich irgendwie. Ich habe vor, Pollys Mutter morgen zu besuchen.“

„Ich werde dich begleiten.“

„Du kannst mich sehr gerne begleiten, aber wenn du heute Abend etwas in dem Theater herausfindest, könnte es sein, dass du unsere Zeit hier so gut wie möglich nutzen willst, und lieber diesen Hinweisen nachgehst.“

Robert hielt beim Zuknöpfen seines Mantels inne. „Wenn ich tatsächlich woanders hingehen sollte, wirst du Silas mitnehmen.“

„Natürlich werde ich das. Ich bin nicht dumm.“

Er kam zu ihr, um sie auf die Wange zu küssen. „Ich weiß. Bleib bitte nicht wach, bis ich zurückkomme. Du brauchst deinen Schlaf.“

„Ich fürchte, da hast du recht.“ Sie seufzte und legte sich eine Hand auf den Bauch. „Ich habe keine Ahnung, warum es so ermüdend ist, regungslos in einer Kutsche zu sitzen.“

„Vielleicht ist eher Mrs Fletcher der Grund für deine Symptome und nicht die Kutschfahrt.“

„Und doch hast du ihr gestattet, uns auf diese Reise zu begleiten“

„Ich hatte keine Wahl.“ Er küsste sie erneut auf die Wange. „Es tut mir leid.“

Sie winkte ihn hinaus und er zog sich in Richtung Tür zurück. Als Silas hinausging, bat Robert ihn darum, nachzuschauen, ob auch Dr. Fletcher bereit zum Aufbrechen war, und Betty, Lucys Zofe, zu holen, damit diese ihr helfen konnte, sich bettfertig zu machen.

Er nahm die Haupttreppe nach unten zur großen Eingangshalle, wo er sofort von dem Butler angesprochen wurde, der ein würdevolleres Gehaben besaß als der Earl selbst.

„Gehen Sie aus, Sir Robert?“

„In der Tat.“

Der Butler neigte den Kopf. „Dann werde ich dafür sorgen, dass jemand wach sein wird, um Ihnen bei Ihrer Rückkehr die Tür zu öffnen.“

„Das ist nicht nötig“, erwiderte Robert. „Wir können durch die Küche hereinkommen.“

„Das wäre wohl kaum angemessen, Sir, nicht wahr?“

„Es würde aber deutlich weniger Umstände machen.“ Robert blickte ihm in die Augen. „Vielen Dank für Ihre Fürsorge, aber ich möchte keinem Angestellten des Earls zusätzliche Arbeit bescheren.“

Der Butler seufzte leicht. „Wie Sie wünschen, Sir. Ich werde dafür sorgen, dass die Küchentür unverschlossen bleibt.“

„Vielen Dank.“

Patrick kam die Treppe herunter, als der Butler gerade wieder in den Untiefen der Villa verschwunden war.

„Ist alles in Ordnung?“

Robert verzog das Gesicht. „Ich vergesse manchmal, wie die Londoner Gesellschaft ist.“

„Das ist der Grund, warum wir beide das Leben auf dem Land bevorzugen.“ Patrick ging zur Tür. „Sollen wir gehen? Ich denke, es sollte leicht sein, eine Droschke zu finden, wenn wir zur Hauptdurchgangsstraße gehen.“

In der gehobenen Gegend um den *Portland Square* waren die Laternen entzündet worden und weder auf der gepflasterten Straße noch auf der Grünfläche im

Zentrum lungerte jemand herum. Robert trug seinen Gehstock, allerdings mehr als Vorsichtsmaßnahme und mögliche Waffe als zur Unterstützung. Seitdem Patrick sein Bein erneut geöffnet und Robert sich einer Kur in den Badehäusern von Bath unterzogen hatte, genoss er erstaunlich gute Gesundheit.

„Wohin zuerst?", fragte Patrick, als sie sich der viel belebteren Hauptstraße näherten.

„Covent Garden. Das *Corinthian* befindet sich direkt hinter der Kirche. "

Patrick rief eine Droschke und bald schon stiegen sie vor dem kleinen Theater, das beengt zwischen einem Geldhaus und einer Kirche stand, wieder aus. Die Lage war wenig vorteilhaft und es ähnelte kaum den beliebten Theatern, zu denen Robert Lucy üblicherweise begleitete. Allerdings war es genau die Sorte Ort, die er als junger Offizier bei den Husaren frequentiert hatte.

„Lassen Sie uns über den Hintereingang eintreten." Robert deutete auf eine Gasse an der rechten Seite des Gebäudes. „Aber seien Sie auf der Hut."

Als junger Mann, überzeugt von seiner Unverwundbarkeit, wären ihm derartige Gedanken nie in den Sinn gekommen. Er war mit seinen Begleitern durch die Stadt gezogen, ohne sich dabei der Gefahren bewusst zu sein. Sein im Rückblick leichtsinniges Verhalten ließ ihn heute erschaudern. Bei dem Gedanken, dass Ned sich eines Tages vielleicht genauso verhalten könnte, wurde ihm ganz anders ...

Eine einzelne Laterne beleuchtete den heruntergekommenen Bühneneingang. Robert klopfte und ein kräftiger Kerl, der einer englischen Bulldogge erstaunlich ähnlichsah, öffnete ihnen.

„Was wollen Sie?", fragte er und musterte Robert und seinen Gefährten.

„Guten Abend", sagte Robert. „Ich würde gerne kurz mit dem Vorsteher des Theaters sprechen."

„Ach, so ist das." Der Mann streckte die Hand aus. „Ich könnte das für Sie arrangieren. Gegen eine kleine Spende, wenn Sie verstehen, was ich meine."

„In der Tat." Robert legte eine halbe Krone in die Handfläche des Mannes und wartete, bis dieser ihnen bedeutete, über die Türschwelle zu treten.

„Kommen Sie mit, Sir."

Trotz des Kicherns und zahlreicher Rufe wandte Robert den Blick von den leicht bekleideten Frauen ab, die sich gerade hinter der Bühne umzogen. Stattdessen konzentrierte er sich auf den Weg vor ihnen.

„Hier ist ein Gentleman, der Sie sehen will, Mr Bourne."

„Danke, Will."

Robert wartete, bis Will gegangen war und Patrick und ihn allein mit dem Mann vor ihnen zurückließ. Er musterte sein Gegenüber ausführlich. Mr Bourne war ein breit gebauter Mann mit einem noch breiteren Schnurbart und sehr buschigen Augenbrauen.

„Was kann ich für Sie tun?"

„Ich würde gerne wissen, ob Sie derzeit eine gewisse Flora Rosa beschäftigen."

Mr Bournes einladendes Lächeln erstarb. „Hat die kleine Gaunerin Sie auch sitzen lassen?"

„Ich bin mir nicht ganz sicher, ob ich Sie richtig verstehe."

„Ja, sie hat hier gearbeitet und dann hatte sie plötzlich ein besseres Angebot und ist ohne auch nur ein Wort des Danks verschwunden." Mr Bourne schüttelte den Kopf. „Ich war dumm genug, sie einzustellen, obwohl sie noch ein Kind war. Und so hat sie es mir gedankt. Mit allem gebührenden Respekt, Sir, hat sie Sie auch für diesen aufgeblasenen Fatzken verlassen?"

„Mich verlassen?" Erst jetzt wurde Robert klar, was Mr Bourne andeuten wollte und er zuckte beinahe zusammen. „Ihre Familie macht sich Sorgen um sie. Und da eine ihrer Cousinen für mich arbeitet, bot ich an, bei meinem nächsten Besuch in London nach ihr zu fragen."

Mr Bourne sah zwar nicht sonderlich überzeugt von Roberts eilig erfundener Erklärung aus, schien sie aber nicht anfechten zu wollen, was ganz in Roberts Sinne war.

„Nur um sicherzugehen, dass wir von derselben Frau reden: War Flora Rosa blond und ausgesprochen schön?", fragte Robert.

„Ja, in der Tat. Und sie war auch eine ganz passable Schauspielerin." Mr Bourne nickte. „Viel besser, als mir zunächst klar war, wenn man ihre ganzen Lügen bedenkt und ihr Versprechen, für immer hierzubleiben und mein Theater mit ihrem Talent voranzubringen ..." Er seufzte. „Ich habe gehört, dass Sie zum *Prince of Wales* auf der Strand gewechselt hat, aber ich habe mich nicht dazu herabgelassen, eine ihrer Aufführungen anzusehen. Warum auch?"

„Ich werde dort nach ihr fragen", sagte Robert. „Hat eine Frau namens Polly Carter jemals für Sie gearbeitet?"

Mr Bourne schüttelte den Kopf. „Der Name kommt mir nicht bekannt vor, aber vielleicht fragen Sie Will auf dem Weg nach draußen. Er kennt alle, die hier in den letzten zehn Jahren gearbeitet haben."

„Vielen Dank für Ihre Hilfe, Sir." Robert reichte ihm seine Visitenkarte. „Falls Sie Flora oder Polly Carter sehen, würde ich es zu schätzen wissen, wenn Sie es mich wissen ließen. Ich wohne derzeit am Portland Square Nummer neun, falls Sie mich kontaktieren möchten."

„Eine ganz schön schicke Gegend, oder?" Mr Bourne schien mit seinem geschulten Blick Roberts Vermögen abzuschätzen.

„Dort wohnt die Familie meiner Frau."

„Ah, Sie haben sich also nach oben geheiratet, was?" Der Vorsteher nickte anerkennend.

„Nicht dass es Sie etwas angeht, aber ja", erwiderte Robert. „Vielen Dank noch einmal."

Er wandte sich um und folgte Patrick aus dem Zimmer hinaus auf den Gang und zurück durch den Bereich hinter der Bühne. Die Tänzerinnen waren inzwischen mitten in ihrer Aufführung, daher hinderte sie niemand am Gehen oder rief ihnen ungefragt zweideutige Anspielungen zu. Patrick blieb noch kurz an der Tür stehen, um Will etwas zu fragen, bevor sie hinaus in die inzwischen rasch kühler werdende Nachtluft traten.

„Auch er erinnert sich nicht an Polly Carter", sagte Patrick, während sie den Weg zurück zur *James Street* gingen. „Wir können zu Fuß zur Strand gehen, wenn Sie das wünschen."

„Ja, lassen Sie uns gehen."

Es war dankenswerterweise nicht viel los auf der Straße und da es auch nicht regnete, fiel Robert das Laufen auf dem Kopfsteinpflaster nicht schwer. Er behielt seine Taschen gut im Auge, während sie den Freudenmädchen von Covent Garden so gut wie möglich aus dem Weg gingen und Richtung *Southampton Street* vorankamen. Der unangenehme Gestank der Themse wehte ihnen entgegen, sodass Robert kurz der Atem wegblieb.

„Ich bin nicht die Art Mann, die tiefe Einblicke in Ihr Privatleben wünscht, Major, aber würden Sie mich vielleicht aufklären, warum wir nach zwei Frauen suchen, von denen eine derzeit in Kurland St. Mary auf ihr Begräbnis wartet?"

„Lady Kurland und ich glauben, dass die Frau, die wir als Polly Carter kannten, tatsächlich eine Schauspielerin namens Flora Rosa war."

„Ah." Patrick ging einige Schritte, bevor er weitersprach. „Wieso hat sich eine Schauspielerin als Ihr Kindermädchen ausgegeben?"

„Das ist genau die Frage, die ich gerne beantwortet hätte. Soweit ich weiß, hat Polly Carter Flora nach Kurland St. Mary geschickt, um irgendwelchem Ärger in London zu entgehen."

„Ich bezweifle, dass Mr Bourne den ganzen Weg auf sich genommen hätte, nur um sie aufzuspüren."

„Dem muss ich zustimmen, aber man weiß ja nie." Robert machte Halt, als sie die *Strand* erreichten. Er sah nach rechts und nach links, bevor er die deutlich belebtere Straße überquerte. „Ich hoffe, wir finden im *Prince of Wales* mehr heraus."

„Hat jemand Flora in dem Glauben umgebracht, dass sie Polly Carter war, oder war Flora das tatsächliche Ziel?", fragte Patrick.

„So hatte ich die Sache noch gar nicht betrachtet." Robert hielt inne und schenkte seinem Freund einen anerkennenden Blick. „Ich ging bisher davon aus, dass Flora von demjenigen eingeholt wurde, der sie hier in London verfolgt hatte.. Wenn wir ebenfalls keine Spur von Polly Carter finden, müssen wir vielleicht eine andere Erklärung in Betracht ziehen."

Das *Prince of Wales* war um Klassen besser als das *Corinthian* und vermutlich doppelt so groß. Robert fielen mehrere private Kutschen auf, die ihre Passagiere vor dem Gebäude absetzten. Das deutete darauf hin, dass auch die Zuschauer eher aus höheren sozialen Kreisen stammten.

Es gab keinen offensichtlich erkennbaren Hintereingang, daher trat Robert durch den Haupteingang ein, um einen der Diener nach dem Weg zu fragen.

Dieser verwies ihn auf eine enge Gasse zur Linken des Gebäudes, die nach einer Rechtskurve um zwei weitere Gebäude herum und schließlich an diesen vorbei bis zum Hintereingang des Theaters führte. Der Bühneneingang war hell erleuchtet und vor der Tür stand eine Wache postiert.

„Guten Abend. Ich würde gerne mit dem Theatervorsteher sprechen", sagte Robert.

„Dann werden Sie morgen zurückkehren müssen, Sir. Mr Frobisher gestattet keine Besucher während der Vorführung. Er konzentriert sich gerne vollkommen auf die Vorstellung."

„Das ist bewundernswert, aber was ist mit der Pause?", fragte Robert. „Ich würde nur wenig seiner Zeit in Anspruch nehmen."

„Er wird Sie nicht empfangen, Sir." Der Mann sprach respektvoll, aber entschieden. „Er wird morgen Nachmittag hier sein, um an der neuen Produktion zu arbeiten, wenn Sie mit ihm sprechen möchten."

Da er mit einem zwecklosen Streit keine unnötige Aufmerksamkeit auf sich ziehen wollte, nickte Robert. „Vielen Dank. Dann werde ich später wiederkommen."

„Wollen Sie eine Nachricht für Mr Frobisher hierlassen, Sir?"

„Nein, ich werde einfach morgen mit ihm sprechen. Vielen Dank." Robert und Patrick zogen sich zurück.

„Warum haben Sie keine Nachricht hinterlassen?", fragte Patrick, während sie sich entfernten.

„Weil ich lieber sein Gesicht sehen würde, wenn ich meine Fragen stelle und ihm keine Gelegenheit geben möchte, sich eine Geschichte auszudenken."

Patrick gluckste. „Das ist genau der Grund, warum alle Männer unter Ihrem Kommando solche Angst vor Ihnen hatten." Er blieb stehen, um das Programm am Eingang des Theaters zu lesen. „Shakespeare, gefolgt von einer Tanzaufführung und einer zeitgenössischen Farce."

„Da es dem Theater recht gut zu gehen scheint, ist anzunehmen, dass es die Vorlieben seines Publikums kennt", bemerkte Robert.

Eine Droschke fuhr hinter Robert vor und er musste beiseitetreten, um die große aussteigende Gruppe an Gentlemen vorbeizulassen, die in das Theater drängte. Keiner von ihnen dankte ihm für seine Aufmerksamkeit oder bat auch nur um Entschuldigung, was Robert ein wenig erzürnte. Doch dann kam ihm der Gedanke, dass er vielleicht nur langsam alt wurde.

Einer der Männer drehte sich um und rief einem seiner Gefährten etwas zu. Das Gesicht des Kerls wurde kurz vom Licht des Theaters erleuchtet, bevor er das Gebäude betrat.

„Interessant", murmelte Robert.

„Was denn?"

„Ich habe gerade Lord Northam gesehen, den Ehemann meiner Cousine Henrietta."

Patrick zuckte mit den Schultern. „Vielleicht mag er Shakespeare."

„Irgendwie bezweifle ich das. Der Mann kann kaum lesen." Robert starrte ins Theater. „Laut meiner Tante Rose, die ihn ganz und gar nicht ausstehen kann, hat er jedoch eine Vorliebe für Frauen. Auf das Drängen ihrer Tochter hin musste sie schon eine seiner Geliebten, die ein Kind von ihm bekommen hatte, auszahlen. Northam weigerte sich, in der Sache in irgendeiner Form Verantwortung zu übernehmen."

Patrick schnaubte verächtlich. „Das ist typisch."

„Ich frage mich, ob er öfter hierherkommt." Robert wandte sich vom Theater ab. „Vielleicht hilft es unserem Anliegen, ihn in seinem Club aufzusuchen und ihn zu fragen, ob er sich an Flora Rosa erinnert."

Robert blickte auf und bemerkte, dass Patricks Blick die Straße hinunter gewandert war.

„Ist etwas?"

„Ganz und gar nicht." Patrick grinste ihn an. „Da unsere Ermittlungen für heute Nacht beendet sind, könnten wir doch für einen Krug Ale beim Crown and Anchor Halt machen, oder?"

„Ich denke, das ist eine ausgezeichnete Idee“, stimmte Robert ihm zu und klopfte seinem Freund auf die Schulter. „Gehen wir.“

Kapitel 10

„Es ist sehr freundlich von Ihnen, mich zu empfangen, Mrs Carter." Lucy lächelte Polly Carters misstrauisch dreinblickender Mutter zu, die Lucy nur widerwillig hineingelassen hatte. Es war beinahe Mittag, aber es fiel kaum Licht durch die Spitzenvorhänge des schmutzigen Fensters auf der Vorderseite des mehrstöckigen Hauses der Familie Carter in St. Giles. Silas wartete draußen vor der Tür, wobei er seinen Schlagstock gut sichtbar und mit passend bedrohlicher Miene zur Schau stellte. Er hatte sie herbegleitet, da Robert beschlossen hatte, den Ehemann seiner Cousine zu befragen.

„Ich muss mich entschuldigen, dass ich Ihnen meinen bevorstehenden Besuch nicht früher angekündigt habe."

Mrs Carter starrte ungerührt in Richtung des erloschenen Kamins und hielt den Kopf tief gesenkt. Sie trug ein graues, schlichtes und hochgeschlossenes Kleid. Lucys Wahl eines modischen Blaus wirkte im Vergleich fast schon grell. Sie saßen in einem engen Salon an der Vorderseite des Hauses auf zwei Stühlen, die sich vor dem Kamin gegenüberstanden.

„Haben Sie meinen Brief bezüglich Polly erhalten?", fragte Lucy.

„Ich kann nicht gut lesen, Mylady."

„Ah, konnte Ihnen denn jemand in Ihrer Familie den Brief vorlesen?"

„Mr Carter. Er meinte, ich solle mir keine Sorgen wegen einer Freundin von Polly machen, die sich in Schwierigkeiten gebracht hat."

„Also kannte Polly Flora Rosa?"

„Polly arbeitet als Näherin für das Theater, Mylady. Vermutlich hat sie die Frau da kennengelernt."

„Bei welchem Theater?", fragte Lucy.

„Das *Prince of Wales auf der* Strand."

Lucy nickte. Damit war die Verbindung zwischen den beiden Frauen endlich klar. „Haben Sie selbst Flora jemals getroffen?"

„Oh, nein, Mylady." Mrs Carter schürzte die Lippen. „Mr Carter schätzt so etwas nicht. Er wollte auch nicht, dass Polly dort arbeitet, aber sie hat nicht auf ihn gehört."

„Mr Carter hat etwas gegen das Theater?"

„Er ist der Ansicht, dass es ein gottloser Sündenpfuhl ist, Madam." Mrs Carter blickte auf den Tisch neben Lucy, wo gut sichtbar die Familienbibel ausgestellt stand. „Und als wir Ihren Brief erhielten, in dem Sie fragten, ob wir diese Flora kannten, war er sehr wütend auf Polly, weil sie uns in diesen Skandal hineingezogen hat."

„Haben er und Polly deswegen gestritten?"

„Ja, Mylady." Mrs Carter seufzte. „Polly war seitdem nicht mehr bei uns zu Besuch."

„Lebt sie nicht hier bei Ihnen?"

„Sie hat eine eigene Wohnung in der Nähe von Covent Garden zusammen mit ein paar Freunden."

„Können Sie mir die Adresse geben?", fragte Lucy. „Es ist sehr wichtig, dass ich so bald wie möglich mit Polly spreche."

Mrs Carter kam ihrer Bitte zögerlich nach und Lucy prägte sich die Information fest ein.

„Wie oft sehen Sie Polly, Mrs Carter?"

„Sie kommt sonst tagsüber, während ihr Vater nicht zuhause ist, und hilft mit den jüngeren Kindern aus. Sie arbeitet meistens nachts. Sie repariert Kostüme nach den Vorstellungen, macht Anpassungen für die Zweitbesetzungen und sorgt dafür, dass die Requisiten weiter nutzbar sind. Daher kommt sie meistens zu mir, sobald sie etwas Schlaf bekommen hat."

„Sie müssen stolz sein, eine solch hilfsbereite Tochter zu haben."

Mrs Carters Miene ließ wenig Stolz erkennen. „Sie gehorcht ihrem Vater nicht und sie hat schon oft den Frieden im Haus gestört."

„Hat Polly selbst auch meinen Brief gelesen?"

„Ja, in der Tat." Mrs Carter nickte energisch. „Mr Carter hat sie *gezwungen*, ihn zu lesen, bevor er seinem Missfallen über ihre unmoralischen Freunde Ausdruck verlieh."

„Und dadurch kam es zum Streit und Polly lief davon?"

„Ja, Mylady." Mrs Carter zögerte kurz, bevor sie weitersprach. „Normalerweise kommt Polly nach so einem Streit her, um mich zu sehen, aber sie ist schon seit mehr als einer Woche nicht mehr hier gewesen."

„Hat Polly Ihnen irgendetwas bezüglich des Briefs oder über das, was Flora Rosa passiert ist, erzählt?", fragte Lucy.

„Sie wirkte ... schockiert und hat geweint. Deswegen hat Mr Carter die Fassung verloren: Weil sie sich so um eine unmoralische Frau scherte, die vermutlich ihr gerechtes Ende gefunden hat.“

Lucy stand auf. „Ich möchte Ihnen nicht weiter zur Last fallen, Mrs Carter, daher werde ich mich jetzt verabschieden. Vielen Dank für Ihre Hilfe in dieser Sache.“ Sie nahm die Visitenkarte ihrer Tante aus dem Retikül und legte sie in Mrs Carters Hand, welche in einem Spitzenhandschuh steckte.

„Wenn Polly zurückkehrt, wüsste ich es zu schätzen, wenn Sie mich benachrichtigen würden. Ich wohne derzeit bei meiner Tante und meinem Onkel an dieser Adresse und würde mich sehr gerne mit ihr unterhalten. Ich hatte gehofft, ihr einen Brief von ihrer Cousine Agnes auszuhändigen.“

Mrs Carter sah hinunter auf die Karte, schien aber nicht in der Lage oder gewillt, sie zu lesen. „Falls Sie selbst Polly sehen, Mylady, könnten Sie ihr dann ausrichten, nach Hause zu kommen?“ Zum ersten Mal sah sie besorgt aus. „Auch ich würde sie gerne wiedersehen.“

„Natürlich, Mrs Carter.“ Lucy schloss ihre Tasche und vergewisserte sich, dass sie ihren Regenschirm dabeihatte. „Seien Sie sich dessen versichert.“

Sie verließ das Haus über die Vordertür, wo Silas trotz seines bedrohlichen Gehabens eine kleine Gruppe jugendlicher Zuschauer angelockt hatte. Im Vergleich zu den meisten anderen Straßen in St. Giles war der Weg, in dem die Carters wohnten, bemerkenswert sauber. In der Mitte war er mit einer Ablaufrinne versehen, in der sich ausschließlich Wasser und keine Fäkalien von Mensch oder Tier befanden. Lucy war bereits über die Armut auf dem Land entsetzt, aber das Leid in der Hauptstadt war noch viel erschütternder.

„Kehren wir zum Portland Square zurück, Mylady?“, fragte Silas, während er ihr zum Ende der Straße folgte.

„Nein, wir haben noch einen weiteren Besuch vor uns.“ Lucy sah die Straße hinauf und wieder hinunter. „Was ist der beste Weg, um nach *Covent Garden* zu gelangen?“

Silas runzelte die Stirn. „Das ist nicht weit von hier, Mylady, aber ich würde vorschlagen, dafür eine Droschke zu rufen.“ Auch er suchte mit dem Blick die Straße ab. „Wir müssen vermutlich zur Hauptstraße zurückgehen. Ich bezweifle, dass sich hier draußen viele Fahrer aufhalten, wenn sie nicht ausgeraubt werden wollen.“

„Ich schätze, da könnten Sie recht haben.“ Lucy war froh darüber, ihre festen Stiefel angezogen zu haben. Es fing an zu regnen, daher reichte sie Silas ihren Regenschirm, um sie beide vor der Nässe bewahren.

„Ich nehme an, keins der Kinder, mit denen Sie geredet haben, hat Polly oder die Familie Carter erwähnt?“, erkundigte sich Lucy.

„Sie sagten, der alte Mann sei ein übellauniger Mistkerl – verzeihen Sie die Formulierung, Mylady – und dass niemand ihn besonders möge.“

„Er klang auch nicht sehr sympathisch“, merkte Lucy an. Sie beschleunigten ihre Schritte, da der Regen immer stärker wurde.

„Mr Carter arbeitet als Büroangestellter bei den Docks und predigt in seiner Freizeit in den religiösen Gemeinden der Gegend.“

Lucy bedachte Silas mit einem anerkennenden Blick. Er hatte von der Tür aus fast genauso viele Informationen in Erfahrung bringen können wie sie im Inneren des Hauses.

„Sind Sie sicher, dass wir nicht nach Hause gehen sollen, Mylady?", fragte Silas erneut. „Sir Robert hat mich angewiesen, dafür zu sorgen, dass Sie sich nicht zu sehr verausgaben."

„Ich fühle mich gut, Silas." Lucy entdeckte eine Droschke und winkte dem Fahrer energisch zu. „Ich kann Ihnen versichern, dass ich nur zu gerne zum Haus meines Onkels zurückkehren werde, sobald wir diesen letzten Besuch getätigt haben."

***

Robert schrieb sich im Club des Ehemanns seiner Cousine ein und wurde von einem Kellner im Speisesaal willkommen geheißen und direkt zu dem Tisch geführt, an welchem der Ehemann seiner Cousine saß.

„Guten Tag, Northam." Robert verneigte sich.

„Kurland." Lord Northam bot Robert den Platz ihm gegenüber an. „Möchten Sie einen Brandy vor dem Essen?"

„Nein, danke." Robert nickte dem Kellner zu, der ohne ein weiteres Wort genauso unauffällig verschwand, wie er gekommen war. „Wie geht es meiner Cousine?"

„Henrietta ist bei guter Gesundheit und besucht derzeit meine Mutter oben in Northamptonshire."

„Wie schade. Ich hatte gehofft, ihr persönlich meine Aufwartung machen zu können", sagte Robert. „Ich habe einen Brief von ihrer Mutter."

„Geben Sie ihn mir." Robert händigte ihn aus und Lord Northam verzog das Gesicht, während er ihn in seiner Manteltasche verstaute. „Ich bezweifle, dass sie ihn lesen will. Sie hat Rose noch nicht verziehen, dass sie diesen Kerl, den Pfarrer, geheiratet hat."

„Dieser ‚Kerl' ist der jüngere Sohn eines Earls und sie scheint ihm sehr am Herzen zu liegen", merkte Robert an.

„Naja, Sie können ja nichts anderes sagen, schließlich ist er der Vater Ihrer Frau, nicht wahr?"

„Ich würde es auch andernfalls so formulieren." Robert sah Northam unbeirrt in die Augen. „Henrietta sollte sich wegen ihrer Mutter keine Sorgen machen. Mr Harrington ist ein echter Gentleman."

„Henrietta ist es egal, wie Mr Harrington ihre Mutter behandelt." Northam winkte den Einwand ab. „Sie macht sich Sorgen wegen ihres Erbes und, um ehrlich zu sein, ich auch."

„Mr Harrington hat Rose sicherlich nicht wegen ihres Geldes geheiratet." Robert hätte nie gedacht, dass er einmal seinen Schwiegervater verteidigen müsste, aber irgendetwas an Northams Einstellung gegenüber Rose reizte ihn.

„Aber was, wenn sie zuerst stirbt?", fragte Northam. „Wird er dann alles erben? Soweit ich das verstanden habe, hat er drei Söhne und eine Tochter aus früherer Ehe, um die er sich kümmern muss. Roses Geld würde da sicher helfen."

„Ich habe keine Ahnung, wem sie ihr Geld hinterlässt. Das ist sicherlich eine Angelegenheit zwischen ihr und ihrem Anwalt, oder?", fragte Robert.

„Nicht, wenn es nach Henrietta geht. Sie überlegt, ihrer Mutter zu schreiben und eine beträchtliche Summe im Voraus zu verlangen.“

Robert gab vor, davon überrascht zu sein. „Hat Tante Rose denn Henrietta nicht eine große Summe als Mitgift zu ihrer Hochzeit mit Ihnen überlassen?“

„Diese *mickrige* Zahlung ist längst aufgebraucht.“ Lord Northam blickte auf, als der Kellner erschien, und bestellte sich einen weiteren Brandy. Zum Abendessen bestellte er die empfohlene Wildpastete, ebenso wie Robert.

Robert hatte seiner Tante dabei geholfen, die Mitgift aufzusetzen und wusste daher, dass Northams Behauptung glatt gelogen war. Seine Cousine und ihr Ehemann hatten in Rose schon immer ihre persönliche Bank gesehen, sie dabei aber bequem von oben herab behandelt, da sie nicht der ‚richtigen Klasse‘ angehörte.

Es fiel ihm schwer, sich eine Bemerkung zu verkneifen, während er weiter Northams Beschwerden lauschte. Er wartete nur auf die Gelegenheit, selbst ein paar Fragen unterbringen zu können. Als nach Northams viertem Brandy das Abendessen schon weit fortgeschritten war, sprach Robert beiläufig die Vorliebe seines Gegenübers fürs Theater an.

„Ich habe Sie gestern Nacht beim *Prince of Wales*-Theater an der Strand gesehen“, sagte Robert.

„Ach, wirklich?“ Northam zwinkerte ihm zu. „Wie gut, dass meine Frau nicht hier ist, was?“

„War die Vorstellung gut?“, fragte Robert.

„Ich habe sie nicht gesehen. Ich habe ... persönlichere Ziele im Bereich hinter der Bühne verfolgt.“

„Sind Sie dort jemals einer Schauspielerin namens Flora Rosa begegnet?“

Northam stellte sein Glas ab und starrte Robert an. „Das ist eine sehr spezifische Frage, Kurland. Hat jemand sie Ihnen angepriesen und daher dachten sie nun, sie mit eigenen Augen sehen zu müssen?“

„Ihre Cousine arbeitet in meinem Haushalt. Sie bat mich darum, Flora während meines Besuchs in London einen Brief zu überbringen.“

„Ich kann mir nicht vorstellen, dass eine Cousine von Flora in einem Haus auf dem Land arbeiten würde, aber ich will nicht mit Ihnen streiten.“ Northam beugte sich näher zu ihm und flüsterte: „Lady Kurland begleitet Sie also nicht auf dieser Reise, was?“

„Lady Kurland ist mit mir hier“, sagte Robert so freundlich wie möglich. „Unser Kindermädchen hat ihr den Brief anvertraut und ich versuche lediglich, ihn zuzustellen.“

„Wenn Sie das sagen.“ Northam zwinkerte ihm erneut zu und es gelang Robert nur mit Mühe, ihm nicht mit der Faust ins Gesicht zu schlagen.

„Wie auch immer, wenn Sie Flora wollen, ist es dafür zu spät. Sie hat schon einen Gönner gefunden. Und da er reich wie Krösus ist, hat er ihr ein hübsches, kleines Haus in Maida Vale gekauft und sie hat sich von der Bühne zurückgezogen.“

„Kennen Sie den Namen des Mannes?“, fragte Robert.

„Viscount Gravely. Sind Sie mit ihm vertraut?“

„Das kann ich nicht behaupten.“

„Er ist ein Witwer mit zwei Söhnen. Er hat sein Vermögen in Indien verdient und ist vor etwa drei Jahren zurück nach England gekommen.“

Robert kannte ihn zwar nicht, aber er war sich recht sicher, dass Lucys Tante Jane wissen würde, wer er war. Als Gesellschaftsdame kannte sie jeden Adeligen in der Grafschaft und vermutlich auch all ihre Geheimnisse.

„Ich bezweifle, dass er Angebote für Flora akzeptieren wird, schließlich hat er sie gerade erst davon überzeugt, seinen Schutz anzunehmen." Northam kaute lautstark, trank den Rest seines Weins aus und wischte sich das Kinn ab.

„Ich habe nicht die Absicht, auf eine Frau zu *bieten*. Ich will lediglich einen Brief überbringen." Robert trank ebenfalls den Rest seines Weins aus und lehnte sich zurück. „Nun, das war wirklich nett, aber ich muss mich auf den Weg machen. Lucys Tante und Onkel richten für uns heute ein Abendessen aus und ich muss noch einen neuen Mantel bei meinem Schneider anprobieren."

Tatsächlich würde er den Theatervorsteher des *Prince of Wales* treffen, aber das wollte er Northam nicht offenbaren.

Sein Gegenüber streckte sein Brandy-Glas in Richtung des Kellners nach oben. „Ich weiß, wohin Sie gehen, Kurland, Sie können mich nicht täuschen. Aber seien Sie gewiss, dass ich den Mund halten werde, wenn ich Lady Kurland sehe."

Robert rückte den Stuhl zurück und kämpfte sehr mit sich, um seine Verachtung nicht in seinen Worten mitschwingen zu lassen.

„Vielen Dank für das Abendessen und richten Sie Henrietta meine Grüße aus."

„Das werde ich ganz sicher."

Robert brodelte immer noch innerlich, als er am Theater ankam und ins menschenleere Gebäude geführt wurde, um Mr Frobisher zu treffen. Der Vorsteher saß in der ersten Reihe der unbesetzten Sperrsitze und sah sich offenbar die Probe seiner nächsten Produktion an. Bei Tageslicht wirkte das Theater genauso schäbig und heruntergekommen wie ein Schauspieler ohne Schminke und Kostüm.

Robert stellte sich vor und nahm neben Mr Frobisher Platz. Dieser musterte ihn mit wacher Miene, die Robert an einen Terrier erinnerte. Der buschige, rote Schnurbart verstärkte die Ähnlichkeit noch. Er ließ seine Schauspieler eine Pause nehmen und widmete Robert seine volle Aufmerksamkeit.

„Wie kann ich Ihnen helfen, Sir?"

„Ich bin auf der Suche nach einer Frau namens Flora Rosa."

„Nicht schon wieder einer." Mr Frobisher seufzte. „Ich bedaure, Ihnen mitteilen zu müssen, dass sie beschlossen hat, ihre Karriere auf der Bühne nicht fortzusetzen. Sie ist fortgegangen, um sich aushalten zu lassen. Meiner Meinung nach ist das eine Verschwendung ihres Talents und ihrer Schönheit."

„Also hat sie für Sie gearbeitet?"

„In der Tat. Ich habe sie davon überzeugt dieses widerliche *Corinthian* zu verlassen und bot ihr stattdessen die Möglichkeit, hier zu strahlen." Er schnaubte. „Unglücklicherweise strahlte sie ein wenig *zu* hell, sodass sie die Aufmerksamkeit eines Aristokraten auf sich zog. Und damit war die Sache erledigt."

„Dieser Mann war ein gewisser Viscount Gravely?"

„Ja.“ Mr Frobisher sah Robert fragend in die Augen. „Wieso stellen Sie all diese Fragen? Steckt Flora in Schwierigkeiten? Sind Sie ein Bow Street Runner?“

„Ich versuche lediglich, ihre Identität zu bestätigen. Hatte sie Familie?“

„Soweit ich weiß, nein. Sie wuchs in einem Waisenhaus auf, wurde dann als Küchenhilfe vermittelt und entschied schon bald, dass ihr mit ihrem hübschen Gesicht und ihrer Figur eine weit lukrativere Karriere auf der Bühne winkte. Und damit hatte sie recht. Wäre sie geblieben, hätte sie eine der wirklich Großen werden können.“

Mr Frobisher hielt inne. „Ist ihr etwas zugestoßen?“

Robert entschied aus dem Moment heraus. „Dürfte ich Ihnen eine weitere Frage stellen? Und dann, falls Sie möchten, werde ich versuchen, mich so gut wie möglich zu erklären.“

„Wenn Sie das wünschen.“

„Arbeitet hier eine gewisse Polly Carter?“

„Bis vor etwa einer Woche noch, ja. Sie ist schon länger nicht mehr zur Arbeit erschienen.“

Robert atmete langsam aus. „Dies wird für Sie vermutlich wie Fantasterei aus einem Ihrer schrilleren Stücke klingen, aber ich habe Grund zur Annahme, dass sich Flora Rosa als Polly Carter ausgegeben hat und jetzt tot im Keller des Bestatters in Kurland St. Mary liegt.“

Mr Frobisher blinzelte langsam und beugte sich dann näher zu ihm. „Bitte erzählen Sie mehr.“

Robert kehrte zu den Harringtons zurück. Er hatte gerade noch genug Zeit gehabt, um seinen neuen Mantel

anzuprobieren und für adäquat zu befinden, bevor es
an der Zeit war, sich für die Dinnerparty umzuziehen.
Er traf auf seine Frau in ihrem geteilten Ankleidezimmer. Für eine Weile ergab sich keine Gelegenheit für
eine Unterhaltung, da Betty und Silas ihnen beim Anlegen ihrer besten Kleidung zur Hand gingen.

„Vielen Dank, Silas. Sie können jetzt gehen und bitte
bleiben Sie nicht für mich wach", sagte Robert.

„Vielen Dank, Sir." Silas strich Roberts Ärmel ein letztes Mal zurecht und ging dann hinaus.

Robert musterte seinen neuen blauen Mantel im Spiegel und dann die graue Weste, die er auf Empfehlung
seines Schneiders darunter trug. Sah er vielleicht zu
protzig aus?

Lucy warf ihm von ihrer Frisierkommode aus einen
Blick zu. Betty hatte gerade ihre Frisur gerichtet und
steckte einige mit Juwelen besetzte Nadeln zur Stabili-
sierung hinein.

„Du siehst sehr gut aus, mein Liebster."

Er musterte stirnrunzelnd sein Spiegelbild. „Ist die
Farbe vielleicht ein wenig zu grell?" Er tastete die Man-
schetten ab. „Und was ist mit diesen Silberknöpfen?"

Als seine Frau leise hinter ihm gluckste, drehte er sich
zu ihr.

„Und das von einem Mann, der früher eine vom
Prince of Wales entworfene Uniform trug, die mit Pelz,
Goldknöpfen und Silbergeflecht verziert war."

„Ich schätze, da hast du nicht ganz unrecht", gestand
er ihr zu. „Jetzt, wo ich drüber nachdenke: Die Farbe ist
auch recht ähnlich."

„Du wählst immer Blau." Lucy stand auf und schüttelte die Satinröcke ihres grünen Gewands aus. „Ich glaube, darin fühlst du dich am wohlsten."

„Nach zwölf Jahren in Uniform vermute ich, dass du damit recht haben könntest." Er ging zu ihr und nahm ihre Hand. „Du siehst wunderschön aus."

„Wohl kaum." Sie verzog das Gesicht. „Aber immerhin sehe ich halbwegs *salonfähig* aus. Und bei der Bedeutsamkeit von Tante Janes Gästen wäre weniger auch nicht angemessen."

„Du bist die Enkelin eines Earls und die Frau eines Baronets. Du kannst dich erhobenen Hauptes in jeder Gesellschaft blicken lassen." Robert küsste sie auf die Nase. „Ich habe keinerlei Zweifel, dass du den Abend weit mehr genießen wirst als ich."

„Hast du etwas Interessantes von Lord Northam in Erfahrung bringen können?"

„Nur, dass er verschwenderisch ist und keinen Penny von meiner Tante verdient."

„Ich glaube, das wussten wir bereits. Was war denn mit seiner Verbindung zum Theater?"

„Er kannte Flora. Er sagte, dass sie sich erst kürzlich in die Obhut eines ‚Gönners' begeben und dafür das Theater verlassen habe."

„Kannte er dessen Identität?"

„Ja, ein gewisser Viscount Gravely. Soweit Northam weiß, lebt Flora ein Leben in Luxus in einem Haus, dass für sie in Maida Vale gekauft wurde."

Lucy packte ihn am Ärmel. „Vielleicht ist Polly dort!"

„War sie denn nicht zu Hause?", fragte Robert. „Silas sagte, du hättest mit ihrer Mutter gesprochen."

„Sie wohnt nicht mehr bei ihr und ich kann auch gut verstehen, warum. Ihr Vater ist sehr religiös und hat etwas dagegen, dass sie in einem Theater arbeitet. Und ihre Mutter scheint zu viel Angst zu haben, um ihm zu widersprechen.“

„Wo wohnt Polly denn *dann*?“

„In einem Haus in der Nähe von *Covent Garden*.“ Lucy wählte ihre Handschuhe und die Smaragdhalskette, die Robert ihr zu Weihnachten geschenkt hatte und im Kerzenlicht schimmerte. „Ich bin auch dort gewesen, aber seit mehr als einer Woche scheint sie verschwunden.“ Sie sah zu Robert. „Ihre Mutter hat sie nicht mehr gesehen, seit sie meinen Brief erhielt. Polly und ihr Vater haben sich deswegen gestritten.“

„Das bringt unsere Pläne, mit ihr zu sprechen, ein wenig durcheinander.“ Robert runzelte die Stirn. „Man kann nur hoffen, dass sie nicht auch diesem Mörder zum Opfer gefallen ist.“

„Bert Speers war drei Tage lang in London, nachdem Flora verschwand“, sagte Lucy langsam. „Vielleicht kam er her, um Polly aufzuspüren und dafür zu sorgen, dass sie ihre Geschichte mit niemandem würde teilen können.“

„Das scheint mir sehr wahrscheinlich, aber ich werde die Hoffnung nicht aufgeben, dass wir Polly doch noch finden können.“

„Ich habe ihre Mutter darum gebeten, es uns wissen zu lassen, wenn sie nach Hause zurückkehrt.“ Lucy drapierte ein Tuch bis zu ihren Ellbogen um die Schultern und warf einen prüfenden Blick in den Spiegel.

„Darum habe ich Mr Frobisher ebenfalls gebeten, falls sie zu ihrer Stelle im Theater zurückkehrt.“ Robert

nahm die behandschuhte Hand seiner Frau. „Bis wir
eine Gelegenheit bekommen, uns mit Viscount Gravely
zu unterhalten, können wir derzeit leider nichts tun,
als zu warten."

Kapitel 11

Robert blieb vor den Stufen, die zum Haus von Viscount Gravely führten, stehen. Einen Augenblick lang versuchte er einzuschätzen, wie viel Geld der Mann im Handelsgeschäft verdient hatte, um sich ein solches Anwesen leisten zu können. Nicht, dass es ihm etwas ausmachte, wie ein Mann sein Geld verdiente, solange Sklavenhandel dabei keine Rolle spielte. Die Familie seiner Mutter hatte ihr Vermögen im industriellen Norden verdient, was ihm einen gehörigen Finanzschub gab.

Er hatte Lucys Tante gefragt, ob sie ihn Viscount Gravely vorstellen könnte. Da sie den Mann bereits kannte, hatte sie zugestimmt, ihm eine Nachricht zu schreiben, in der sie darum bat, Robert in einer dringenden Angelegenheit zu empfangen. Schon kurz darauf war eine Einladung bei ihnen eingegangen und Robert war umgehend aufgebrochen, noch bevor seine Frau von ihrem Einkaufsbummel mit Penelope zurückgekehrt war.

Patrick war damit beschäftigt, die Londoner Krankenhäuser zu besuchen, sich mit alten Bekannten zu treffen und Vorlesungen zu neuen wissenschaftlichen Erkenntnissen zu lauschen, während Penelope die gesellschaftlichen Anlässe genoss, die durch die gut vernetzte Familie Harrington zustande kamen. Robert war recht erpicht darauf, nach Kurland St. Mary zurückzukehren, daher konnte er nur hoffen, dass der Viscount ihm helfen würde, neue Informationen in dem Rätsel um Flora Rosa zu erlangen.

Er erklomm die Stufen und klopfte an die Vordertür, die ihm ein Butler öffnete, der einen Turban und einen Mantel mit eindeutig nicht englischen Stickereien trug.

„Willkommen, Sir Robert. Lord Gravely wird Sie in seinem Arbeitszimmer empfangen. Bitte folgen Sie mir."

„Vielen Dank." Robert folgte dem leise sprechenden Mann tiefer ins Haus, bis dieser stehen blieb und an eine der Türen klopfte.

„Ihr Besucher, Mylord."

Robert trat in das Zimmer und erstarrte zunächst vor Überraschung. Es war vollgestopft mit Andenken eines Lebens in Übersee und es roch wie das Innere eines Gewürzschranks.

„Sir Robert?" Ein gebrechlicher, weißhaariger Mann mit leicht gelblicher Haut deutete auf den Sessel vor sich. „Bitte."

„Viscount Gravely." Robert verbeugte sich und nahm den angebotenen Platz an. Er wich naserümpfend vor der Rauchfahne zurück, die von ein paar brennenden Stäbchen auf dem Schreibtisch ausging.

„Ich weiß sehr zu schätzen, dass sie mich wegen dieser etwas komplizierten Sache empfangen." Robert wollte keine Zeit auf Höflichkeiten verschwenden. „Wie ich höre, sind Sie kürzlich der Gönner einer jungen Schauspielerin geworden?"

„Das ist richtig, aber ich verstehe nicht, was das mit Ihnen zu tun hat."

„Ist ihr Name Flora Rosa?"

Sein Gastgeber nickte nur. Mit jeder Sekunde wurde dessen Abneigung dagegen, welche Richtung das Gespräch einschlug, deutlicher.

„Und Sie haben sie in einem Haus in Maida Vale einquartiert."

Erneut kam keine Antwort und Robert beugte sich vor. „Ich stelle diese Fragen nicht, weil es mir Freude bereitet, Mylord, sondern weil ich Antworten suche."

„Mir war nicht klar, dass ich Ihnen irgendwelche Antworten schuldig bin, Sir. Wir sind hier nicht vor Gericht."

„Ich will lediglich feststellen, ob Sie Flora Rosa kannten", fuhr Robert beharrlich fort. „Wann hat sie ihr Haus in Maida Vale verlassen?"

„Von wem haben Sie denn das?"

„Also wollen Sie sagen, dass sie noch dort lebt?" Robert zog ungläubig eine Augenbraue hoch. „Wenn das der Fall ist, würden Sie mir dann ihre Adresse zukommen lassen, sodass ich ihr persönlich meine Aufwartung machen und die derzeitige Verwirrung aufklären kann."

Lord Gravely sah hinunter auf seine gefalteten Hände. „Sie hatten angedeutet, dass Sie in der Sache wichtige Informationen für mich hätten. Wenn das hier kein Verhör sein soll, um herauszufinden, ob Sie meine Mätresse abwerben können, dann würde ich es zu schätzen wissen, wenn Sie auf den Punkt kämen!"

Robert gab jedes bisschen vorgetäuschte Höflichkeit auf. „Ich suche nach jemandem, der die Leiche einer Frau identifizieren kann. Ich glaube, es handelt sich um Flora Rosa und sie wurde in meinem Heimatdorf Kurland St. Mary ermordet."

Robert beobachtete den Viscount aufmerksam, während er seine unverblümten Worte sprach, und konnte daher sehr genau den Schreck im Gesicht des Mannes erkennen.

Er erhob sich.

„Wenn Sie die Angelegenheit weiter mit mir besprechen oder mir Ihre Hilfe anbieten möchten, so erreichen Sie mich die nächsten zwei Tage bei der Familie Harrington am Portland Square, bevor ich nach Kurland St. Mary zurückkehre. Wenn Sie darauf beharren, dass Ihre Mätresse noch lebendig und wohlauf in Maida Vale wohnt, dann würde ich darum bitten, mit ihr sprechen zu dürfen. In diesem Fall entschuldige ich mich bei ihr und auch bei Ihnen.“

Der Viscount sah zu ihm auf. „Ich habe Ihnen nichts weiter zu sagen.“

„Wie Sie wünschen.“ Robert deutete ein Nicken an. „Vielen Dank, dass ich Ihre Zeit in Anspruch nehmen durfte.“

Er wandte sich um und verließ das Zimmer, wobei er sehr genau darauf achten musste, nicht die Beherrschung zu verlieren. Vielleicht hätte er doch seine Frau mitnehmen sollen. Sie war viel besser darin, Informationen aus Leuten herauszukitzeln, als er.

Er blickte nach vorn und bemerkte zwei Männer im Flur. Sie schienen gerade über etwas zu streiten. Beide wandten sich Robert zu, als er sich näherte.

„Sind Sie Sir Robert Kurland?“, fragte der Größere der beiden. „Ja.“

„Ich bin Trevor Gravely und das ist mein Bruder Neville. Wie wir hörten, haben Sie gerade mit unserem Vater gesprochen.“ Trevor warf seinem finster dreinblickenden Bruder einen kurzen Blick zu. „Dürften wir fragen, ob es dabei um seine Mätresse ging?“

Robert musterte die beiden Männer, die hochgewachsen und blond keinerlei Ähnlichkeit mit ihrem Vater hatten. Er fragte sich, ob die beiden in England bei ihrer Mutter geblieben waren, während der Viscount in Indien beschäftigt gewesen war.

„Wieso möchten Sie das wissen?"

„Weil ich über Informationen verfüge, die Ihnen vielleicht helfen könnten", sagte Trevor Gravely. „Wären Sie bereit, uns zu einer Kaffeestube zu begleiten, damit wir die Sache weiter vertiefen können?"

Robert ließ sich vom stillen Butler Hut und Gehstock geben und traf dann aus dem Moment heraus die Entscheidung.

„Ja, in der Tat. Ich würde gern Ihre Gedanken dazu hören."

Er folgte den beiden Männern hinaus auf den Platz und weiter in Richtung des Flusses, wo sich mehr Menschen auf den Straßen tummelten. Der angenehme Duft von Kaffee stieg ihm in die Nase, als die beiden Brüder in eine der Seitengassen bogen und sich einem kleinen Laden näherten.

Sie fanden einen freien Tisch in einer Ecke des Raumes und bestellten ihre Getränke. Um sie herum diskutierten andere Männer Geschäftliches und Politik – teilweise recht lautstark. Dabei wurde in vielen der Runden Pfeife geraucht und Fleischpastete gegessen, die es in dem Laden offenbar auch gab.

„Bevor wir beginnen, sollten Sie wissen, dass mein Vater sich weigerte, mir irgendetwas über seine Mätresse zu verraten", erklärte Robert. „Tatsächlich hat er behauptet, dass alles in Ordnung sei und sie noch immer glücklich in Maida Vale lebt."

Neville verzog das Gesicht. „Sie ist nicht dort. Sie ist vor über einem Monat weggelaufen und hat eine beträchtliche Geldsumme und sämtlichen Schmuck mitgenommen, den mein Vater ihr törichterweise schenkte.“

„Sie waren gegen die Beziehung?“

„Natürlich“, antwortete Trevor. „Sie ist jünger als wir und kaum die Art Frau, mit der sich ein Mann vom Stand unseres Vaters abgeben sollte.“

„Es ist nicht unüblich, dass ein älterer Mann eine jüngere Mätresse nimmt“, bemerkte Robert. „Vielleicht fühlte er sich einsam.“

Trevor schnaubte. „Oder er hat sich von einem hübschen Gesicht mit einer habgierigen Persönlichkeit um den Finger wickeln lassen.“

„Ich dachte, Ihr Vater sei ein bekannter Geschäftsmann? Ich bezweifle, dass er sich ‚um den Finger wickeln‘ lässt“, merkte Robert an. „Ist Ihrem Vater klar, dass Flora Rosa vermisst wird?“

„Natürlich“, sagte Trevor.

„Wieso streitet er es dann ab?“

Neville seufzte. „Ich denke, er schämt sich dafür, hereingelegt worden zu sein. Und der Gedanke, dass jemand außerhalb der Familie davon erfahren könnte, ist ihm schlicht peinlich.“

Robert lehnte sich zurück, während der Kellner seine Tasse Kaffee vor ihm auf den Tisch stellte. „Vielen Dank. Wo denken Sie, ist Flora Rosa jetzt?“

Neville räusperte sich und blickte seinen Bruder nervös an. „Ich hatte angenommen – wir *beide* hatten angenommen – dass sie sich einen anderen Mann geangelt hat.“

„Wie kommen Sie zu der Annahme?", fragte Robert.

„Naja, wie schon?" Neville zog die Augenbrauen hoch. „Flora ist eine bekannte Schauspielerin und eine ehrgeizige Frau. Es gibt viele Gentlemen, die nur zu gerne ihr Gönner wären."

Robert überlegte sich seine Antwort gut, entschied sich dann aber, direkt zu sein. Er hatte das schreckliche Gefühl, dass ihm die Zeit für die Aufklärung von Floras Mord davonlief.

„Dann tut es mir leid, Ihnen mitteilen zu müssen, dass sie tot ist."

„Oh Gott, *nein*!", sprudelte Neville mit bebender Stimme heraus.

„Ich ... wie bitte?", krächzte Trevor. „Haben Sie *tot* gesagt?"

„Ermordet, um genau zu sein", sagte Robert. „Ich war bei Ihrem Vater, um ihm das mitzuteilen. Jemand muss nach Kurland St. Mary kommen, um die Leiche zu identifizieren."

Die Brüder tauschten einen Blick aus. „Wir haben sie beide gekannt", sagte Trevor zögerlich. „Wir könnten sie identifizieren."

„Wir hatten ja keine *Ahnung*... wir dachten, Sie wäre einfach mit einem anderen Mann davongelaufen."

„Die Sache ist sehr verworren", sagte Robert diplomatisch. „Aber wenn einer von Ihnen bereit wäre, mit nach Kurland St. Mary zu kommen, um mit Sicherheit festzustellen, dass es sich um die richtige Frau handelt, könnten wir ihr endlich ein anständiges Begräbnis zuteilwerden lassen."

Trevor tätschelte Nevilles Arm, der offenbar Schwierigkeiten hatte, ein Wort hervorzubringen. „Es ist schon gut. Ich kann gehen. Das würde ich nicht von dir verlangen."

„Nein, das *kannst* du nicht … ich meine, ich muss …" Neville sprang mit blassem Gesicht auf. „Würden Sie mich einen Moment entschuldigen, Sir Robert?"

Trevor wartete, bis Neville außer Hörweite war, bevor er sich wieder Robert zuwandte. „Ich muss mich für das Verhalten meines Bruders entschuldigen. Er ist wirklich sehr aufgebracht. Er hat Flora Rosa als Erster von uns kennengelernt und sie hatte es ihm wirklich sehr angetan. Er beging den Fehler, sie unserem Vater vorzustellen. So kam es überhaupt dazu." Er verzog das Gesicht. „Das kleine Flittchen hat sich im Nu umentschieden."

„Tut mir leid, das zu hören. Aber wie die Dinge derzeit aussehen, ist es für Ihren Bruder vielleicht am besten, dass er sie los ist."

Trevor nippte an seinem Kaffee. „Ich spreche nur ungern schlecht von den Toten, aber ich denke wir alle haben Glück, sie los zu sein. Hoffentlich geht mein Vater das nächste Mal eine Liaison mit einer geeigneteren Frau ein."

„Hätten Sie etwas dagegen, wenn ich Floras Haus in Maida Vale aufsuchte?", fragte Robert.

„Ganz und gar nicht." Trevor zog eine seiner Visitenkarten hervor und schrieb die Adresse auf die Rückseite. „Geben Sie die hier einfach Mrs Pell und sagen sie ihr, ich hätte Sie geschickt, dann wird sie Sie ohne Weiteres einlassen."

***

Während sie sich vom Stadtzentrum entfernten, blickte Lucy aus dem Fenster der Kutsche und sah zu, wie das Umfeld karger und die Häuser langsam immer weniger pompös wurden. Nach Roberts Rückkehr vom Treffen mit Viscount Gravely und dessen beiden Söhnen hatte sie sich schwergetan, ihre Frustration darüber, wie das Gespräch verlaufen war, zu verbergen. Sie konnte Robert seinen direkten Versuch, die Gravelys über das Schicksal von Flora Rosa in Kenntnis zu setzen, nicht übelnehmen, aber sie wünschte, sie wäre selbst dabei gewesen, um ihm zu helfen.

„Was, wenn Dr. Fletcher recht hat?", sagte Robert unvermittelt, nachdem er die letzte halbe Stunde nachdenklich geschwiegen hatte.

„Recht womit?", fragte Lucy.

„Dass der Mörder dort war, um Polly Carter zu töten und versehentlich Flora an ihrer Stelle ermordete."

„Das könnte stimmen, schätze ich", gestand Lucy ihm zu. „Aber ich habe das Gefühl, dass Flora Rosa das eigentliche Ziel war. Sie hat jedenfalls zu Lebzeiten einige Hornissennester aufgestachelt, nicht wahr? Ich kann mir nicht vorstellen, wie es sich anfühlen muss, wenn sich Männer *meinetwegen* so streiten würden."

„Ich würde für dich kämpfen", bemerkte Robert.

„Natürlich würdest du das, mein Liebster." Sie schenkte ihm ein warmes Lächeln. „Aber hier geht es um Polly Carter, die offenbar als Näherin im Theater gearbeitet hat, während Flora Rosa auf der Bühne stand und eine Menge Verehrer um sich scharte."

„Aber was, wenn Flora beobachtet hat, wie Polly getötet wurde, und nach Kurland St. Mary geflohen ist, um demselben Schicksal zu entfliehen?", spekulierte Robert.

„Flora stand unter dem Schutz eines Lords. Denkst du nicht, sie hätte ihn darum gebeten, die zuständigen Behörden Pollys Mord untersuchen zu lassen?"

„Ich nehme an, das wäre das schlaueste Vorgehen." Robert dachte eine Weile nach. „Was denkst du über die Rolle der beiden Söhne in dieser Sache?"

„Es klingt äußerst peinlich für mich." Lucy erschauderte. „Wieso um alles in der Welt würde ein alter Mann die Mätresse des eigenen Sohnes stehlen?"

„Weil er es konnte? Und weil Flora klar wurde, dass der Vater besser in der Lage war, sie finanziell zu unterstützen? Wir wissen nicht sicher, ob sie je Nevilles Mätresse war, nur, dass er sie zuerst kennenlernte. Und ich muss nicht extra erwähnen, dass keiner der beiden Gravely-Söhne noch besonders viel für Flora Rosa übrighatte."

Lucy hielt sich am Griff fest, als die Kutsche eine scharfe Kurve in eine von bescheidenen, mehrstöckigen Häusern mit Vorgärten gesäumte Allee bog.

„Waren sie wirklich schockiert, als sie von ihrem Tod erfuhren?"

„Das würde ich schon sagen." Robert dachte kurz nach. „Allerdings wirkte keiner der beiden wirklich überrascht. Der Einzige, der wirklich Gefühle zeigte, war Neville, der jüngere Sohn. Er war so niedergeschlagen, dass er kaum ein Wort hervorbrachte." Robert seufzte. „Um ehrlich zu sein, schienen die beiden Söhne eher erleichtert, dass Flora ihren Vater nicht mehr behelligen würde."

Lucy fiel darauf keine passende Antwort ein.

Die Kutsche, die sie in den nächstgelegenen Stallungen gemietet hatten, blieb schließlich gegenüber von einer Reihe identischer Häuser aus ockerfarbenen Ziegelsteinen stehen.

Robert blickte aus dem Fenster und überprüfte die Hausnummer. „Das muss es sein." Er stieg aus, sprach mit dem Fahrer und schritt dann auf die andere Seite, um Lucy beim Aussteigen zu helfen. „Ich habe ihm gesagt, dass er in zwei Stunden wieder hier sein soll. Das sollte uns genug Zeit geben, das Haus zu durchsuchen und die verbliebenen Angestellten zu befragen."

Lucy ging vor, öffnete das gusseiserne Tor und lief den Weg zum quadratischen Haus hoch. Die Größe war relativ bescheiden. Neben der Eingangstür befand sich auf jeder Seite ein Bogenfenster, deren Anordnung sich in den zwei identisch angelegten Stockwerken darüber wiederholte.

Robert klopfte an die Tür. Eine Frau mittleren Alters, die nicht besonders glücklich über den Besuch aussah, öffnete ihnen.

„Sind Sie Mrs Pell?", fragte Robert. „Ich habe eine Nachricht von Mr Trevor Gravely für Sie."

Mrs Pell bestand darauf, Trevor Gravelys Visitenkarte sehr gründlich in Augenschein zu nehmen, bevor sie Lucy und Robert eintreten ließ.

„Ich bin in der Küche, falls Sie mich brauchen." Sie stapfte in Richtung der Rückseite des Hauses davon und ließ Lucy und Robert allein im schmalen Eingangsbereich zurück.

„Sehr charmant", murmelte Robert.

„Wo sollen wir anfangen?", fragte Lucy.

„Wie wäre es mit oben und dann arbeiten wir uns jeder auf einer Seite des Hauses nach unten vor?", schlug Robert vor. „Ich bezweifle, dass wir viel Interessantes finden, aber wir sollten so gründlich wie möglich sein."

„In der Tat." Lucy raffte ihr Kleid und ging die Treppe hinauf. „Und sobald ich fertig bin, werde ich mich mit Mrs Pell in der Küche unterhalten."

„Du glaubst also, dass du schneller fertig bist als ich?", fragte Robert.

„Selbstverständlich." Lucy hob das Kinn.

„Da hast du vermutlich recht. Und wenn ich fertig bin, werde ich mit den männlichen Angestellten im Haus sprechen."

Keiner von ihnen verbrachte viel Zeit auf dem Dachboden in den Zimmern der Bediensteten, da die meisten der Angestellten, die sich um Flora Rosa gekümmert hatten, offenbar nicht im Haus gewohnt hatten oder inzwischen gegangen waren. Lucy malte sich größere Erfolgschancen aus, als sie eine Tür im ersten Stock öffnete und ihr der schale Duft von altem Parfüm entgegenschlug.

Robert verschwand im gegenüberliegenden Zimmer, in dem es nach Zigarrenrauch roch und das vermutlich von Viscount Gravely bewohnt worden war.

Lucy lehnte sich von innen mit dem Rücken gegen die Tür, um einen Überblick über das Schlafzimmer zu erhalten. Das große Bett mit vier hohen Pfosten war mit rosa Spitzenbettwäsche bespannt. Am Feuer befanden sich zwei gemütliche Sessel und daneben eine Kommode mit mehreren Schubladen. Eine reich verzierte

Frisierkommode stand genau im Licht, das durch das große Fenster an der Vorderseite des Hauses einfiel. Zu Lucys Enttäuschung ließ das Zimmer kaum etwas von Substanz erkennen oder etwas, das Floras Charakter widergespiegelt hätte. Ihr Zimmer in Kurland St. Mary hatte weit mehr über ihre Vorlieben und ihren Charakter verraten als dieser unpersönliche Raum.

Es war recht offensichtlich, dass jemand hier gewesen war und Floras Zimmer nach ihrer Abreise gesäubert hatte. Vielleicht Mrs Pell? Oder war Polly Carter hergekommen und hatte alle Spuren der Frau entfernt, der sie helfen wollte?

Da Lucy sich weigerte, eine Niederlage zu akzeptieren, begann sie damit, die Schubladen zu öffnen und unter dem Bett nachzusehen. Die Frisierkommode beinhaltete keinerlei Haarbürsten oder Kosmetikprodukte und das Parfüm, dessen Duft noch in der Luft hing, war offenbar längst anderswo verstaut. Soweit sie wusste, war Flora mit recht wenig Gepäck nach Kurland Hall gekommen. Wo war also der ganze Rest? Wo waren ihre Londoner Kleider, Hüte und Mäntel?

Robert hatte gesagt, dass die Gravely-Brüder andeuteten, Flora habe viel Schmuck geschenkt bekommen. Doch Lucy hatte nur eine Halskette und ein paar Ringe unter Floras Besitztümern gefunden. Je mehr Lucy darüber nachdachte, desto mehr war sie davon überzeugt, dass Floras restliche Sachen noch irgendwo sein mussten.

Hinten in einer der Schubladen der Frisierkommode entdeckte Lucy eine Notiz, die etwas festklemmte, sodass sie ein Stückchen davon abriss, als sie sie herauszog. Vorsichtig entfaltete sie das Papier und las das Geschriebene.

Triff dich nach der Vorstellung mit mir oder ich werde es ihm sagen.

Die Handschrift kam ihr nicht bekannt vor, aber die Drohung gab ihr zu denken. War das nur eine Nachricht eines ungewollten Verehrers, die Flora achtlos in die Schublade gestopft hatte? Oder hatte sie sie aus einem bestimmten Grund aufgehoben? Lucy gelangte langsam zu der Überzeugung, dass das Leben einer jungen Schauspielerin weit mehr Gefahren barg, als sie es sich je ausgemalt hätte. Vielleicht war es besser, weder Talent noch gutes Aussehen zu besitzen, und einfach um ihrer selbst willen geliebt zu werden.

Im Raum befand sich eine Tür, die zu einem geteilten Ankleidezimmer führte, welches sich über die Vorderseite des Hauses bis zum Zimmer nebenan erstreckte. Lucy trat ein und ihr fiel auf, dass in keinem der Schränke Kleider hingen. Sie versuchte die Tür auf der anderen Seite zu öffnen, die jedoch verschlossen war.

„Robert? Bist du noch da drinnen?" Lucy klopfte an die hölzerne Tür.

Ihr Ehemann öffnete ihr und sah sie erwartungsvoll an. „Hast du etwas Interessantes gefunden?"

„Nicht wirklich. Ich gehe davon aus, dass jemand sehr gründlich aufgeräumt hat." Sie blickte zu ihm auf. „Nur wo sind all die Sachen von Flora? Sie hat sie auf jeden Fall nicht mit nach Kurland St. Mary genommen."

„Vielleicht hat sie sie verpfändet, um sich die Fahrkarte für die Postkutsche leisten zu können. Oder möglicherweise wurde alles von den Bediensteten auf Anweisung von Viscount Gravely entsorgt."

„War etwas Interessantes in seinem Zimmer?", fragte Lucy.

„Nichts … allerdings neigt der alte Mann offenbar dazu, seine persönlichen Räumlichkeiten mit so vielen Artefakten wie in einem Museum vollzustopfen." Er deutete in Richtung der gegenüberliegenden Wand. „Ich frage mich, ob er all die ausgestopften Tiere selbst erschossen hat."

„Ich dachte, du hättest gesagt, dass er krank wirkte."

„Ja, jetzt." Robert verzog das Gesicht. „Vielleicht versucht er, die besten Tage seiner Jugend wieder aufleben zu lassen. Das würde auch erklären, warum er sich mit einer Frau einlässt, die jung genug ist, um seine Enkelin zu sein."

Sie zeigte ihm die zerrissene Nachricht und er seufzte.

„Arme Flora. Ich habe langsam das Gefühl, dass die meisten Männer in ihrem Leben nicht besonders gut zu ihr waren."

„Da könntest du richtig liegen." Lucy fasste sich an den unteren Rücken, als das Ungeborene ihr einen kräftigen Tritt verpasste. „Denkst du, du kommst mit den beiden anderen Zimmern unten allein zurecht, während ich gehe und mich mit Mrs Pell unterhalte?"

Robert musterte ihr Gesicht mit aufmerksamem Blick. „Übernimmst du dich?"

„Ich würde mich wirklich gerne eine Weile hinsetzen, aber ansonsten geht es mir recht gut", erwiderte Lucy.

„Dann geh." Er verbeugte sich überschwänglich vor ihr. „Und viel Glück damit, Mrs Pell dazu zu bringen, sich an überhaupt irgendetwas zu erinnern."

Lucy ging die Treppe nach unten und zur Hinterseite des Hauses, wo Mrs Pell am Küchentisch mit einer Tasse Tee vor sich saß. Die Haushälterin machte sich nicht die Mühe, auch nur aufzustehen oder Lucy zu begrüßen, was diese nicht wirklich überraschte. Nach ihrer Erfahrung mit der furchtbaren Mrs Fielding, die jahrelang die Köchin ihres Vaters und dessen Bettgefährtin im Pfarrhaus gewesen war, ließ Lucy sich nicht so leicht unterkriegen.

Lucy rieb sich über den runden Bauch. „Haben Sie noch eine Tasse für mich? Ich hätte gern ein wenig Tee.“

„Dritter Schrank rechts vom Herd. Bedienen Sie sich.“

„Vielen Dank, das werde ich.“ Lucy fand eine Tasse und stellte sie auf den Tisch. Sie setzte sich Mrs Pell gegenüber und bediente sich an der Teekanne und dem Teller mit Shortbread, der danebenstand.

„Das Shortbread ist wunderbar, Mrs Pell. Haben Sie das gemacht?“

„Das habe ich.“

„Dann hatte Flora Rosa Glück, Sie als ihre Köchin und Haushälterin zu haben.“ Lucy kaute entschlossen auf dem trockenen Gebäck herum. „Und das Haus ist so ordentlich. Ich wünschte, meine Haushälterin wäre so eifrig wie Sie, Mrs Pell.“

„Vielen Dank, Madam.“ Mrs Pell bot ihr erneut den Teller an. „Nehmen Sie sich doch noch ein Stück.“

„Vielen Dank.“ Lucy schenkte der Frau ein Lächeln. „Haben Sie Familie, Mrs Pell?“

„Ich habe drei Kinder und zwei Enkel. Ein Junge ist drei, der andere fünf.“

Lucy öffnete ihren Mantel und zeigte die Rundung ihres Bauchs. „Ich habe einen zweijährigen Sohn und das nächste Kind wird zu Weihnachten erwartet. Daher weiß ich Ihr Shortbread sehr zu schätzen. Ich merke oft, dass ich tagsüber müde und hungrig werde."

„Bei meiner Tochter war es genauso", sagte Mrs Pell, noch immer ein wenig reserviert. „Wie eine kleine Häsin, die immer an irgendetwas herummümmeln musste."

Lucy gluckste. Mrs Pells Gesichtszüge entspannten sich ein wenig, während Lucy ihr tausend Fragen über ihre Enkel und Familie stellte. Da sie in einem Pfarrhaus aufgewachsen war und die Rolle ihrer Mutter im Umgang mit den anderen Gemeindemitgliedern hatte übernehmen müssen, besaß Lucy genau die richtigen Fähigkeiten, um mit wirklich jeder Person eine Unterhaltung führen zu können. Nach einer Weile lenkte sie die Konversation zurück zu ihrem eigentlichen Ziel.

„Ich nehme an, Sie fragen sich, warum Sir Robert und ich in Ihr Haus eindringen, während Ihre Herrin vermisst wird." Lucy nippte an dem starken Tee.

„Sie sind nicht die Ersten, die hier hereinplatzen, Mylady, und ich bezweifle, dass Sie die Letzten sein werden."

„Ach? Wer war denn noch hier?"

Mrs Pell verschränkte die Arme vor der Brust.

„War jemals eine Frau namens Polly Carter hier?", fragte Lucy. „Ihre Cousine Agnes ist das Kindermädchen meines Sohnes. Ich hatte *gehofft*, Polly einen Brief von Agnes zustellen zu können, während ich hier in London bin."

Mrs Pell beäugte sie lange, bevor sie zögerlich zu sprechen begann. Vielleicht würde es doch nicht so leicht werden, wie Lucy es sich erhofft hatte. „Polly hat *tatsächlich* erwähnt, dass sie eine Cousine namens Agnes hat."

Lucy hatte Schwierigkeiten, sich das Gefühl von Triumph nicht anmerken zu lassen. Vielleicht würde bald ein weiteres Stück des Puzzles an die richtige Stelle fallen.

„Agnes macht ihre Arbeit sehr gut. Ich glaube, sie hat versucht, Polly davon zu überzeugen, ihre Stelle beim Theater aufzugeben und für mich zu arbeiten." Lucy tätschelte ihren Bauch. „Da ich ein weiteres Kind erwarte, brauche ich dringend Verstärkung in meiner Kinderstube."

„Polly war ein gutes Mädchen", sagte Mrs Pell.

„Ich habe mich erst kürzlich mit ihrer Mutter unterhalten. Sie hat Polly schon eine Weile nicht gesehen." Lucy wagte sich auf gefährlicheren Boden vor. „War sie hier seit dem Verschwinden Ihrer Herrin?"

Mrs Pell nahm sich viel Zeit, sich Tee nachzuschenken, und spitzte dann nachdenklich die Lippen. „Ich bin mir nicht ganz sicher, wann ich Polly das letzte Mal gesehen habe."

„Sie hat Flora nicht dabei geholfen, von hier zu verschwinden?"

„Das verdammte Mädchen ist mitten in der Nacht verschwunden, ohne irgendjemandem zu verraten, wohin", sagte Mrs Pell. „Und sie würden nicht glauben, was für eine Unordnung sie hinterließ!"

„Wie schrecklich für Sie“, sagte Lucy einfühlsam. „Mussten Sie alles selbst aufräumen oder hatten Sie immerhin dabei Hilfe?“

„Wir hatten da noch ein Hausmädchen, Marjory, die auch im Haus nebenan arbeitet, um mir dabei zu helfen, alles wieder in Ordnung zu bringen.“ Mrs Pell schüttelte den Kopf. „Ich musste den jungen Schuhputzer Paul losschicken, um Viscount Gravely von ihrem Verschwinden zu unterrichten, damit dieser die Stallknechte ausschicken und nach ihr suchen lassen konnte.“ Sie seufzte. „Aber niemand fand auch nur die geringste Spur von dem Mädchen.“

„Nun, mitten in der Nacht aufzubrechen, ist nie besonders schlau“, stimmte Lucy ihr zu. „Das muss ja wirklich sehr schwer für Sie und Ihre Angestellten gewesen sein.“

„Viscount Gravely ist nicht selbst vorbeigekommen, aber er hat Mr Neville und Mr Trevor vorbeigeschickt. Die beiden haben uns nach Kräften geholfen. Mr Neville war ganz außer sich.“

„Wohin, glauben Sie, ist Flora gegangen?“, fragte Lucy.

„Zu einem anderen Mann?“ Mrs Pell schnaubte verächtlich. „Wir alle wissen, dass Schauspielerinnen nur besser gekleidete Huren sind, nicht wahr?“

„Hat sie sonst irgendjemand in Begleitung eines anderen Mannes gesehen, seit sie verschwunden ist?“

„Nicht, dass ich wüsste. Sie lässt sich wahrscheinlich nicht draußen blicken, bis Gras über die Sache gewachsen ist und ihr neuer Gönner einen finanziellen Ausgleich mit Viscount Gravely treffen kann.“

„War es schwer, für sie zu arbeiten?" Lucy füllte Mrs Pells Teetasse auf.

„Ich muss zugeben, dass sie nie viel Mühe bereitet hat und zu mir persönlich immer sehr höflich war. Sie hat hier keine Feiern veranstaltet, ist meistens für sich geblieben und hat nur den Viscount empfangen, wenn dieser zu Besuch kam, was nicht besonders häufig der Fall war. Ansonsten war sie nur zur Arbeit im *Prince of Wales* aus."

„Sobald Sie der Überzeugung waren, dass sie nicht mehr zurückkommen würde, haben Sie da ihre Sachen zusammengepackt und wegbringen lassen?"

„Dazu bestand kein Anlass. Sie hat bei ihrem Verschwinden alles mitgenommen, was nicht niet- und nagelfest war." Mrs Pells verärgerter Tonfall kehrte zurück. „Das ist an meinem freien Tag passiert. Ich war unten in Southend, um meine Schwester zu besuchen. Als ich zurückkam, war sie bei Nacht und Nebel verschwunden."

„Aber wie konnte sie das alles tragen?", fragte Lucy.

„Ich gehe davon aus, dass sie Hilfe hatte, was nur einmal mehr nahelegt, dass sie einen neuen Mann gefunden haben muss."

„Das würde Sinn ergeben", stimmte Lucy ihr zu. „Ich hoffe sehr, dass Viscount Gravely nicht Sie dafür verantwortlich gemacht hat, was passiert ist?"

„Er ist seit ihrem Verschwinden nicht hier gewesen, Mylady, daher habe ich ihn nicht gesehen. Aber er beschäftigt mich weiter, um mich um das Haus zu kümmern, während er entscheidet, wie er damit verfahren will."

„Er kann von Glück reden, dass Sie hiergeblieben sind und Ihre Arbeit so kompetent ausführen“, sagte Lucy bewundernd.

„Es ist viel leichter, sich um ein Haus zu kümmern, als um seine Bewohner.“

Mrs Pell zuckte mit den Schultern. „Ich bin die Einzige, die dauerhaft hier wohnt.“

„Wie viele Angestellte hatten Sie, bevor Flora verschwand?“ „Marjory, das Küchenmädchen, und den Schuhputzer.“ Mrs Pell zählte sie an den Fingern ab. „Und Mr Biggins, der Mann, der sich um die Pferde gekümmert hat, aber er wohnt bei der Pferdestation am Ende der Straße. Ich habe Paul hingeschickt, wann immer Miss Flora die Kutsche brauchte.“

„Haben Sie die Angestellten selbst ausgesucht, Mrs Pell?“

„Nein, sie kamen alle von Viscount Gravelys anderen Geschäftsstellen.“

„Und dort werden sie jetzt wahrscheinlich wieder hin zurückgekehrt sein“, spekulierte Lucy. „Immerhin haben sie dann nicht ihre Stellen verloren, wegen dieser unglückseligen Sache.“

Die Küchentür schwang auf und Robert trat ein. Mrs Pell erstarrte sofort, wohingegen Lucy ihm ein warmes Lächeln schenkte.

„Ah, da bist du ja, mein Liebster. Du wirst dich freuen zu hören, dass Mrs Pell sich an Polly Carter erinnert, sie aber eine Weile schon nicht mehr gesehen hat.“ Sie blickte ihrem Ehemann in die Augen. „Ich habe ihr gesagt, dass wir ursprünglich nach Polly gesucht hatten, um ihr den Brief von Agnes zu überbringen und nur so von Flora Rosa erfahren haben.“

Robert legte zwei Visitenkarten auf den Tisch. „Es freut mich, dass Sie Polly gesehen haben, Mrs Pell. Würden Sie es uns bitte mitteilen, falls sie hier wieder auftaucht? Wir möchten uns gern mit ihr unterhalten, bevor wir wieder aus London abreisen.“

Kapitel 12

Sie verließen gemeinsam das Haus. Lucy wartete, bis Mrs Pell die Tür hinter ihnen geschlossen hatte, bevor sie sich an Robert wandte. „Ich habe nicht erwähnt, dass Flora Rosa tot ist."

„Das habe ich mir schon gedacht." Er hielt bei der Kutsche inne. „Was willst du als Nächstes tun?"

„Ich schlage vor, dass wir uns mit dem Hausmädchen nebenan unterhalten und dann mit Mr Biggins bei den Ställen."

„Du warst ja ganz schön eifrig." Robert bedachte sie mit einem Lächeln. „Was hältst du davon, wenn ich zu Mr Biggins gehe, während du dich auf das Hausmädchen konzentrierst?"

„Du hilfst mir am besten zuerst in die Kutsche für den Fall, dass Mrs Pell uns durch die Vorhänge beobachtet", schlug Lucy vor. „Du kannst mich bei der Gasse zwischen den Ställen und der Pferdestation absetzen. Ich kann den Weg bis zum Haus nebenan zu Fuß gehen."

„Wie du willst." Er öffnete ihr die Tür mit einer eleganten Verbeugung. „Und dann kehren wir zurück zu den Harringtons und du wirst dich bis zum Abendessen ausruhen."

„Da werde ich nicht mit dir streiten", sagte Lucy, während sie sich von ihm die Stufen hochhelfen ließ. „Ich bin recht erschöpft."

„Sollten wir dann unsere Besuche vielleicht auf morgen verschieben?"

Sie wandte sich zu ihm und legte ihm eine Hand auf die Schulter. „Das würde ich lieber nicht tun. Ich möchte zurück nach Hause. Je länger wir in London sind, desto mehr vermisse ich meinen lieben Ned.“

Er sah ihr in die Augen und nickte. „Auch wenn deine Tante und dein Onkel sehr gastfreundlich sind, bin auch ich nur zu froh, wenn wir diesen Ort bald wieder verlassen.“

Er umrundete die Kutsche, wechselte ein paar Worte mit dem Kutscher und stieg dann auf der anderen Seite ein.

„Was genau soll ich Mr Biggins fragen?“

„Frag ihn über Flora Rosa und ob er sich an Polly erinnert. Und versuche eine Bestätigung zu erhalten, dass er für die Familie Gravely arbeitet.“

Robert salutierte. „Jawohl, Mylady.“

Sie fuhren los und hielten wieder, nachdem die Kutsche um die Kurve in die nächste Straße gefahren war.

„Alles ist vorbereitet, meine Liebste“, sagte Robert. „Soll ich auf dich bei der Pferdestation warten?“

„Ja, bitte.“ Sie lächelte ihm ermutigend zu, richtete ihre Haube und kletterte ohne seine Hilfe aus der Kutsche. Er sah ihr hinterher, wie sie erhobenen Hauptes und sicheren Schrittes die gepflasterte Gasse hinunterging. Trotz seines Vertrauens in ihre Fähigkeiten war er dennoch immer um sie besorgt, wenn er sie irgendwo allein ließ. Sie neigte dazu, sich in Schwierigkeiten zu bringen, und da sie derzeit schwanger war, machte er sich umso mehr Sorgen.

Er fragte bei der Pferdestation nach Mr Biggins und wurde ins Büro am hinteren Ende des Gebäudes verwiesen. Ein dünner, dunkelhaariger Mann, dessen Statur ihn an einen Jockey erinnerte, erhob sich, als Robert eintrat.

„Was kann ich für Sie tun, Sir?“

„Sind Sie Mr Biggins?“, fragte Robert.

„Das bin ich in der Tat.“

„Haben Sie für die Frau gearbeitet, die in Nummer siebzehn Gloucester Street wohnte?“

„Das habe ich, Sir. Ein hübsches Mädchen und eine aufstrebende Schauspielerin im Theater.“ Er verzog das Gesicht. „Allerdings ist sie jetzt fort. Und den Sonnenschein hat sie gleich mitgenommen, nicht wahr?“

„Wann haben Sie sie zuletzt gesehen?“, fragte Robert.

Mr Biggins beäugte ihn misstrauisch. „Wer will das wissen und warum?“

„Ich bin Sir Robert Kurland. Ich habe versucht, die Cousine unseres Kindermädchens zu erreichen, die zu uns kommen und für uns arbeiten sollte, aber sie scheint verschwunden zu sein. Offenbar hat sie mit Flora Rosa zusammengearbeitet. Ich hatte gehofft, dass die Dame mir helfen könnte, Polly zu finden.“

„Polly Carter?“

„Ja.“ Robert sah Mr Biggins fragend an. „Kannten Sie sie?“

„Ich habe sie manchmal zusammen mit Miss Flora zum Theater gefahren. Sie war ein liebes Mädchen. Keine Schönheit wie Miss Flora, aber eine höfliche und respektvolle junge Frau.“ Mr Biggins zog eine Pfeife hervor. „Ich kann nicht behaupten, sie in letzter Zeit gesehen zu haben. Viscount Gravely hat den Vertrag mit der Pferdestation vor etwa einem Monat aufgelöst, nachdem Miss Flora verschwunden war.“

„War er persönlich hier, um sich darum zu kümmern?“

„Nein, sein Sohn hat mich zu seinem großen Anwesen am Grosvenor Square zitiert und den Restbetrag gezahlt. Er hat mir meine alte Stelle in den Stallungen angeboten, aber ich sagte ihm, dass ich mich dazu entschieden hätte, hierzubleiben und mich um die Pferdestation zu kümmern."

„Wie kam es dazu? Waren Sie nicht zufrieden bei den Gravelys?", fragte Robert.

„Die Bezahlung hier ist besser und ich kann mir die Zeit selbst einteilen. Das weiß ich sehr zu schätzen, nachdem ich sonst jeden Tag im frühesten Morgengrauen aufstehen musste, nur für den Fall, dass einer der Gravelys ausreiten oder in der Kutsche gefahren werden wollte." Mr Biggins zog einen Beutel mit Tabak hervor und stopfte die Pfeife. „Und dort kann man auch nicht auf eine Beförderung hoffen, weil der Kerl, der vor mir hier beschäftigt war, zurück zu ihnen ging und er arbeitet schon seit seiner Kindheit dort."

„Wieso ist er von hier fortgegangen?", fragte Robert.

„Miss Flora mochte ihn nicht. Ich hatte erwartet, dass der Viscount ihn im hohen Bogen rauswerfen würde, aber offenbar hat er ihn wieder bei sich eingestellt."

„Wieso mochte Miss Flora ihn nicht?"

„Ich nehme an, dass sie es hasste, dass er ihr nachspionierte." Mr Biggins zündete die Pfeife an und nahm einen Zug. „Nun, auch ich wurde angewiesen, sie im Auge zu behalten, aber ich habe es deutlich diskreter bewerkstelligt als Bert. Sie hat sich nie beschwert oder den Gravelys davon erzählt."

„Und Bert hat dann wieder für die Gravelys gearbeitet?", fragte Robert langsam.

Mr Biggins zuckte mit den Schultern. „Wie ich schon sagte: Er war ein guter Arbeiter und hat nie irgendwelche Probleme bereitet, bevor er Miss Flora traf."

„Haben Sie Miss Flora dabei geholfen, ihr Gepäck zu ihrer neuen Behausung zu bringen?" Robert beschloss, dass er durch die Frage nichts zu verlieren hatte.

Mr Biggins sah sich um und senkte dann die Stimme. „*Möglicherweise* habe ich das, Sir, aber das bleibt zwischen uns."

„Wo haben Sie sie hingebracht?"

Mr Biggins musterte Robert erwartungsvoll. Mit einem Seufzen zog Robert eine Goldkrone hervor. „Hilft das Ihrem Gedächtnis vielleicht auf die Sprünge?"

„Also, vielen Dank, Sir." Mr Biggins steckte die Münze ein. „Wenn Sie mir einen Moment geben, schreibe ich Ihnen die Adresse auf."

Nachdem sie an die Küchentür des Hauses neben dem von Flora Rosa geklopft hatte, wurde ihr die Tür von genau der Frau geöffnet, die sie sehen wollte. Marjory Wallis war ein gesprächiges Mädchen, das ihr erklärte, dass sie sich derzeit allein im Haus befand, weil ihre Herrin in der Stadt einkaufen war und die Köchin einen Tag frei genommen hatte.

„Sie wird heute Abend zurück sein, um das Abendessen zuzubereiten, sofern nötig. Aber wie ich Miss Eileen kenne, wird sie erst in den frühen Morgenstunden zurückkommen." Marjory zwinkerte Lucy zu und klopfte neben sich auf die Bank am Küchentisch. „Sie ist Schauspielerin und besucht all diese großen Feiern, Dinner und Bälle ..."

Marjory seufzte wehmütig. „Aber wollen Sie eine Tasse Tee? Ich möchte wetten, dass Mrs Pell Ihnen nichts angeboten hat. Sie ist eine gemeine alte Schachtel. Ich vermisse die Arbeit dort ganz und gar nicht – abgesehen von der zusätzlichen Bezahlung. Und Miss Flora. Sie war immer so nett und lieb zu allen."

Sie füllte den Teekessel und stellte ihn auf den Herd. Lucy fand sich damit ab, noch mehr Tee zu trinken, auch wenn sie es in ihrer derzeitigen Verfassung nicht gut vertrug.

„Ich möchte eines Tages auch Schauspielerin werden", gestand Marjory. „Auch wenn ich nicht so hübsch bin wie Miss Flora und Miss Eileen, habe ich eine gute Singstimme und kann tanzen."

Lucy behielt ihren Ratschlag an Marjory, bei ihrer jetzigen Stelle zu bleiben, für sich und lächelte nur.

„Waren Sie überrascht, als Miss Flora so plötzlich verschwand?"

„Nun, ja. Schließlich hatte sie sich gerade erst für Viscount Gravely entschieden und schien sehr glücklich und dankbar dafür zu sein, unter seinem Schutz stehen zu dürfen." Marjory unterbrach ihren Redefluss kurz, um ein Kännchen Milch auf den Tisch zu stellen. „Sie hat mir einmal gesagt, dass sie sich zum ersten Mal seit Langem sicher gefühlt habe."

„Und dann ist sie einfach gegangen?" Lucy wartete ab, während Marjory die Teekanne neben dem Kessel füllte und herüberbrachte. „Schien sie davor irgendwie aufgebracht?"

Marjory setzte sich ihr mit besorgter Miene gegenüber. „Sie war in jedem Fall wegen irgendetwas aufgebracht. Einmal habe ich sie weinend im Salon gefunden." Sie verzog das Gesicht. „Ich habe kurz vorher einen Streit mithören müssen."

„Zwischen ihr und Viscount Gravely?"

„Das war aus der Küche schwer zu sagen, aber es klang nach ihm." Marjory schenkte den Tee ein. „Er sagte ihr, dass sie dumm sei und sich Dinge einbilde. *Mister* Gravely kam später vorbei, um sie zu sehen, und sie sagte, dass er sehr freundlich zu ihr gewesen sei." Marjory lachte. „Tatsächlich glaube ich, dass ich die Gravely-Brüder häufiger gesehen habe als ihren Vater."

„Oje." Lucy kippte eine große Portion Milch in ihren Tee und nippte höflich daran. „Vielleicht hatte sie sich mit dem Viscount zerstritten und dachte daher darüber nach, weiterzuziehen."

„Das glauben alle, aber ..." Marjory faltete die Hände auf dem Tisch. „Wo ist sie dann? Wenn sie einen neuen Mann hat, warum arbeitet sie dann nicht mehr im Theater?"

„Vielleicht glaubt sie, dass es zu früh ist, um zu zeigen, dass sie ... Partner gewechselt hat?", schlug Lucy vor.

„Aber für eine Schauspielerin wäre ein solcher Skandal doch wunderbar, um das Publikum in Scharen anzulocken", erwiderte Marjory. „Sie wäre gefragter und berühmter denn je."

„Das hatte ich nicht bedacht", gestand Lucy ein.

„Ich mache mir Sorgen um sie, Madam." Marjory sah Lucy direkt in die Augen. „Sie hat immer gesagt, dass sie mich mitnehmen würde, wenn sie jemals Viscount Gravely verließe. Und ich habe nicht ein Wort von ihr gehört." Sie dachte einen Moment nach. „Ich hatte mich *tatsächlich* schon gefragt, ob sie zu *Mister* Gravely gegangen ist und sie deshalb abgetaucht ist. Aber ich bezweifle, dass der Viscount sich das hätte gefallen lassen!"

Lucy dachte über ihre nächsten Worte gut nach. Sollte sie Marjory die Wahrheit sagen oder die Dinge auf sich beruhen lassen? Da das Hausmädchen offenbar gerne tratschte, könnte so die Nachricht, dass Flora tot war, Mrs Pell erreichen und die Angelegenheit noch weiter verkomplizieren.

„Sind Sie bei Miss Flora je einer Frau namens Polly Carter begegnet?", fragte Lucy.

Marjory nippte an ihrem Tee und warf einen Blick in Richtung der Küchentür, als stellte sie sich vor, dass gerade jemand eintrat. „Ja, sie ist manchmal mit Miss Flora vom Theater zurückgekommen, um ihre Kostüme anzupassen. Kennen Sie sie?"

„Um ehrlich zu sein, suche ich nach ihr. Ich habe einen Brief von ihrer Cousine Agnes, den ich ihr überbringen möchte. Ich hatte gehofft, dass Polly vielleicht bei Miss Flora untergekommen sein könnte, da sie länger nicht bei ihrer Mutter gewesen ist." Lucy überlegte einen Moment. „Ich schätze, Sie wissen nicht zufällig, wo Polly sich aufhalten könnte?"

„Leider nein, Madam, aber wenn ich sie sehe, werde ich ihr ausrichten, dass jemand nach ihr gefragt hat."

„Das würde ich sehr zu schätzen wissen." Lucy hielt Marjory eine Visitenkarte hin. „Ich werde in wenigen Tagen nach Hause zurückkehren und würde sie nur ungerne verpassen."

Lucy verabschiedete sich von Marjory und lief die ruhige Gasse tief in Gedanken versunken zurück. Flora hatte sich kurz vor ihrem Verschwinden mit jemandem gestritten und hatte gestanden, über irgendetwas besorgt zu sein. Offenbar hatte Viscount Gravely die allgemeine Annahme, dass sie ihn für jemand anderen verlassen hatte, nicht richtiggestellt.

Hatte er wirklich keine Ahnung gehabt, dass seine Mätresse ganz aus der Stadt verschwunden war? Robert hatte den Viscount und seine Familie kennengelernt und war nicht überzeugt gewesen, dass diese nichts von Floras Tod gewusst hatte. Aber wie hatten sie von einem Mord in Kurland St. Mary erfahren, wenn nicht jemand aus ihrem Haushalt zum Zeitpunkt des Mordes dort gewesen war?

„Ah, da bist du ja, meine Liebste", rief Robert ihr vom Eingang der Pferdestation zu. „Bist du bereit, aufzubrechen? Ich habe dir eine Menge zu erzählen."

Er half ihr in die Kutsche und schloss die Tür, sodass sie ein wenig Privatsphäre hatten. Lucy ließ sich zurück in ihren Sitz sinken; ihre Füße taten weh und sie brauchte wirklich dringend Schlaf ...

Danach konnte sie sich nur noch daran erinnern, dass sie ein kräftiger Diener hoch in ihr Zimmer trug, während Betty die Vorhänge zu- und die Bettdecke zurückzog. Robert erschien kurz an ihrer Seite.

„Ich sehe dich beim Abendessen, meine Liebste."

Sie griff nach seiner Hand. „Aber ich muss dir noch so viel erzählen!"

Er lächelte und küsste ihr die Finger. „Das hat Zeit. Ich habe dir auch eine Menge zu erzählen."

Das Abendessen bei den Harringtons lief so ab wie üblich. Es gab ausgezeichnetes Essen und angenehme Gespräche. Robert genoss es, sich daran zu beteiligen, aber er vermisste sein Zuhause jeden Tag mehr. Er hatte vor,

am nächsten Morgen die Adresse zu besuchen, die Mr
Biggins ihm gegeben hatte, erneut mit den Gravelys zu
sprechen und am Tag darauf wieder nach Kurland St.
Mary abzureisen. Wie auch Lucy vermisste er seinen
Sohn und sein Zuhause zu sehr, um viel länger fortblei-
ben zu können. Er hatte außerdem das Gefühl, das das
Rätsel um Floras Tod sich immer mehr aufklärte.

Er versuchte, sich ihr hübsches Gesicht in Erinnerung
zu rufen, während er an seinem Portwein nippte. Allem
Anschein nach hatte sie kaum etwas getan, um ihr
Schicksal zu verdienen. Die Person, die ihr das Leben
genommen hatte, gehörte dafür bestraft. Eifersucht
stand niemandem gut, aber die Person, die man angeblich liebt, zu töten? Das konnte er ganz und gar nicht
nachvollziehen ...

Er blickte den langen Tisch hinunter zu seiner Frau,
die sich freundlich mit ihrer Sitznachbarin unterhielt.
Sie sah gut aus, sodass sich seine Sorge um ihren derzeitigen Zustand ein wenig milderte. Zwar musste er
zugeben, dass er Lucy manchmal ein wenig zu sehr in
Schutz nehmen wollte, aber tatsächlich hatte sie ein be-
merkenswertes Talent dafür, sich in gefährliche Situationen zu begeben.

Penelope Fletcher schien sich beim Abendessen ausgesprochen zu amüsieren. Sie hatte einen kleinen Kreis
respektvoller Verehrer um sich versammelt, seit sie
sich mit ihren Bekannten in der Londoner Gesellschaft
wieder vertraut gemacht hatte. Seinen Freund Patrick
schien das eher zu amüsieren, anstatt Sorgen zu berei-
ten. Wie auch Flora war sie eine wunderschöne Frau.
Robert war froh, dass sie beschlossen hatte, dass er
nicht gut genug gewesen war, um sie zu heiraten.

Allerdings war ihm nicht ganz klar, warum Patrick glücklich mit ihr zu sein schien.

Der Gerechtigkeit halber musste man aber anmerken, dass Penelope sich dazu entschieden hatte, ihre Träume vom Leben in der Londoner Gesellschaft aufzugeben, um in einem kleinen Dorf mit einem irischen Doktor zu leben, bei dem es unwahrscheinlich war, dass er jemals mehr als ein gutes Einkommen beziehen würde. Robert fragte sich, was wohl passiert wäre, wenn Floras und Penelopes Plätze vertauscht gewesen wären. Wäre es Flora gelungen, einen Duke zu heiraten und hätte Penelope sich selbst gestattet, die Mätresse eines Mannes zu werden, anstatt danach zu streben, die beste Schauspielerin in London zu sein? Er hatte den Verdacht, dass beide einen Weg gefunden hätten, auf ihre Weise erfolgreich zu sein, da sie beide einfallsreiche Frauen waren.

Er rief sich wieder in Erinnerung, dass Flora allerdings zu hoch gegriffen hatte und jetzt tot war. Vielleicht war Penelopes Entscheidung für die Liebe und gegen Status die klügere Wahl gewesen ...

Robert nippte an seinem Wein und legte sich etwas mehr Fisch auf den Teller.

Der Earl of Harrington hatte ihn früher am Abend beiseitegenommen, um über einen möglicherweise freiwerdenden Sitz im Parlament zu sprechen, den er kontrollierte. Er hatte ihn Robert angeboten und versichert, dass er ihm in den meisten Fällen keine politischen Vorgaben machen würde, da er davon ausging, dass ihre Interessen recht gut in Einklang standen. Lucy hätte ihrem Onkel sagen können, dass dies nicht der Fall war, da Robert vorhatte, tatsächlich die

Ungerechtigkeit des derzeitigen Wahlsystems richtigzustellen. Falls er dazu die Gelegenheit bekommen würde, würde er vermutlich sogar dafür stimmen, wenn nötig seinen eigenen Parlamentssitz abzuschaffen.

Allerdings war das eine Angelegenheit, über die er nachdenken und mit Lucy sprechen konnte, sobald sie nach Hause zurückkehrten. Im Moment wollte er nur, dass Floras Mörder seine gerechte Strafe erhielt. Und seiner Meinung nach, würde die Rückkehr nach Kurland St. Mary dabei sehr helfen.

Auf ein Zeichen der Countess erhoben sich die Damen von ihrem Plätzen und verließen den Speisesaal, um die Männer mit ihrem Portwein und Konversationen allein zu lassen. Robert nahm einen Zigarillo aus der Schachtel und lehnte sich gemütlich zurück, um den neuesten politischen Skandalen zu lauschen, während seine Frau ihren Tee genoss. Wenn er wirklich den Sitz im Unterhaus annehmen wollte, sollte er vermutlich den derzeitigen Themen mehr Aufmerksamkeit schenken.

Er stand auf, um sich nach einer Feuerquelle für den Zigarillo umzusehen. Lärm aus Richtung der Eingangshalle ließ ihn aufhorchen und er ging hinüber zur Tür, um sich die Sache näher anzusehen. Dort stand ein älterer Herr, der einen schlechtsitzenden Mantel, einen Dreispitz und eine weiße Rüschenkrawatte um den Hals trug und vor dem Gesicht des wie immer unbeeindruckten Butlers der Harringtons herumfuchtelte.

„Ich verlange sofort, diese Frau zu sehen!“

„Lady Kurland empfängt Ihresgleichen nicht, Sir!“, sagte der Butler mit ebenso erhobener Stimme wie sein

Gegenüber. „Und wenn Sie nicht umgehend verschwinden, verständige ich die Stadtwache."

Robert schloss leise die Tür zum Speisesaal hinter sich und trat in die Eingangshalle.

„Gibt es hier ein Problem?"

Der Butler wandte sich zu ihm. „Ganz und gar nicht, Sir. Dieser ... Gentleman wollte gerade gehen."

Robert musterte den rot angelaufenen Mann. „Warum wollen Sie Lady Kurland sprechen?"

„Sie ist hier, nicht wahr?" Der Mann hielt Robert eine Visitenkarte unter die Nase. „Das hier hat sie meiner Frau gegeben."

Robert hob den Blick und sah dem wütenden Mann ins Gesicht. „Wer genau sind Sie, Sir?"

„Ich bin Mr Carter. Pollys Vater."

„Ah." Robert wandte sich dem Butler zu. „Könnten Sie einen Ort finden, an dem wir uns mit Mr Carter unterhalten können, und meine Frau darum bitten, zu uns zu stoßen?"

„Sind Sie sich da ganz sicher, Sir Robert?", fragte der Butler. „Denn ..."

„Ganz sicher", sagte Robert entschlossen. „Bitte weisen Sie uns den Weg."

Er folgte dem aufrecht voranmarschierenden Butler einen der Gänge hinunter, die in Richtung der Bedienstetentreppe führten. Kurz davor öffnete er eine Tür zu einem engen Arbeitszimmer, das dem Sekretär des Earls of Harrington gehörte.

„Ich werde Lady Kurland holen, Sir. Und wenn Sie es mir gestatten, werde ich einen meiner Angestellten darum bitten, draußen vor der Tür zu warten, falls Sie irgendetwas benötigen." Der Butler verbeugte sich.

„Wie Sie möchten." Robert zündete eine der Kerzen an den glühenden Scheiten im heruntergebrannten Feuer an und brachte damit die übrigen Kerzen des Kerzenhalters zum Leuchten.

„Bitte machen Sie es sich gemütlich, Mr Carter."

„Auf dieser Welt gibt es keine Gemütlichkeit, Mr Kurland, die den Gestank der Sünde mildern könnte."

„Da sind wir wohl nicht gleicher Meinung, aber bitte bleiben Sie einfach stehen, wenn Sie das bevorzugen."

Mr Carter funkelte ihn an. Mit einer Hand hielt er ein ledergebundenes Buch fest an die Brust gepresst, während sie auf Lucys Ankunft warteten. Robert machte sich nicht die Mühe, die Stille mit höflicher Konversation zu füllen. Er hatte das Gefühl, dass Mr Carter das ohnehin nicht gut aufnehmen würde, und er hatte keinerlei Bedürfnis, den Mann noch wütender zu machen, bevor Robert wusste, warum dieser bei den Harringtons aufgetaucht war. Lucy trat ein und ihr Blick sprang sofort von Robert zu Mr Carter, der sie zornig anfunkelte.

„Sie müssen Mr Carter sein, der Onkel von Agnes. Sie macht Ihrer Familie alle Ehre", sagte Lucy freundlich. „Ich werde ihr ausrichten, dass wir Sie getroffen haben, während wir hier in der Stadt waren. Haben Sie eine Nachricht für sie, die wir vielleicht überbringen sollen?"

„Ich bin nicht hier, um über Agnes zu reden."

„Wieso sind Sie dann hier?", fragte Robert.

„Weil sie", Mr Carter deutete auf Lucy, „meine Frau beunruhigt hat."

„Inwiefern?"

„Indem sie vorbeigekommen ist, Fragen gestellt hat und Dinge aufgewirbelt hat, die nicht an die Öffentlichkeit gehören." Er blickte Robert finster an. „Sie, Sir, sollten Ihre Frau besser im Griff haben."

Roberts Lippe zuckte, aber er antwortete nicht. Er war sich recht sicher, dass Lucy sehr gut dazu in der Lage war, sich selbst zu verteidigen.

„Mr Carter, ich habe lediglich Ihre Frau gefragt, ob sie ihre eigene Tochter gesehen hat", sagte Lucy.

„Nun, hat sie nicht", Mr Carter richtete das Wort immer noch an Robert. „Und sie wird sie auch lange Zeit nicht mehr sehen."

Lucy erstarrte, während Robert sich nach vorn lehnte, ihre zur Faust geballte Hand in die seine nahm und sie sanft zurückzog, sodass sie vor ihm stand.

„Wieso das, Mr Carter?"

„Weil Polly heute da war, um sie zu besuchen, und sagte, dass sie London Ihretwegen verlassen werde."

„Unseretwegen?" Robert runzelte die Stirn. „Ich kann die Logik dahinter nicht nachvollziehen, schließlich haben wir sie nicht einmal getroffen."

„Sie geht, weil Sie in der Stadt nach ihr herumgefragt und ihr damit Angst eingejagt haben."

„Angst wovor?", hakte Robert nach. „Wir wollen ihr lediglich einen Brief von ihrer Cousine Agnes überbringen und uns vergewissern, dass es ihr gut geht. Inwiefern schadet ihr das?"

„Insofern Polly weder Ihre Aufmerksamkeit noch die von irgendeinem anderen Aristokraten braucht!", blaffte ihn Mr Carter an. „Ich wusste, dass es ein schlechtes Ende nehmen würde, sie mit diesen Huren und Effekthaschern beim Theater arbeiten zu lassen. Und ich hatte recht damit. Ihr Ruf ist ruiniert."

„Nur, weil sie beim Theater gearbeitet hat? Wie kleingeistig von Ihnen, Sir", erwiderte Robert.

„Ich weiß sehr gut, was in der Bibel steht, Sir Robert. Sie hat die Gesellschaft von Sündern gesucht und muss jetzt den Preis dafür zahlen, indem sie von ihrer Familie getrennt wird."

„Ich dachte, sie wäre bereits von zuhause verbannt", sagte Robert und fragte anschließend: „Haben Sie sie nicht des Hauses verwiesen, weil sie sich mit Flora Rosa anfreundete?"

Mr Carter lief tiefrot an. „Polly ist in einem gottesfürchtigen Haushalt großgezogen worden! Sie hätte nur ihren sündigen Wegen abschwören müssen und wäre mit offenen Armen wieder im Schoß ihrer Familie empfangen worden."

„Nun, da sie nichts abgeschworen hat und lieber London verlassen würde, als wieder zu Hause einzuziehen, sehe ich nicht, was das mit mir oder meiner Frau zu tun haben soll." Robert funkelte Mr Carter an. „Es ist allein Ihre Schuld und Sie sind nur hergekommen, um Ihre Wut an einer Unschuldigen – meiner Frau – auszulassen, weil Sie erzürnt darüber sind, dass Ihre Tochter *Ihnen* nicht gehorcht".

Er schritt hinüber zur Tür. „Es gibt nichts, wofür wir uns entschuldigen müssten." Er öffnete die Tür. „Ich wünsche Ihnen einen guten Abend, Sir."

Einen Moment lang erwiderte Mr Carter Roberts Blick. Dann marschierte er mit einem letzten ungehaltenen Schnauben und hoch erhobenen Hauptes an ihm vorbei nach draußen. Robert sprach den Angestellten, der vor der Tür stationiert war, an:

„Eskortieren Sie Mr Carter bitte zum Ausgang. Und vergewissern Sie sich, dass er wirklich geht.“

„Jawohl, Sir Robert.“

Er wandte sich um und sah, wie seine Frau sich auf einen der Stühle sinken ließ. Er musterte sie einen Moment von der Tür aus.

„Geht es dir gut?“

„Ja, aber was um alles in der Welt sollte das?“, fragte Lucy.

„Ich bin mir nicht ganz sicher, aber wir haben eine sehr wichtige Sache erfahren.“ Er schlenderte gelassen auf sie zu. „Polly Carter ist nicht tot. Und damit, meine Liebe, hat sich diese Diskussion eben gelohnt.“

Kapitel 13

Lucy flocht ihr Haar zu einem einzelnen Zopf und kletterte ins Bett, während sie darauf wartete, dass Robert aus dem Ankleidezimmer kam. Nachdem sie sich um Mr Carter gekümmert hatten, waren sie wieder getrennte Wege gegangen, um ihren jeweiligen sozialen Verpflichtungen nachzukommen. Jetzt war es fast Mitternacht und Lucy, die nicht an die Gepflogenheiten des Stadtlebens gewohnt war, hätte sofort einschlafen können.

Robert kam in seinen seidenen Morgenmantel gekleidet aus dem Zimmer und legte sich neben sie ins Bett.

„Wusstest du, dass dein Onkel mir anbieten würde, seine Interessen im Parlament zu vertreten?"

„Er hat es erwähnt, allerdings dachte ich, dass es das Baste wäre, wenn er dich selbst darauf anspricht", sagte Lucy.

„Wie ausgesprochen diplomatisch von dir."

Sie schenkte ihm ein Lächeln. „Was hast du ihm geantwortet?"

„Ich sagte, dass ich darüber nachdenken würde." Robert lehnte den Kopf an das Kopfbrett des Betts. „Der Gedanke, in London wohnen zu müssen, während das Unterhaus tagt, ist für mich wenig attraktiv."

„Es ist auch kein Ort, an dem ich meine Kinder aufwachsen sehen möchte", sagte Lucy. „Bis sie älter sind, würde ich dich also vermutlich nicht begleiten."

„Das wäre ein sehr einsames Leben." Robert küsste sie auf die Wange. „Ich vermisse meinen Sohn mehr, als ich erwartet hatte." Lucy gefiel seine offene Bemerkung sehr. Er war normalerweise kein Mann, der einfach seine Gefühle teilte. Der Umstand, dass er zugab, Ned zu vermissen, war also durchaus bemerkenswert. Sie gähnte erneut und bedeckte eilig den Mund.

„Soll ich die Kerzen löschen?“, fragte Robert.

„Nein, noch nicht. Ich würde dir gerne erzählen, was heute bei Marjory, dem Hausmädchen, passiert ist. Und dann sollten wir darüber nachdenken, wer Floras Mörder sein könnte.“

„Dann nur zu.“

Sein etwas selbstzufriedenes Lächeln war unerwartet, ebenso die Art, wie er sich auf sein Kissen zurücklehnte und sie mit einer ausladenden Geste zum Weitersprechen einlud.

„Marjory war ein gesprächiges Mädchen, das mir einiges darüber erzählt hat, was in Floras Haus vor sich ging. Sie hat auch eine interessante Frage aufgeworfen. Wenn Flora einen neuen Gönner gefunden hatte, wieso hat sie sich dann nicht beim Theater mit ihm sehen lassen, um das öffentliche Interesse an ihr auszubauen?“

„Weil sie jemand ermordet und ihre Leiche in einem Graben in Kurland St. Mary zurückgelassen hat?“

Lucy ignorierte den Sarkasmus ihres Mannes. „Marjory sagte außerdem, dass Flora den Söhnen von Viscount Gravely nahestand.“

Zum ersten Mal sah Robert nachdenklich aus. „Was deren Aussage in Zweifel zieht, laut derer sie Flora hassten.“

„Exakt.“ Lucy nickte. „Marjory hat sich gefragt, ob Flora zu Neville zurückgekehrt sei und Viscount Gravely *deshalb* so erbost darüber war.“

„Ich denke, Viscount Gravely hätte sicher nicht gutgeheißen, wenn sie sich wieder mit seinen Söhnen eingelassen hätte, nachdem er so viel Geld für sie ausgegeben hatte."

„Ja, vielleicht hätte er es nicht gutgeheißen." Lucy wandte sich Robert zu. „Vielleicht hat er daher beschlossen, Flora eine Lektion zu erteilen."

„Indem er Kurland St. Mary einen Besuch abstattet und sie umbringt? Ich denke, dass Mr Jarvis oder eine der Tratschtanten im Dorf bemerkt hätten, wenn ein Viscount in ihrer Mitte erschienen wäre", wandte Robert ein.

„Aber *wer* war es sonst?" Lucy runzelte die Stirn. „Ich denke das Gleiche wie Marjory: Wenn es einen anderen Mann gegeben hätte, dann bin ich mir recht sicher, dass wir ihn inzwischen gefunden hätten. Denkst du nicht, dass er sich ebenfalls fragen würde, wo sie hin ist?"

„Du gehst davon aus, dass Viscount Gravely davon erfahren hat, dass Flora die Identität von Polly Carter annahm und die Stelle in Kurland St. Mary antrat. Woher soll er das deiner Meinung nach gewusst haben?", fragte Robert.

„Da Polly tut was sie kann, um uns aus dem Weg zu gehen. Könnte es also sein, dass sie es ihm verraten hat?", schlug Lucy vor.

Sie suchte nach einer Regung in seinem Gesicht, aber Robert schien erstaunlich wenig überrascht von ihren Überlegungen.

„Was ist los?", fragte sie. „Du verschweigst mir doch noch irgendetwas."

„Das sind alles sehr interessante Theorien, meine Liebste, aber ich habe eine noch bessere." Sein beständiges Grinsen machte sie fast wahnsinnig.

Lucy zog die Augenbrauen hoch und lehnte sich zurück. „Dann erleuchte mich doch bitte."

„Mr Biggins war nicht der erste Angestellte der Gravelys, der Flora Rosa herumkutschiert hat."

„Na und?"

„Der ursprüngliche Fahrer hieß Bert, stritt mit Flora und wurde ersetzt, nachdem sie sich bei Viscount Gravely über ihn beschwerte."

„*Unser* Bert?"

„Ja, offenbar." Roberts Lächeln verblasste. „Man könnte langsam zu der Annahme kommen, dass unsere Reise nach London reine Zeitverschwendung war und wir den Täter die ganze Zeit schon im Keller von Mr Jarvis sitzen hatten."

Lucy starrte ihn an. „Bist du dir ganz sicher, dass es Bert Speers war, der für Viscount Gravely arbeitete?"

„Ich glaube schon. Mr Biggins hat ihn mir sehr genau beschrieben. Ich werde versuchen, seine Identität morgen zu bestätigen, wenn ich mich mit Viscount Gravely unterhalte."

„Aber was, wenn Viscount Gravely Bert geschickt hat, um Flora umzubringen?"

„Ich schätze, das ist möglich." Zu ihrem Ärger klang er nicht im Geringsten überzeugt. „Aber es ist doch kaum abzustreiten, dass Bert sich schon fast selbst überführt hat. Er wurde mit Flora gesehen und er gibt zu, rau mit ihr umgegangen zu sein. Vielleicht war er in diesem Fall ehrlicher, als uns zunächst klar war. Bert verliebte sich in Flora, übertrat Grenzen und deshalb beschwerte sie sich über ihn bei Viscount Gravely, der ihn von seiner Aufgabe entband. Wütend darüber, nicht mehr in der Nähe seiner ‚wahren Liebe‘ sein zu können, beschloss Bert, ihr nach Kurland St. Mary zu folgen und sie umzubringen.“

„Aber …“

Robert erhob einen Finger. „Gibst du immerhin zu, dass ich damit richtigliegen könnte? Du neigst dazu, die Dinge viel zu kompliziert zu sehen.“

Sie musterte ihn schweigend mit vor der Brust gefalteten Armen. „Ich möchte lediglich sichergehen, dass wir alle Fragen stellen, selbst die, die zunächst albern klingen.“

„Das tust du in der Tat.“

„Und manchmal liege ich damit richtig.“ Sie hob das Kinn.

„Dem kann ich nicht widersprechen“, stimmte Robert ihr zu. Einen Moment lang besänftigte sie das, bis er den Augenblick ruinierte, indem er ihre Wange tätschelte. „Ich verspreche, dass ich morgen mit Viscount Gravely sprechen und mich vergewissern werde, dass Bert Speers sein Angestellter war. Würde dir das ausreichen, um mir zu glauben, dass die Sache aufgeklärt ist?“

„Und was ist mit Polly?“

Er runzelte die Stirn. „Was soll mit ihr sein?“

„Machst du dir keine Sorgen, was mit ihr passiert sein könnte?“

„Ich nehme an, dass sie ihr Leben normal weiterführen wird, sobald wir London verlassen haben und nicht länger versuchen, uns mit ihr zu unterhalten.“

Lucy schnaubte. „Ich glaube, damit liegst du falsch.“

„Und ich glaube, dass du aus einer Mücke einen Elefanten machst." Er küsste sie auf die Nase. „Sollen wir es erstmal auf sich beruhen lassen und schlafen? Wir haben morgen einen anstrengenden Tag vor uns. Ich muss mich nicht nur mit Viscount Gravely unterhalten. Mr Biggins hat mir außerdem noch eine Adresse genannt, bei der er Floras Sachen abgeliefert hat, als sie ging."

„Was?" Lucy saß wieder kerzengerade im Bett. „Warum hast du das nicht schon viel früher erwähnt?"

„Weil ich nicht wollte, dass du dich wegen etwas aufregst, das mit unserer Ermittlung nichts zu tun hat."

„Nur, wenn dein Szenario stimmt", erinnerte Lucy ihn.

Er begann damit, die Kerzen neben dem Bett auszupusten. „Ich sage ja nicht, dass wir nicht vorbeischauen und es uns ansehen, also sei bitte nicht wütend auf mich."

Lucy legte sich auf die Seite und gestattete es Robert, seinen Arm um sie zu legen. Sie fürchtete, dass ihre Gedanken mit zu vielen möglichen Szenarien beschäftigt sein würden, um zu schlafen.

„Aua," murmelte Robert ihr ins Ohr. „Der kleine Quälgeist hat mich gerade getreten."

„Das geschieht dir recht", flüsterte sie zurück. Er gluckste und umarmte sie fester.

Trotz ihrer Sorgen schloss sie die Augen und fiel lächelnd in den Schlaf.

Nachdem er Betty angewiesen hatte, Lucy so lange schlafen zu lassen, bis sie von selbst aufwachte, schlich Robert sich auf Zehenspitzen aus dem Schlafzimmer, frühstückte eilig und ging zu den Ställen hinter dem Haus der Harringtons, um sich ein Pferd zu leihen. Er war bereit, Lucy zu Floras anderer Adresse mitzunehmen, aber er sah keinen Grund dafür, ihr auch noch Viscount Gravely anzutun. Er hasste das Reiten so sehr, dass ihm beim bloßen Gedanken daran, wieder auf einem Pferderücken zu sitzen, übel wurde.

Er ermahnte sich selbst, dass es ja nur ein kurzer Weg bis zum *Grosvenor Square* war und er eine Entschuldigung brauchte, um die Ställe der Gravelys aufzusuchen, damit er den Pferdemeister des Hauses befragen konnte. Der Stallknecht der Harringtons war recht überrascht, als Robert nach dem ältesten und gutmütigsten Pferd des Stalls fragte, aber er war zu professionell, um irgendwelche ungebührlichen Fragen zu stellen.

Nachdem er zwei Minuten abgewogen hatte, ob er endlich auf den Rücken des Pferdes stieg, seinen Plan jedoch nicht auszuführen vermochte, entschied Robert sich dazu, dass er das Pferd einfach die Viertelmeile zum Haus der Gravelys führen würde und ihm verdammt nochmal egal war, wer ihn dabei sah. Er könnte jederzeit behaupten, dass das Pferd lahmt.

Als Robert am Stall der Gravelys ankam, wartete er, bis sein Pferd weggeführt wurde, und bat darum, mit dem Stallvorsteher sprechen zu dürfen.

Fünf Minuten später war er auf dem Weg nach oben zum Haus. Er hatte seine Ankunft nicht angekündigt und hoffte, den Viscount noch abzupassen, bevor er das Haus verließ. Bei seinem kurzen Blick in die Stallungen hatte er feststellen können, dass keine der Kutschen und keins der Pferde fehlten, daher ging er davon aus, dass alle Männer des Gravely-Haushalts anwesend sein mussten.

Er klopfte an die Vordertür und der indische Butler ließ ihn eintreten, bevor er nach dem Grund seines Besuchs fragte.

„Guten Morgen. Ich würde gerne mit Viscount Gravely sprechen."

„Er empfängt noch keine Besucher, Sir Robert. Möchten Sie Ihre Visitenkarte hierlassen?"

„Ich würde es bevorzugen, ihn sofort zu sprechen. Könnten Sie ihm bitte ausrichten, dass ich hier bin?"

Der Butler runzelte die Stirn. „Viscount Gravely geht es nicht gut, Sir. Er liegt noch im Bett."

„Ich würde dennoch gerne mit ihm sprechen." Robert hielt dem Blick des Butlers stand. „Ich werde die Stadt morgen verlassen, daher ist es dringend, dass ich ihn in einer sehr bedeutsamen Angelegenheit spreche."

„Was geht hier vor sich?"

Robert wandte sich um und sah Trevor Gravely die Treppe herunterkommen. Er war für einen morgendlichen Ausritt gekleidet und hielt eine Reitgerte in der Hand.

„Guten Morgen, Mr Trevor." Der Butler verbeugte sich. „Dieser Gentleman wünscht, Ihren Vater zu sehen, Sir. Ich habe gerade versucht zu erklären, dass es dem Viscount zu schlecht geht, um Besuch zu empfangen."

Trevor starrte Robert an. „Geht es um diese Frau?"

„Ja, ich muss nur ein paar Punkte mithilfe Ihres Vaters klären. Und dann, verspreche ich, werde ich ihn in Frieden lassen."

„Ich bringe ihn nach oben“, sagte Trevor an den Butler gerichtet. „Machen Sie sich keine Sorgen, Ahuja. Ich übernehme die volle Verantwortung dafür.“

Robert übergab dem unentschlossenen Butler Hut und Gehstock und folgte Trevor die Treppe nach oben.

„Mein Vater ist wach und frühstückt. Ich habe gerade erst mit ihm gesprochen, bevor ich nach unten kam. Ich weiß nicht genau, warum Ahuja nicht möchte, dass Sie Ihn sehen.“

Robert war sich recht sicher, dass Viscount Gravely ihn nicht sehen wollte, sagte davon jedoch nichts, während Trevor an die Tür klopfte und eintrat.

„Vater? Sir Robert Kurland ist hier, um mit dir zu sprechen.“

Trevor trat beiseite und gab damit Robert die Sicht auf den Viscount frei, der gebettet auf seine Kissen im großen Bett saß und Zeitung las. Seine Miene, als er Robert erblickte, war wenig vielversprechend.

„Ich dachte, wir hätten uns darauf verständigt, dass wir uns einander nichts mehr zu sagen haben, Sir Robert.“

Robert zuckte mit den Schultern. „Ich kann mich nicht daran erinnern, dem zugestimmt zu haben. Ich hatte Sie darum gebeten, es mich wissen zu lassen, wenn Ihnen noch etwas zum Mord an Ihrer Mätresse einfällt.“

„Mir ist nichts eingefallen.“ Der Viscount sah an Robert vorbei zu seinem Sohn, der sich an den Türrahmen gelehnt hatte. „Weise Ahuja an, Sir Robert hinauszubegleiten.“

Trevor seufzte. „Vater, lass ihn einfach sprechen und dann verspreche ich, dass ich ihn persönlich hinausbegleiten werde. Dieser Versuch, vorzugeben, dass alles in Ordnung ist, wird langsam lächerlich."

Der Viscount ließ sein Glas mit solcher Wucht auf das Tablett krachen, dass die Flüssigkeit darin überschwappte. „Wenn ich Sir Roberts Gesellschaft schon ertragen muss, dann wirst du uns dabei in Frieden lassen!"

Trevor hob die Hände. „Wie du wünschst."

Er verließ das Zimmer und Robert richtete seine gesamte Aufmerksamkeit auf den Mann im Bett.

„Beschäftigen Sie derzeit einen Mann namens Bert Speers?"

In den Augen des Viscounts blitzte eine Spur von Interesse auf. „Nein."

„Gab es je einen solchen Mann unter Ihren Angestellten?"

„Es ist möglich, dass er früher in meinen Stallungen gearbeitet hat. Er ist bereits vor einiger Zeit gegangen."

„Und aus welchem Grund?"

„Ich denke, dass geht Sie nichts an, Sir."

„Das tut es sehr wohl, denn er ist in meinem Dorf aufgetaucht und wird derzeit im Keller des örtlichen Gasthauses gefangen gehalten. Ich bin der zuständige Magistrat und kann Ihnen versichern, dass ich Anschuldigungen bezüglich eines Mordes sehr ernst nehme."

Der Viscount legte das Messer hin und wischte sich gründlich die Lippen mit der Serviette ab.

„Was für ein interessanter Zufall, dass Speers in Kurland St. Mary aufgetaucht ist."

„In der Tat." Robert versuchte, den Blick des Viscounts zu halten. „Wie ich höre, war Bert eine Weile Flora Rosas Kutscher."

„Ist das so?" Der Viscount zog eine Augenbraue hoch. „Ich überlasse derart triviale Angelegenheiten meinem Stallvorsteher und meinem Butler."

„Ich habe bereits mit Ihrem Stallvorsteher gesprochen. Er hat mir bestätigt, dass Bert Speers für Sie gearbeitet und Flora eine Weile gefahren hat, bevor sie darum bat, ihn austauschen zu lassen."

„Wenn Sie das alles schon wissen, wieso belästigen Sie mich dann damit?"

Robert nahm sich einen Moment, um seine schnell schwindende Geduld zu sammeln. „Ist es Ihnen völlig egal, dass Ihre Mätresse ermordet aufgefunden wurde?"

„Sie hat sich dazu entschieden, mich zu verlassen." Der Viscount blickte zu Robert auf. „Was danach mit ihr passiert ist, geht mich wohl kaum etwas an, oder?"

„Soweit ich weiß, ist sie gegangen, weil sie vor jemandem Angst hatte."

„Vielleicht hätte sie dann bleiben und darauf vertrauen sollen, dass ich mich um sie kümmern würde."

„Vielleicht ist sie gegangen, weil Sie ihre Sorgen nicht ernstnahmen", erwiderte Robert.

„Sie war eine Schauspielerin, Sir Robert. Sie hat oft über all ihr Unglück geklagt. Ihr gesamtes Leben beruhte auf nichts als dramatischen Ideen und albernen Fantasien."

„Ich möchte wetten, dass sie Ihnen *tatsächlich* von ihrer Angst erzählt hat, Sie sich aber dazu entschieden, ihr nicht zu glauben. Sie lief davon, um sich selbst zu retten und endete dennoch tot in einem Graben."

Sein Gegenüber zuckte mit den Schultern. „Ich nehme an, das könnte man denken."

Robert hatte jede Höflichkeit über Bord geworfen. „Oder vielleicht geht es noch einfacher. Sie hatte Angst vor *Ihnen*, lief davon und wurde von Ihnen aufgespürt und ermordet."

Der Viscount lächelte schief. „Wer verstrickt sich jetzt in alberne Fantasien?" Er nickte in Richtung der Tür. „Da Sie jetzt Ihre unverschämten Fragen gestellt und meine Antworten darauf gehört haben, schlage ich vor, dass Sie still und leise verschwinden, bevor ich dabei nachhelfen lasse."

Robert musterte den alten Mann lange, bevor er einen Schritt zurücktrat.

„Wie ich sehe, war es ein Fehler, zu glauben, dass Sie sich für das Schicksal einer Frau, die sie gekauft und bezahlt haben, interessieren würden."

„Ein Subjekt, das den eigenen Verkauf zulässt, ist sicherlich nicht Ihrer Aufmerksamkeit und Wut würdig, Sir Robert." Der Viscount schob das Frühstückstablett von sich. „Wollen Sie mich als Nächstes nach Geld für ihre Beerdigung fragen? Der Schmuck, mit dem ich sie überhäuft habe, sollte problemlos auch die extravaganteste Beerdigung finanzieren können."

Robert deutete ein eisiges Nicken an. „Mir würde im Traum nicht einfallen, Sie mit derartigen Detailfragen zu behelligen, Mylord. Vor ihrem Tod arbeitete Flora in meinem Haus, daher ist das meine Verantwortung. Guten Tag."

„Gleichfalls."

Robert hatte schon fast die Tür erreicht, als der Viscount erneut sprach.

„Und wenn Sie je wieder auf meiner Türschwelle stehen, Sir Robert, werde ich meinen Butler anweisen, Sie nicht ins Haus zu lassen.“

Robert blickte über die Schulter. „Ich bezweifle, dass ich je wieder einen Grund haben werde, Sie aufzusuchen, Mylord. Um ehrlich zu sein, würde ich vermutlich die Straßenseite wechseln, sollte ich Ihnen je wieder begegnen, um nicht Ihre Anwesenheit anerkennen zu müssen.“

Zu seinem Ärger lächelte der Viscount erneut. „Da ich dem Tode nahe bin, stört mich Ihre Verachtung ganz und gar nicht. Wenn Sie einmal mein Alter erreichen, Sir, sind Sie vielleicht auch bereit, die Augen zu verschließen und zu tun, was immer nötig ist, um einen so … unbedeutenden Sturm für den verbleibenden Rest Ihres Lebens zu umschiffen.“

„Da ich den Mord einer Person nicht als ‚unbedeutenden‘ Umstand betrachte, Mylord, muss ich Ihnen da widersprechen.“

Robert riss kraftvoll die Tür auf und schreckte damit Trevor Gravely auf, der draußen an der Wand des Flurs gelehnt stand.

„Vielen Dank, dass Sie mir gestattet haben, mit Ihrem Vater zu sprechen.“ Robert eilte die Treppe hinunter, dicht gefolgt von Trevor. „Sie haben meine Adresse. Falls Sie nach Kurland St. Mary kommen wollen, um Flora Rosas Leiche zu identifizieren, lassen Sie es mich bitte wissen. Sie können sehr gerne in Kurland Hall übernachten.“

„Vielen Dank, Sir Robert.“ Trevor schaffte es, Robert zu überholen, als dieser seinen Hut und Gehstock zurücknahm. Der junge Gravely hielt ihm die Tür auf.

„Bitte entschuldigen Sie meinen Vater. Es geht ihm nicht gut.“

„Er ...“ Robert hielt kurz inne. Es war zwecklos, den Mann vor seinem eigenen Sohn zu verunglimpfen. „Es war freundlich von ihm, mich noch im Bett zu empfangen.“

„Er war sehr besorgt, als Neville sich mit Flora einließ.“

„So besorgt, dass er sie daraufhin bat, seine Mätresse zu werden?“

Trevor verzog das Gesicht. „Ich weiß, dass es recht merkwürdig klingt, aber Nevilles Gefühle waren manchmal etwas ... intensiv, wenn er glaubte, sich verliebt zu haben. Ich vermute, dass Vater dachte, Neville so unnötigen Gram ersparen zu können.“

„Wollen Sie damit andeuten, dass Flora Angst vor Ihrem Bruder gehabt haben könnte und daher Ihren Vater um Hilfe bat, indem sie ihn um Schutz ersuchte?“

„Guter Gott, nein!“ Trevor sah ihn mit offenem Mund an. „Der Gedanke wäre mir nie in den Sinn gekommen! Ich wollte damit nur sagen, dass Neville sich schnell verliebt und manchmal ein wenig besessen davon ist, was zu ... Missverständnissen führen kann. Mein Vater hat wohl geglaubt, dass es seine Pflicht war, einzuschreiten und seine Hoffnungen im Keim zu ersticken. Neville hatte übrigens keinerlei Probleme damit. Er hat Vater sogar dafür *gedankt*, dass er ihn davon abgehalten hat, sich zum Narren zu machen.“

„Indem Ihr Vater sich zum Narren machte?“

„Sie verstehen das nicht“, sagte Trevor mit ernster Stimme. „Vater hat Neville gezeigt, wie Flora wirklich war: Eine Frau, die möglichst viel Geld anhäufen wollte, bevor ihr gutes Aussehen und mittelmäßiges Talent schwanden."

„Und Neville wusste das zu schätzen?"

Trevor grinste. „Es hat eine Weile gedauert, aber am Ende ... ja, so ist es."

Trevor folgte Robert den gesamten Weg hinunter zu den Ställen. Mit nervöser Miene versuchte er erneut, sich für seinen Vater und seinen Bruder zu entschuldigen. Robert unterbrach ihn nicht und teilte ihm ebenso wenig seine Meinung über den Mann mit. Wenn Viscount Gravely tatsächlich todkrank war, würde das Urteil bald in Händen einer weit größeren Macht liegen als Roberts.

Es gelang ihm schließlich, Trevor abzuschütteln, als das Pferd vorgeführt wurde. Er dankte dem Stallknecht und führte die geduldige Stute aus den Ställen die Straße hinunter. Auf dem Weg zurück zum *Portland Square* hielt er die Zügel fest umklammert, während er sich die Frage stellte, warum Viscount Gravely sich die Mühe gemacht hatte, eine Mätresse zu finden, wenn er wirklich derart krank war. Hatte er es nur getan, um seinen jüngsten Sohn zu verärgern? Oder hatte er versucht, ihm eine Lektion zu erteilen, wie Trevor annahm? Es erschien ihm unwahrscheinlich, aber vielleicht hatte der Viscount nie wirklich eine Beziehung zu den Söhnen gehabt, da er einen Großteil ihrer Leben im Ausland verbracht hatte, und behandelte sie nun dementsprechend.

Hatte er Angst gehabt, dass Flora aus dem offenbar leichtgläubigen Neville zu viel Geld pressen würde, und ihr stattdessen einen sofortigen Gewinn versprochen, um dem ein Ende zu setzen? Ein Mann, der von seinem nahenden Tod weiß, würde vielleicht so eine Entscheidung treffen, um das Erbe seines Sohnes zu schützen, selbst wenn dieser ihn dafür hasste. Und wenn der Viscount wirklich außer dem Tod nichts zu fürchten hatte, wäre er möglicherweise sogar soweit gegangen, den Mord an Flora in Auftrag zu geben.

Robert setzte seiner lebhaften Vorstellungskraft ein jähes Ende, indem er sich daran erinnerte, dass Bert Speers der Schuldige war. Sobald er zurück in Kurland St. Mary war und Bert vor ein Schwurgericht brachte, würde die Wahrheit sicher ans Licht kommen.

Als er am *Portland Square* ankam, nahm er die Hintertreppe zurück zum Schlafzimmer, um sich einen frischeren Mantel anzuziehen. Von Lucy fehlte jede Spur, daher nahm er an, dass sie gerade frühstückte. Er freute sich darauf, sich ihr anzuschließen, denn seine morgendliche Beschäftigung hatte ihn hungriger gemacht als sonst.

Er zog sich seinen zweitbesten Mantel an, vergewisserter sich, dass seine Stiefel salonfähig waren und ging dann wieder nach unten, diesmal über die Haupttreppe.

„Sir Robert?"

Penelope Fletcher rief ihm aus der Eingangshalle zu, also ging er zunächst zu ihr. Sie sah schön aus wie eh und je und ihrem äußerst modischen Aufzug nach zu schließen, hatte sie nur zu gerne die abgelegten Kleidungsstücke aus dem Schrank von Lucys Tante angenommen.

„Ja, Mrs Fletcher?"

„Haben Sie schon entschieden, wann Sie nach Kurland St. Mary zurückkehren möchten?"

„Ich möchte vor Ende der Woche abreisen.“

Sie runzelte die Stirn. „So bald schon?“

„Ich hatte nie vor, so lange zu bleiben, Madam, aber es ging leider nicht anders.“

„Ist Lucy etwa erschöpft? Sie hat sich in ihrer jetzigen Verfassung nie besonders wohl gefühlt, nicht wahr?“

„Sie scheint guter Dinge zu sein.“ Robert dachte kurz nach. „Wieso? Haben Sie etwas Gegenteiliges gehört?“

„Ganz und gar nicht. Ich habe mich nur gefragt, ob das der Grund ist, warum Sie so schnell wieder aufbrechen wollen.“

„Ich bin mir sicher, Madam, dass die Familie Harrington nichts dagegen hätte, wenn Sie noch eine Woche länger bleiben möchten.“

„*Ich* doch nicht.“ Sie verzog das Gesicht. „Patrick hat so viel Spaß, dass ich ihn nur ungern davon losreißen würde. *Ich* möchte nach Hause und meinen Sohn sehen.“

Offenbar hatte Robert die Tiefe ihrer mütterlichen Gefühle sehr falsch eingeschätzt, daher versuchte er hastig, Ihre Sorgen zu besänftigen.

„Wenn Ihr Mann bleiben möchte, lässt sich das sicherlich ebenfalls einrichten.“

Sie berührte ihn am Ärmel. „Wenn Sie deswegen mit dem Earl sprechen könnten, wäre ich Ihnen *sehr* dankbar. Ich denke, es steht mir nicht zu, dieses Gespräch zu führen.“

„Sobald ich meine eigenen Reisepläne beschlossen habe, werde ich den Earl fragen, ob Dr. Fletcher eine weitere Woche zu Gast bleiben kann.“

„Vielen Dank.“ Sie schenkte Robert ein Lächeln. „Ich freue mich schon darauf, die Rückreise nach Kurland

St. Mary in Gesellschaft von Ihnen und Lucy zu verbringen.“

Robert betrat das Frühstückszimmer. Der Gedanke daran, mehrere Stunden lang mit Penelope in einer Kutsche eingesperrt zu sein, ohne die Pufferwirkung ihres Ehemannes, entsprach ganz und gar nicht seinen Wünschen. Auch seine Frau würde sich darüber nicht freuen.

„Ah! Da bist du ja, Robert.“ Lucy sah zu ihm herüber. Sie saß allein in dem großen Zimmer. „Hast du schon gegessen?“

„Bisher noch nicht.“ Er häufte einen beachtlichen Turm an Nahrungsmitteln auf seinen Teller und setzte sich neben sie. Im Gegensatz zu vielen anderen Frauen löcherte sie ihn nicht sofort mit Fragen darüber, wo er gewesen war, sondern gestattete es ihm, zunächst seinen Appetit zu stillen, bevor er erzählte. „Ich war bei Viscount Gravely.“

Sie musterte ihn einen Augenblick, bevor sie ihm etwas Kaffee einschenkte. „Deinem Gesichtsausdruck nach zu urteilen, ist es nicht besonders gut gelaufen, oder?“

„Er ist ein erstaunlich unangenehmer Zeitgenosse, Lucy.“ Robert zerschnitt ein saftiges Stück Schweinebraten. „Ich kann absolut nicht verstehen, warum Flora sich dazu entschieden hat, sein Angebot anzunehmen.“

„Geld?“

„Das sagen alle, aber wir beide haben Flora kennengelernt. Und ich weiß nicht, wie es dir geht, meine Liebste, aber sie wirkte auf mich in keinerlei Weise gierig.“

„Nein, in der Tat", sagte Lucy nachdenklich. „Aber wir sollten nicht vergessen, dass sie offenbar eine recht gute Schauspielerin war. Vielleicht hat sie uns beide also zum Narren gehalten."

Robert seufzte und schluckte einen großen Bissen des Bratens. „Vielleicht hat sie das. Es wirkt tatsächlich so, als hätte jeder eine andere Meinung von ihr."

„Und keine davon würde einen Mord rechtfertigen", erinnerte ihn Lucy. „Hast du immer noch vor, die Adresse aufzusuchen, die Mr Biggins dir gegeben hat?"

„Ja, in der Tat." Er aß ein Ei und eine weitere Scheibe des Bratens und sofort fühlte er sich besser. „Wir können los, sobald du bereit bist."

Kapitel 14

Die Adresse führte sie aus dem östlichen Teil Londons Richtung *Bethnal Green*. Lucy war mit der Gegend nicht vertraut. Dr. Fletcher hatte angeboten, sie zu begleiten, da er vor wenigen Tagen einen Freund dort besucht hatte, der in einem der örtlichen Krankenhäuser arbeitete.

„Ich bin mir nicht sicher, warum Flora hierherkommen sollte." Robert runzelte die Stirn, während er aus dem Fenster die Reihen kleiner Häuser in den immer enger werdenden Straßen begutachtete.

„Vielleicht stammt ihre Familie von hier", spekulierte Dr. Fletcher.

„Ich glaube, sie hat ihre Familie nie gekannt", sagte Robert. „Sie wuchs in einem Waisenhaus auf und wurde als Dienstmädchen vermittelt, als sie vierzehn war."

„Neben dem Krankenhaus befindet sich ein Waisen- und Arbeitshaus", sagte Dr. Fletcher. „Ich habe viele davon besucht und kann mir nicht vorstellen, wie irgendein Kind aus einem derart ungesunden Umfeld lebend herauskommen kann."

„Wenn sie hier aufgewachsen ist, hat sie hier vielleicht noch Freunde, denen sie vertraut", merkte Lucy an. „*Mir* hat sie gesagt, sie käme aus einer großen Familie, aber Mr Frobisher hat sie etwas völlig anderes erzählt. Es stellt sich die Frage, ob sie ihre Fähigkeiten im Umgang mit Kindern daher hat, dass sie im Waisenhaus mit den Kleineren aushelfen musste."

„Das klingt logisch." Robert nickte. „Ich schätze, dass sie in dieser Sache mit größerer Wahrscheinlichkeit dich belogen hat, da sie den Eindruck erwecken wollte, gut mit Kindern umgehen zu können. Sie hätte keinen Grund, Mr Frobisher im *Prince of Wales* anzulügen."

Lucy blickte aus dem Fenster der Kutsche, als das Sonnenlicht langsam hinter hohen Häuserreihen mit Schieferdächern und breiten Fenstern verschwand. Sie befanden sich in keiner angenehmen Gegend, in der Lucy jemals wohnen wollen würde. Sie empfand Mitleid für jeden, dem nichts anderes übrigblieb.

Dr. Fletcher folgte ihrem Blick. „Diese Häuser sind von geflüchteten Hugenotten gebaut worden. Das waren meist Weber und Spitzenklöpplerinnen, die so viel Licht wie möglich für ihre Arbeit benötigten. Daher die großen Fenster."

„Leben hier noch viele Weberinnen?"

„Nicht viele." Dr. Fletcher verzog das Gesicht. „Die neuen Fabriken, die im Norden aus dem Boden wachsen, können viel schneller und mehr Spitze produzieren als jeder einzelne Weber. Die meisten der Häuser sind inzwischen in kleinere Wohneinheiten unterteilt, sodass ganze Familien in nur zwei Zimmern wohnen. Das ist alles andere als ideal."

Lucy konnte nur zustimmend nicken.

„Welche Straße suchen wir?", erkundigte sich Dr. Fletcher.

Robert zog noch einmal den Zettel zurate, den er von Mr Biggins erhalten hatte. „Paradise Row. Kennen Sie die?"

„Ja, aber aus einem anderen Grund." Dr. Fletcher gluckste. „Mendoza hat hier gelebt."

„Guter Gott!“ Robert starrte seinen Freund an. „Hat er hier seine Akademie aufgebaut?“

„So sieht es aus.“

Lucy pikste Robert in die Seite. „Wer ist Mendoza?“

Er sah sie an, als wäre sie völlig geistlos. „Daniel Mendoza, der Boxer.“

„Ich glaube, mein Vater hat ihn mal erwähnt“, sagte Lucy vorsichtig. „Er hat *Die Kunst des Boxens* geschrieben.“

Die beiden Männer schenkten ihr anerkennende Blicke. Sie gestatte sich ein leicht selbstzufriedenes Lächeln.

„Mein Bruder Anthony hat oft daraus zitiert.“

„Nun, wie es scheint, hat Flora einmal in derselben Straße gelebt wie diese Legende“, sagte Dr. Fletcher. „Vielleicht sogar im selben Haus.“

„Das werden wir ja sehen“, murmelte Robert, als die Kutsche endlich zum Stehen kam. „Dem Aussehen dieses Ortes nach zu urteilen, muss man hier sehr gut mit den Fäusten umgehen können, um zu überleben.“

„Solange wir zusammenbleiben und keinerlei Wertsachen offen zur Schau stellen, sollte uns nichts passieren“, sagte Dr. Fletcher ermutigend.

„Es sei denn, du möchtest in der Kutsche bleiben, meine Liebste“, richtete Robert das Wort an Lucy.

Sie ließ sich die Entscheidung kurz durch den Kopf gehen. „Ich denke, ich würde lieber mit euch beiden kommen, anstatt hier draußen allein zurückzubleiben.“

„Dann bleib dicht hinter mir“, riet ihr Robert. „Und Dr. Fletcher hält uns den Rücken frei.“

Lucy ließ sich beim Aussteigen helfen und blickte hinauf zur geschwärzten Steinfassade des kleinen mehrgeschossigen Hauses. Es befand sich am Ende der Häuserreihe und die dunkle Gasse links daneben führte vermutlich zur Rückseite. Die Straße war voller Müll und Schmutz. Es gab keinen Garten oder gusseisernen Zaun und die Treppe zum Eingang führte direkt auf den Gehweg.

Lucy hatte die beunruhigende Ahnung, beobachtet zu werden. Allerdings konnte sie nicht ausmachen, woher, da es sich anfühlte, als wären hunderte Augenpaare auf sie gerichtet. Als sie sich der Vordertür näherten, bewegten sich die Vorhänge leicht. Robert klopfte lautstark, bekam jedoch keine Antwort. Dr. Fletcher trat zurück und sah hinauf zum Fenster im ersten Stock.

„Da oben ist auf jeden Fall jemand", sagte er. „Vielleicht sollte ich hinten herum gehen, während Sie hierbleiben?"

„Ich gehe", sagte Robert entschlossen. „Wenn irgendetwas passieren sollte, sorgen Sie sofort dafür, dass Lady Kurland in Sicherheit gebracht wird."

„Robert ..." Lucy streckte eine Hand nach ihm aus, aber es war zu spät. Er hatte die Gasse bereits betreten.

Robert öffnete die Hintertür, die auf den kleinen ummauerten und gepflasterten Hinterhof führte, und trat hindurch. Die Tür zum Haus stand offen. Er näherte sich, blieb kurz stehen, um sie vorsichtig weiter zu öffnen, bevor er eintrat und sie hinter sich wieder schloss.

Jemand stapfte die Treppe hinunter auf ihn zu. „Bist du das, Marj? Ich bin gleich so weit." Ein dumpfes Geräusch wiederholte sich immer wieder, als würde ein

Koffer die Treppe hinuntergeschleift. „Da ist jemand an der Vordertür. Das sieht überhaupt nicht gut aus!“

Als die Frau in die Küche trat, setzte Robert gerade zum Reden an, als er mit einem Kreischen begrüßt wurde.

„Gott *verdammt!*“

Eine Sekunde später befand er sich inmitten einer Ladung Wäsche, die ihm vorübergehend die Sicht raubte und gegen den Tisch stolpern ließ. Bis er sich aus den Strümpfen und Unterröcken entwirrt hatte, war er allein und die Hintertür stand erneut weit offen.

„Teufel nochmal!“, grummelte Robert, während er zur Vordertür des Hauses stapfte.

Seine Frau und der Doktor starrten ihn erwartungsvoll an, als er sie ins Haus winkte.

„Was ist passiert?“, fragte Lucy schließlich.

„Jemand hat seine Kleider auf mich geworfen und ist durch die Hintertür entkommen.“

„Das kann ich sehen.“ Lucy trat vor und nahm einen hauchdünnen Seidenstrumpf, der an seiner Schulter hing. Dr. Fletcher lachte inzwischen unverhohlen. „Hast du gesehen, wer es war?“

„Nur eine Sekunde lang. Es war eine dunkelhaarige Frau. Sie hatte kaum die Küche betreten, bevor sie schrie und mir alles, was sie gerade in Händen hielt, ins Gesicht warf.“ Robert rieb sich mit der Hand den Kiefer. „Sie hielt mich für jemanden namens Marj. Als sie ihren Fehler bemerkte, hat sie entsprechend reagiert.“

„Marj?“, fragte Lucy. „Ich möchte wetten, das ist das Hausmädchen, das früher für Mrs Pell gearbeitet hat. Sie kannte Polly und mochte Flora sehr.“

„Sie sagte, sie sei bereit zu gehen, und ich glaube, sie trug eine Haube, weshalb ich mich nicht sehr gut an ihr Gesicht erinnern kann." Robert runzelte die Stirn. „Es drängt sich der Verdacht auf, dass ich endlich Polly Carter kennengelernt habe. Sie sah jedenfalls Agnes deutlich ähnlicher als Flora."

„Wenn wir davon ausgehen, dass Polly nicht zurückkommt, sollen wir uns im Haus umschauen?", fragte Lucy. Sie deutete in die Ecke der Küche, wo der offene Koffer lag. „Ich gehe davon aus, dass die Kleidung, mit der du beworfen wurdest, eigentlich da hinein gehörte."

Lucy ging hinüber und durchsuchte den Koffer. „Hier ist keine Adresse. Zu schade, das hätte uns verraten können, wohin Polly als nächstes flüchten wollte." Sie blickte zu Robert auf. „Wieso durchsuchst du nicht mir Dr. Fletcher den Rest des Hauses, während ich hier unten bleibe für den Fall, dass Marjory tatsächlich hier auftaucht?"

„Wie du wünschst", sagte Robert steif. Er war noch immer um seine Würde besorgt, nachdem er von einem Arm voll Wäsche überwältigt worden war.

Während Robert und Dr. Fletcher davonstapften, um sich den Rest des Hauses anzusehen, nutzte Lucy die Gelegenheit, die heruntergefallene Kleidung zu sortieren und sie in den Koffer zu legen. Auch wenn es eigentlich eine ernste Sache war, würde sie der Anblick ihres Mannes, großzügig geschmückt mit Frauenstrümpfen, noch lange begleiten. Sie unterdrückte ein Lächeln, schloss den Deckel des Koffers und sah sich in der engen Küche um.

Es brannte kein Feuer und es überraschte Lucy wenig, wie leer das Zimmer wirkte. Polly wusste, dass man nach ihr suchte und dabei irgendjemand irgendwann auf dieses Haus stoßen würde. Offenbar hatte sie bereits Pläne gemacht, um von hier zu verschwinden. Nur wieso? Wieso hatte sie so große Angst davor, sich mit ihnen zu treffen?

„Guten Abend, Polly. Entschuldige die Verspätung, aber ..." Marjory trat durch die Hintertür ein und erstarrte mit einem Keuchen, als sie Lucy am Tisch sitzen sah. „Was zur Hölle machen Sie denn hier?"

„Das könnte ich Sie auch fragen." Lucy erhob sich und ging hinüber, um die Hintertür zu schließen. „Sie hatten nicht erwähnt, dass sie die ganze Zeit wussten, wo Polly Carter wohnt."

„Was haben Sie mit ihr angestellt?", fragte Marjory mit in die Hüfte gestemmten Händen.

„Gar nichts. Sie ist verschwunden, bevor wir mit ihr sprechen konnten", sagte Lucy.

„Ich glaube Ihnen kein Wort." Marjorys Augen verengten sich. „Sie sagte, dass sie so gut wie tot sein würde, wenn Sie sie je aufspürten."

„Was für eine merkwürdige Aussage." Lucy blinzelte sie verdutzt an. „Ich werde wohl kaum die Frau, die ich in meiner Kinderstube einstellen möchte, umbringen."

„Polly hat Sie *angelogen*."

„Das ist mir durchaus bewusst." Lucy blieb mit dem Rücken zur Tür stehen und verhinderte so, dass Marjory entkommen konnte. „Ich bin mir immer noch nicht sicher, warum diese Täuschung notwendig war."

„Weil Miss Flora einen sicheren Zufluchtsort brauchte. Also hat Polly ihr die Möglichkeit gegeben,

die Stelle anzunehmen." Marjorys Lippe bebte. „Aber
Flora war auch dort nicht sicher, oder? Was bedeutet,
dass Sie und der Mann, vor dem sie geflohen ist, unter
einer Decke gesteckt haben müssen."

„Welcher Mann?"

Marjory funkelte sie wütend an. „Das *wissen* Sie
doch!"

Lucy rieb sich die Schläfe und betete für mehr Geduld.
„Wenn ich wüsste, wer Flora umgebracht hat, würde
ich umgehend die Stadtwache verständigen und ihn
festnehmen lassen. Woher wissen *Sie*, dass Flora tot
ist?"

Marjory öffnete und schloss lautlos den Mund, bevor
sie Lucy erneut anfunkelte. „Polly hat es mir gesagt."

„Und Polly war sofort der Meinung, dass meine Familie und der Mörder irgendwie zusammengearbeitet haben müssen?" Lucy schüttelte den Kopf. „Sie hätte nicht
noch weiter daneben liegen können. Sir Robert und ich
wollen so dringend mit Polly sprechen, um herauszufinden, wer Flora umgebracht hat, und Gerechtigkeit
für sie zu erwirken."

„Polly hat gesagt ..."

Lucy hob die Hand. „Polly liegt falsch. Wenn Sie sie
das nächste Mal sehen, dann sagen Sie ihr bitte, dass sie
von Sir Robert und mir nichts zu befürchten hat. Wenn
sie sich die Mühe gemacht hätte, selbst mit uns zu sprechen, hätte sie herausgefunden, dass dieses alberne
Spiel unnötig gewesen ist."

„Aber ..."

„Bitte hören Sie auf, mit mir zu streiten." Jetzt fiel
Lucy Marjory ins Wort. „Ich bin müde. Ich möchte nach
Hause gehen, meinen Sohn wiedersehen und einfach

nur die Geburt meines zweiten Kinds erwarten. Stattdessen irre ich in London herum, weil ich jemandem helfen will, der davon überzeugt ist, dass ich sie umbringen will!"

Marjory ging vorsichtig auf den Tisch zu und zog einen Stuhl hervor.

„Sie klingen ein wenig überanstrengt, Madam. Wieso setzen Sie sich nicht und legen die Füße hoch?"

Lucy war nicht in der Stimmung, besänftigt zu werden. „Ich werde mich hinsetzen, sobald ich wieder in meiner Kutsche bin, vielen Dank. Hat Polly die ganze Zeit hier gewohnt?"

„Als Flora ihre Sachen aus dem Haus von Viscount Gravely geholt hat, kam Polly her, um sich um alles zu kümmern", sagte Marjory. „Sie hatte damit gerechnet, dass Flora recht bald wieder in London sein würde. Aber als sie hörte, was passiert war, hat sie Angst bekommen."

„Vor mir offenbar", sagte Lucy. „Was lächerlich ist, denn sie hätte Angst haben sollen vor der Person, die Flora zur Flucht aus London brachte. Wer war das eigentlich?"

Marjory verzog das Gesicht. „Wenn Polly das überhaupt wusste, hat sie es mir nie gesagt. Und bei allem, was hier abläuft, bin ich auch sehr froh darüber."

„Das sollten Sie auch", sagte Lucy mit ernster Stimme. „Wem gehört dieses Haus?"

„Das Land und die Häuser gehören der Familie Gravely." Marjory schien zu dem Schluss gekommen zu sein, Lucy nicht länger als Bedrohung wahrzunehmen und wirkte fast wieder wie ihr altes, gesprächiges Selbst. „Flora und Polly kannten den Kerl, der das Haus hier mietet. Er hat sie hier wohnen lassen, solange sie wollten und beim Zahlen der Miete halfen."

„Sind Sie dem Mann jemals begegnet?"

„Nein, Madam. Polly hat erzählt, dass Mr Gravely einmal mit dem Mieteintreiber die Straße hinuntergekommen ist. Flora und sie haben sich oben versteckt, bis er wieder weg war."

Marjory schreckte zusammen, als Männerstimmen aus Richtung des Flurs hallten. Sie blickte nervös die Treppe hinauf. Lucy beschwichtigte sie eilig.

„Mein Ehemann und unser Familienarzt sind mit mir hier. Sie müssen sich keine Sorgen machen."

Marjory sah nicht überzeugt aus. Ihr Blick sprang zwischen Lucy, der Hintertür und dem Flur, der zur Vordertür führte, hin und her.

„Wenn Sie gehen wollen, um herauszufinden, was mit Polly passiert ist, dann nur zu", bot Lucy ihr an und trat weg von der Tür. „Richten Sie ihr aus, dass wir ihr nichts antun, sondern nur helfen wollen."

„Jawohl, Madam." Marjory eilte in Richtung der Tür, als ob sie Angst hätte, dass Lucy es sich anders überlegen könnte. „Ich werde es ihr ausrichten. Das verspreche ich."

„Nun, ich denke, du hättest das Mädchen hierbehalten sollen, damit ich sie befragen kann." Robert wiederholte damit seinen Standpunkt, während er seinen Mantel ablegte.

Sie hatten *Bethnal Green* verlassen und waren zum *Portland Square* zurückgekehrt. Es war ihnen gerade noch genug Zeit geblieben, um sich für das Abendessen umzuziehen. Da es ihr letzter Abend in London war, wollte keiner von ihnen ihre Gastgeber enttäuschen und schon früh zu Bett gehen. Der Earl hatte die Fletchers eingeladen, noch eine weitere Woche zu bleiben. Dr. Fletcher hatte das Angebot angenommen, was bedeutete, dass Penelope mit Robert und Lucy zurückreisen würde.

Nach dem Abendessen lag seine Frau auf dem Bett und hatte die Füße auf ein Kissen hochgelegt. Mit einer Hand umfasste sie schützend die leichte Rundung ihres Bauches. Trotz ihrer offensichtlichen Erschöpfung schaffte sie es, bemerkenswert stur zu bleiben.

„Marjory hätte auch dir nichts Neues erzählt. Sie hatte schon bei dem Gedanken, auf dich zu treffen, große Angst."

„Ich hätte mein Bestes gegeben, um sie zu beruhigen!", wandte Robert ein.

„Es gab nichts weiter zu sagen. Ich hatte größeres Interesse daran, sie Polly hinterherzuschicken, um das Mädchen zu beruhigen und sie davon zu überzeugen, dass wir nicht vorhaben, sie *umzubringen*!"

„Polly klingt wie eine Närrin", sagte Robert. „Aber wieso überrascht mich das nicht? Sie ist diejenige, die sich diese alberne Verschwörung ausgedacht und die Identität mit einer Schauspielerin getauscht hat, um diese Frau in mein Haus einzuschleusen." Er riss sich wütend die Krawatte vom Hals und warf sie auf einen der Sessel.

„Wir wissen nicht, wer die Idee hatte. Vielleicht war es auch Flora", gab Lucy zu bedenken. „Wusstest du, dass das Haus der Familie Gravely gehört?"

„Wie sollte ich das, wenn du mir nicht die Gelegenheit gegeben hast, selbst mit Marjory zu sprechen?"

„Ach, Robert, hör doch bitte auf, dich so aufzuführen!“, sagte Lucy schnippisch. „Es war deutlich praktischer, unsere Zeit aufzuteilen, während wir im Haus waren, um so viel wie möglich in Erfahrung zu bringen.“

Robert widmete sich seinen Manschettenknöpfen. „Das Haus war voll mit Floras Besitztümern. Es gab zwei Schlafzimmer, in denen offenbar Frauen gewohnt hatten und eines, das wie das Zimmer eines Mannes und unangetastet aussah.“

„Hast du über ihn irgendetwas in Erfahrung bringen können?“

„Nur, dass er kein Gentleman ist. Er hatte nur einen Mantel zum Wechseln und ein einzelnes Paar guter Schuhe.“ Robert schlang sich den Hausmantel um und setzte sich auf einen der Sessel, sodass er Lucy auf dem Bett gegenübersaß. „Flora hatte eine umfangreiche Garderobe, aber Pollys Zimmer war leergeräumt.“

„Vielen Dank.“ Lucy schenkte ihm ein versöhnliches Lächeln. „Wir müssen davon ausgehen, dass Flora und Polly den Mann über ihre Verbindung zur Familie Gravely kennengelernt haben.“

„Da würde ich dir zustimmen, aber es stellt sich doch die Frage, warum Flora von einem Haus der Gravelys in ein anderes geflüchtet ist.“

„Das ergibt nicht viel Sinn, oder?“, stimmte Lucy ihm zu. „Außer sie war der Meinung, dass Viscount Gravely nie auf die Idee kommen würde, dass sie sich so nahe bei ihm versteckt hielt.“

„Eine doppelte Täuschung?“ Er runzelte die Stirn. „Dann würde ich sagen, war sie erfolgreich. Wir, und nicht Viscount Gravely, haben Polly gefunden.“

„Polly hat sich nicht vor dem Viscount versteckt. Sie wollte *uns* aus dem Weg gehen.“

Er bemerkte die Verärgerung in ihrer Stimme.

„Es fällt mir genauso schwer, das zu glauben, wie dir, meine Liebste.“ Er stand auf und setzte sich neben sie auf das Bett. „Du bist manchmal vielleicht etwas streng, aber ich würde dich nie für eine Mörderin halten.“

Sie griff nach seiner Hand. „Ich möchte nach Hause, Robert. Ich bin diese ganze Sache so leid.“ Das Stocken in ihrer Stimme regte etwas in seinem Herzen. „Wenn die Gravelys und Polly unsere Hilfe bei der Aufklärung dieses Mordes nicht wollen, dann werden wir einfach für Flora tun, was wir können, und sie in Würde auf dem Friedhof von Kurland St. Mary beisetzen. Die anderen können wir einfach vergessen.“

„Sollen wir den Mörder etwa frei herumlaufen lassen?“, fragte Robert.

Sie zog eine Augenbraue hoch. „Da du bereits davon überzeugt bist, dass der Mörder im Keller des *Queen's Head* sitzt, wird das alles im Gerichtsverfahren geklärt.“

Robert musterte das Gesicht seiner Frau. Es sah ihr nicht ähnlich, einfach eine Niederlage einzugestehen, und ein Teil von ihm war versucht, aus Prinzip dagegen zu argumentieren. Um ehrlich zu sein, bereitete ihm die Rolle von Viscount Gravely in der Sache inzwischen ebenfalls Kopfzerbrechen. Aber er wollte sie zurück nach Kurland Hall bringen und sie glücklich vereint mit ihrem Sohn in ihrem eigenen Zuhause sehen.

„Dann brechen wir morgen auf und lassen das alles hinter uns.“ Robert küsste sie auf die Wange. „Wieso gehst du nicht schon ins Bett, während ich mich noch entkleide?“

Kapitel 15

„Ned!"

Lucy nahm die Haube ab, kniete sich auf den Boden und hielt die Arme weit geöffnet, damit ihr Sohn hineinlaufen konnte. Sofort als die Kutsche vor Kurland Hall vorgefahren war, war sie schnurstracks die Treppe nach oben in die Kinderstube marschiert.

„Hast du mir ein Geschenk mitgebracht?", fragte Ned zwischen zwei Küssen ins Gesicht.

Anna, die hinter ihm stand, gluckste. „Freust du dich nicht, deine Mama zu sehen?"

„Ja." Ned küsste sie erneut und fixierte sie dann ernst mit seinen dunkelblauen Augen. „Aber ich mag auch Geschenke."

Lucy erhob sich mit einiger Mühe und tätschelte ihrem Sohn den Kopf. „Wenn Betty fertig ausgepackt hat, bin ich mir sicher, dass sich da etwas finden lassen wird. Wieso gehst du nicht runter und schaust, ob du Papa findest?"

Tatsächlich hatte sie mehr Zeit in London damit verbracht, Geschenke für Ned zu kaufen, als die neuesten Moden zu begutachten. Es blieb nur zu hoffen, dass er ihre Wahl auch zu schätzen wusste.

„Ich werde Francis nach unten zu Mrs Fletcher bringen, Madam." Agnes kam mit düsterer Miene ins Zimmer. Sie hielt Penelopes Sohn an der Hand. „Ich habe alle seine Sachen gepackt." „Vielen Dank, Agnes", sagte Lucy.

Ned rannte die Treppe gefolgt von Agnes hinunter, sodass Lucy allein mit ihrer Schwester zurückblieb.

„Wie war es hier in der Kinderstube?", fragte Lucy.

„Ned hat sich sehr gut benommen." Anna lächelte ihr zu, während Lucy sich ans Feuer setzte. „Er hat dich deutlich mehr vermisst, als seine Begrüßung vielleicht verrät."

„Hat auch Agnes sich benommen?"

„Sie hat ihre Arbeit getan und ist nie lieblos mit Ned umgegangen, aber es war auch nicht gerade eine Freude, mit ihr zu arbeiten."

„Wie meinst du das?", fragte Lucy.

Anna zuckte mit den Schultern. „Sie war sehr niedergeschlagen."

„Das sollte sie auch, nachdem sie dafür gesorgt hat, dass eine Schauspielerin anstelle ihrer Schwester ins Haus kam", erinnerte Lucy ihre Schwester. „Eine Schauspielerin, die am Ende tot in einem Graben gefunden wurde."

Anna war von dem Gedanken sichtlich mitgenommen. Sie war schon immer sensibler gewesen als Lucy. „Habt ihr herausgefunden, wer sie in London gewesen ist?"

„Ja, und noch viel mehr. Aber Robert ist überzeugt, dass er den Täter bereits gefunden hat und unsere Reise unnötig war."

Anna nahm Lucys Hand in die ihre. „Du klingst bestürzt. Geht es dir nicht gut?"

Da sie die Angst ihrer Schwester bezüglich Schwangerschaften kannte, setzte Lucy ein Lächeln auf.

„Ich bin nur müde, nachdem ich Penelope zwei Tage lang in einer geschlossenen Kutsche ertragen musste."

„Guter Gott, das stellt wohl selbst die Geduld einer Heiligen auf die Probe, wie Vater sagen würde."

„Ich vergesse immer wieder, wie Dr. Fletcher es schafft, die schlimmsten ihrer Bemerkungen abzumildern oder sie zum Lachen zu bringen, wenn sie schmollt." Lucy seufzte. „Er ist eine weitere Woche in London geblieben."

„Es muss recht schwer sein, wenn der beste Freund deines Ehemanns die Frau heiratet, die zuerst mit ihm verlobt war, sodass du nett zu ihr sein *musst*", bemerkte Anna.

„Das ist es in der Tat", stimmte Lucy ihr zu. „Aber sie liebt Dr. Fletcher wirklich und es war ihre Idee, dass er eine weitere Woche bleiben kann."

Überraschung machte sich auf Annas Miene breit. „Man kann sich nicht aussuchen, in wen man sich verliebt, nicht wahr?"

„Nein. Und Dr. Fletcher bringt wirklich das Beste in Penelope zum Vorschein." Die Schwestern lächelten einander an, bevor Lucy sich widerwillig vom Sessel erhob. „Ich muss wieder nach unten, mich von Penelope verabschieden und das Auspacken beaufsichtigen."

„Dann komme ich mit. Ich muss noch mit der Köchin reden." Anna hakte sich bei Lucy unter. „Ich habe gestern einen langen Brief von meinem Ehemann erhalten. Er ist bereits in See gestochen und hat mir aus dem ersten Hafen in Frankreich geschrieben."

„Geht es ihm gut?"

„Sehr gut. Und er ist froh, wieder auf See zu sein – auch wenn er versucht, das nicht zu sehr durchscheinen zu lassen." Annas Lächeln war eine Mischung aus Zuneigung und Besorgnis. „Allerdings vermisst er mich."

„Wie könnte es anders sein?" Lucy tätschelte die Hand ihrer Schwester. „Aber er kann sich sicher sein, dass deine Familie und die seine sich gut um dich kümmern werden, während er auf hoher See ist."

„Das weiß er. Nachdem dein Kind geboren ist und du dich wieder erholt hast, werde ich gehen und eine Weile bei seiner Familie verbringen. Irgendwann wird das *mein* Zuhause sein, daher freue ich mich darauf, seine Verwandten und die Leute im Tal besser kennenzulernen."

„Sie werden dich lieben", sagte ihr Lucy voraus.

„Das kann ich nur hoffen."

Vor der Treppe in der Eingangshalle stapelten sich noch immer Kisten und Koffer. Foley stand inmitten des Durcheinanders und erteilte den beiden Bediensteten Anweisungen, wohin sie die einzelnen Gegenstände bringen sollten. Einen Moment lang wunderte sich Lucy, warum alles so lange dauerte, bis ihr einfiel, dass ihnen ein weiteres Paar helfende Hände fehlte. „James ist noch immer eingesperrt in seinem Zimmer, nehme ich an?", fragte sie an Anna gerichtet.

„Soweit ich weiß, ja", erwiderte sie. „Er ist nicht besonders glücklich darüber. Und Mr Fletcher war in der letzten Woche bemerkenswert still."

„Ich bin mir sicher, dass Robert die Sache schnell auflösen wird, jetzt, wo wir wieder zu Hause sind. Es wird ihm nicht gefallen, wenn einer der Bediensteten fehlt", bemerkte Lucy.

Anna setzte ihren Weg in die Küche fort. Lucy hingegen ging weiter die Treppen hinunter, wobei sie den Gepäckstücken so gut wie möglich auswich, und suchte dann das Arbeitszimmer ihres Mannes auf. Dort saß Ned auf dem Schoß seines Vaters und spielte mit an Knöpfen von dessen Reisemantel herum.

Einen Moment blieb sie still im Türrahmen stehen und genoss den Anblick der beiden, Kopf an Kopf mit ihren schwarzen Häuptern, während Ned Robert eine lange, verworrene Geschichte erzählte und dieser nickte, als würde alles besten Sinn ergeben.

Robert blickte zuerst auf und hieß sie mit einem Lächeln willkommen.

„Ich könnte schwören, dass Ned in der Woche einen ganzen Zoll gewachsen ist!"

„Das bin ich!" Ned setzte sich kerzengerade hin und streckte die Brust hervor.

„Ich glaube, da hast du recht." Lucy lächelte die beiden an. „Ist Penelope schon gegangen?"

„Ja, wolltest du noch mit ihr reden? Ihr Sohn hat sich geweigert zu gehen. Also habe ich ihn hochgehoben, in der Kutsche platziert, Mrs Fletcher wieder hineingeholfen und sie fortgeschickt."

„Ich wollte ihr nichts Bestimmtes sagen, es ist also alles gut." Lucy deutete auf Ned. „Soll ich ihn mit zurück in die Kinderstube nehmen? Soweit ich sagen kann, ist das der einzige Ort im Haus, der gerade einigermaßen ruhig ist."

„Ich muss noch meinen Mantel wechseln, aber er kann mich dabei gerne begleiten."

Ned nickte und packte seinen Vater noch ein wenig fester am Ärmel.

Robert setzte seinen Sohn sanft ab und nahm ihn an der Hand. „Dann gehen wir mal und sehen nach, wie

Betty und Silas in unserem Schlafzimmer vorankommen."

Es dauerte einen ganzen weiteren Tag, bis Robert die Zeit fand, hinunter zum *Queen's Head* zu gehen. Er hatte James aus dem Arrest entlassen mit der strikten Auflage, dass er in Kurland Hall bleiben sollte und weder das Dorf noch seine Eltern besuchen durfte. Für den Fall, dass er sich widersetzte, hatte Robert ihm mit der sofortigen Entlassung gedroht. Robert war sich recht sicher, dass James mehr zu erzählen hatte, als nur niedergeschlagen worden zu sein, aber auf der langen Heimreise war er zum Schluss gekommen, dass sein Angestellter kein Mörder war.

Damit blieb noch Bert Speers ...

Robert stieg am *Queen's Head* aus seiner Kutsche, betrat das Gebäude und traf dort auf Mr Jarvis. Der Gastwirt begleitete ihn mit den Schlüsseln hinunter in den Keller und stimmte zu, erneut draußen zu warten, während Robert mit Bert sprach.

Als Robert eintrat, machte Bert keine Anstalten, sich von seiner Lagerstätte zu erheben. Sein Bart war dichter geworden, was ihm ein noch wilderes Aussehen verlieh als ohnehin schon.

„Sie sind also wieder zurück, was?", fragte Bert spöttisch.

„In der Tat." Robert lehnte sich an die Tür. Eine Hand hielt er in der Manteltasche an seiner Pistole. „Ich war für ein paar Tage in London. Ich habe Ihren Arbeitgeber kennengelernt."

„Ich arbeite hier für Mr Jarvis."

„Vielleicht habe ich mich nicht richtig ausgedrückt. Ihren ehemaligen Arbeitgeber, Viscount Gravely."

„Was soll mit ihm sein?"

„Wie ich hörte, haben Sie in seinen Ställen gearbeitet und waren eine Weile lang dafür verantwortlich, eine Schauspielerin namens Flora Rosa von ihrem Haus in Maida Vale zum Theater, oder wo auch immer sonst sie hinwollte, zu fahren."

Bert musterte Robert mit einem widerwillig anerkennenden Blick. „Sie waren ja recht fleißig, was?"

Robert zuckte mit den Schultern. „Wie ich schon sagte: Ich bin der Magistrat hier. Ich nehme jeden Mord, der sich in meinem Zuständigkeitsbereich ereignet, sehr ernst. Wieso haben Sie abgestritten, Flora gekannt zu haben?"

„Sie haben mich nie nach einer Flora gefragt."

„Also wollen Sie behaupten, dass Sie nicht wussten, dass Flora, eine Frau, die sie aus Ihrer Zeit in London kannten, und Polly Carter, eine Frau, die Ihnen ebenfalls bekannt war, die Identitäten getauscht hatten?"

Bert sagte nichts und die Stille dehnte sich aus, bis Robert es leid war.

„Sie sind mit derselben Kutsche eingetroffen wie Flora. Das ist doch wirklich ein bemerkenswerter Zufall."

„Was auch immer Sie glauben, Sir Robert, es ist falsch", knurrte er. „Flora hatte keine Angst vor mir. Sie war auf der Flucht vor diesem anderen Mann, von dem ich Ihnen erzählt habe."

„Der mysteriöse Mann, der hier nach Kurland St. Mary gekommen ist, Flora ermordet hat und dann wieder verschwunden ist, ohne von irgendjemandem außer Ihnen gesehen worden zu sein?“

„Wieso stellen Sie Ihren eigenen verdammten Angestellten nicht ein paar Fragen, Sir?“, erwiderte Bert. „James und Ihr geschätzter Mr Fletcher haben an diesem Tag ebenfalls Zeit mit Flora verbracht.“

„Ja, und sie haben beide gesehen, dass Flora auf offener Straße mit Ihnen gestritten hat, nicht mit einem Unbekannten.“

„Dann befragen Sie doch Mr Jarvis und Mr Haines zu dem Mann, der aus der Kutsche stieg! *Er* war der Grund, warum sie mich an dem Tag aufgesucht hat. Sie wollte, dass ich dafür sorge, dass er sie in Ruhe lässt.“

„Dann verraten Sie mir seinen *Namen.* Offensichtlich ist er Ihnen bekannt.“

Bert sah ihn voller Abscheu an. „Das kann ich nicht, weil Sie dann wieder Ihre Nase in die Sache stecken und alles noch viel schlimmer machen. Ich trage meine Kämpfe gerne selbst aus. Wenn ich den Mistkerl finde, wird er nicht lange überleben – das kann ich Ihnen versprechen.“

„Ich glaube Ihnen kein Wort.“ Robert hielt Berts wütendem Blick stand. „Ich denke, die Sache ist viel einfacher. Sie lernten Flora in London kennen und wollten sie für sich selbst. Als sie sich weigerte, irgendetwas mit Ihnen zu tun haben zu wollen, sind Sie ihr nach Kurland St. Mary gefolgt und haben sie ermordet.“

„Das habe ich verdammt nochmal nicht getan!“ Bert sprang auf. „Das ist doch absoluter Humbug!“

„Für mich ist es sehr schlüssig“, erwiderte Robert, „und daher werde ich Sie ans Schwurgericht überstellen lassen, damit Sie dort Ihre Anklage im Mordfall von

Flora Rosa erwarten." Er ließ die Worte einen Moment wirken, bevor er weitersprach. „Es sei denn, Sie haben noch weitere Informationen, die Sie mit mir teilen möchten?"

„Ich habe Ihnen die Wahrheit gesagt."

„Ihre *Vorstellung* der Wahrheit vielleicht, aber wie soll ich Ihnen ohne untermauernde Beweise glauben?"

„Haben Sie direkt mit Viscount Gravely gesprochen?"

„Ja. Er hat bestätigt, dass Sie für ihn gearbeitet haben."

„Sonst nichts?" Bert wandte sich ab und schlug mit der Faust in die offene Handfläche. „Vielleicht haben Sie ihm nicht die richtigen Fragen gestellt."

„Was hätte ich denn, Ihrer Meinung nach, fragen sollen?" Robert hatte sich bereits halb zur Tür gewandt, hielt jetzt, da seine Neugier geweckt war, jedoch inne.

„Wieso ich in aller Eile nach London gereist bin, um ihm zu erzählen was passiert ist? Wieso er sich dazu entschied, meinen Rat abzulehnen?" Bert schüttelte den Kopf. „Dieser dumme, verblendete, alte Narr. Er wollte nie wahrhaben, was sich die ganze Zeit vor seiner Nase befand."

„Wollen Sie andeuten, dass Viscount Gravely die Morde begangen hat?"

Bert setzte sich wieder auf sein Bett und hielt die Hände vor den weit gespreizten Knien ineinander verschlungen. „Er trägt zumindest die verdammte Verantwortung."

Die Absurdität der Behauptung brachte Robert unwillkürlich zum Glucksen. „Viel Glück, wenn Sie vorhaben, *das* bei Ihrer Verhandlung zu beweisen, Bert. Ich schlage vor, dass Sie sich eine plausiblere Verteidigung einfallen lassen, bevor man Sie auslacht, weil Sie einen Lord des Mordes bezichtigen."

„Sie irren sich in jeder Hinsicht, Sir Robert. Das alles ist Viscount Gravelys Schuld."

„Wenn ich falsch liege, dann geben Sie mir die Beweise dafür", fuhr Robert ihn an. „Bisher ist nichts, was Sie von sich gegeben haben, meiner Aufmerksamkeit würdig." Er nickte steif. „Sobald die Leiche identifiziert worden ist ..."

„Das könnte ich für Sie erledigen", unterbrach ihn Bert.

„Dazu besteht kein Grund. Jemand aus London wird bald herreisen und sich darum kümmern."

„Polly?"

„Ich hatte bisher noch nicht das Vergnügen, die echte Polly Carter zu treffen. Offenbar ist sie wegen unserer Ankunft in der Hauptstadt abgetaucht."

„Cleveres Mädchen." Etwas, das beinahe wie ein Lächeln aussah, breitete sich auf Berts Gesicht aus. „Als Nächstes beschuldigen Sie noch sie, ihre Freundin ermordet zu haben."

„Polly könnte die Sache sofort aufklären", erinnerte ihn Robert. „Dazu müsste sie nur mit uns sprechen."

„Und riskieren, dass ihr das gleiche Schicksal widerfährt wie Flora?", fragte Bert. „Viscount Gravely mag keine losen Enden. Wenn er Polly aufspürt, steckt sie in großen Schwierigkeiten, weil sie die Sache verschlimmert hat."

„Viscount Gravely ist ein Invalide, der kaum das Haus verlässt."

„Er hat genug Geld und Macht, um zu kriegen, was auch immer er will", wandte Bert ein. „Und wenn er

Polly tot sehen will, wie schon ihre Freundin Flora, wird er einen Weg finden, um das zu bewerkstelligen."

Robert musterte Bert mit neuen Augen. „Ist es das also, was Sie getan haben?"

„Ich bin mir nicht ganz sicher, worauf Sie hinauswollen, Sir."

„Haben Sie Flora im Auftrag von Viscount Gravely ermordet?"

Bert besaß die Dreistigkeit, zu lachen. „Wer greift hier Fantasiegespinste aus der Luft, Sir Robert? Glauben Sie, ich würde hier sitzen, wenn ich sie ermordet hätte? Wenn ich dafür verantwortlich gewesen wäre, wäre ich verdammt nochmal nicht nach Kurland St. Mary zurückgekehrt."

„Wieso *sind* Sie dann zurückgekehrt?", fragte Robert, der wider besseres Wissen neugierig geworden war.

„Weil ich ein Idiot bin, deshalb." Bert seufzte. „Wenn Viscount Gravely herkommt, um die Leiche zu identifizieren, lassen Sie mich mit ihm sprechen, in Ordnung? Er wird mich entlasten. Da bin ich mir sicher."

„Indem er sich selbst in Verdacht bringt? Irgendwie bezweifle ich das." Robert klopfte an die Tür. „Seien Sie unbesorgt, Bert. Viscount Gravely ist zu krank, um sich dazu herabzulassen, Sie zu retten."

„Wenn nicht Polly kommt, wer wird dann die Leiche identifizieren?" Bert brüllte die Frage, als Robert ihm bereits den Rücken zugewandt hatte. „Sagen Sie es mir!"

Robert ignorierte Bert und schlug die Tür hinter sich zu.

„Sagen Sie es mir!" Bert schrie immer wieder und seine Stimme war dumpf durch die dicke Eichentür zu hören.

Mr Jarvis sperrte wieder ab und steckte den Schlüssel ein.

„Ich muss mich für die Unannehmlichkeiten entschuldigen, die daraus entstanden sind, zwei Wochen lang einen Mann in Ihrem Keller eingesperrt zu halten", sagte Robert, als sie die Treppe wieder emporgingen. „Ich werde ihn bald nach Hertford überstellen lassen, wo ihn ein Gerichtsverfahren erwarten wird."

„Es hat keine Umstände bereitet, Sir Robert. Wir sorgen nur dafür, dass er Essen und Wasser bekommt wie die anderen Gäste im Gasthaus", erwiderte Mr Jarvis. „Er ist in den letzten Tagen viel ruhiger geworden."

„Ich weiß Ihre Mühen wirklich zu schätzen." Robert schüttelte dem Gastwirt die Hand. „Jetzt muss ich zurück nach Kurland Hall und eine Woche Arbeit auf dem Gutshof nachholen."

Robert kletterte in die Kutsche, machte jedoch keine Anstalten, sich auf dem Heimweg zu beeilen. Er fuhr langsam die Landstraße hinauf und ließ die Gedanken kreisen, bis er die Ställe von Kurland Hall erreichte und die Zügel einem seiner Stallknechte übergab. Er hatte das Gefühl, dass ihm irgendetwas entgangen war, dass er ein sinnvolleres und verständlicheres Gesamtbild erhalten würde, wenn er die Puzzleteile noch einmal löste und neu zusammensetzte.

Wie immer, wenn er unentschlossen war, ging er in Richtung des liebsten Salons seiner Frau am hinteren Ende des Hauses, wo das Licht für Handarbeiten besser war. Dort saß sie auf einem Sessel am Fenster und nähte. Sie hielt den Kopf tief über ein winziges Kleidungsstück gesenkt, das vermutlich für ihr künftiges Kind bestimmt war. Sie sah gesund und glücklich aus. Seine Frau so zu sehen, bescherte ihm ein unerwartet friedvolles Gefühl.

Sie blickte zu ihm auf und lächelte. „Hast du mit Bert gesprochen?"

„Das habe ich. Ich habe ihm gesagt, dass ich ihn vor Gericht bringen werde."

„Und wie hat er darauf reagiert?"

Robert verzog das Gesicht und setzte sich ihr gegenüber. „Er beharrt auf seiner Unschuld und behauptet, dass Viscount Gravely die Verantwortung trage und Polly die Nächste sei."

Sie legte die Näharbeit beiseite. „Hast du ihm geglaubt?"

„Ich habe ihn darum gebeten, Beweise für seine Behauptungen liefern, aber er hat mir keine angeboten."

„Was darauf schließen lässt, dass er noch immer lügt", sagte Lucy. „Wieso wirkst du dann so unentschlossen?"

Er blickte sie fragend an. „Wie kommst du darauf?"

„Ich kenne dich, Robert Kurland." Sie sah ihm tief in die Augen. „Du bist einer der entscheidungsfreudigsten Männer, die mir untergekommen sind, und trotzdem kann ich Unsicherheit in deiner Stimme hören."

Er seufzte. „Das liegt vielleicht daran, dass ich versuche, die Dinge komplizierter zu machen, als sie sind, und dass ich den Beweisen vor meinen Augen nicht so recht trauen mag."

„Oder hat vielleicht Bert etwas gesagt, das dich denken lässt, dass die Sache doch nicht ganz so einfach ist?“, fragte Lucy.

„Wieso zum Teufel gibt er nicht einfach zu, dass er es war?“, platzte es aus Robert heraus. „Wieso streitet er weiter alles ab und beschuldigt sogar einen Lord, anstatt die Verantwortung für seine Verbrechen zu übernehmen?“

„Es ist in der Tat eine merkwürdige Behauptung von Bert.“ Lucy runzelte die Stirn. „Dem nach zu urteilen, was du mir über Viscount Gravely erzählt hast, besitzt er kaum die Stärke, um *überhaupt* irgendjemanden zu erwürgen.“

„Ich habe die Vermutung in den Raum gestellt, dass Bert vielleicht von Viscount Gravely bezahlt worden ist, um für ihn die Drecksarbeit zu erledigen, aber er hat mir nur ins Gesicht gelacht.“

„Der Gedanke ist nicht unbegründet.“ Lucy starrte aus dem Fenster und knetete ihre Unterlippe, bevor sie sich wieder Robert zuwandte. „Das könnte ich mir gut vorstellen: Viscount Gravely sandte Bert zusammen mit Flora nach Kurland St. Mary und wies ihn an, sie zu töten, wenn sie sich weigern sollte, zurückzukehren.“

„Du meinst, das kannst du dir besser vorstellen als das Szenario, in dem Viscount Gravely persönlich in unser kleines Dorf einfällt, unser Kindermädchen aufspürt und sie eigenhändig in einem abgelegenen Feld erwürgt?“

„Falls der Viscount wirklich selbst nach Kurland St. Mary gekommen ist, hat Bert Flora vielleicht zu ihm gebracht“, sagte Lucy. „Bert wurde zusammen mit Flora beobachtet. Sowohl Mr Fletcher als auch James haben ihn gesehen und wir wissen, dass er mit ihr im Schlepptau verschwand."

„Du glaubst also, dass Bert Flora zu einem unbekannten Ort gebracht hat, wo der Viscount auf sie wartete, sie umbrachte und sich dann der Leiche entledigte?"

„Das ist möglich." Lucy überlegte einen Moment. „Wenn Viscount Gravely mit seiner Kutsche angereist wäre, könnte das auch erklären, wer James niedergeschlagen hat."

„Inwiefern?"

„Vielleicht hat der Kutscher des Viscounts James niedergeschlagen und ihn dann zum Hof seiner Eltern gebracht, wo man ihn finden würde."

„Woher sollte er wissen, wo James lebte?", fragte Robert. „Je komplizierter wir die Sache machen, desto schlimmer wird es!"

Ein dringlich wirkendes Klopfen an der Tür ließ sie beide zusammenzucken. Robert gebot der Person einzutreten.

Foley kam herein und verneigte sich tief. „Sir Robert, Mr Jarvis hat eine Nachricht geschickt. Er sagt, es sei sehr wichtig."

„Vielen Dank." Robert nahm den Zettel, setzte sich die Brille auf und las die Worte, bevor er ihn Lucy überreichte.

„Mr Jarvis bedauert, uns mitteilen zu müssen, dass Bert, als er sein Mittagessen erhalten sollte, die Küchenhilfe, die es ihm brachte, überwältigen und aus dem Keller entkommen konnte." Robert knüllte das Papier zusammen und warf es ins Feuer.

„Jetzt haben wir wirklich ein Problem."

Kapitel 16

„Wohin, glaubst du, ist Bert geflüchtet?", fragte Lucy, während sie Robert die Treppen hinauf ins Schlafzimmer folgte. Inzwischen regnete es und er hatte beschlossen, den Mantel zu wechseln, bevor er wieder zum *Queen's Head* aufbrach.

„Zurück nach London?" Robert sah hoch erzürnt aus.

„Die Postkutsche wird erst morgen früh eintreffen", merkte Lucy an. „Und ich bezweifle, dass Mr Jarvis ihm erlauben würde, da mitzufahren."

„Das stimmt." Robert stürmte in ihr geteiltes Ankleidezimmer und warf den Mantel achtlos über einen der Stühle. „Weshalb ich vorhabe, zur *London Road* zu fahren. Wollen wir mal sehen, ob ich den Flüchtigen aufspüren kann, bevor er es weit schafft."

Er öffnete den Schrank und nahm seinen schweren Kutschermantel heraus. „Mach dir keine Sorgen. Ich werde einen von Mr Jarvis' Stallknechten mitnehmen, damit sich jemand um die Pferde kümmern kann."

„Du willst nicht, dass ich mit dir komme?"

„Das ist nicht nötig." Er verzog das Gesicht, als sie ihm beim Anlegen des Mantels half. „Ich habe die Befürchtung, dass er Polly aufspüren und sie umbringen will."

„Die gleiche Sorge habe ich auch", stimmte Lucy ihm zu. „Würde es sich lohnen, Pollys Eltern oder Mrs Pell eine Nachricht zukommen zu lassen, um sie vor Berts möglichem Erscheinen zu warnen?"

„Es würde vermutlich mehr bringen, Viscount Gravely zu fragen, aber ich vermute, dass er nicht sehr hilfreich wäre."

„Was ist mit seinen Söhnen?"

Robert hielt kurz inne, während er sich den Schal um
den Hals wickelte. „Das ist eine gute Idee. Die beiden
scheinen besorgt wegen des Benehmens ihres Vaters
und würden die Sache mit Flora gerne schnell hinter
sich lassen. Sie könnten sogar bereit sein, einzuschreiten, wenn Bert bei ihnen auftaucht, und dafür sorgen,
dass er festgehalten wird."

„Das arme Mädchen", murmelte Lucy, während sie
die Enden von Roberts Schal ordentlich in den Mantel
steckte. „Wenn du möchtest, schreibe ich ihnen umgehend."

„Das ist nicht nötig. Ich werde das erledigen, wenn ich
näher an London bin und jemanden dafür bezahlen
kann, den Brief schneller in die Hauptstadt zu bringen."
Er küsste sie energisch auf die Stirn. „Ich versuche, vor
Einbruch der Dunkelheit zurück zu sein, aber es hängt
davon ab, was ich unterwegs finde."

„Sei vorsichtig", sagte Lucy.

Er zwinkerte ihr zu. „Das bin ich doch immer."

Nachdem er gegangen war, hob sie seinen abgelegten
Mantel auf und vergrub kurz das Gesicht darin. Sie
fühlte sich ein wenig überflüssig und war sich nicht sicher, ob ihr dieser Gedanke gefiel. Normalerweise war
sie in derartigen Situationen diejenige, die losstürmen
wollte, während ihr Ehemann sich eher zurücklehnte
und darauf wartete, bis sie sich beruhigt hatte und offener für seine Gedanken war. Jetzt war sie zurückge-
blieben und machte sich Sorgen, während er sich in Gefahr begab.

Sie hängte den Mantel zurück in den Schrank und
schloss die Tür. Momentan selbst voll der Sorge, wusste

sie Roberts frühere Besorgnis um sie deutlich mehr zu schätzen.

Lucy und Anna hatten fast ihr Abendessen beendet, als Robert ins Esszimmer kam und Foley darum bat, ihm eine Flasche Rotwein aus dem Keller zu holen. Er sah nicht aus, als wäre er in seinen Mühen erfolgreich gewesen, und er humpelte stark. Lucy war nicht überrascht, als er sich an den Tisch setzte und zunächst das gesamte Glas Wein, das Foley ihm einschenkte trank, bevor er frustriert schnaubte.

„Er war nirgends zu finden. Ich bin den halben verdammten Weg nach London gefahren und habe alle Fahrer auf der Straße gefragt, ob sie ihn gesehen haben. Wir waren außerdem in jedem Gasthaus, aber auch da war keine Spur von ihm.“

„Hast du eine Nachricht an die Gravelys schicken können?“, fragte Lucy.

„Ja. Sie sollten sie inzwischen bereits erhalten haben. Ich habe im letzten Gasthaus, in dem wir Halt machten, für eine Expresslieferung gezahlt.“

„Oje“, sagte Lucy einfühlsam. „Ich habe Foley gebeten, mit unseren Angestellten zu sprechen, damit diese nach Bert auf den Kurland-Ländereien Ausschau halten.“

„Ich bezweifle, dass er herkommt, aber ich weiß die Mühe zu schätzen.“ Robert fiel über sein Rindersteak her wie ein ausgehungerter Wolf. „Ich wette, dass er auf direktem Wege zu Viscount Gravely zurückgeht und wir nie wieder von ihm hören.“ „Haben die Londoner Gerichte denn gar keine Handhabe?“, fragte Anna.

„Nur, wenn jemand die Beweise dort an einen Magistrat übergibt und dieser dann ermittelt. Aber da der Mord nicht in London passiert ist, ist das sehr unwahrscheinlich. Kein Magistrat wird es mit einem Lord aufnehmen, nur weil dessen junge Mätresse irgendwo tot aufgefunden wurde." Robert verzog das Gesicht. „Er hätte sie auch am helllichten Tag auf der Straße erwürgen können und wäre vermutlich davongekommen."

„Wie furchtbar", sagte Anna. Sie wischte sich den Mund mit der Serviette ab und erhob sich. „Würdet ihr mich entschuldigen? Ich muss Harry noch einen Brief schreiben."

Robert stand auf und verbeugte sich. „Gute Nacht, Anna. Ich muss mich für meine schlechte Laune entschuldigen."

„In diesem Fall ist Ihre schlechte Laune völlig gerechtfertigt." Sie seufzte. „Unsere Welt ist voller Ungerechtigkeit, so viel ist sicher. Die arme Flora Rosa."

Robert setzte sich wieder und verspeiste weiter sein Abendessen, während Lucy sich ans Dessert machte.

„Wenn Bert Hilfe von Viscount Gravely ersucht, können wir kaum etwas dagegen ausrichten, oder?", fragte Lucy schließlich.

„Das ist unglücklicherweise richtig. Als Magistrat kann ich das Gericht über das Verschwinden von Bert in Kenntnis setzen, aber da er nie formell angeklagt worden ist, sind mir ansonsten die Hände gebunden." Robert schenkte sich Wein nach. „Vielleicht wird es uns diesmal nicht gelingen, Gerechtigkeit für unser Mordopfer zu erwirken."

„Das erscheint mir einfach nur falsch."

Robert zog wütend eine Augenbraue hoch. „Was soll ich denn sonst tun, meine Liebste? Nach London zurückkehren, ins Haus von Viscount Gravely stürmen und verlangen, Bert zu sehen? Der Viscount hat bereits angekündigt, dass er mich hinauswerfen ließe, sollte ich jemals wieder einen Fuß über seine Türschwelle setzen."

Lucy reagierte ihrerseits mit einem Stirnrunzeln. „Ich habe nie gesagt, dass du etwas tun sollst. Ich habe lediglich bemerkt, dass es ungerecht ist, wenn niemand für den Mord an Flora Rosa zur Rechenschaft gezogen wird."

Robert schlug so fest auf den Tisch, dass die Porzellanteller klirrten. „Aber du hast ja recht! Ich *sollte* irgendetwas tun. Flora war meine Angestellte, als sie starb, daher obliegt mir die Verantwortung."

„Vielleicht wird Polly sich besinnen und uns doch noch kontaktieren", sagte Lucy hoffnungsvoll.

„Wenn Polly einen Funken Vernunft besitzt, hat sie London schon längst verlassen und wird nie wieder zurückkehren." Robert leerte sein zweites Glas Wein und schob den Teller von sich. „Bert hat angedeutet, dass sie es nicht überleben würde, wenn Viscount Gravely sie in die Hände bekäme."

„Wieso ist er so rachsüchtig?", fragte sich Lucy.

„Weil er es sich erlauben kann? Er ist alt, reich und dem Tode nahe. Ihn kümmern einfachste gesellschaftliche Gepflogenheiten, wie etwa, vom Mord an der eigenen Mätresse abzusehen, nicht länger."

„Und wenn Marjory recht hat und Flora Rosa ihn wirklich für einen seiner Söhne verlassen wollte, hätte er einen solchen Affront sicherlich sehr persönlich genommen", überlegte Lucy. „Aus Erfahrung wissen wir, dass Eifersucht ein sehr starkes Motiv sein kann."

„Ja, vielleicht wollte er es nicht auf sich beruhen lassen, dass er am Ende als alter Narr dastehen würde." Robert streckte seine Hand nach der ihren aus. „Bist du bereit für das Bett, meine Liebste? Ich muss gestehen, dass ich nach diesem unerwartet anstrengenden Tag recht erschöpft bin."

„Ich denke, ich werde noch ein wenig aufbleiben. Ich muss noch einen Brief an Anthony zu Ende schreiben."

„Richte ihm meine Grüße aus." Robert stand auf, umrundete den Tisch und zog den Stuhl für sie hervor. „Ich bezweifle, dass noch viele meiner Freunde aus meiner Zeit bei der Kavallerie im Regiment sind, aber erkundige dich doch bitte trotzdem."

„Natürlich", sie lächelte zu ihm hoch. „Er scheint sich in Indien sehr gut eingelebt zu haben und macht nicht den Eindruck, dass er bald zurückzukehren will."

„Es ist sehr weit weg. Er wird wahrscheinlich zurückkommen, wenn er nach einer Frau suchen will oder er es unverhofft zu Reichtum bringt und seinen Offiziersbrief verkaufen kann." Er küsste sie sanft auf die Lippen. „Bleib nicht zu lange wach, meine Liebste, in Ordnung?"

„Werde ich nicht." Sie musterte sein Gesicht und bemerkte deutlich die Spuren seiner Erschöpfung. „Schlaf gut, mein Liebster."

Als Robert gegangen war, kehrte Lucy in ihren Salon zurück, wo eine der Haushaltshilfen bereits die Kohlen im Kamin aufgehäuft und die Kerzen bei ihrem Schreibtisch entzündet hatte. Ihr Bedürfnis, Anthony zu schreiben, war verflogen. Sie nahm den

Strampelanzug und nähte daran weiter. Der Rhythmus hatte eine beruhigende Wirkung auf sie und ermöglichte es ihren Gedanken, frei umherzuwandern.

Die arme Flora Rosa hatte noch immer kein anständiges Begräbnis erhalten. Wenn Robert wirklich glaubte, dass Bert von Viscount Gravely beschützt wurde, und dieser tatsächlich über dem Gesetz stand, müssten sie möglicherweise zum ersten Mal überhaupt eine Niederlage eingestehen.

Der Gedanke wer deprimierend und sagte ihr überhaupt nicht zu. Sie konnte nichts tun, als zu beten und zu hoffen, dass die Instinkte ihres Ehemanns sich zur Abwechslung als falsch erwiesen.

Beim Frühstück am nächsten Morgen war Lucy froh zu sehen, dass Robert weit besser aussah. Sie hatte eine unruhige Nacht hinter sich, in der sie von beängstigenden Träumen von ihrem ehemaligen Kindermädchen heimgesucht worden war. Sie würde sich nicht beschweren, wenn dieser kommende Tag weniger ereignisreich verliefe.

„Ich weiß, dass es noch früh ist, aber möchtest du mich zum *Queen's Head* begleiten?", fragte Robert. „Ich möchte mit Mr Jarvis sprechen und ein Auge auf die heutige Postkutsche haben."

„Ich wollte eigentlich heute Morgen ins Dorf gehen, um Penelope zu besuchen. Vielleicht kannst du mich zur Gaststätte mitnehmen und ich kann von dort bis zum Haus der Fletchers gehen."

„Wie du wünschst." Robert trank seinen Kaffee aus. „Bist du bereit, aufzubrechen?"

Da sie an die gebieterische Art ihres Mannes gewohnt war, trank Lucy ihren Tee zügig aus und nickte. „Ja, natürlich."

Weniger als eine halbe Stunde später saß sie in der Kutsche, die Robert gerade in den Hof des Gasthauses lenkte. Mr Jarvis kam ihnen entgegen, um sie in Empfang zu nehmen. Sein Gesicht sah sehr mitgenommen aus.

„Guten Morgen, Sir Robert. Lady Kurland. Keine Spur von dem Dreckskerl, falls Sie hier sind, um sich nach ihm zu erkundigen." Er seufzte schwer. „Ich kann nicht fassen, dass ich mich so habe überrumpeln lassen."

„Das ist nicht Ihre Schuld, Mr Jarvis", sagte Robert. „Ich hätte ihn formell anklagen und in ein richtiges Gefängnis überstellen lassen müssen."

„Er hat Janie umgerannt, als sie durch die Tür kam, und hat mir dann das Tablett ins Gesicht geschlagen, bevor ich die Tür rechtzeitig schließen konnte." Mr Jarvis wandte sich an Lucy. „Ich bin umgefallen wie ein Sack Reis. Dann weiß ich nichts mehr, bis ich aufwachte und Mrs Jarvis weinend und schreiend wie eine Krähe auf mir hockte."

„Hat er vor seiner Flucht irgendetwas gesagt?", fragte Lucy, während Robert die Zügel an einen der Stalljungen übergab.

„Er hat immer viel vor sich herumgemurmelt, wenn Janie reinging, und ist auf- und abgelaufen. Ich glaube, Sir Roberts Besuch hat ihn aufgewühlt. Vielleicht war ihm klar, dass man ihn einsperren würde, und er beschloss, zu entkommen, bevor das passierte."

„Das ist gut möglich", stimmte Lucy zu. „Aber hat Bert irgendetwas Konkretes gesagt?"

„Nur, dass Sir Robert völlig falsch liege. Und dass keiner von uns wollen könne, dass die Familie Gravely – wer auch immer das ist – ins Dorf einfällt.“

Lucy klärte ihn nicht auf, da Robert gerade zu ihnen stieß.

„Ich werde mich dann auf den Weg machen.“ Lucy bedachte ihren Mann mit einem Lächeln. „Hast du vor, länger hier zu bleiben?“

„Ich bin mir nicht sicher.“ Robert runzelte die Stirn. „Soll ich die Kutsche vorbeischicken, um dich später von den Fletchers abzuholen oder soll ich dann wieder mitnehmen?“

„Wenn du in etwa einer Stunde hier fertig bist, dann kannst du gerne vorbeikommen. Ansonsten werde ich auf die Kutsche warten.“

„Wie du wünschst.“ Robert nickte. „Ich denke, ich werde mich eine Weile im Keller umsehen. Vielleicht hat Bert irgendetwas Interessantes bei seiner Flucht zurückgelassen.“

Robert wartete, bis Lucy das Gasthaus verlassen hatte, bevor er mit Mr Jarvis in den Keller ging. Nichts hier unten deutete darauf hin, dass Bert hier so lange eingesperrt gewesen war.

„Hat er ein Pferd gestohlen?“, fragte Robert Mr Jarvis, der immer noch damit beschäftigt war, sich überschwänglich zu entschuldigen.

„Ich habe gar nicht danach gefragt. Ich war so durcheinander, nachdem er mich niedergeschlagen hatte.“ Mr Jarvis stöhnte. „Guter Gott, ich habe Sie wirklich enttäuscht, Sir, nicht wahr?“

„Wie Sie schon sagten: Sie konnten ihn ja bewusstlos wohl kaum verfolgen, Mr Jarvis." Robert wandte sich zur Tür. „Ist es in Ordnung, wenn ich Ihre Stallknechte frage, ob Bert ein Pferd gestohlen hat?"

„Natürlich, Sir. Ich werde sie begleiten."

Sie gingen hinaus zu den Stallungen, wo Mr Jarvis nach dem Stallvorsteher rief.

„Hat Bert gestern eines der Pferde genommen?"

Fred kratzte sich an der Nase. „Er hat ein Pferd mitgenommen, ja, als wär es sein eigenes. Er ist hier hereinspaziert, als würde ihm der Laden gehören. Hat uns alle völlig überrumpelt. So war er weg, bevor irgendjemandem von uns auch nur der Gedanke kam, ihn aufzuhalten."

„Hatte er Gepäck?", fragte Robert.

„Nein, und Douglas sagte, dass Bert seinen Hut und Mantel gestohlen habe." Er nickte dem Gastwirt zu. „Das wollte ich Ihnen heute Morgen erzählen, Sir, aber ich hatte es vergessen."

„Besser spät als nie, würde ich sagen", schaltete Robert sich ein, als Mr Jarvis' Gesicht bedenklich rot anlief. „Vielen Dank für Ihre Hilfe."

„Ich frage mich, ob er Geld bei sich hat." Robert starrte hinaus auf den Hof, als der Vorsteher sich wieder entfernte.

„Er hatte keines bei sich im Keller", sagte Mr Jarvis. „Ich habe ihm den Geldbeutel abgenommen."

„Haben Sie ihn noch?"

„Ich habe ihn in meiner Geldkassette aufbewahrt. Würden Sie ihn gerne sehen, Sir Robert?"

„Ich würde mich gerne vergewissern, dass er noch dort ist", erwiderte Robert und ging zurück zum Haus.

Er kam immer mehr zu dem Schluss, dass er niemals in der Lage sein würde, Bert wegen des Mordes an Flora Rosa und der Störung des Friedens in Kurland Hall, dem Dorf und auch seiner Frau zu belangen, sofern nicht etwas sehr Außergewöhnliches passierte.

Berts Geldbeutel befand sich noch immer in der Kassette und beinhaltete deutlich mehr Geld, als Robert erwartet hatte. Er konnte auf den ersten Blick mindestens drei gefaltete Fünf-Pfund-Scheine und zahlreiche Sovereign-Münzen ausmachen.

„Mir war nicht klar, dass Sie Ihre Stallknechte so gut bezahlen, Mr Jarvis", bemerkte Robert, während er die Münzen in der Hand abwog.

„Das tue ich auch nicht, Sir." Mr Jarvis beäugte das Geld mit stutzigem Blick. „Entweder hat er es gestohlen oder aus London mitgebracht."

„Ich frage mich, wer ihn sonst noch bezahlt haben könnte", überlegte Robert. „Ich habe eine Vermutung, aber ich wünschte bei Gott, dass ich sie auch bestätigen könnte."

Drei laute Stöße eines Horns drangen durch die Stille. Mr Jarvis schloss die Geldkassette wieder ab und blickte auf seine Taschenuhr. „Die Postkutsche ist heute spät dran."

„Ich würde gerne nachsehen, wer einsteigt, Mr Jarvis." Robert folgte seinem Gastgeber durch die Tür nach draußen. „Ich werde nicht im Weg stehen."

„Keine Sorge, Sir. Wir werden alle ein Auge darauf haben", sagte Mr Jarvis.

Er ging voll grimmiger Entschlossenheit hinaus auf den Hof und wartete, bis der Kutscher das Gespann aus vier Pferden zum Stillstand gebracht hatte, bevor er sich näherte.

„Guten Morgen, Mr Haines.“

„Guten Morgen, Mr Jarvis. Entschuldigen Sie die Verspätung. Eine Meile von hier hat eine Schafsherde die Straße blockiert. Ich musste langsamer werden oder ich hätte sie überfahren.“

Robert, der sich nahe der Tür aufhielt, sodass er die Kutsche gut im Blick hatte, überlegte kurz, ob es sich dabei um seine Schafe gehandelt haben könnte und wie zum Teufel sie von ihrer Weide entkommen waren. Eine Schlange von Passagieren verließ das Gasthaus und bereitete sich darauf vor, die Postkutsche zu besteigen. Robert kannte jeden von ihnen und mindestens zwei blieben stehen, um mit ihm zu plaudern. Bert war nirgendwo zu sehen, sofern er es nicht geschafft hatte, sich perfekt zu verkleiden.

Robert richtete die Aufmerksamkeit wieder auf die Kutsche, aus der jetzt die Passagiere ausstiegen und vom Dach kletterten, die sich die Füße vertreten wollten oder ihr Ziel erreicht hatten.

Eine junge Frau stieg aus und blickte sich nervös um. Mit einer Hand fasste sie sich an den Hals, mit der anderen hielt sie eine große Tasche umklammert. Irgendetwas an ihrem Zögern erregte Roberts Aufmerksamkeit. Er ging auf sie zu, allerdings schnitt ihm der Karren eines Bauern, der von einem Brauereipferd von der Größe einer kleinen Scheune gezogen wurde, den Weg ab.

„Da ist er!“, brüllte Mr Jarvis so laut, dass sogar das Pferd davon beeindruckt war und sich in einem Versuch, das Geschirr abzuschütteln, aufbäumte. Das

Wiehern verschreckte wiederum das Gespann der Postkutsche.

Einen Moment lang verwandelte sich die Welt durch das ängstliche Pferd, das sich hoch aufbäumte und dabei fast den leeren Karren umwarf, zu Roberts wahrgewordenem Albtraum. Die tellergroßen Hufe verfehlten nur knapp seinen Kopf, als er seine Starre endlich abschüttelte und instinktiv in Richtung der sicheren Mauern des Gasthofs rannte.

Er musste kämpfen, um normal weiter zu atmen, während der gesamte Hof um ihn herum zu brodeln begann wie ein Hexenkessel.

„Ich habe ihn, Simon!“ Mr Jarvis schaffte es endlich, das Brauereipferd wieder unter Kontrolle zu bringen. „Nimm du das vordere Pferd, Fred!“

Als sich alles wieder beruhigt und Robert sich einen Weg zur Postkutsche gebahnt hatte, sprudelten die Worte aus Mr Jarvis hervor.

„Ich habe Bert gesehen, Sir Robert! Er kam von der Straße und direkt auf die Postkutsche zu!“

„Was ist mit dieser Frau passiert, die ausgestiegen ist?“, fragte Robert in dringlichem Tonfall.

„Welche meinen Sie?“, fragte Mr Jarvis.

„Die dunkelhaarige.“

„Sie hat geschrien, als sie Bert erblickte, so viel kann ich Ihnen sagen“, antwortete Mr Jarvis. „Aber ich weiß nicht, was danach mit den beiden passiert ist, weil ich mich um die Pferde kümmern musste. Haben Sie im Gasthaus nachgesehen?“

„Ich bezweifle, dass Bert hineingegangen wäre“, wandte Robert ein.

„Sir Robert?", rief ihm der Kutscher zu. „Er hat sie mitgenommen. Bert hat sie am Arm gepackt und hinaus auf die Straße gezerrt."

Mr Jarvis sah Robert eindringlich an. „Ihre Kutsche steht noch nicht im Stall. Sollen wir versuchen, die beiden aufzuspüren? Sie können noch nicht weit gekommen sein."

Robert war schon losgelaufen und blieb nur stehen, um die Kutsche kurz zu inspizieren, bevor er auf den Bock kletterte und Mr Jarvis die Zügel überließ.

„In welche Richtung?", fragte Mr Jarvis, als sie vom Hof fuhren.

„Nicht ins Dorf."

Mr Jarvis trieb das Pferd mit einem Zungenschnalzen an und sie fuhren zügig los. Robert schirmte die Augen ab und dankte Gott zur Abwechslung, dass die Landschaft so flach war.

„Da hinten am Straßenrand. Ich glaube, ich sehe sie." Robert deutete mit seinem Finger in die Richtung. „Bei dem offenen Tor."

Als sie sich den beiden Gestalten näherten, wurde schnell klar, dass die beiden miteinander rangen.

„Heh!", brüllte Mr Jarvis. „Lass sie in Ruhe, Bert Speers, und komm her, damit du dich deiner gerechten Strafe stellen kannst!"

Robert erhaschte nur einen kurzen Blick auf Berts Gesicht, bevor er die Frau zu Boden stieß und sich auf das mit Gras bewachsene Feld davonmachte. Er fragte sich, ob Bert die Postkutsche durch das Freilassen der Schafe absichtlich ausgebremst hatte, um so die Gelegenheit zu erhalten, einen Blick hineinzuwerfen. Vielleicht hatte er auf die Art erfahren, wer auf dem Weg zum Gasthaus war.

„Soll ich ihn verfolgen, Sir?", fragte Mr Jarvis, als er die Kutsche anhielt.

„Nein, ich denke, er ist schneller als wir beide und er hat hier vermutlich irgendwo sein Pferd versteckt." Robert stieg vorsichtig von der Kutsche und eilte zu der Frau. Ihre Haube war im Kampf verrutscht und verdeckte ihr Gesicht. Er kniete sich neben ihr hin und drehte sie sanft auf den Rücken.

Schreckgeweitete braune Augen starrten ihm entgegen.

„Sind Sie zufällig Polly Carter?", fragte Robert höflich.

„Verdammt nochmal", sagte sie atemlos. „Nicht Sie schon wieder." Sie schloss die Augen und wurde schlaff wie ein Neugeborenes.

***

„Ja, Penelope. Ich werde es Robert sagen, sobald ich nach Hause komme", sagte Lucy geduldig.

Sie trank gerade Tee in Penelopes Salon, während ihre Gastgeberin wiederholt eine lange Liste von Beschwerden über den Zustand ihres Hauses, welches der Familie Kurland gehörte, zum Besten gab. Offenbar hatten sich während Penelopes Abwesenheit einige der Dachziegel gelöst, sodass Wasser durch das Dach eindrang.

„Ich weiß, dass dir derlei Dinge wenig bedeuten, Lucy, aber aufzuwachen, weil dir Wasser ins Gesicht tropft, ist ganz und gar nicht schön." Penelope bot ihr ein weiteres hauchdünnes Stück Kuchen und eine Tasse des wässrigen Tees an.

„Da bin ich mir sicher." Lucy nahm ein zweites Stück Mohnkuchen an und wartete darauf, dass Penelope eine abschätzige Bemerkung über ihren Appetit machte. Doch zur Abwechslung schien ihre Aufmerksamkeit woanders zu liegen.

„Und wenn mein lieber Dr. Fletcher nicht daheim ist, fallen derartige Entscheidungen *mir* zu."

„Hast du Dr. Evans darum gebeten, für dich oben auf dem Dach nachzusehen?" Lucy erwähnte Dr. Fletchers neuen Assistenten, der derzeit auf dem Dachboden lebte. „Wenn irgendwo Wasser ins Haus eindringt, sollte man meinen, dass er das bemerken würde."

„Ich werde ihn morgen darum bitten, wenn das Licht besser ist, aber ich bezweifle, dass er etwas dagegen tun kann. Er ist ein ruhiger und gelehriger Mann, der kaum das Haus verlässt."

„Hat er sich gut eingelebt?", fragte Lucy. Sie hatte kaum Gelegenheit gehabt, sich mit dem schüchternen, jungen Waliser bekannt zu machen, seit er im Winter hergekommen war. „Akzeptieren Dr. Fletchers Patienten seine Behandlungsmethoden?"

„Selbstverständlich bevorzugen sie die Aufmerksamkeit meines Mannes, aber er scheint recht zufriedenstellende Arbeit zu leisten." Penelope warf einen Blick in Richtung des Fensters, als sie das Geräusch einer heranfahrenden Kutsche vernahm. „Da fährt aber jemand schnell. Das heißt normalerweise, dass mein Ehemann gefragt ist."

Sie stand auf und blickte aus dem Fenster. „Das scheinen Sir Robert und Mr Jarvis aus dem *Queen's Head* zu sein."

Lucy trat an ihre Seite. „Was um alles in der Welt ...?"

Sie raffte ihre Röcke und rannte los, um ihnen die Vordertür zu öffnen, als Robert und Mr Jarvis eine Frau den Weg durch den Vorgarten herantrugen.

„Ist Dr. Evans hier?", rief Robert. „Wir brauchen Hilfe."

Penelope wirbelte herum. „Ich schaue nach, ob er oben ist. Bringen Sie die Patientin bitte nach hinten! Ich möchte kein Blut auf meinem besten Teppich."

Lucy hielt die Tür auf, damit Robert und Mr Jarvis eintreten konnten. Die Frau, die die beiden zwischen sich trugen, kannte sie nicht. Ihr Gesicht war voller blauer Flecke und Blut und sie schien ohnmächtig zu sein.

„Ich glaube, das ist Polly Carter", murmelte Robert Lucy im Vorbeigehen zu. „Bert Speers hat sie angegriffen."

„Bert Speers?" Lucy folgte ihnen durch den Flur und das Arbeitszimmer des Doktors in den Behandlungsraum, wo sie Polly vorsichtig auf der Liege ablegten. „Er ist also nicht geflüchtet?"

Robert nahm Lucy beiseite, während Mr Jarvis nach draußen zurückeilte, um dafür zu sorgen, dass die Kutsche sicher an der Seite des Hauses abgestellt war. „Es drängt sich die Frage auf, ob er deswegen zurück nach Kurland St. Mary gekommen ist. Vielleicht hat er irgendwann bemerkt, dass Polly sich an niemand anderen als ihre Cousine Agnes wenden konnte, und beschloss daher, sie hier umzubringen."

Er erzählte Lucy in knappen Worten, was am Gasthaus vorgefallen war, bevor er zusammen mit Mr Jarvis das Zimmer verließ, als Dr. Evans eintrat, um die Patientin zu untersuchen. Lucy blieb als Einzige im Zimmer, da Penelope es bevorzugte, nichts mit den Patienten ihres Ehemanns zu tun zu haben.

Nach einer kurzen Weile sah Dr. Evans hinüber zu Lucy. „Nun, sie hat mindestens zwei Schläge gegen den Kopf bekommen und ist recht übel gefallen, aber sie lebt."

„Gott sei Dank!", rief Lucy aus. „Ist es vertretbar, sie nach Kurland Hall zu bringen?"

Sie hatte nicht vor, Polly Carter irgendwo zurückzulassen, wo Bert Speers erneut einfach Zugang zu ihr erhalten konnte.

„Ich würde es bevorzugen, wenn sie noch mindestens eine Nacht hierbleiben würde, damit ich sie im Auge behalten kann. Kopfverletzungen können trügerisch sein. Manchmal sind die Patienten überzeugt, dass es ihnen gut genug geht, um wieder aufzustehen und dann fallen sie später einfach tot um."

„Nun, das wollen wir bestimmt nicht", erwiderte Lucy.

Dr. Evans faltete Polly Carters Hände über der Brust. „Sie sollte bald schon wieder zu Bewusstsein kommen."

„Vielen Dank, Doktor." Sie schenkte dem jungen Mann ein Lächeln. „Ich werde Mrs Fletcher fragen, ob sie ein Nachthemd übrighat, damit der Aufenthalt für unsere Patientin ein wenig bequemer wird."

Lucy würde außerdem mit Robert wegen einer Wache für das Haus des Doktors sprechen, bis es Polly gut genug ging, um zum Herrenhaus gebracht zu werden.

Dr. Evans hatte eine sehr beruhigende Art, die in starkem Kontrast zum eher direkten Dr. Fletcher stand.

Lucy ließ den Doktor und Polly allein und kehrte in den Salon zurück. Dort ging Penelope gerade Robert wegen des Zustands des Dachs an, während der arme Mr Jarvis aussah, als wäre er lieber an jedem anderen Ort nur nicht hier. Lucy konnte seinen Gemütszustand gut nachvollziehen und schaltete sich daher in die etwas hitzige Diskussion ein.

„Mein Liebster, Dr. Evans sagt, dass wir die Frau heute Nacht hierlassen sollen, bis sie wieder bei Bewusstsein ist. Vielleicht könntest du Mr Jarvis nach Hause begleiten und dann mit der Kutsche Betty und alle Sachen für mich für die Nacht vorbeibringen.“

Robert runzelte die Stirn. „Ich will nicht, dass du in deinem Zustand die ganze Nacht aufbleibst. Ich werde Betty gerne herbringen, aber *sie* wird wachbleiben und *du* kommst mit mir nach Hause.“

Lucy blickte ihm in die Augen und gab dann widerwillig nach. Immerhin hatte sie ihn von seinem Streit mit Penelope abgelenkt. „Wie du wünschst.“ Sie wandte sich an ihre Gastgeberin. „Ist das für dich in Ordnung?“

Ihre Freundin wandte schnippisch das Gesicht ab, sodass ihre blonden Locken tanzten. „Wie es scheint, gehört dieses Haus der Familie Kurland, und ich muss ihnen daher in allen Dingen *gehorchen*, also kann ich wohl kaum Nein sagen.“

„Dann werde ich mich auf den Weg machen.“ Robert funkelte Penelope noch ein letztes Mal an, bevor er mit Mr Jarvis ging. „Vielen Dank, für Ihre Gastfreundlichkeit, Madam.“

Penelope schüttelte den Kopf und schnalzte mit der Zunge, als die Vordertür zugeschlagen wurde. „Manchmal, Lucy, bin ich entsetzt, dass ich beinahe Sir Robert geheiratet hätte. Gott sei Dank, habe ich meine Meinung geändert und dir die Gelegenheit gegeben, dich mit seinem hitzigen Gemüt herumzuschlagen."

„War er bezüglich des Dachs etwa nicht hilfsbereit?", fragte Lucy.

„Er beharrte darauf, dass es gerade nicht besonders wichtig sei und ich als Frau eines Arztes vielleicht meine Prioritäten überdenken sollte!"

„Er macht sich große Sorgen um die junge Frau", erklärte Lucy.

„Und *wieso* macht er sich Sorgen, Lucy?" Penelope wandte sich mit feurig blitzenden Augen zu ihr. „Wer ist sie für ihn? Ich habe dich doch deswegen gewarnt, oder nicht?"

Da sie nicht die verworrenen Lebensgeschichten von Polly Carter und Flora Rosa erläutern wollte, sah sich Lucy gezwungen, zu schweigen, was sich mit jeder Sekunde als größere Herausforderung entpuppte. „Wenn du mich entschuldigen würdest, Penelope. Ich werde mich mit Dr. Evans über unsere Patientin unterhalten und dafür sorgen, dass sie es bequem hat."

Kapitel 17

Nach zwei Tagen ohne eine Spur von Bert Speers erhielt Lucy von Dr. Evans die Erlaubnis, Polly mit nach Kurland Hall zu nehmen. Es überraschte ihn, dass sie noch immer bewusstlos war, aber er versicherte Lucy, dass es von Zeit zu Zeit so wirkte, als käme Polly langsam wieder zu Bewusstsein, und wies sie an, sie in diesen Momenten besonders zu unterstützen.

Lucy hatte sich bereits gefragt, ob Polly beschlossen hatte, die Bewusstlosigkeit nur vorzutäuschen, weil sie vielleicht noch immer davon überzeugt war, dass sie ihr Böses wollten. Aber wieso war sie dann überhaupt nach Kurland St. Mary gekommen, sollte das noch der Fall sein? Wenn sie mit Marjory gesprochen und akzeptiert hatte, dass die Kurlands nur helfen wollten, Floras Mord aufzuklären, dann musste Lucy davon ausgehen, dass Polly hergereist war, um sie aufzusuchen.

Lucy aß ihr Frühstück nur langsam, während Robert seine Tageszeitung las. Sie überlegte, ob es vielleicht sinnvoll wäre, mit Polly zu sprechen, auch wenn sie bewusstlos zu sein schien. Vielleicht musste sie nur erklären, was passiert war, damit Polly sich schnell erholte. Agnes hatte ihre Cousine identifiziert und Lucy erkannte die Ähnlichkeit zwischen den beiden sofort. Das Kindermädchen hatte sich auch freiwillig gemeldet, an ihrer Seite zu bleiben, wann immer Ned seinen Mittagsschlaf hielt, was sich als sehr hilfreich herausgestellt hatte.

„Die Post, Mylady." Foley stellte ein Silbertablett neben ihr ab, auf dem sich mehrere Briefe stapelten. Lucy

sortierte die Schreiben und hielt inne, als sie einen als
‚Dringend‘ markierten Brief von Dr. Fletcher in die
Hände bekam.

„Robert?“

Wie üblich antwortete ihr Mann hinter seiner schützenden Zeitung nicht direkt, sodass Lucy die Stimme
erheben musste.

„Robert! Hier ist ein Brief von Dr. Fletcher. Darf ich
ihn öffnen oder willst du das tun?“

„Öffne ihn.“ Er machte sich nicht einmal die Mühe,
die Zeitung zu senken.

Sie brach das Wachssiegel, auf dem das Wappen ihres
Onkels prangte. Er war es auch, der den Brief frankiert
hatte.

„Robert.“ Lucys Stimme bebte.

Er ließ die Zeitung sinken. „Was?“

„Marjory ist *tot*.“

„Wer ist Marjory?“

„Das Hausmädchen, das für Flora gearbeitet hat und
auch Polly kannte.“ Lucy übergab Robert den Brief.
„Mrs Pell hat bei den Harringtons nach uns gefragt und
ist zum Glück auf Dr. Fletcher getroffen. Sie erzählte,
dass Marjory in der Küche nebenan gefunden worden
sei. Sie wurde erwürgt.“

„Guter Gott, die arme Frau.“ Robert las sich den Brief
durch.

„Kann es sein, dass Bert nach London zurückgekehrt
ist, um sie zu ermorden?“

„Das kann schon sein, wenn er noch am gleichen Tag
aufgebrochen ist, als Polly hier eintraf“, sagte Lucy und
seufzte. „Die arme Marjory. Sie hat davon geträumt

eines Tages auf der Bühne zu stehen. Und sie war Polly und Flora eine gute Freundin.“

„Und dafür hat sie mit dem Leben bezahlt“, merkte Robert an. „Je mehr ich darüber nachdenke, dass Bert Speers mit alledem davonkommen könnte, desto schlimmer fühle ich mich wegen meiner Entscheidung, ihn in Kurland St. Mary festzuhalten und nicht im Gefängnis der Grafschaft.“

„Du hast getan, was dir zu dem Zeitpunkt und basierend auf deinem damaligen Wissensstand als das Beste erschien“, erinnerte ihn Lucy.

„Versuch mich nicht freizusprechen.“ Er blickte sie ungehalten an. „Ich habe Flora und Marjory im Stich gelassen.“

Sie streckte die Hand nach ihm aus und umschloss seine geballte Faust. „Aber du kannst nicht ändern, was passiert ist, oder? Also kannst du nur nach vorne blicken und dein Bestes geben, um ihren Mörder seiner gerechten Strafe zuzuführen.“

„*Wie?*“, fragte Robert eindringlich.

„Ich würde damit anfangen, Viscount Gravely zu schreiben, damit er versteht, was es für ihn bedeutet, Bert Speers zu helfen oder ihn zu decken.“

„Das lässt sich bewerkstelligen.“

„Und ich werde meinem Onkel schreiben, um zu sehen, ob er seinen Einfluss nutzen kann, um den Viscount davon zu überzeugen, ihm zu verraten, wo sich Bert befindet.“

„Das ist ein Anfang“, sagte Robert, führte ihre Hand an den Mund und küsste sie auf die Finger. „Danke, meine Liebste. Ich weiß, dass ich mich immer auf deinen Verstand verlassen kann, damit ich schließlich wieder auf dem richtigen Weg wandle."

Lucy lächelte. „Ich weiß das Kompliment zu schätzen, aber ich muss zugeben, dass ich normalerweise diejenige bin, die sich auf *deinen* Verstand verlässt, und nicht umgekehrt."

Sie rückte vom Tisch zurück. „Ich gehe sofort los und schreibe meinem Onkel."

„Und ich schreibe Viscount Gravely. Er mag mir den Zutritt zu seinem Haus untersagt haben, aber er kann wohl kaum etwas gegen einen Brief einwenden."

Lucy verfasste ihr Schreiben und übergab es Robert, der es zusammen mit seinem so schnell wie möglich abschicken wollte. Sie ließ ihn zurück, damit er seinen Brief vollenden konnte, und ging nach oben. Vor dem Zimmer, in dem Polly sich erholte, hielt sie inne, dann trat sie ein und fand Betty neben dem Bett sitzend und strickend vor, während sie ein Auge auf die Patientin hielt.

„Wie geht es ihr?", fragte Lucy.

„Sie hat sich nicht gerührt", antwortete Betty. „Ich habe ein paar Schluck Wasser in sie hineinbekommen, wie Dr. Evans es uns gezeigt hat."

„Sehr gut", sagte Lucy. „Würde es Ihnen etwas ausmachen, kurz nach oben in die Kinderstube zu gehen und Mrs Akers auszurichten, dass ich sie auf dem Spaziergang mit Ned begleiten möchte? Ich werde auf Polly aufpassen, während Sie weg sind."

„Wie Sie wünschen, Mylady."

Betty war eine der wenigen Bediensteten in Kurland Hall, der sie Pollys wahre Identität anvertraut hatte.

Nachdem Betty gegangen war, nahm Lucy ihren Platz an der Bettseite ein und musterte Pollys blasses, regungsloses Gesicht. Ihre linke Gesichtshälfte sah noch immer sehr ramponiert aus ebenso wie ihre Oberarme, wo Bert sie beim Versuch, sie davon zu zerren, gepackt hatte. Lucy ergriff Pollys Handgelenk und sprach langsam und deutlich.

„Polly, wenn Sie mich hören können, möchte ich, dass Sie wissen, dass Sie hier in Kurland Hall sicher und beschützt sind. Es gibt keinen Grund, Angst zu haben. Sir Robert und ich möchten nur dabei helfen, herauszufinden, wer Flora Rosa ermordet hat, und die Person ihrer gerechten Strafe zuführen. Vielleicht können Sie uns erklären, was passiert ist, wenn Sie wieder aufwachen. Ich verspreche, dass wir Ihnen Glauben schenken werden."

Lucy kam sich ein wenig albern vor, weil sie mit einer bewusstlosen Person sprach, aber sie wusste einfach nicht weiter. Und wenn ihre Worte Pollys Bewusstlosigkeit durchdringen konnten, dann wollte sie es zumindest probieren.

Einen kurzen Augenblick flammte ihre Hoffnung auf, als Polly blinzelte und unruhig den Kopf hin- und herbewegte. Doch dann glitt sie wieder in die Besinnungslosigkeit. Lucy bemerkte erst jetzt, dass sie die Luft angehalten hatte und atmete lange aus. Im Bauch spürte sie einen kräftigen Tritt ihres Kindes.

Sie würde ihr Flehen in Pollys Gegenwart einmal am Tag wiederholen und hoffen, dass das Mädchen irgendwann aufwachte. Ihre einzige Sorge war, dass Viscount Gravely sich in aller Ruhe eine Geschichte ausdenken konnte, um sich und Bert zu verteidigen, solange Polly noch nicht in der Lage oder gewillt war, ihre Version der Ereignisse preiszugeben. Niemand würde einer niederen Bediensteten wie Polly eher glauben als einem Lord.

Betty kam herein und Lucy erhob sich. Es gab keinen Grund, sich über Dinge zu sorgen, auf die sie keinen Einfluss hatte. Sie würde mit Anna und Ned zu den Ställen hinunterspazieren und sich mit Dr. Evans beraten, wenn er um drei vorbeikam, um die Patientin zu besuchen.

***

Robert sah auf, als er seinen Brief an Viscount Gravely gefaltet und versiegelt hatte, und erblickte seinen Landverwalter, der gerade das Zimmer betreten hatte.

„Ah, da sind Sie ja, Dermot. Können Sie dafür sorgen, dass diese Briefe so schnell wie möglich zum *Queen's Head* gebracht und von dort nach London geschickt werden?"

„Jawohl, Sir Robert." Dermot nahm die Schreiben an sich, blieb allerdings wie angewurzelt stehen.

„Nun, worauf warten Sie?", fragte Robert.

„Ich habe vergessen, Ihnen Bescheid zu sagen, dass ich jemanden vorbeigeschickt habe, um das Dach meines Bruders zu reparieren."

„Gut."

Dermot bewegte sich noch immer nicht.

„Ich ... wollte Sie etwas fragen, Sir." Er schluckte schwer. „Die Frau, die mit Dr. Evans herkam?"

„Was soll mit ihr sein?", fragte Robert.

„Hat sie etwas mit dem Verschwinden und Tod von Polly Carter zu tun?“

Robert legte die Feder beiseite. Nachdem er krampfhaft versucht hatte, einen Brief an Viscount Gravely zu verfassen, den dieser nicht sofort ins Feuer werfen würde, war seine Geduld bereits hauchdünn. Vielleicht war das hier ein guter Zeitpunkt, um sich noch einmal seinen Bedenken bezüglich des Umgangs von Dermot mit Flora zu widmen. Er wollte verdammt sein, wenn sich die Wahrheit nicht irgendwie finden ließe.

„Wie kommen Sie darauf?“, fragte Robert.

Dermot zuckte mit den Schultern. „Ich habe nur in der Küche etwas aufgeschnappt und habe mich gefragt …“

„Ich bin mir nicht sicher, warum Sie sich derartige Fragen stellen, wo doch Ihre eigene Beziehung zu Polly Carter in einem sehr ungünstigen Licht erscheint.“

„Was?“ Dermot blinzelte ihn verdutzt an. „Ich meine: Wie bitte, Sir?“

„Sie waren wütend auf Polly, weil sie Ihre Zuneigung nicht erwiderte“, bemerkte Robert. „Und kurz darauf wurde sie ermordet auf dem Grund und Boden eines Bauernhofes gefunden, den Sie noch in derselben Woche besucht hatten.“

„Ich habe sie *nicht* umgebracht, Sir Robert.“ Auch wenn er blass wurde, hielt Dermot Roberts Blick stand und sah ihm direkt in die Augen. Die Empörung in den seinen war deutlich zu erkennen. „Ich würde *niemals* etwas derart Niederträchtiges tun. Wie können Sie so etwas von mir denken?“

„Wieso lügen Sie mich dann immer noch an? Wieso sind Sie ihr nicht nachgelaufen, wenn Sie doch angeblich gesehen haben wollen, dass Bert Speers sie in Richtung der Hauptstraße davongezerrt hat?" Robert stellte die Fragen völlig unverblümt. Er war die Täuschungen satt, besonders die seiner eigenen verdammten Angestellten, die es besser wissen sollten. Dermot sollte eigentlich sein vertrauenswürdigster Bediensteter sein. „Wenn Ihnen wirklich etwas an ihr lag, dann wären Sie eingeschritten, und vielleicht wäre sie dann heute noch am Leben!"

Der letzte Teil war nicht wirklich gerecht ihm gegenüber, aber Robert hatte solche Bedenken hinter sich gelassen. Wenn er je herausfinden wollte, was Flora Rosa widerfahren war, dann musste er allem Schwindel auf den Grund gehen, auf den er allenthalben stieß.

„Ich bin ihr nicht nachgegangen, weil ..." Dermot unterbrach sich und blickte Robert hilflos an.

„Weil was?"

„Weil ... ich abgelenkt war", sagte Dermot vorsichtig. „Ich bin nicht stolz auf das, was passiert ist, aber immerhin habe ich versucht, das Richtige zu tun und dafür gesorgt, dass er an einem sicheren Ort lag."

„Du gute Güte. Das ist es, oder?" Robert erhob sich so schnell, dass Dermot zusammenzuckte, und marschierte zur Tür. Er öffnete sie und brüllte: „James! Kommen Sie sofort in mein Arbeitszimmer!"

Robert wartete an der Tür, bis James mit bemerkenswert nervöser Miene auftauchte. Er ließ ihn ins Arbeitszimmer treten. Beim Anblick von Dermot sah es kurz so aus, als wolle sein Angestellter Reißaus nehmen. Robert knallte die Tür zu, bevor einer der beiden sich dazu entscheiden konnte.

Er kehrte zurück hinter seinen Schreibtisch. „Also raus damit. Wer hat wen zuerst geschlagen?“

James hob die Hand. „Das war ich, Sir.“ Er lief rot an. „Er hat mir gesagt, dass ich Polly in Ruhe lassen solle. Da habe ich mich umgedreht und ihm eine verpasst.“

„Stimmt das?“ Robert blickte zu Dermot.

„Ja, Sir“, gab Dermot zu. „Und dann habe ich zurückgeschlagen und er ist wie ein Stein zu Boden gegangen.“

„Ich bin über einen Ast gestolpert!“, protestierte James. „Sie haben mich kaum berührt.“

„Das stimmt nicht, Sie ...“

„Seien Sie still! Alle beide.“ Robert hatte eine Hand erhoben. „Mich interessiert nicht, wer von Ihnen sich für den größeren Boxer hält. Ich will nur wissen, was als Nächstes geschah.“

„Ich habe versucht, James zu wecken, aber ich blieb erfolglos“, sagte Dermot. „Ich wollte ihn jedoch nicht bei der Kirche liegen lassen, also beschloss ich, dass es das Beste wäre, ihn zum Hof seiner Eltern zu bringen, weil ich ohnehin auf dem Weg dorthin war.“

„Und wieso haben Sie ihn dann nicht bis zur Tür gebracht?“, fragte Robert.

„Weil ich die Greens nicht wissen lassen wollte, was ich getan hatte“, erklärte Dermot. „Als Ihr Landverwalter besitze ich eine gewisse Autorität auf den Ländereien. Ich wollte nicht, dass die Eltern von James einen schlechten Eindruck von mir gewinnen.“

„Zu schade, dass Ihnen der Gedanke nicht gekommen ist, bevor Sie sich wie ein eifersüchtiger Narr aufgeführt haben. Und das alles wegen einer Frau, die niemals zugestimmt hätte, Sie zu heiraten“, gab Robert bissig zurück.

„Ich gestehe, dass ich impulsiv gehandelt habe", sagte Dermot. „Und dafür schäme ich mich."

Robert blickte von James zu Dermot. „Was ich noch immer nicht verstehe, ist, warum keiner von Ihnen es schon früher gestanden hat."

James räusperte sich. „Sie dachten, ich hätte Polly ermordet, Sir."

„Wieso haben Sie dann nicht die Wahrheit gesagt?", fuhr Robert ihn an.

„Nun, das war so, Sir. Da ich bewusstlos beim Haus meiner Eltern gefunden wurde, dachte ich, dass Sie sofort erkennen würden, dass ich Polly nicht ermordet haben konnte. Und ich wollte keinen unnötigen Verdacht erregen, indem ich Ihnen von einem dummen Streit erzähle und dabei auch noch Mr Fletcher in Schwierigkeiten bringe."

Robert versuchte die heraussprudelnde Erklärung zu verdauen und atmete scharf durch die Nase aus. In seiner Zeit beim Militär hatte er es mit einigen jungen Soldaten zu tun gehabt und ihre absurde Logik beeindruckte ihn schon damals immer wieder aufs Neue.

„Mir ging es ebenso, Sir Robert", pflichtete Dermot ihm bei. „Ich wusste, dass James in Schwierigkeiten steckte, als Sie ihn in sein Zimmer sperren ließen. Ich dachte, dass es die Sache für ihn nur verschlimmern würde, wenn ich unseren Kampf erwähnte."

„Ist Ihren beiden Dummköpfen nicht in den Sinn gekommen, dass es mir geholfen hätte, Pollys Mörder zu schnappen, wenn ich all das gewusst hätte?"

Dermot und James tauschten peinlich berührt einen Blick miteinander aus, bevor sie einstimmig antworteten.

„Nicht wirklich, Sir ..."

James sprach weiter: „Was könnte unser Streit damit zu tun haben, dass Bert Speers Polly ergriffen hat?"

„Nun, zum einen hätten Sie vielleicht Bert folgen und ihn dazu zwingen können, Polly *loszulassen*, wenn Sie beide nicht so damit beschäftigt gewesen wären, sich zu prügeln. Ist Ihnen das in den Sinn gekommen?"

Ein Schweigen breitete sich im Raum aus und Robert ließ es eine Weile wirken, da die beiden Männer plötzlich niedergeschlagen aussahen.

„Ihr dummer Hahnenkampf passt nicht wirklich zu zwei Männern, die angeblich wahre Liebe für Polly empfanden, oder?"

„Es tut mir leid, Sir", murmelte Dermot. „Ich habe Sie und auch Polly enttäuscht."

„Richtig", fügte James an. „Ich habe mich wie ein Narr aufgeführt und sie hat dafür bezahlt."

Robert machte sich nicht die Mühe, die beiden zu trösten. Seiner Erfahrung nach musste eine Lektion eine Weile brennen und nachwirken, damit sie wirklich Früchte trug.

„Also gut, bevor ich Sie beide gehen lasse: Gibt es noch irgendetwas, das einer von Ihnen mir über das, was an dem Tag vorgefallen ist, erzählen möchte?", fragte Robert.

„Mir fällt nichts ein, Sir", sagte Dermot, woraufhin auch James nickte.

„Dann machen Sie sich wieder an die Arbeit und seien Sie dankbar dafür, dass ich nicht in der Stimmung bin, Sie beide sofort zu entlassen", sagte Robert.

„Vielen Dank, Sir." Dermot klopfte sich auf die Tasche, um sich zu vergewissern, dass die Briefe darin steckten. „Ich verspreche, dass ich nie wieder etwas Derartiges zulassen werde."

Robert nickte und sah seinem davoneilenden Landverwalter hinterher. James verweilte noch mit nachdenklicher Miene.

„Eine Sache ist da noch, Sir Robert."

„Und das wäre, James?"

„Ich habe an dem Tag mit Polly gesprochen. Sie sagte mir, dass sie nicht mit mir spazieren gehen könne, weil sie sich mit Bert treffe. Ich bestand darauf, dass sie einen besseren Mann finden könne. Sie lachte und sagte, dass ich es falsch verstehe. Sie und Bert seien zusammen aufgewachsen und er sei ihr bester Freund und schlimmster Feind zugleich."

James seufzte. „Sie hat meine Wange getätschelt und mir gesagt, dass ich ein guter Junge sein solle. Sie werde bald nach London zurückkehren und ich solle mir keine Sorgen wegen ihr machen."

Er blickte Robert in die Augen. „Ich kann noch immer nicht ganz glauben, dass es Bert gewesen sein soll, der sie erwürgt hat."

„Wenn sie wirklich gesagt hat, dass Bert ihr bester Freund *und* schlimmster Feind sei, dann hat vielleicht seine schlimmere Seite obsiegt", gab Robert ruhig zu bedenken.

„Damit könnten Sie richtig liegen, Sir." James klang nicht überzeugt. „Ich weiß nur, dass sie ganz und gar nicht wie eine Frau wirkte, die in Angst vor ihm lebte."

„Was vielleicht der Grund war, warum es ihm so leichtfiel, mit ihr zu gehen und sie zu ermorden."

James' Fassade bröckelte. Er rieb sich hastig über die Wangen, als die ersten Tränen sein Gesicht herunterrannen.

„Ich habe sie im Stich gelassen, Sir Robert. Ich habe sie geliebt und habe sie gehen lassen, ohne auch nur einen Finger zu rühren.“

„Sie haben genau das getan, worum ich Sie gebeten habe“, erinnerte Robert ihn. „Machen Sie sich dafür keine Vorwürfe.“ Er überlegte kurz, bevor er weitersprach. „Um ehrlich zu sein, haben wir alle sie im Stich gelassen, nicht wahr?“

Kapitel 18

„Ich kann nicht fassen, dass Mr Fletcher und James so sehr in ihre Rauferei vertieft waren, dass Bert Polly direkt vor ihrer Nase mitnehmen konnte!" Lucy sah Robert entsetzt an. „Und wieso hat James dir das nicht gleich erzählt?"

Robert, der im Salon auf- und abschritt, wandte sich ihr wieder zu. „Weil er dachte, ich würde ihm nicht glauben, dass er zum Zeitpunkt von Pollys Mord bei seinen Eltern gewesen war, wenn er den Streit mit Dermot gestand. Er hatte Angst, ich würde ihn für den Mörder halten."

Sie setzte zum Sprechen an, aber er schnitt ihr das Wort ab.

„Ich weiß. Seine Argumentation ist völlig unlogisch. Ich konnte mich gerade so davon abhalten, über meinen Schreibtisch zu springen und ihn gleich noch einmal niederzuschlagen."

Lucy dachte erneut darüber nach, was er ihr erzählt hatte, und seufzte.

„Das hilft uns nicht wirklich weiter, oder?"

„Nun, damit können wir diese beiden Narren von meiner Liste der Verdächtigen streichen. Nicht, dass ich einem der beiden einen Mord zugetraut hätte, aber so gibt es ein paar lose Enden weniger."

„Das stimmt in der Tat." Lucy runzelte die Stirn. „Ich frage mich, was Flora damit meinte, dass sie und Bert schon lange Freunde gewesen seien. Glaubst du, das hat sie sich ausgedacht, um James glauben zu lassen, dass alles in Ordnung sei, oder stimmte es wirklich?"

„James schien es für die Wahrheit zu halten, aber wir dürfen nicht vergessen, dass Flora nach allem, was wir gehört haben, eine sehr gute Schauspielerin war.“

„Vielleicht wollte sie James davon abhalten, sich einzumischen, weil sie wusste, dass das Treffen mit Bert schwierig werden würde“, spekulierte Lucy.

„Das könnte durchaus sein“, stimmte Robert ihr zu, hörte endlich auf umherzuwandern und setzte sich auf den Sessel ihr gegenüber. „Aber was, wenn sie ihn wirklich gut kannte?“

„Bert? Ich schätze, sie könnte ihn aus dem Waisenhaus kennen. Ich frage mich, ob es möglich ist, so etwas herauszufinden.“

„Mr Biggins sprach davon, dass Bert ein Waisenkind gewesen sei. Er weiß vielleicht, in welchen Waisenhaus er lebte.“

„Würde er es dir denn verraten?“

„Ich wüsste keinen Grund, der dagegenspräche.“ Robert zuckte mit den Schultern. „Er ist nicht länger ein Angestellter der Familie Gravely, daher haben sie keine Handhabe gegen ihn.“ Er seufzte. „Ich schätze, du willst, dass ich auch ihm einen Brief schreibe?“

„Es könnte hilfreich sein“ erwiderte Lucy.

„Ich wüsste nicht, warum?“, knurrte Robert, während er sich an ihren kleinen Schreibtisch setzte und ihre beste Schreibfeder und Papier hervorkramte. „Meine Ausgaben haben sich bei all den Postgebühren in diesem Monat schon verdreifacht.“

„Es ist immer noch günstiger und weniger schlecht für deine Gesundheit, als den ganzen Weg nach London zu reiten“, erinnerte ihn Lucy. Er schrieb seinen Brief, löschte die Tinte und verschloss das Schreiben, indem er sein Siegel in das Wachs drückte.

Er wandte sich zu ihr um. Auf seiner Stirn stand noch immer eine tiefe Falte. „Ich würde lieber den Viscount persönlich konfrontieren, anstatt mich auf die schriftliche Aussage eines ehemaligen Angestellten verlassen zu müssen.“

„Aber er würde dich nicht in sein Haus lassen“, sagte Lucy.

„Es gibt immer einen Weg hinein.“ Robert lehnte den Brief gegen die Tischlampe.

„Ich würde es lieber sehen, wenn du diesen Teil des Rätsels meinem Onkel David überlässt. Er ist sehr gut darin, seinen Willen durchzusetzen.“

„Das kann ich mir gut vorstellen.“ Robert erhob sich. „Wie geht es Polly?“

„Unverändert.“ Lucy verzog das Gesicht. „Dr. Evans weiß nicht, warum sie noch nicht wieder bei Bewusstsein ist.“

„Dr. Fletcher wird bald zurück sein. Vielleicht kann er sie sich ansehen und etwas finden, das sein Partner übersehen hat.“

„Ich habe mich tatsächlich schon gefragt, ob sie das Ganze nur spielt“, gestand Lucy ein.

„Warum sollte sie das tun?“

„Vielleicht glaubt sie immer noch, dass sie in Gefahr ist.“

„Unseretwegen?“ Robert wirkte ungeduldig. „Wenn ich sie hätte ausschalten wollen, hätte ich sie einfach Bert überlassen.“ Er hob den Brief auf. „Ich werde den hier zum *Queen's Head* bringen.“

Lucy hatte gerade ihren Brief an Anthony fertig geschrieben, als Anna sie aufsuchte. Sie hielt eine Notiz in der Hand. Lucy hatte ihre Schwester noch nie so strahlen sehen, und das, trotz der unvermeidbaren Abwesenheit ihres frisch angetrauten Ehemanns.

„Tante Rose lädt uns heute zum Abendessen ins Pfarrhaus ein, um Vaters Geburtstag zu feiern. Sie fragt, ob wir auch Ned mitbringen können.“

„Ich habe nichts dagegen, im Pfarrhaus zu Abend zu essen“, erwiderte Lucy. „Aber wenn Ned uns begleiten soll, dann darf es nicht zu spät werden.“

„Rose hat deine Einwände schon bedacht und schlägt vor, dass wir um fünf eintreffen und noch vor sechs Uhr speisen.“ Anna warf einen prüfenden Blick auf die Nachricht.

„Solange Robert zustimmt, werde ich gerne mitkommen.“

„Das hat er. Ich habe mich gerade in der Eingangshalle mit ihm unterhalten und er meinte, ich solle dich fragen“, erwiderte Anna.

Lucy öffnete die Schublade ihres Schreibtischs und zog ein schmales Buch mit einem marmorierten Ledereinband hervor. „Auf Empfehlung von Onkel David habe ich dieses Buch hier für Vater gekauft, während ich in London war.“

„Wovon handelt es?“, fragte Anna.

„Obskure griechische Geschichte, aber Vater will es offenbar schon seit langem haben.“

„Auf Griechisch nehme ich an?“ Anna seufzte. „Und ich habe ihm nur einen neuen Schal gestrickt.“

„Und den wird er sehr zu schätzen wissen, wenn er bei Wind und Wetter auf der Jagd draußen ist.“ Lucy schenkte ihrer Schwester ein Lächeln. „Ich glaube, Ned hat ihm ein Bild von einem Pferd gemalt, was ihm viel mehr gefallen wird als alles, das wir ihm je schenken könnten.“

Annas Lachen hallte durchs Zimmer und plötzlich fühlte Lucy sich viel besser. Wenn sie Bert Speers nicht fangen würden, würde das Leben dennoch weitergehen. Und Momente wie dieser mit ihrer Schwester riefen ihr das in Erinnerung.

„Dann gehe ich mal und schreibe Tante Rose eine Antwort“, sagte Anna. „Und wenn du mit mir und Ned spazieren gehen möchtest, brechen wir in einer Stunde auf.“

Das Pfarrhaus war hell erleuchtet, als Lucy und ihre Familie in der Kutsche eintrafen. Sie waren zu dem Schluss gekommen, dass ein so weiter Spaziergang für Ned zu so später Stunde vielleicht ein bisschen zu viel gewesen wäre.

„Komm her, mein Junge.“ Robert hob Ned aus der Kutsche und hielt ihn fest am Kragen gepackt, als er versuchte, an ihm vorbeizurennen. „Nein, wir haben keine Zeit, um zu den Ställen zu gehen und das Pferd deines Großvaters zu sehen. Wenn du dich gut benimmst, bin ich sicher, dass dich jemand hinbringen wird, sobald wir fertig gegessen haben.“

Während die beiden diskutierten, stiegen Lucy und Anna allein an der anderen Seite der Kutsche aus. Lucy umrundete den Wagen und nahm Neds andere Hand.

„Ich habe dein Bild hier, Ned. Willst du es nicht deinem Großvater geben und ihm zum Geburtstag gratulieren?“

„Ja!" Ned rannte den Pfad hinunter. „Kommt schon!"

Lucy lächelte noch immer, als sie ins Haus gebeten wurden und ihre Mäntel und Hüte in der Eingangshalle ablegten. Sie konnte ihren Vater bereits im Salon sprechen hören. Seine laute und gesellige Stimme, die es gewohnt war, die gesamte Gemeinde übertönen zu müssen, war kaum zu verwechseln.

Robert und Lucy ließen Neds Hand los, als sie das Zimmer betraten, und sahen zu, wie ihr Sohn, der keinerlei Angst vor seinem einschüchternd hochgewachsenen Großvater hatte, auf diesen zu rannte.

„Herzlichen Glückwunsch zum Geburtstag, Großvater!" Ned grinste ihn breit an. „Papa sagt, du bist einhundertundeins!" Lucy warf Robert einen Blick zu, der unschuldig mit den Schultern zuckte.

„Nicht ganz, junger Mann." Der Pfarrer war nicht beleidigt. „Was hast du mir denn da mitgebracht?"

Ned reichte ihm das aufgerollte Papier und hüpfte ungeduldig von einem Fuß auf den anderen, während sein Großvater es ausrollte.

„Das ist Apollo! Dein Pferd!", sagte Ned.

„Bei Jupiter, so ist es!" Er sah zu Lucy hinüber. „Das ist ja wirklich erstaunlich detailreich. Hat er sich etwa in meinen Stall geschlichen und mein Pferd gezeichnet oder hat er es aus dem Gedächtnis gemalt?"

„Aus dem Gedächtnis, Sir. Glaube ich." Robert trat an Neds Seite und legte sanft eine Hand auf dessen Schulter. „Er hat sich jedenfalls geweigert, von mir Rat anzunehmen."

„Es ist perfekt geworden, Ned." Der Pfarrer musterte seinen Enkel mit freudig funkelnden Augen. „Ich werde es rahmen und in meinem Arbeitszimmer aufhängen lassen. Vielen Dank."

Neds Grinsen war so breit, dass Lucy nicht anders konnte, als sein Lächeln zu erwidern. Sie übergab ihr eigenes Päckchen.

„Herzlichen Glückwunsch, Vater."

„Vielen Dank, meine Liebe." Er löste den Faden um das braune Papier und musterte einen Moment das schmale Buch, das darin eingeschlagen war. „Ach du meine Güte! Wo hast du das denn gefunden?"

„In einem antiquarischen Buchladen mit ein wenig Hilfe von Onkel David", sagte Lucy.

„So, so." Ihr Vater setzte sich die Brille auf, öffnete das Buch und begann, das Vorwort zu lesen.

„Ambrose?" Tante Rose gesellte sich zu ihnen, tätschelte sanft seinen Arm und entfernte gekonnt beiläufig das Buch aus seinen Händen. „Das Abendessen ist fast fertig. Ich werde Meg nach oben schicken, um unsere anderen Gäste zur Eile zu drängen, und dann sind wir bereit anzufangen."

„Wie du wünschst, meine Liebe."

Beeindruckt von der anhaltend gute Laune ihres Vaters konnte Lucy Rose nur Respekt dafür zollen, wie sie den gelehrigen und manchmal recht selbstsüchtigen Pfarrer unter Kontrolle hatte. Früher hätte sich Lucys Vater sofort in sein Arbeitszimmer zurückgezogen, wenn er ein neues Buch erhalten hatte, dort gespeist und seine Pflichten gegenüber Gesellschaft und Gemeinde vollkommen vernachlässigt.

„Großvater?" Ned zupfte am Ärmel des Pfarrers. „Zeigst du mir gleich noch Apollo, damit wir ihm sein Bild zeigen können?"

„Natürlich, aber erst nach dem Abendessen.“

Neds fröhlicher Gesichtsausdruck verblasste. „Aber …“

„Ned?“ Lucy trat vor und nahm ihn bestimmt an der Hand. „Du hast gehört, was dein Großvater gesagt hat. Und jetzt komm und verbeuge dich vor den anderen Gästen.“

Sie grüßte die Culpeppers, die im Dorf wohnten und zwei Kinder hatten. Eins davon war in einem ähnlichen Alter wie Ned, sodass die beiden häufig miteinander spielten. Mr Culpepper war der Vikar ihres Vaters und erledigte die meisten Aufgaben, die mit dem Leiten einer großen, ländlichen Gemeinde verbunden waren. Mrs Culpepper war Penelopes jüngere Schwester, die ihr ganz und gar nicht ähnelte.

„Kommt Penelope ebenfalls?“, fragte Lucy.

„Sie ist eingeladen, aber sie lehnte ab, weil Dr. Fletcher noch nicht zu Hause ist und sie ohne ihn nicht kommen wollte.“ Dorothea lächelte. „Ihre Hingabe zu Dr. Fletcher ist bewundernswert.“

„In der Tat“, stimmte Lucy ihr zu. „Hat mein Vater erwähnt, dass er noch andere Gäste hat?“

„Ich glaube, jemand ist heute Nachmittag hier eingetroffen“, sagte Mr Culpepper. „Ein alter Freund aus Universitätszeiten.“

„Wie nett von ihm.“ Lucy lächelte, als sie bemerkte, dass Tante Rose ihre Gäste an der Tür zum Speisesaal versammelte. „Bitte entschuldigen Sie mich. Ich muss Sir Robert suchen.“

Mit Ned sicher an der Hand, wandte sie sich zur Tür, nur um ihren Ehemann mit wutentbrannter Miene auf sich zueilen zu sehen.

„Du wirst nie erraten, wer zum Abendessen kommt,
meine Liebste.“

Lucy zog die Augenbrauen hoch. Robert trat einen
Schritt zur Seite und deutete in Richtung der Tür.

„Viscount Gravely und seine beiden Söhne.“

Lucy unterdrückte ein Keuchen. „Also, *das* ist wirklich unerwartet. “

„Und irgendwie bezweifle ich, dass es ein Zufall ist.
Was denkst du?“, murmelte Robert. „Ich kann es kaum
erwarten, herauszufinden, welch fadenscheinigen Vorwand Viscount Gravely benutzt hat, um sich in *mein*
Dorf einladen zu lassen.“

„Sir Robert.“ Viscount Gravely, der zur Rechten des
Pfarrers und Robert damit direkt gegenüber saß, neigte
leicht den Kopf. „Was für eine Überraschung, Sie hier
zu sehen.“

Robert bemühte sich nicht um eine Antwort, sondern
starrte ihn nur über die Kerzen hinweg an, bis der Viscount den Blick senkte.

„Mir war nicht klar, dass Sie meinen Schwiegersohn
kennen, Gravely“, schaltete der Pfarrer sich ein.

„Wir haben uns in London kennengelernt. Ihr Bruder
hat uns bekanntgemacht“, sagte Viscount Gravely. „Ich
schätze, ich sollte nicht überrascht sein, ihn hier an Ihrer Tafel zu sehen, Ambrose, schließlich wohnte er im
Haus deiner Verwandten.“

„Kurland ist mit meiner ältesten Tochter Lucy verheiratet.“

Viscount Gravely blickte die lange Tafel hinunter, wo
Lucy bei seinen beiden Söhnen saß.

„Ah, wie wundervoll.“

„Was bringt Sie nach Kurland St. Mary, Mylord?“, fragte Robert. „Mir wurde der Eindruck vermittelt, dass Sie nicht länger in der Lage seien, Ihr Haus zu verlassen.“

„Während meiner Zeit in Indien habe ich mich mit einer Form der Schwindsucht angesteckt, die mich manchmal so sehr schwächt, dass ich mich ins Bett zurückziehen muss.“ Gravely bedachte Robert mit einem gezwungenen Lächeln. „Bei Ihrem letzten Besuch erholte ich mich gerade vom letzten Schub.“

„Aber das erklärt noch immer nicht Ihr plötzliches Interesse an einem Besuch in meinem Dorf.“

„*Ihrem* Dorf?“ Viscount Gravely zog eine Augenbraue hoch. „Ich nehme an, mein Freund Ambrose hier würde das anders sehen.“ „Ganz und gar nicht“, erwiderte der Pfarrer heiter. „Mein Schwiegersohn hat recht. Alle Ländereien in der Gegend, die nicht gerade der Diözese gehören, sind Eigentum der Familie Kurland, die schon seit der Reformation der Klöster hier ansässig ist.“

„Sie haben noch immer nicht meine Frage beantwortet, Mylord“, erinnerte Robert ihn höflich. „Wieso haben Sie sich *jetzt* entschieden, herzukommen?“

„Weil mich das Treffen mit dem Earl of Harrington daran erinnerte, dass ich mit meinem alten Freund Ambrose noch ein paar interessante Stücke besprechen wollte, die ich auf meinen Reisen in Indien angesammelt habe.“

„Ach, wirklich?“ Robert hoffte, dass seine Skepsis nicht durchschimmerte. „Wie lange haben Sie vor hierzubleiben?“

„Ich möchte meinen, dass Sie das nichts angeht.“ Viscount Gravely erwiderte seinen Blick. „Ich verspreche, dass ich mich nicht in Ihre Angelegenheiten einmischen werde."

„Ich hatte darüber nachgedacht, morgen mit Gravely nach Kurland Hall zu kommen, Robert. Er würde sicherlich gerne die Waffenkammer und die Geheimgänge unter der Treppe besichtigen."

„Ich fürchte, das wird nicht möglich sein." Robert lächelte seinem Schwiegervater höflich zu und erhob sich. „Wenn Sie mich einen Moment entschuldigen würden?"

Er ließ den Pfarrer mit offenem Mund zurück und verließ das Zimmer in Richtung des Flurs, wo er stehen blieb, um sich zu sammeln. Der Kerl hatte Nerven – er saß ihm einfach gegenüber und provozierte ihn geradezu, seine Missetaten zu enthüllen ...

„Und was bringt *Sie* nach Kurland St. Mary, Mr Gravely?" Lucy richtete die Frage an den jüngeren der beiden Gravely-Brüder, die neben ihr am Tisch saßen.

Neville warf seinem Bruder einen nervösen Blick zu. „Ich ... habe mir Sorgen um den Gesundheitszustand meines Vaters gemacht und kam daher zu dem Schluss, dass es besser wäre, wenn ich ihn begleite."

„Das ist ja wirklich sehr aufmerksam von Ihnen", bemerkte Lucy. „Ich hatte keine Ahnung, dass Viscount Gravely meinen Vater kennt."

„Soweit ich weiß, sind die beiden seit langer Zeit Freunde, Mylady, und der Besuch beim Earl of Harrington hat meinen Vater dazu motiviert seine ... Freundschaft mit Mr Harrington wiederaufleben zu lassen."

Lucy warf einen Blick in Richtung des Kopfendes der Tafel, wo Robert sich unvermittelt erhoben und das

Zimmer verlassen hatte. Sie überlegte kurz, ob sie ihm folgen sollte, doch dann wurde ihr klar, dass sie damit Ned unbeaufsichtigt lassen würde. Sie beschloss daher, sitzen zu bleiben, und hoffte, dass an der Tafel ihres Vaters keine hitzige Diskussion aus dem erwachsen würde, was auch immer zwischen ihrem Ehemann und dem Viscount vorgefallen war.

„Bitte entschuldigen Sie mich." Auch Trevor Gravely stand auf und legte die Serviette ordentlich neben seinem Teller ab.

„Trev." Neville griff nach dem Ärmel seines Bruders, wurde jedoch abgeschüttelt.

„Geht es Ihrem Bruder nicht gut, Mr Gravely?", erkundigte sich Lucy.

„Nein, er ist einer dieser Leute, die irritierenderweise immer gesund sind und sich selten auch nur eine Erkältung holen." Neville versuchte, ein Lächeln zustande zu bringen.

„Sind Sie für Ihre Schulbildung nach England zurückgekehrt?" Lucy versuchte ihn ein wenig zu entspannen. „Oder blieben Sie dafür in Indien?"

„Nein, Mylady. Meine Mutter ertrug das Klima nicht, daher kam sie mit uns zurück, während wir hier zur Schule gingen." Sein nervöser Blick wanderte zur Tür, durch die sein Bruder und ihr Ehemann verschwunden waren.

„Ist Ihre Mutter je nach Indien zurückgekehrt?"

„Nein, sie bevorzugte das Leben hier und ist vor einigen Jahren in unserem Haus in London verstorben."

„Mein Beileid", sagte Lucy.

„Vielen Dank." Neville sah aus, als wäre er den Tränen nahe. „Ich vermisse sie immer noch. Sie war mein Ein und Alles."

Nachdem sie sicherging, dass Ned in ein Gespräch mit Anna verwickelt war, lehnte Lucy sich näher zu Neville.

„Geht es Ihnen gut, Sir?"

„Ich ... frage mich nur, wo mein Bruder bleibt."

„Ich bin mir sicher, dass er jeden Moment zurückkehren wird", sagte Lucy beruhigend. „Wenn Sie hier sind, um Ihren Vater zu unterstützen, warum ist dann Ihr Bruder nach Kurland St. Mary gekommen?"

„Das ist eine sehr gute Frage, Lady Kurland, die leider nur Trevor beantworten kann. Er hat mir nur gesagt, dass er als mein älterer Bruder glaubt, für mich alles richten zu müssen."

„Ich denke, das ist bei den meisten älteren Brüdern und Schwestern nicht anders, Mr Gravely. Auch mir wurde beizeiten vorgeworfen, mich in die Leben meiner jüngeren Geschwister einzumischen", pflichtete Lucy ihm bei.

„Ja, aber Trevor", Neville seufzte, „neigt dazu, bei dem kleinsten Vergehen meinerseits überzureagieren. Er erzählt immer noch allen, wie ich ‚versehentlich' die Küchenkatze ermordet habe, als wäre das eine besonders amüsante Geschichte."

„Es klingt jedenfalls nicht gerade amüsant", bemerkte Lucy.

„Es war ein Unfall." Neville wurde unruhig. „Es war ein furchtbarer Unfall und ich wünschte, er würde aufhören, darüber zu sprechen."

Nevilles höher werdender Tonfall weckte in Lucy das Bedürfnis, dessen Hand zu nehmen und ihn zu beruhigen. Sie wechselte eilig das Thema.

„Ist Ihr Vater mit Ihrer Mutter zurückgekommen, um den Haushalt einzurichten?"

„Nein, er war zu beschäftigt. Mutter hat immer alles allein erledigt." Sein Lächeln wirkte natürlicher. „Da sie eine gütige Frau war, hat sie beim Anwerben der Bediensteten die Hälfte aller Waisen in Ost-London eingestellt."

„Wie großzügig von ihr." Während sie sich um Antworten bemühte, versuchte sie, so schnell wie möglich die neuen Informationen zu verarbeiten. „Ich frage mich, ob sie je einen Jungen namens Bert Speers beschäftigt hat."

Neville verschluckte sich fast am Wein und sah Lucy entsetzt an.

„Er arbeitet derzeit als Stallknecht im *Queen's Head*. Ich glaube, er hat erwähnt, dass er direkt aus einem Waisenhaus im Stall eines großen Hauses in London eingestellt wurde." Lucy plapperte einfach weiter. „Wäre es nicht wunderbar, wenn es Ihre Mutter gewesen wäre, die ihn eingestellt hat?"

Neville zitterte inzwischen so schlimm, dass er fast schon den Wein aus seinem Glas verschüttete.

„Ich kann mich an diesen Namen nicht erinnern, Mylady", sagte er steif. „Aber es wäre ein bemerkenswerter Zufall, wenn es meine Mutter gewesen wäre, die ihn einstellte, nicht wahr?"

„In der Tat. Wie albern von mir." Lucy schenkte ihm ein Lächeln. „Mein Ehemann ermahnt mich oft wegen meiner albernen Fantasien."

Ned zupfte an ihrem Ärmel und sie widmete ihm ihre Aufmerksamkeit.

„Was ist denn, Ned?“

Er deutete auf seinen Teller. „Ich habe mein Abendessen aufgegessen. Kann ich jetzt Apollo sehen?“

Lucy sah aus den Augenwinkeln ihre Gastgeberin, die den Damen das Signal gab, sich von der Tafel zurückzuziehen.

„Ja, du hast dich wirklich sehr gut benommen. Ich werde Tante Rose fragen, ob du jetzt gleich den Stall sehen kannst.“

„Sir Robert?“

Robert wandte sich um und erblickte Trevor Gravely, der mit reuiger Miene auf ihn zukam.

„Ich nehme an, Sie werden uns alle zum Teufel wünschen.“

„Ja.“ Robert machte sich nicht die Mühe, höflich zu bleiben. Dafür war er viel zu wütend.

„Ich fürchte, das alles ist meine Schuld.“ Trevor deutete auf das leere Arbeitszimmer des Pfarrers und Robert folgte ihm hinein. „Ich habe den Fehler gemacht, Neville meine Absicht zu verraten, hierher zu reisen, um Flora Rosas Leiche zu identifizieren.“ Er schluckte schwer. „Das hat ihn sehr aufgeregt und je mehr ich versuchte, ihn zu beruhigen, desto schlimmer wurde es. Er hat sogar versucht, mich zu schlagen. Schließlich musste ich den Butler meines Vaters zu Hilfe rufen, um ihn unter Kontrolle zu bringen.“

Trevor starrte aus dem Fenster. „Ich dachte wir hätten derart übertriebene Gefühlsausbrüche hinter uns gelassen, aber offenbar lag ich da falsch. Nevilles

Gefühle für Flora waren viel tiefgreifender, als wir alle geahnt hatten."

„Stimmt es, dass Flora darüber nachdachte, Ihren Vater zu verlassen und zu Ihrem Bruder zurückzukehren?", fragte Robert.

Trevors verzog das Gesicht. „Wer in Teufels Namen hat Ihnen das denn gesagt?"

Robert machte sich nicht die Mühe, zu antworten, sondern wartete ab, während Trevor mit auf dem Rücken verschränkten Händen eine Kreisbahn im Zimmer ablief.

„Ich weiß nicht, wer so etwas gesagt haben könnte, aber ja, Neville sagte mir, dass das passieren könnte. Ich muss gestehen, dass ich ihm nicht geglaubt habe, weil ... er recht besessen von Tagträumen über Flora war."

Das schien auch auf Nevilles Vater zuzutreffen, aber Robert sah von einer entsprechenden Bemerkung ab. „Sie haben noch nicht erklärt, warum Ihre ganze Familie nach Kurland St. Mary gekommen ist."

„Wie schon erwähnt, ist das meine Schuld. Nachdem Ahuja mir geholfen hatte, Neville zu beruhigen, muss er meinem Vater erzählt haben, was ich vorhatte. Oder Neville hat ihm gesagt, dass er mit mir kommen würde. Vater kam daraufhin zum Schluss, dass er keinem von uns vertrauen könne und schloss sich uns daher an." Er hielt inne und musterte Roberts Gesicht. „Er ist tatsächlich mit Mr Harrington bekannt. Sie waren zusammen in der Schule und haben einander in den Jahren seither oft geschrieben."

„Was hofft Ihr Vater, hier zu erreichen?"

„Da bin ich mir nicht ganz sicher." Einen Moment lang sah Trevor besorgt aus. „Ich schätze, dass er sich Sorgen macht, weil Neville darauf besteht, Floras Leiche zu sehen. Vielleicht hat er Angst, dass er öffentlich sich selbst und unsere Familie in Verruf bringt."

„Indem er sie betrauert?"

„Sie verstehen nicht. Neville ist nicht ..." Trevor seufzte. „Ich fühle mich illoyal, wenn ich es erzähle, weil er ein wunderbarer Bruder ist. Aber wie auch bei meinem Vater gibt es ein paar Themen, von denen er wie besessen ist, und Flora war eines davon."

„Wie genau hat Ihr Vater vor, Neville davon abzuhalten, Floras Leichnam zu sehen?"

„Das weiß ich nicht", sagte Trevor. „Die ganze Angelegenheit ist so kompliziert geworden, dass ich keine Ahnung habe, was als Nächstes passiert. Wird Floras Leichnam in Kurland Hall aufbewahrt?"

„Nein", sagte Robert.

„Ah, also ist sie im Dorf." Trevor nickte. „Zu schade. Das bedeutet, dass es nicht leicht sein wird, Neville loszuwerden, wenn ich gehe, um sie zu identifizieren."

„Ich nehme an, ich könnte ihn zum Herrenhaus einladen", bot Robert widerwillig an. „Mein Schwiegervater hat vorgeschlagen, dass Ihr Vater morgen zu Besuch kommen könnte. Ich könnte die Einladung auf Neville ausweiten."

„Das funktioniert vielleicht." Trevor nickte. „Wenn Sie es ertragen können, sich mit meinem Vater herumzuschlagen. Wie ich höre, hat er Sie aus unserem Haus verbannt."

„In der Tat." Robert wandte sich halb zum Gehen. „Aber sobald Sie Ihre Pflicht getan und Flora identifiziert haben, erwarte ich, dass Sie Ihren Vater und Bruder davon überzeugen, diesen Ort umgehend zu verlassen."

„Machen Sie sich da keine Sorgen, Sir Robert", sagte Trevor eifrig. „Ich werde sie im Handumdrehen wieder zu Hause haben."

Robert kehrte mit Trevor in den Speisesaal zurück, wo er seinen Platz einnahm, nur um sich direkt wieder erheben zu müssen, als die Damen das Zimmer verließen, damit die Herren ihren Portwein genießen konnten. Lucy blieb auf dem Weg kurz bei ihm stehen, um mit ihm zu sprechen.

„Ist alles in Ordnung?"

„Nicht wirklich." Er drückte ihre Hand. „Gib mir einen Moment mit deinem Vater und dann werde ich zu dir kommen und dir alles erzählen."

„Wie du wünschst. Ned wird zu Apollo gehen und dann sehen wir ja, wie müde er ist und ob wir nach Hause müssen." Sie verließ das Zimmer mit Ned und schloss die Tür hinter ihnen. So blieb Robert allein mit seinem Schwiegervater und dem Mann zurück, für den er langsam eine intensive Abneigung entwickelte.

„Ich bitte für mein abruptes Verlassen der Tafel um Entschuldigung", sagte Robert an den Pfarrer gewandt. „Mir ist gerade eingefallen, dass mein geplanter Termin morgen nicht möglich ist, bis Dr. Fletcher zurückkehrt. Ich habe eine Nachricht an seine Frau geschickt, um sie über die Änderung des Termins zu informieren."

„Heißt das, ich kann die Gravelys nach Kurland Hall bringen?", fragte der Pfarrer.

„Ja." Robert lächelte. „Das wäre doch wunderbar."

Kapitel 19

„Du hast Viscount Gravely und Neville nach Kurland Hall eingeladen?" Lucy starrte Robert so ungläubig an, als wären ihm gerade zwei neue Köpfe gewachsen. *„Warum?"*

Sie hatten soeben Ned in der Kinderstube gute Nacht gesagt und Robert wollte gerade nach Silas und Betty läuten, als seine Frau sich dazu entschied, einen Streit mit ihm anzufangen.

„Trevor muss Floras Leichnam identifizieren. Wenn Neville ihn weggehen sieht, könnte er ihm folgen und eine Szene machen."

Lucy überlegte mit nachdenklich gespitzten Lippen. „Neville ist ein recht emotionaler junger Mann. Ich habe mich eine ganze Weile beim Abendessen mit ihm unterhalten. Er hat abgestritten, Bert Speers zu kennen, obwohl wir bereits von Viscount Gravely wissen, dass er einer der Angestellten war."

„Wieso zum Teufel hast du dich mit Neville Gravely über Bert Speers unterhalten?", fragte Robert nachdrücklich.

„Kein Grund laut zu werden. Ich war sehr diskret."

„Du hättest ihn *gar nicht* erwähnen sollen. Hast du gerade nicht selbst gesagt, dass er labil wirkte?"

„Wenn wir herausfinden wollen, was passiert ist, Robert, dann muss man manchmal versuchen, auch die schwierigen Fragen zu stellen!" Lucy baute sich vor ihm auf. „Und was hattest du eigentlich mit Trevor Gravely zu besprechen?"

„Ich bin ja nun nicht auf ihn zugegangen. Er kam zu mir, um sich dafür zu entschuldigen, dass er die ganze Familie mit hierhergebracht hat."

„Das sollte er auch." Lucy schnaubte. „Was um alles in der Welt hat mein Vater sich dabei gedacht, einen Mann einzuladen, den er seit zwanzig Jahren nicht mehr gesehen hat?"

„Dein Vater ist manipuliert worden genau wie wir", sagte Robert. „Immerhin wissen wir so, dass Gravelys Schwäche und Unfähigkeit, das Haus zu verlassen, vorgetäuscht waren. Nichts spricht dagegen, dass er hierhergekommen sein könnte, um Flora zu erwürgen und dasselbe Marjory antat."

„Allerdings wäre es viel leichter gewesen, Bert Speers das Ganze erledigen zu lassen", erinnerte ihn Lucy.

„Ist es also das, was wir glauben?", fragte Robert. „Dass Viscount Gravely und Bert Speers sich miteinander verschworen haben, um Flora und dann Marjory zu ermorden, und sie noch immer hinter Polly her sind?"

„Das erscheint mir die logischste Erklärung." Lucy musterte ihn „Das Problem besteht darin, es auch zu beweisen."

„In der Tat." Robert seufzte und ließ sich auf einen der Sessel am Feuer fallen. „Und jetzt habe ich mich dazu bereiterklärt, Viscount Gravely in meinem Haus zu empfangen."

„Vielleicht solltest du das als Gelegenheit nutzen, offen mit ihm zu sprechen." Lucy stellte sich mit verschränkten Armen vor ihn hin. „Sag ihm, dass du vorhast, Bert Speers für den Mord an Flora anzuklagen. Mach ihm klar, dass du meinen Onkel angewiesen hast, die Beweise gegen Bert bei der Bow Street vorzulegen, und er die Runner auf ihn hetzen wird, falls er Bert beschützt."

Die entschlossene Miene seiner Frau brachte Robert zum Lächeln. „Bravo, meine Liebste."

„Machst du dich über mich lustig?"

„Guter Gott, nein. Das würde ich nicht wagen." Er nahm sie bei der Hand und zog sie zu sich auf den Schoß. „Ich bewundere lediglich deine Logik und gratuliere mir selbst, dass ich eine so vernünftige Frau geheiratet habe." Er küsste sie auf die Wange. „Ich mache mir nur Sorgen, dass er Gelegenheit bekommen könnte, Bert ins Ausland zu verschiffen, wenn ich ihm verrate, dass ich vorhabe, ihm die Runner auf den Hals zu hetzen."

„Ich fürchte, damit könntest du recht haben." Lucy seufzte. „Denn selbst Bow Street würde davor zurückschrecken, ohne jegliche Beweise und lediglich aufgrund von Vermutungen einen Lord des Mordes zu beschuldigen. Vielleicht sagst du Viscount Gravely einfach, dass du vorhast, Bert weiter zu verfolgen, und dass du es nicht dulden wirst, wenn dir jemand dabei im Weg steht."

„Dessen kannst du dir sicher sein." Er küsste sie erneut. „Sobald sie hier sind, verlasse ich mich darauf, dass du deinen Vater und Neville vom Viscount trennst, sodass ich mich privat mit ihm unterhalten kann."

Sie erwiderte seinen Kuss. „Das, mein liebster Robert, ist der einfache Teil."

Trotz Roberts bester Anstrengungen, ein guter Gastgeber zu sein, und der geselligen Art von Lucys Vater, war eindeutig, dass sich Viscount Gravely und sein Sohn beim Rundgang durch Kurland Hall nicht ganz wohl fühlten. Neville sah aus, als rechnete er jederzeit damit, hinter der nächsten Ecke von einem Geist angegriffen zu werden und der Viscount wirkte gelangweilt. Robert nahm an, dass ein kleines elisabethanisches Herrenhaus im Südosten Englands auf einen Mann, der Indiens Schätze ausgebeutet hatte, recht gewöhnlich wirken musste.

Der Viscount zeigte lediglich Interesse, als sie den ältesten Teil des Hauses betraten, der, schon so lange sich die Menschen erinnern konnten, als Magistratshalle genutzt wurde. Lucy führte ihren Vater und Neville weiter in die Bildergalerie und schloss die Tür hinter sich, sodass Robert und Gravely zum ersten Mal allein waren.

„Das hier ist die ursprüngliche Halle des Hauses. Ich halte hier einmal im Quartal Hof für meine Pächter sowie die örtlichen Landbesitzer und nehme mich den meisten kleineren Straftaten an." Robert trat auf die erhöhte Plattform vor der gewaltigen Feuerstelle am Ende der holzverkleideten Halle. „Hier stellen wir die Richterbank auf und erlauben es jedem, der seine Meinung zum Besten geben möchte, das auch zu tun."

„Sehr mittelalterlich", sagte Viscount Gravely trocken und begutachtete das Buntglasfenster zu seiner Rechten.

„Diese Art des Rechtssystems funktioniert in der Regel recht gut." Robert sah den Viscount, der sich zur Seite abgewendet hatte, an. „Wenn eine Angelegenheit zu ernst ist, um von mir beurteilt zu werden, schicke ich die Angeklagten einmal im Quartal zum Gericht nach Hertford, der Hauptstadt der Grafschaft." Robert machte eine Kunstpause. „Das hätte ich mit Bert Speers machen sollen, anstatt ihn hier im Keller des *Queen's Head* einzusperren, während ich meine Ermittlungen vollendete."

„Bert wird noch immer im Gasthaus festgehalten? Aber weswegen denn?", fragte Gravely.

„Wegen des Mordes an Ihrer Mätresse. Aber das wusste Sie ja bereits, da Bert Sie ja die ganze Zeit über seine Fortschritte auf dem Laufenden gehalten hat."

„Was für eine lächerliche Anschuldigung", erwiderte Gravely. „Wenn Bert des Mordes schuldig ist, dann aus eigenen Beweggründen."

„Ach, wirklich?" Robert trat von der Plattform herunter. „Und wieso sonst ist er dann zu Ihnen gekommen?"

„Ich dachte, er befinde sich derzeit in Gewahrsam?"

„Unglücklicherweise ist er vor ein paar Tagen entkommen."

Der Viscount schnalzte abschätzig mit der Zunge. „Wie unverantwortlich von Ihnen, Sir Robert. Man würde von einem Magistrat mehr erwarten."

„Dann streiten Sie also ab, ihn gesehen zu haben?"

„Natürlich tue ich das." Der Viscount zog die Augenbrauen hoch. „Wollen Sie andeuten, ich würde einem *Kriminellen* Beihilfe leisten und Unterschlupf gewähren, Sir Robert?"

„Ah, wenn er also irgendwann in London auftauchen sollte, werden Sie ihn also sofort den Behörden aushändigen?"

„Wenn er ein Mörder ist, werde ich das natürlich tun. Aber um ehrlich zu sein, fehlen Ihnen die Beweise, um selbst das zu belegen, sonst hätten Sie sofort Anklage erhoben und ihn vor Gericht gebracht."

„Ich bin mir recht sicher, wer genau die Verantwortung trägt, Mylord." Robert erwiderte den spöttischen Blick des Viscounts. „Und wenn ich je die Gelegenheit erhalten sollte, es zu beweisen, werden Sie erneut von mir hören."

„Starke Worte von einem Mann, der nichts wirklich Substanzielles vorzubringen hat."

„Ich habe den Leichnam einer jungen Frau, die gerade auf ihr Begräbnis wartet, nachdem man sie erwürgt hat", fuhr Robert ihn an. „Würden Sie sie vielleicht gerne sehen? Oder rührt das dann doch in Ihrer Empfindlichkeit?"

Einen Moment lang wandte der Viscount den Blick ab und jede Emotion wich aus seiner Miene. „Ihr Tod war ... bedauerlich."

„Bedauerlich? Es ist *bedauerlich*, wenn man zu spät auf einen Ball kommt. Der vorsätzliche Mord an einer jungen Frau ist etwas völlig anderes."

„Dann lässt sich nur hoffen, dass der Mörder bald seiner gerechten Strafe zugeführt wird." Viscount Gravely ging in Richtung der Tür. „Ich wünsche Ihnen viel Glück bei Ihrem Vorhaben."

„Ich werde die Sache weiterverfolgen, bis ich Erfolg habe, machen Sie sich keine Sorgen", sagte Robert mit lauter Stimme, als der Viscount die Tür öffnete. „Ich gebe niemals auf."

Er ließ seinen Gast gehen und blieb selbst einen Moment stehen, um sich zu sammeln. Die Friedlichkeit und altehrwürdige Atmosphäre der herrschaftlichen Halle durchdrangen ihn. Langsam hob er den Blick und musterte das Abbild von Justitia auf dem Buntglasfenster. Eine der Waagschalen war während des Bürgerkriegs von einer verirrten Kugel getroffen und durch ein transparentes Stück Glas ersetzt worden, allerdings beeinträchtigte dies kaum das Gesamtbild.

Egal, was Viscount Gravely sagte, Robert war fest davon überzeugt, dass Flora Rosas Mörder irgendwann zur Verantwortung gezogen würde. Mit dieser Überzeugung im Hinterkopf, machte er sich auf die Suche nach seinen anderen Gästen.

***

Lucy blieb erneut stehen, um nachzusehen, wo Neville steckte. Er folgte mehrere Schritte hinter ihr und starrte aus den Fenstern an der Vorderseite des Hauses. Ihr Vater hatte beschlossen, hoch in die Kinderstube zu gehen, um Ned zu überraschen und Lucy hatte ihn nur zu gerne gehen lassen.

„Ich muss mich entschuldigen, Lady Kurland", sagte Neville. „Ich habe nur nachgesehen, ob Trevor schon wieder zurück ist."

„Hatten Sie nicht gesagt, dass er ausreiten wollte und sich uns anschließen würde, sobald er fertig ist?", fragte Lucy.

„So ist es, aber da er die Gegend nicht kennt, beginne ich mich zu fragen, ob er sich verirrt hat und ich nach ihm suchen sollte." Neville kam langsam zu ihr herüber.

„Es ist sehr schwer, sich hier zu verlaufen, Mr Gravely. Die Felder sind so flach, dass der Turm der Kirche von St. Mary immer sehr leicht als Orientierungshilfe zu sehen ist. Ich bin mir sicher, dass Ihr Bruder bald schon hier sein wird. Würden Sie mich nach unten in den Salon begleiten, um etwas zu trinken, während wir auf Ihren Vater warten?"

Neville schien sich endlich an seine Manieren zu erinnern und folgte ihr gehorsam zurück zum Absatz der schmalen Eichentreppe, die zurück zur Haupteingangshalle führte.

Ein Schrei hallte aus einem der oberen Stockwerke und Lucy erstarrte, als sie stampfende Füße auf der Bedienstetentreppe zu ihrer Rechten hörte. Die Tür wurde aufgestoßen und Polly, die noch immer ihr Nachthemd trug, stürmte dicht gefolgt von James hindurch.

James erreichte Polly noch vor Lucy, packte sie sanft bei der Hüfte und hob sie hoch.

„Es ist schon gut, Mylady. Ich habe sie schon. Dr. Fletcher wird bald hier sein."

„Vielen Dank, James", sagte Lucy.

Lucy hielt James die Tür auf, damit dieser die strampelnde Polly zurück in ihr Zimmer bringen konnte.

Sie wandte sich ihrem Begleiter zu. „Ich muss mich entschuldigen, Mr Gravely, ich ..." Sie hörte auf zu sprechen, als sie seinen entsetzten Gesichtsausdruck bemerkte. „Was ist denn los?"

Er schluckte schwer und starrte dann Lucy an. „Was in Gottes Namen macht *sie* denn hier?"

Lucy stählte sich innerlich. „Ich bin mir nicht sicher, was Sie meinen, Sir."

„Diese Frau!“ Neville deutete mit zitterndem Finger auf die Tür. „Das ist ein *Desaster*! Sie sollte doch …“

Lucy stellte sich vor Neville, der langsam in Richtung der Tür ging. Sie hoffte, dass seine guten Manieren ihn davon abhalten würden, sie aus dem Weg zu stoßen.

„Ich weiß nicht, wen Sie glauben, gesehen zu haben, Mr Gravely, aber Sie liegen sicher falsch. Diese Frau ist eins meiner Kindermädchen. Sie leidet seit einer Woche an Fieber und ist sehr verwirrt.“

„Ich … muss mich geirrt haben.“ Neville wandte den Blick ab. „Ich bitte um Entschuldigung, Mylady.“

Lucy berührte ihn am Arm. „Kommen Sie mit nach unten für eine Tasse Tee? Ich bin mir sicher, dass Ihr Vater bald schon zu uns stoßen wird.“

Der Vorfall hatte sie tiefer erschüttert, als sie zugeben wollte. Was für ein Pech, dass ausgerechnet ein Mitglied der Familie Gravely Polly Carter gesehen hatte. Sie würde Robert so schnell wie möglich erzählen müssen, was vorgefallen war.

Kurz nachdem ihr Vater sich zu ihnen in den Salon gesellt hatte und Anna und Neville einander vorgestellt waren, kam Robert mit Viscount Gravely an seiner Seite herein. Keiner der beiden sah aus, als wäre es zwischen ihnen zu einer physischen Konfrontation gekommen, aber die eisige Verachtung füreinander war offensichtlich.

Unter dem Vorwand, von Robert Teetassen an die Besucher verteilen zu lassen, kam Lucy ihm nahe genug, um ihm ins Ohr zu flüstern. „Polly ist aus ihrem Zimmer entkommen und Neville hat sie gesehen.“

„*Was?*“ Robert ließ beinahe die Tasse fallen.

„James hat sie erwischt und zurück ins Bett gebracht. Dr. Fletcher ist schon verständigt."

„Wieso musste sie ausgerechnet jetzt flüchten?", murmelte Robert.

„Nur ein unglücklicher Zufall." Lucy überlegte einen Moment. „Es sei denn, sie wusste irgendwie, dass Viscount Gravely hier ist und geriet in Panik."

„Und ist dann direkt die Treppen hinunter und seinem Sohn in die Arme gelaufen?" Nachdem Robert die Teetasse überbracht hatte, kehrte er zu ihr zurück. „Ich dachte, sie sei nicht bei Bewusstsein."

„Und ich habe dir doch gesagt, dass ich den Verdacht hege, dass sie es nur spielt", erinnerte ihn Lucy.

„Also soll sie geglaubt haben, dass Neville Gravely sie vor *uns* schützen könnte", wandte Robert ein.

„Daran hatte ich nicht gedacht." Lucy reichte ihm eine weitere Tasse. „Ich kann nur hoffen, dass Neville meine Erklärung geglaubt hat. Ich habe gesagt, dass sie unser Kindermädchen sei."

„Irgendwie bezweifle ich das." Robert stupste sie an. „Sieh ihn dir an. Er schafft es kaum, sich zu unterhalten. Er weiß, was er gesehen hat, und kann es kaum erwarten, es seinem Vater zu erzählen."

„Guten Morgen, Lady Kurland, Sir Robert." Robert blickte auf und sah Trevor Gravely in den Salon treten. „Ich muss mich für mein spätes Eintreffen entschuldigen."

Robert ging hinüber, um sich mit Trevor zu unterhalten, während Lucy sich um den Tee kümmerte.

„Guten Morgen. Ich fürchte, Sie haben den Rundgang verpasst, aber Sie können sehr gerne an einem anderen Tag zurückkommen, wenn Sie das wünschen." Robert senkte die Stimme. „Hatten Sie Gelegenheit, den Leichnam zu begutachten?“

„In der Tat.“ Trevor verbeugte sich. „Und ich kann bestätigen, dass es sich um Flora Rosa handelt. Möge sie in Frieden ruhen.“

Robert atmete erleichtert aus. „Vielen Dank dafür. Immerhin kann ich sie jetzt mit dem richtigen Namen auf dem Grabstein beisetzen.“

„Ich bezweifle, dass das ihr richtiger Name war, aber ich verstehe Ihre Erleichterung, Sir Robert.“ Trevors Aufmerksamkeit wanderte zu seinem Bruder. „Was ist denn mit Neville los? Er sieht aus, als hätte er einen Geist gesehen.“

„Vielleicht hat er das“, scherzte Robert. „Das hier ist schließlich ein sehr eigenartiges Haus.“ Er nahm Trevor mit auf die andere Seite des Zimmers zu Lucy, damit diese ihm eine Tasse Tee einschenken konnte und ging anschließend zu Neville, welcher regungslos in die Luft starrte.

„Hat Ihnen der Rundgang gefallen, Sir?“, fragte Robert.

„In der Tat. Er war … faszinierend.“ Nevilles Lächeln war ganz und gar nicht überzeugend.

„Wie ich höre, haben Sie unser neues Kindermädchen gesehen, das im Moment an einem schlimmen Fieber leidet.“ Robert blickte Neville in die Augen. „Ich bin mir sicher, dass Sie und Ihr Vater sich nur ungern anstecken würden, daher habe ich gerade Ihrem Bruder nahegelegt, dass Sie Ihren Besuch in Kurland St. Mary so kurz wie möglich halten sollten.“

Neville nickte. „Da stimme ich Ihnen zu, Sir Robert. Um ehrlich zu sein, kann ich es kaum erwarten, von hier zu verschwinden."

Robert geleitete die Familie Gravely und seinen Schwiegervater zurück zu ihrer Kutsche und wartete, bis sie auf der Auffahrt in Richtung des Pfarrhauses verschwunden waren. Er hatte den starken Verdacht, dass er Neville nicht zum letzten Mal gesehen hatte, und wollte sofort mit seiner Frau sprechen.

Sie war noch immer im Salon, als er zurückkehrte. Sie sammelte mit nachdenklicher Miene die Tassen ein und stapelte sie auf dem Teetablett.

„Robert ..."

Er unterbrach sie. „Wir müssen entscheiden, was wir mit Polly machen. Wo wäre sie jetzt am sichersten?"

Lucy sah ihn überrascht an. „Hier natürlich."

„Aber dieser Idiot Neville wird seinem Vater und Bruder sicher bald schon verraten, was er gesehen hat."

„Da bin ich mir sicher", stimmte Lucy ihm zu. „Und deswegen ist das hier der beste Ort, um Polly zu schützen und jede Person zu schnappen, die beschließt, ihr nachzustellen."

Robert musterte seine Frau. „Du meinst, wir sollten eine Falle stellen, um zu sehen, ob Viscount Gravely den Köder schluckt?"

„Ganz genau." Lucy schenkte ihm ein zufriedenes Lächeln. „Du kennst das Haus besser als jeder andere. Wir können dafür sorgen, dass Lucy sich in einem Zimmer befindet, in dem wir sie gut im Auge behalten und gleichzeitig verhindern können, dass jemand sie findet."

„Das Priesterzimmer“, sagte Robert entschieden. „Da gibt es die falsche Wand, hinter der sich jemand verstecken und über Polly Wache halten könnte.“ Er nickte. „Das ist ein ausgezeichneter Gedanke. Wir können auch einen Wachposten vor der Tür aufstellen.“

„James weiß schon von Polly Carter und ich bin mir sicher, dass er sie nach seinen vergangenen Fehlern nur zu gerne bewachen würde“, sagte Lucy. „Wir können auch Isaiah und Isaac aus den Ställen herholen, falls wir ihre Hilfe brauchen.“

„Hast du schon nach Polly gesehen?“, fragte Robert.

„Ich hatte noch nicht die Gelegenheit“, erwiderte Lucy. „Willst du mit mir kommen?“ Sie stellte die letzte Tasse auf das Tablett. „Ich bin sehr daran interessiert zu hören, was sie zu sagen hat.“

Sie durchquerten gerade die Eingangshalle, als Dr. Fletcher eintraf. Nachdem sie Höflichkeiten ausgetauscht hatten, gingen sie zusammen die Treppen nach oben. Auf dem Weg setzte Robert ihn über die Ankunft von Polly Carter in Kenntnis. Patrick war überrascht, dass sie die Ereignisse in London überlebt hatte und nach Kurland St. Mary gereist war.

„Evans sagt, dass es keinen Grund dafür gibt, dass sie ihr Bewusstsein nicht schon früher wiedererlangt hat“, bemerkte Patrick. „Aber ich habe Patienten gesehen, die wochenlang komatös blieben und bei ihrem Erwachen keinerlei Erinnerungen an das hatten, was vorgefallen war. Also erwarten Sie nicht, dass sie Ihnen viel erzählen kann.“

„Das ist nicht besonders hilfreich“, sagte Robert. „Und da sie gerade versucht hat, davonzulaufen, ist doch davon auszugehen, dass sie wieder halbwegs bei Sinnen ist.“

„Das kommt darauf an.“ Patrick blieb vor der Tür stehen, vor der James saß. „Sie könnte wieder bewusstlos geworden sein.“

Robert schnaubte, während Patrick die Tür aufschloss. Betty, Lucys Zofe, saß am Bett neben Polly.

„Sie schläft, Dr. Fletcher. Soll ich sie aufwecken?“

„Schläft sie oder ist sie bewusstlos?“ Dr. Fletcher setzte sich auf die Bettkante und nahm Pollys Hand in die seine. Er legte die Finger an die Innenseite ihres Handgelenks. „Sie scheint mich gar nicht zu bemerken.“

Er beugte sich näher heran. „Polly? Können Sie mich hören? Ich bin Dr. Fletcher. Sie sind hier absolut sicher.“

Polly regte sich nicht. Robert sah ungeduldig zu, während sein Freund weiter auf dem Bett saß und die Patientin begutachtete.

„Ich glaube nicht, dass sie es nur spielt, Sir Robert“, sagte Patrick schließlich. Er strich mit der Spitze seiner Schreibfeder über ihre Haut, ohne dass sie reagierte. „Ich weiß nicht genau, was das Problem ist, aber ich schlage vor, dass wir sie sich ausruhen lassen.“

„James sagte, dass sie auf halbem Weg die Treppe hinauf aufhörte, sich zu wehren, wieder in Ohnmacht fiel und danach nicht mehr reagierte“, merkte Betty an.

„Wie ich James kenne, hat er vermutlich versehentlich ihren Kopf gegen das Treppengeländer geschlagen“, grummelte Robert, auch wenn er wusste, dass es wenig gerecht war.

„Ich vermute eher, dass sie zu viel Angst davor hat, sich mit den Vorgängen um sie herum auseinanderzusetzen“, sagte Patrick langsam. „Ich habe derartige Fälle schon gesehen – normalerweise nachdem eine Person ein traumatisches Erlebnis hinter sich hat. Sie ziehen sich gezielt in die Bewusstlosigkeit zurück.“

„Sie meinen ein Erlebnis, wie beinahe von Bert Speers umgebracht zu werden?“, fragte Robert, als er sich zur Tür wandte. „Würden Sie zustimmen, wenn wir sie in ein anderes Zimmer verlegen?“

„Das ist kein Problem, solange Sie dafür sorgen, dass es sicher ist und jemand sie rund um die Uhr im Auge hat.“

„Keine Sorge, mein Freund“ sagte Robert grimmig. „Ich werde jede Maßnahme ergreifen, damit sie so sicher ist wie im Tower of London.“

Robert verließ das Zimmer mit Lucy und wies James an, zu ihm ins Arbeitszimmer zu kommen, sobald er von Michael abgelöst wurde. Sogleich machte Robert kehrt und ging die Treppe hinunter. Polly war die letzte Verbindung zu Flora Rosas Mord und Robert hatte vor, sicherzugehen, dass sie überlebte, um ihre Version der Geschichte erzählen zu können. Er brauchte einen Plan, um zu verhindern, dass Neville oder Viscount Gravely Kontakt zu Polly aufnahmen. Seine Angestellten waren fähig und ihm treu ergeben. Er hatte keinerlei Zweifel, dass er vielleicht erfolgreich einen Mörder schnappen würde, wenn sie seinen Befehlen folgten und das Schicksal es gut mit ihm meinte. Er wusste nur noch nicht, wer dieser Mörder sein könnte.

„Ich gehe ins Pfarrhaus“, verkündete Robert, als er den Salon seiner Frau betrat. Er hatte mit den Bediensteten gesprochen, Polly ins Priesterzimmer verlegt und dafür gesorgt, dass sie gut bewacht wurde.

„Zu welchem Zweck?“ Lucy wandte sich auf ihrem Sessel zu ihm und blickte zu ihm auf.

„Um mich mit Neville Gravely zu unterhalten. Er und sein Bruder scheinen sehr erpicht darauf zu sein, ihren Vater so schnell wie möglich nach Hause zu bringen. Und ich habe vor, sie darin zu bestärken.“

„Ich dachte, wir hätten beschlossen, den Dingen ihren Lauf zu lassen, um zu sehen, ob der Viscount es wagt, Polly selbst nachzustellen“, erwiderte Lucy mit einem Stirnrunzeln.

„Ich möchte Pollys Leben nur ungern aufs Spiel setzen. Wenn wir sie versteckt halten, die Familie Gravely zum Aufbruch bewegen können und ihre Aussage hören, sobald sie endlich aufwacht, dann warte ich nur zu gern.“

„Aber was, wenn sie sich an nichts erinnert, das vor ihrer Verletzung vorgefallen ist? Dr. Fletcher sagte, dass das oft der Fall sei“, gab Lucy zu bedenken.

Robert sah sie finster an. „Du bist heute Morgen aber nicht besonders umgänglich, meine Liebste.“

„Ich wundere mich nur über deine Argumentation. Daran ist doch wohl nichts auszusetzen. Und ich kann nicht ohne Weiteres zustimmen, dass Neville in der Sache unschuldig ist. Sein ganzes Auftreten wirkt auf mich sehr schuldbewusst.“

„Ich vermute, dass er sich lediglich für seinen Vater schämt.“

„Du vergisst, dass uns von mehreren Seiten – darunter sein eigener Bruder – gesagt wurde, dass Flora vorhatte, zu Neville zurückzukehren." Lucy überlegte einen Moment. „Oder vielleicht hat sie ihm das ja auch nur gesagt und dann ihre Meinung wieder geändert. Dann hätte er allen Grund, so wütend zu werden, dass er sie vielleicht selbst umgebracht hat."

„Ihm fehlt dazu der Mumm", sagte Robert abweisend.

„Aber er sieht schuldgeplagt und verzweifelt aus. Vielleicht bezog sich sein Entsetzen darüber, Polly zu erblicken, vielmehr auf sich selbst und nicht auf seinen Vater.."

Robert funkelte sie an. „Wieso sprichst du das alles jetzt an, wo wir uns bereits darauf geeinigt haben, dass Viscount Gravely und Bert Speers gemeinsame Sache machten, um Flora zu ermorden?"

„Weil wir das immer so machen, mein Liebster", sagte Lucy bestimmt. „Du setzt meinen emotionalen Instinkten deine Logik entgegen. Wieso missfällt es dir jetzt, wenn wir es umgekehrt machen?"

„Weil ..." Robert funkelte sie hilflos an und schnaubte dann frustriert. „Ich will einfach, dass die Gravelys so schnell wie möglich wieder aus Kurland St. Mary verschwinden."

„Ich kann deinen Wunsch absolut nachvollziehen, aber ich habe dennoch Bedenken wegen Neville."

Robert zögerte. „Trevor hat angedeutet, dass sein Bruder ein wenig besessen von Flora gewesen sei und er sich mehr Sorgen um ihn als um seinen Vater mache."

„Vielleicht sollten auch wir uns dann mehr seinetwegen sorgen", legte Lucy ihm nahe. „Vielleicht ist

Viscount Gravely hergereist, um *Neville* im Auge zu behalten und nicht umgekehrt."

„Ich habe unsere Angestellten angewiesen, mich zu alarmieren, falls einer der Gravelys oder Berts Speers in unserem Haus auftaucht. Selbst wenn es also Neville war, wird er es nicht bis zu Polly schaffen."

„Natürlich hast du das." Lucy schenkte ihm ein anerkennendes Lächeln. In Robert regte sich das Gefühl, dass seine etwas zu schlaue Ehefrau es erneut geschafft hatte, ihn meisterhaft zu manipulieren. „Ich habe nicht weniger von dir erwartet."

„In dem Fall werde ich mich nur mit Trevor unterhalten." Robert war eingeknickt.

„Was für eine ausgezeichnete Idee." Sie dachte einen Moment nach. „Oder du könntest gar nichts tun und abwarten, ob sich einer der Gravelys selbst als Mörder entlarvt."

Robert warf ihr einen letzten mürrischen Blick zu, bevor er zum Hauseingang ging, wo die Kutsche bereits auf ihn wartete. Auch er kannte seine Grenzen und er würde sie nicht überschreiten.

Je weiter er die Auffahrt hinunterkam, desto schwächer wurde sein Zorn und er ertappte sich bei einem Lächeln. Es sah ihm nicht ähnlich, wegen eines Mordverdächtigen der Emotionalere von ihnen beiden zu sein. Aber in diesem Fall war es etwas Persönliches, weil es sich zu nah an seinem geliebten Sohn abspielte. Er hatte nie den Wunsch gehegt, Vater zu werden, aber Ned aufwachsen zu sehen, war eine bemerkenswert interessante Erfahrung. Nachdem er bei Waterloo beinahe sein Leben verloren und es so ausgesehen hatte, als müsste er den Rest seiner Tage als Invalide verbringen, waren seine Hoffnungen auf eine Familie verpufft. Und als Lucy dann Schwangerschaftskomplikationen erlitt, wurde ihm klar, dass es ihm viel wichtiger war, sie zu haben als irgendeinen noch nicht existenten Erben.

Doch in dem Moment, in dem Grace Turner Ned in seine Arme gelegt hatte, war er es um ihn geschehen gewesen. Die bedingungslose Liebe des Jungen und seine Furchtlosigkeit füllten Robert mit väterlichem Stolz und motivierten ihn auf unerwartete Weise, Teil seines Lebens sein zu wollen.

Als Robert sich dem Pfarrhaus näherte, bemerkte er einen einzelnen Reiter aus den Ställen der Harringtons kommen. Es war nicht der Pfarrer, der normalerweise von mehreren seiner Hunde begleitet wurde, und es war sicher auch nicht Viscount Gravely. Der Reiter wandte sich im letzten möglichen Moment um, sodass Robert sein Gesicht perfekt erkennen konnte.

„Wo willst du hin, Neville Gravely?“, murmelte Robert.

Da er wusste, wie leicht er auf dem flachen und brach liegenden Land zu entdecken sein würde, nahm er seinen Hut ab, knöpfte sich den Mantel zu und bedeckte einen Teil des Gesichts mit dem Schal. Er kauerte sich auf dem Kutschbock zusammen, um mehr wie einer der Bauern aus der Gegend zu wirken. Er hielt sich so weit wie möglich hinter Neville, wobei ihm seine gute Kenntnis der Gegend sehr hilfreich war.

Er wusste sofort, wohin Neville wollte, als er einen der ausgetretenen Feldwege zur Linken nahm. Robert erhöhte die Geschwindigkeit, blieb auf der Landstraße und fuhr in einem Bogen zur Rückseite der verlassenen

Wirtschaftsgebäude des Bauernhofs, auf dem einst die Familie Mallard gewohnt hatte. Er sicherte die Kutsche und ließ sie am Straßenrand stehen, bevor er sich mühsam durch die uralte Hecke zwängte und sich von hinten der Scheune näherte.

Es war so still, dass er ohne Schwierigkeiten Nevilles Ruf nach einer Peron in der Scheune hören konnte. Robert konnte von seinem Versteck hinter einem Dornenbusch aus die Gestalt eines alten Bekannten herauskommen sehen.

„Bert Speers", murmelte Robert zu sich selbst. „Was zum Teufel hat Neville mit ihm zu schaffen?"

Kapitel 20

So schwer es auch zu verdauen war, seine Frau hatte möglicherweise recht gehabt, was Neville Gravely anging … Robert zog sich in Richtung Straße zurück und kletterte in die Kutsche. Es wäre sinnlos zu versuchen, Bert festzunehmen, denn dieser würde schlicht erneut flüchten, und Robert war nicht in der Lage, ihn über die Felder zu verfolgen. Er nahm an, dass er wahrscheinlich am ehesten herausfinden konnte, was hier vor sich ging, wenn er zum Pfarrhaus zurückkehrte und dort Nevilles Rückkehr erwartete.

Er fuhr, so schnell er konnte, zurück, ließ die Kutsche im Stall und ging ins Haupthaus, wo er seinen Schwiegervater in dessen Arbeitszimmer in Schreibarbeit vertieft vorfand. Der Pfarrer legte die Feder ab und sah Robert über den Rand seiner Brillengläser hinweg an.

„Guten Morgen, Robert. Was für eine schöne Überraschung! Haben Sie Ned mitgebracht?"

„Nein, habe ich nicht." Robert schloss die Tür hinter sich. „Ist Viscount Gravely hier?"

„Ich glaube, er ist noch nicht nach unten gekommen. Wünschen Sie ihn zu sprechen?"

„Das tue ich", sagte Robert. „Seine Söhne ebenfalls."

„Trevor ist mit Rose im Garten auf einem Spaziergang und Neville ist ausgeritten." Der Pfarrer hielt inne. „Gibt es ein Problem?"

„Nichts, worüber Sie sich Sorgen machen müssten, Sir." Robert verneigte sich. „Aber es gibt da eine Sache, die ich mit ihnen klären muss, bevor sie abreisen."

„Sie scheinen meine Gäste nicht besonders zu mögen, Sir.“

„Um ehrlich zu sein, wünschte ich, dass sie aus unserem Dorf verschwinden und wir sie niemals wiedersehen müssten.“

„Starke Worte.“ Der Pfarrer beäugte ihn neugierig. „Ich hoffe doch, dass Sie nicht vorhaben, in meinem Haus wegen dieser ‚Sache‘ gewalttätig zu werden.“

„Nicht, wenn ich es verhindern kann.“ Robert verneigte sich erneut. „Ich wollte nur, dass Sie von meiner Anwesenheit wissen und sich keine Sorgen machen, wenn Sie erhobene Stimmen hören.“

„Ich nehme an, dass Sie nicht wollen, dass ich zwischen den Seiten vermittle?“

„Nein, vielen Dank. Was ich zu sagen habe, sollte vertraulich bleiben. Aber ich weiß Ihre Mühe zu schätzen.“

Robert ging wieder aus dem Zimmer und hielt kurz das Hausmädchen an, das gerade auf dem Weg in die Küche war.

„Fiona, könnten Sie nach oben gehen und nachsehen, ob Viscount Gravely schon angekleidet ist?“

„Ich könnte seinen Leibdiener fragen, Sir.“

„Fragen Sie nicht, sehen Sie bitte selbst für mich nach, in Ordnung?“

„Ja, Sir.“

Fiona ging die Treppe empor und kam eilig wieder nach unten. „Er ist angekleidet, Sir, sitzt am Feuer und frühstückt.“

„Vielen Dank.“ Robert schenkte dem Mädchen ein Lächeln. „Wenn einer der anderen Gravelys hereinkommt, sagen Sie ihnen bitte, dass sie mich im Salon treffen sollen.“

„Ja, Sir."

Robert ging die Treppe hoch und direkt zu Viscount Gravelys Zimmer. Es gab keine Spur des Leibdieners, was bedeutete, dass niemand Robert daran hindern konnte, sein Ziel zu konfrontieren.

„Guter Gott, nicht Sie schon wieder. Kann man hier nicht einmal in Ruhe frühstücken?", murmelte Viscount Gravely mürrisch.

Robert setzte sich ihm gegenüber und wartete, bis der Viscount sich dazu herabließ, ihn eines Blickes zu würdigen.

„Auch wenn ich Sie in dieser Sache vermutlich nie belangen kann, denke ich doch, dass ich es verdient habe, die Wahrheit von Ihnen zu hören."

„Die Wahrheit worüber?"

„Den Mord an Flora Rosa." Robert lehnte sich vor. „Wenn Sie sie nicht selbst umgebracht haben, haben Sie Bert Speers damit beauftragt?"

„Wieso, meinen Sie, sollte ich diese Frage jetzt beantworten?" Der Viscount grinste und entblößte dabei seine Zähne. „Was für einen Vorteil könnte mir das jemals bringen?"

Robert zuckte mit den Schultern. „Nun, es könnte mich davon abhalten, einen Ihrer Söhne zu verhaften."

„Auf welcher Grundlage?"

„Treffen mit einem gesuchten Verbrecher. Wenn Neville einem Kriminellen, nach dem gefahndet wird, dabei geholfen hat, dem Gesetz zu entgehen, dann trägt er eine Mitschuld." Robert zuckte mit den Schultern. „Wenn ich Bert schon nicht kriegen kann, wird es auch ein Gravely tun."

„*Neville*?“ Das Messer des Viscounts fiel scheppernd auf den Teller.

„Ja, der Mann, der Flora Rosa zuerst kennenlernte und sie angeblich wiederhaben wollte, obwohl sie sich von seinem Vater hatte kaufen lassen.“

„Wer hat Ihnen diesen Unsinn aufgetischt?“ Die Überheblichkeit des Viscounts war verschwunden und durch Verärgerung ersetzt worden.

„Hat Neville Bert hergebracht, um die letzte lebende Zeugin seiner Verbrechen zu beseitigen?“, fragte Robert.

„Ich weiß nicht, was Sie hier andeuten wollen“, sagte der Viscount. „Haben Sie nicht gesagt, Flora sei tot?“

„Und was ist mit Marjory?“

Der Viscount runzelte die Stirn. „Ich habe keine Ahnung, wer das sein soll.“

„Dann helfen Sie mir doch dieses Durcheinander zu verstehen! Wenn Sie Flora nicht ermordet haben, war es Neville? Oder haben Sie Ihren loyalen Angestellten Bert Speers dafür bezahlt, das für Sie zu erledigen?“ Robert wartete, aber der Viscount starrte ihn lediglich an. „Und was ist mit Polly Carter?“

„Die Frau, für die Flora Rosa sich ausgegeben hat?“

„Ah, an *sie* können Sie sich also erinnern?“, fragte Robert. „Natürlich. Sie und Flora waren gute Freundinnen.“ Der Viscount nickte.

„Haben Sie Bert darauf angesetzt, die Postkutsche zu beobachten, um zu erfahren, wann sie hier eintrifft? Wenn ich an dem Morgen nicht beim Gasthaus gewesen wäre, um nach Bert Ausschau zu halten, hätte ich nie von ihrer Ankunft erfahren oder gesehen, wie Bert versuchte, sie zu verschleppen.“

Viscount Gravely legte eine Hand an den Hals, fast so, als würde er keine Luft bekommen. „Polly Carter ist *hier*?"

Robert musterte ihn verwirrt. „Natürlich ist sie das! Warum sonst sind *Sie* denn hier?"

„Ich hätte es wissen sollen ..." Viscount Gravely läutete die Glocke energisch, bis sein Leibdiener erschien. Jede Sekunde wich mehr Farbe aus seinem Gesicht. „Holen Sie sofort meine Söhne hierher."

Robert erhob sich. „Bitte geben Sie nicht vor, dass Neville Ihnen nicht gesagt hat, dass er Polly Carter gestern in unserem Haus gesehen hat."

„Oh, guter Gott ..." Der Viscount blickte gen Himmel und schnappte sichtbar nach Luft. „Das ist ein Albtraum. *Wo* sind meine Söhne?"

Die Tür schwang auf und Trevor trat ein.

„Was zum Teufel geht hier vor sich?" Er eilte an die Seite seines Vaters. „Vater, *bitte*."

„Wo ist *Neville*?", keuchte der Viscount. „Ich habe ihn angewiesen, dir nicht von der Seite zu weichen!"

Trevor wandte sich Robert zu. „Haben Sie ihn gesehen? Er sagte, er wolle ausreiten."

„Ich habe ihn kurz gesehen. Ich bin überrascht, dass er noch nicht zurück ist", erwiderte Robert. Besorgt musterte er den Viscount, der mit jeder Sekunde aufgeregter und atemloser wurde. „Ihr Vater sieht nicht gut aus. Ich werde den Pfarrer bitten, umgehend meinen Arzt rufen zu lassen."

Er wandte sich zur Tür.

„Warten Sie!", brachte der Viscount zwischen mühsamen Atemzügen hervor. „Lassen Sie ihn nicht an sie heran, *bitte*."

„Ich werde mein Bestes geben“, sagte Robert und ging die Treppe hinunter. Kurz machte er bei seinem Schwiegervater Halt, um dessen Hilfe zu ersuchen.

Er war davon auszugehen, dass Nevilles verzögerte Ankunft bedeutete, dass er bereits auf dem Weg nach Kurland Hall war. Er musste so schnell wie möglich nach Hause zurück.

„Sir Robert!“ Er wandte sich um, als er die Ställe erreichte und erblickte Trevor aus Richtung des Pfarrhauses auf ihn zu eilen. „Lassen Sie mich mitkommen. Wenn jemand weiß, wie man Neville aufhalten kann, dann ich.“

„Dann kommen Sie, aber falls Ihr Bruder versucht, jemanden in meinem Haus zu verletzen, dann wird er es zuerst mit mir zu tun bekommen“, sagte Robert grimmig.

Lucy war in der Kinderstube und ordnete den Inhalt ihrer Schränke, als etwas im Nebenzimmer auf den Boden fiel und eine Frau schrie.

„Wo ist sie?“

Lucy unterdrückte einen Aufschrei, schlich zur halb geöffneten Tür und blickte durch den Spalt.

Bert Speers stand mitten in der Kinderstube und hielt ein brutal aussehendes Messer auf Agnes gerichtet.

„Was um alles in der Welt haben Sie vor, Bert?“, wollte Agnes wissen. „Wenn Sir Robert Sie hier erwischt ...“

„Wo ist deine Cousine?“

„Ich weiß nicht, wovon Sie reden.“ Agnes hob das Kinn. „Und sprechen Sie leiser, sonst wecken Sie noch den jungen Master Ned auf.“

„Wo ist Polly? Ich weiß, dass sie hier ist. Bring mich einfach zu ihr und ich werde dir kein Haar krümmen.“

„Ich weiß nicht ...“ Agnes keuchte auf, als Bert sie am Arm packte. „Lassen Sie mich los!“

„Bring mich zu Polly, sonst setzt es was, du dumme Kuh!“

„Ich bringe Sie in ihr Zimmer, Bert, aber das wird Ihnen nichts bringen. Sie wird Tag und Nacht bewacht.“

„Lass das mal meine Sorge sein.“

Lucy stieß einen bebenden Atemzug aus, als Bert Agnes dazu zwang, vor ihr nach draußen zu gehen. Eilig sah sie nach Ned, der tatsächlich noch schlief, bevor sie, so schnell sie konnte, die hintere Treppe hinunterrannte.

„Foley! Bert Speers ist hier und er hat Agnes“, brachte Lucy keuchend hervor und hielt sich atemlos die Brust, als sie die Küche erreichte. „Wo ist Sir Robert?“

„Er ist noch nicht vom Pfarrhaus zurück, Mylady. Mr Neville Gravely ist gerade an der Tür gewesen und wie Sir Robert befohlen hat, habe ich ihn abgewiesen.“

Bert hatte vermutlich unbemerkt das Haus betreten, während Foley abgelenkt gewesen war. Vielleicht steckten also Neville und Bert unter einer Decke.

„Ist er auch gegangen?“

„Ich bin mir nicht sicher, Mylady.“ Foley dachte angestrengt nach und zum ersten Mal überhaupt konnte Lucy ihm seine vielen Lebensjahre ansehen. „Worum soll ich mich zuerst kümmern? Soll ich versuchen, Agnes in Sicherheit zu bringen oder herausfinden, wo Mr Neville steckt?“

„Ist Isaac hier?“

„Er bewacht das Priesterzimmer, Mylady."

„Und wo ist sein Bruder Isaiah?", fragte Lucy.

„Im Geheimzimmer."

„Und James?"

„Ich bin hier, Mylady." James betrat in diesem Moment die Küche. „Wie kann ich Ihnen helfen?"

„Bert Speers hat Agnes und verlangt, Polly zu sehen."

„Dieser Mistkerl!" James schlug sich mit geballter Faust auf den Oberschenkel. „Und das am helllichten Tag!" Er wandte sich zur Tür. „Ich werde dafür sorgen, dass er versteht, wie wenig er hier willkommen ist."

Lucy packte ihn am Ärmel. „Versuchen Sie, nicht mit ihm zu kämpfen, solange er noch Agnes in seiner Gewalt hat. Halten Sie ihn einfach auf, bis Sir Robert zurückkommt."

James sah über ihre Bitte nicht besonders glücklich aus, aber er nickte. „Wie Sie wünschen, Mylady."

Anna kam mit dem Bediensteten Michael, der einen Korb voller Kräuter trug, aus dem Garten herein.

„Was um alles in der Welt geht denn hier vor sich?", fragte sie und eilte an Lucys Seite. „Du siehst ja aus, als würdest du gleich ohnmächtig werden!"

Lucy hatte das auch selbst schon bemerkt und krallte sich an der Tischkante fest. „Anna, kannst du hoch in die Kinderstube gehen und bei Ned bleiben?"

„Ja, natürlich!" Ihre Schwester stellte keine weiteren Fragen, sondern verschwand sofort auf der Treppe nach oben.

„Und Michael? Können Sie Sir Robert suchen und dafür sorgen, dass er sofort herkommt? Ich glaube, er ist mit der Kutsche zum Pfarrhaus gefahren. Sagen Sie ihm, dass Bert Speers im Haus ist und dass er ein Messer hat.“

Lucy machte eine Pause, um durchzuatmen, als kleine Punkte vor ihren Augen zu tanzen begannen. Die Köchin tätschelte ihren Arm.

„Sie sollten sich hinsetzen, bevor sie stürzen, Mylady.“

„Das … kann ich nicht.“ Lucy zwang sich dazu, aufrecht stehenzubleiben. „Bert Speers ist in meinem Haus und ich kann ihm nicht gestatten, einem weiteren meiner Angestellten wehzutun!“

Trotz Foleys größten Bemühungen, sie davon abzubringen, verließ sie die Küche und ging ein Stockwerk nach oben. Sie versuchte angestrengt, Berts raue Stimme und die trotzigen Antworten von Agnes zu hören. Wusste Agnes, dass Polly in ein anderes Zimmer verlegt worden war? Sie war den ganzen Tag mit Ned beschäftigt gewesen und hatte daher nicht bei Polly gesessen.

Ihrem Instinkt folgend begab Lucy sich zu dem Zimmer, in welchem Polly zuerst gelegen hatte. Die Tür stand weit offen und aus dem Inneren hörte sie einen sehr wütenden Bert.

„Wo zur Hölle ist sie, Agnes?“

„Ich … weiß es nicht. Letzte Nacht war sie noch hier, das schwöre ich“, erwiderte Agnes.

„Ich glaube dir kein Wort.“

Lucy zuckte zusammen, als ein kräftiger Schlag zu hören war und Agnes aufschrie. „Sie verdammter Bastard!“

Lucy bemerkte, dass sie unwillkürlich einen der Kochtöpfe aus der Küche mitgenommen hatte. Sie hielt ihn fest am Griff gepackt und dachte über ihren nächsten Schritt nach. Sollte sie hineingehen und Bert konfrontieren oder warten, bis Verstärkung eintraf?

Gerade war sie einen unsicheren Schritt vorwärts getreten, als sich eine Hand um ihren Hals schlang und sie sanft zurückzog. Ihre Waffe fiel mit einem lauten Knall zu Boden.

„Ich entschuldige mich aufrichtig, Lady Kurland", erklang die Stimme von Neville neben ihrem Ohr, als er ihr eine Messerklinge an die Kehle setzte. „Aber es ist absolut entscheidend, dass Sie mich zu Polly Carter bringen. Andernfalls ist Ihr Leben in Gefahr."

Bert kam zusammen mit Agnes aus dem Zimmer und blieb wie angewurzelt stehen, als er Lucy und ihren Geiselnehmer erblickte.

„Wird auch verdammt nochmal Zeit, dass du hier auftauchst, Nev", knurrte Bert.

„Bringen Sie uns zu Polly, Lady Kurland. Sofort."

Robert ließ die Kutsche vor dem Herrenhaus stehen und eilte dicht gefolgt von Trevor durch den Haupteingang. James kam ihnen gerade auf der Treppe entgegen.

„Sir Robert! Bert Speers ist hier und er hat Agnes!"

„Verdammt!", sagte Robert. „Ist Mr Neville Gravely auch hier?"

„Er hat versucht hereinzukommen, aber Foley hat ihn abgewiesen", erklärte ihm James. „Haben Sie ihn auf dem Weg hierher gesehen?"

„Ich bezweifle, dass er wieder gegangen ist, wenn er glaubt, dass Polly hier ist", warf Trevor ein. „Was halten

Sie davon, wenn ich nach ihm suche, während Sie sich um Speers kümmern, Sir Robert?“

„Sehr gerne.“ Robert nickte und Trevor machte sich auf in Richtung der Küche. „Wo ist Lady Kurland?“

„Ich bin mir nicht ganz sicher, Sir.“ James war schon wieder unterwegs in Richtung der Treppe. „Bert ist in die Kinderstube gestürmt und hat Agnes mitgenommen. Ihre Ladyschaft kam in die Küche, um uns zu warnen. Ich gehe hoch und versuche Bert aufzuspüren.“

„Ich komme mit Ihnen“, sagte Robert grimmig und prüfte, ob er die Pistole noch in der Manteltasche hatte. „Weiß Agnes, dass wir Polly gestern Abend in ein anderes Zimmer gebracht haben?“

„Vermutlich nicht, Sir. Sie könnte Bert ins falsche Zimmer geführt haben, vielleicht gewinnen wir damit ein wenig Zeit“, sagte James. „Sollen wir dort zuerst nachsehen?“

Roberts Blick sprang zwischen den Gängen hin und her, die vom oberen Treppenabsatz abgingen. In einem davon war eine ganze Gruppe von Menschen zu sehen.

„Das ist nicht nötig. Da sind sie! Auf dem Weg zu Isaac.“ Er eilte den Flur hinunter und stolperte fast über Agnes, die mit von sich gestreckten Gliedmaßen auf dem Boden lag. Er bedeutete James mit einer Geste, langsamer zu gehen. Vorsichtig näherten sie sich der Gruppe von Gestalten, die gerade in einen Streit direkt vor der Tür zu Pollys Zimmer verwickelt waren.

„Ich will dir nicht wehtun, Junge, aber ich muss dort hinein“, sagte Bert Speers.

„Ich nehme nur Befehle von Sir Robert an, nicht von Ihnen“, erwiderte Isaac. „Und er hat mich angewiesen, hier sitzen zu bleiben und die Tür zu bewachen.“ Er verschränkte die Arme vor der kräftigen Brust. Er war mindestens einen Fuß größer und doppelt so breit gebaut wie Bert.

„Würden Sie gerne diesen Befehl geben, Lady Kurland?"

Als Neville sich in das Gespräch einschaltete, erstarrte Robert, da er erst jetzt bemerkte, dass dieser seine Frau dicht vor sich festhielt und ihr ein Messer an die Kehle drückte.

„Das kann ich nicht", sagte Lucy mit klarer, ruhiger Stimme. „Isaac hat recht. Nur Sir Robert kann diese Tür öffnen." „Selbst, wenn ich Ihnen die Kehle aufschlitze?", fragte Bert.

„Das würden Sie nicht wagen, Bert!", rief Isaac aus. „Wieso ziehen Sie Lady Kurland mit rein? Sie hat Ihnen doch nie etwas getan!"

„Um Himmels Willen, Bert. Mach nicht alles noch schlimmer, als es ohnehin schon ist", flehte Neville seinen Komplizen an. „Ich habe nicht vor ..."

Robert trat ins Licht in der Mitte des Ganges und zielte mit der Pistole direkt auf Nevilles Kopf.

„Wären Sie dann so freundlich, meine Frau loszulassen?"

„Gott, jetzt auch noch seine verdammte Lordschaft", sagte Bert. „Ein Wolf umzingelt von Schafen." Er erhob die Hand. „Sie verstehen einfach gar nichts, Sir Robert. Übergeben Sie mir Polly und wir begraben die ganze Sache."

„Du hältst den Mund", blaffte Robert Bert an und wandte sich Neville zu. „Und Sie nehmen die Hände von meiner Frau oder ich schieße."

„Und riskieren, Ihre Frau zu treffen?“, fragte Bert. „Ich glaube kaum, dass Sie das wirklich vorhaben, was?“

Neville rührte sich zuerst und ließ Lucy los, bevor er auf die Knie sank.

„Ich kann das nicht mehr. Es tut mir leid, Bert. Ich *kann* einfach nicht …“ Er brach lautstark in Schluchzen aus und vergrub das Gesicht in den Händen.

Bert blickte niedergeschlagen zu Robert. „Ich hätte es besser wissen sollen, als auf einen feinen Adligen zu vertrauen.“

Robert richtete die Pistole auf Bert und sprach Lucy an. „Bist du unverletzt, meine Liebste?“

„Ja, bin ich.“ Ihre Stimme bebte. Irgendjemand würde später dafür bezahlen, aber fürs Erste war seine Entschlossenheit umso stärker.

„Würdest du mir den Gefallen tun, dich um Agnes zu kümmern und sie hoch in die Kinderstube zu bringen?“

„Ja, natürlich.“ Lucy ging an ihm vorbei und legte kurz im Vorbeigehen die Hand auf seine Schulter. „Soll ich Michael oder einen der anderen Bediensteten zu Hilfe holen?“

„Ja, schick Michael her.“

Robert wartete, bis er hören konnte, dass Agnes Lucy antwortete und mit ihrer Hilfe gegangen war, bevor er erneut das Wort an Bert und den noch immer schluchzenden Neville richtete.

„Ich werde nicht noch einmal den Fehler machen, Sie entkommen zu lassen, Bert. Sie und Ihr Komplize werden vor Gericht gestellt, wegen des Mordes an Flora Rosa und des versuchten Mordes an Polly Carter. Legen Sie Ihre Waffen ab.“ Bert seufzte dramatisch und blickte hinunter auf Neville. „Wie es aussieht, haben

Sie mich geschnappt, Sir Robert. Werden Sie sich jetzt anhören, was ich zu sagen habe?"

Neville blickte langsam empor und stand unbeholfen auf. Seine Beine wankten wie Grashalme im Wind. „Nein, sag es ihm nicht, sag überhaupt *nichts!* Das wird meinen Vater umbringen!"

„Ihr Vater weilt ohnehin nicht mehr lange unter uns", sagte Robert unverblümt. „Vielleicht muss er verstehen, was genau er der Welt in Form seines jüngsten Sohns hinterlässt. Isaac, würden Sie Mr Gravely hinunter in mein Arbeitszimmer eskortieren und James, übernehmen Sie bitte Bert? Mr Harrington hat bereits den Constable im Ort verständigt. Er dürfte unten auf uns warten."

Bert trat einen eiligen Schritt vor. „Und was ist mit Polly?"

„Diese geht Sie nicht länger etwas an." Robert starrte ihm vernichtend in die Augen.

„Sie verstehen nicht!", brüllte Bert. James trat vor, ergriff Bert und hielt ihm mit der Hand den Mund zu.

„Ich habe ihn, Sir."

„Gut", sagte Robert. „Dann bringen Sie die beiden in mein Arbeitszimmer."

Lucy führte Agnes langsam zurück in die Kinderstube und legte sie dort in ihr Bett, bevor sie ins Hauptkinderzimmer zurückkehrte, wo Anna gerade noch mit Ned auf dem Teppich vor dem Feuer gespielt hatte. Lucy wollte selbst ins Bett gehen und den furchtbaren Tag einfach vergessen, aber als Herrin des Hauses musste sie dafür sorgen, dass es ihren Angestellten gut ging und sich ihr Ehemann nicht länger in Gefahr befand.

„Anna, ich …“

Sie sprach nicht weiter, da die unbegreifliche Szene, die sich ihr bot, nur langsam zu ihr durchdrang.

„Lady Kurland, wie schön, dass Sie sich uns anschließen“, sagte Trevor Gravely heiter. Ihre Schwester lag regungslos auf dem Boden. Trevor hielt Ned an der Brust umklammert und drückte ihm eine Pistole an den Kopf.

„Mama …“ Ned versuchte, zu ihr zu laufen, doch Trevor zog ihn zurück.

Irgendwie gelang es ihr, ihre Stimme wiederzufinden und sie blickte direkt in die verängstigten Augen ihres Sohnes. „Bleib ruhig, mein lieber Junge. Gib diesem Mann keinen Anlass, dir wehzutun.“

Neds Lippe bebte. „Ich mag ihn nicht. Er hat Tante Anna geschlagen.“

„Ja, er ist ein böser Mann“, erklärte Lucy. „Aber wenn wir tun, was er sagt, wird er uns nichts tun. Damit würde er die Lage für sich nur noch verschlimmern.“

„Wie gut Sie mich verstehen, Lady Kurland“, sagte Trevor. „Und jetzt bringen Sie mich zu Polly Carter, damit ich diese lächerliche Farce ein für alle Mal beenden kann.“

„Wenn Sie meinen Sohn loslassen, werde ich Sie bereitwillig zu ihr führen“, erwiderte Lucy.

„Nein.“ Trevor stand auf und hob Ned dabei hoch. „Er kommt mit uns.“

„Wenn Sie darauf bestehen.“ Lucy schloss kurz die Augen, als sie eine Welle des Schwindels überkam. Die wandte sich zur Tür. Ihre Beine zitterten so stark, dass sie nicht sicher war, ob sie aufrecht stehen bleiben konnte. Sie wusste, dass sie von Trevor eine Erklärung verlangen sollte, aber die Angst um ihren Sohn schnürte ihr die Kehle zu und drohte, ihr die Sinne zu rauben.

Trotz ihrer Hoffnung auf Rettung war das Haus erstaunlich still, als sie vor Trevor her in Richtung des Priesterzimmers ging, wo Polly sich erholte. Sie musste sich einen Plan überlegen, wie sie Ned befreien konnte, aber ihr Geist war zu träge. Zu ihrer Verwirrung saß niemand zur Wache vor Pollys Zimmer und es gab keine Spur von Robert, Bert Speers oder Neville Gravely.

Sie blieb stehen und blickte zurück zu Trevor. „Ich weiß nicht, wo der Schlüssel ist."

„Das bezweifle ich." Seine eiskalten Augen blickten tief in die ihren. „Sie finden ihn besser oder ich tue Ihrem Sohn weh."

Ned wimmerte und wandte das Gesicht ab, während er sich gegen den Griff seines Entführers sträubte.

„Ich sage die Wahrheit. Normalerweise sitzt jemand mit dem Schlüssel vor der Tür, aber hier ist niemand." Lucy überlegte einen Moment. „Ich gehe davon aus, dass er bei Robert und Ihren Komplizen ist."

„Meinen *Komplizen*?" Trevor gluckste. „Ich nehme an, Sie sprechen von meinem Bruder und Bert. Ich sehe sie mehr als meine Kerkermeister, die jedes meiner Vorhaben durchkreuzen und die Dinge so sehr verkomplizieren, dass wir uns jetzt hier wiederfinden, Lady Kurland. In einer Lage, in der Sie wählen müssen, ob Sie das ungeborene Kind in Ihrem Bauch und sich selbst opfern oder mir gestatten, Ihren Sohn umzubringen."

„Ich …“ Lucy blickte verzweifelt zu Ned, der inzwischen leise weinte. „Ich kann losgehen und den Schlüssel für Sie finden, wenn Sie wollen.“

„Seien Sie nicht dumm, Lady Kurland. Sobald Sie aus meiner Reichweite sind, machen Sie das ganze Haus auf meine Anwesenheit aufmerksam und hoffen darauf, dass Sie *irgendwie* Ihren Sohn, Polly und sich selbst retten können. Bitte seien Sie sich darüber im Klaren, dass ich das nicht zulassen werde. Wenn Sie Ihre Familie retten wollen, werden Sie Polly als Opfer bringen müssen. Und was sollte Sie davon abhalten? Was sind Sie einem dummen Dienstmädchen aus London schon schuldig?“

„Niemand verdient es, durch Ihre Hand zu sterben“, sagte Lucy mit bebender Stimme.

„Oh doch, wenn diese Person sich in meine Angelegenheiten einmischt“, erwiderte Trevor und packte Ned fester. „Das hier ist ein altes Haus. Es muss also noch einen anderen Weg über die Bedienstetentreppe in dieses Zimmer geben. Finden Sie diesen anderen Weg!“

Lucy atmete zur Beruhigung tief durch und deutete zum Ende des Ganges. „Wir kommen dort zur Bedienstetentreppe, über die Tür am Ende des Ganges. Von da aus gibt es eine Verbindung in dieses Zimmer.“

„Sehr gut, Lady Kurland.“ Trevor lächelte auf Ned herab. „Deine Mutter ist wirklich bemerkenswert gut, nicht wahr? Gehen Sie vor, Madam.“

Lucy ging langsam den Gang entlang, bis sie die Tür erreichte. Wenn Trevor vorhatte, Polly zu ermorden, würde er dafür Ned loslassen müssen. Vielleicht wäre es ihr in diesem Moment möglich, ihren Sohn beiseitezustoßen und Trevor irgendwie aufzuhalten. Wenn sie bei dem Versuch starb, war sie gewillt, das in Kauf zu nehmen. Immerhin bliebe Robert sein Sohn.

Sie öffnete die Tür und lief dabei beinahe in jemanden hinein, der gerade in die andere Richtung ging. Kaum hatte sie Foleys unverhoffte Gegenwart verarbeitet, legte dieser den Finger über die Lippen und sie starrte einfach geradeaus, als ob er nicht dort wäre.

Als Trevor hinter ihr auf den schmalen Treppenabsatz trat, sodass Ned beinahe zwischen ihnen eingequetscht wurde, deutete sie nach links. „Wir können durch diese Tür gehen und ...“

Noch während sie sprach, warf Foley die Bettpfanne mit einiger Wucht gegen Trevors Kopf. Ein Schuss löste sich aus der Pistole und hallte lautstark in dem kleinen Raum wider. Aus dem Gleichgewicht gebracht versuchte Trevor wieder festen Stand zu gewinnen, doch Lucy riss ihm Ned aus dem Arm und stieß ihren Entführer so fest sie konnte. Dieser verlor vollends die Balance und stürzte polternd die Treppe hinunter.

„Mama!“ Ned brach in Tränen aus, als Lucy ihn an sich drückte, als würde ihr Leben davon abhängen.

Sie zitterte so stark, dass sie kaum atmen konnte. Hinter der Tür hörte sie hastige Schritte, die immer lauter wurden. Plötzlich wurde sie aufgerissen.

„Wo ist er?“, fragte Bert eindringlich.

Lucy deutete wortlos nach unten und sofort stürmte Bert lautstark fluchend die schmale Treppe hinunter. Robert erschien wenig später mit panischem Blick, zog Lucy und Ned aus dem schmalen Raum und umarmte sie.

„Gott ... ich dachte, ich hätte dich verloren ...“, murmelte er mit von ihrem Haar gedämpfter Stimme. „*Gott sei Dank.*“

„Dank lieber Foley“, brachte Lucy hervor. „Geht es ihm gut?“ „Er ...“ Robert blickte ihr in die Augen. „Er ist getroffen worden. Dr. Fletcher ist schon unterwegs.“

„Er hat uns gerettet“, flüsterte Lucy atemlos. „Er hat Trevor mit der Bettpfanne getroffen und aus dem Gleichgewicht gebracht, sodass ich mir Ned schnappen und den Mistkerl die Treppe hinunterstoßen konnte.“

„Du warst also so unglaublich und tatkräftig wie immer“, sagte Robert mit noch immer unsteter Stimme. „Und dafür kann ich nur Gott danken.“

Schließlich half Robert Lucy und Ned auf die Beine. „Ich denke, wir sollten Ned ins Bett bringen und nachschauen, ob es Anna besser geht. Danach sammeln wir uns im Salon, um uns anzuhören, was Bert und Neville zu ihrer Verteidigung zu sagen haben, in Ordnung?“

Kapitel 21

„Trevor ist nicht richtig im Kopf", sprudelte es aus Neville hervor. „Das war er noch nie. Wir mussten Indien verlassen, weil er immer wieder dabei erwischt wurde, wie er Tiere quälte. Und wir mussten ständig die Schulen wechseln, weil er so wild war."

Robert saß neben seiner Frau auf dem Sofa im Salon. Er hatte den Arm um ihre Schulter gelegt und scherte sich nicht, was man von einer so öffentlichen Zurschaustellung von Zuneigung halten würde. Sein Butler war angeschossen, seine Frau und sein Sohn hatten um ihr Leben fürchten müssen und er wollte einfach nur Antworten.

Bert, der vor dem Kamin stand, nickte. „Ich habe Trev das erste Mal gesehen, als er versuchte, einen der Hunde im Stall umzubringen. Ich habe ihn verprügelt und danach hat er so etwas nie wieder versucht. Er hatte Angst vor mir." Bert scharrte mit den Füßen. „Daher bat mich die Viscountess zu ihren Lebzeiten, dass ich ihn im Auge behalten sollte, wenn er aus der Schule zu Hause war."

„Natürlich, Sie hatten ja in den Stallungen der Gravelys gearbeitet, seit sie das Waisenhaus verlassen hatten", sagte Robert. „Sie kannten die Söhne des Viscounts wahrscheinlich besser als er."

„Ja, Sir. Ich verließ sie für einige Zeit, weil ich Boxer werden wollte, aber das war ein gefährliches Leben. Ich kam zurück und bat den Viscount um eine Stelle, als ich hörte, dass er dauerhaft nach Hause zurückkehren würde." Bert hielt kurz inne. „Wieso ist er eigentlich nicht hier? Ich hatte Ihnen doch gesagt, dass wir das alles aufklären können, wenn ich nur mit ihm sprechen könnte."

„Ich habe Viscount Gravely mehrfach die Möglichkeit gegeben, mir die Wahrheit zu sagen, aber er hat es abgelehnt", antwortete Robert. „Ich nehme an, er hatte kein Problem damit, dass Sie der Morde seines Sohnes beschuldigt wurden."

„Natürlich nicht, dieser kaltblütige Bastard", murmelte Bert. „Aber wieso ist er nicht hier und versucht, den Namen seines Sohnes reinzuwaschen?"

Robert verzog das Gesicht. „Er befindet sich derzeit in Behandlung durch meinen Arzt und musste im Pfarrhaus bleiben."

„Was stimmt denn nicht mit ihm?", fragte Neville mit bebender Stimme.

Robert verzog das Gesicht. „Als ich mich heute Morgen mit Ihrem Vater unterhielt, waren mir noch nicht alle Einzelheiten des Falls bekannt. Er hat sich sehr aufgeregt, als ihm klar wurde, dass Sie mein Hauptverdächtiger waren."

„Das sieht ihm ähnlich", sagte Bert.

„Als ich ging, rang er nach Luft. Ich habe inzwischen eine Nachricht von Dr. Fletcher erhalten. Er glaubt, dass der Viscount eine Art Anfall erlitten hat." Robert hielt kurz inne. „Allerdings hat Trevor ein paar Minuten allein mit seinem Vater verbracht, bevor er mir hinterherkam. Es könnte sein, dass er vorhatte, Ihren Vater dauerhaft zum Schweigen zu bringen, bevor sein Leibdiener kam und ihn von seinem Vorhaben abhielt."

Neville fiel mit einer Hand vor dem Mund in einen der Sessel. „Guter Gott."

„Ihr Vater ist nicht ganz unschuldig in alledem, Sir.“ Robert funkelte Neville an. „Vielleicht möchten Sie am Anfang beginnen und uns erklären, wie genau es zum Mord an Flora Rosa kam?“

Neville sah nervös zu Bert, der ihm zunickte. „Du kannst einfach alles erzählen, Nev, und dafür sorgen, dass dein Bruder zur Rechenschaft gezogen wird.“ Neville neigte den Kopf und erhob sich wieder.

„Trevor hat Flora zuerst getroffen und war wie besessen von ihr.“ Er schluckte schwer. „Ich habe so etwas schon früher mit ansehen müssen und es endete meist damit, dass die Frauen ... verletzt wurden und ich ihnen Schweigegeld zahlen musste. Aber Flora hatte kein Interesse an Trevor und hielt ihn auf Distanz, bis ich mir Sorgen machte, dass er ihr etwas antun könnte. Ich habe Vater erzählt, was vor sich ging, und ihn darum gebeten, Flora zu helfen. Flora war nicht irgendeine Prostituierte, die man leicht vergessen würde, sondern eine aufstrebende Theaterschauspielerin, um deren Gönnerschaft mehrere Männer buhlten. Sie hatte Angst vor Trevor und nahm das Angebot meines Vaters an, ein Haus und seinen Schutz zu erhalten, solange sie ihre Karriere beim Theater fortsetzen konnte.“

Neville setzte sich wieder und ließ den Blick durchs Zimmer wandern. „Wir dachten, dass Trevor von ihr ablassen würde, nachdem Vater sich durchgesetzt hatte. Wir dachten, er würde sich ein anderes, leichteres Ziel suchen, aber er stellte ihr einfach weiter nach. Ich habe am Ende viel Zeit in ihrem Haus verbracht, weil sie so viel Angst hatte, dass Trevor bei ihr auftauchen würde. Dadurch wurde er auf mich *und* Vater eifersüchtig.“

Bert mischte sich ein: „Eines Nachts ist Mr Trevor Flo nach Hause gefolgt und hat versucht, sie zu erwürgen. Sie war panisch und wusste, dass sie das Arrangement brechen musste, nachdem Viscount Gravely ihr nicht glauben wollte."

„Ich nehme an, deshalb hat ihre Freundin, Polly Carter, vorgeschlagen, dass Flora ihre Stelle als unser neues Kindermädchen antreten sollte?", fragte Robert.

„Ja, Sir." Bert nickte. „Sobald sie konnte, ist Flo aus dem Haus geflohen und zu mir gekommen, wo Polly bereits auf sie wartete."

„Sie kam zu Ihnen?" Lucy setzte sich unvermittelt auf. „*Ihnen* gehört das Haus in Paradise Row in *Bethnal Green*?"

„Es gehört mir nicht, Mylady. Ich miete es von den Gravelys", erwiderte Bert. „Ich habe Flo etwa einen Tag beschützt, während Polly ein paar ihrer Sachen verkauft hat, um Agnes zu bestechen und Flos Fahrkarte nach Kurland St. Mary zu bezahlen."

„Und Sie haben sie begleitet", sagte Robert langsam.

„Ja, Sir." Bert sah hinunter auf seine Stiefel. „Irgendjemand musste ja ein Auge auf sie haben. Ich gab vor, in sie verliebt zu sein, sodass niemand sich fragen würde, warum ich ständig in ihrer Nähe bin und unverschämte Fragen stelle."

„Diese Rolle haben sie zweifellos sehr erfolgreich ausgefüllt", bemerkte Robert trocken. „Wie fand Trevor heraus, dass Flora hier war?"

Neville hob die Hand. „Ich fürchte, das war meine Schuld. Ich beschloss, Bert zu besuchen, um zu sehen, ob Flora in Sicherheit war. Trevor muss mir gefolgt sein. Flora war bereits auf dem Weg nach Kurland St.

Mary, aber Trevor muss den Schlüssel zum Haus von unserem Landverwalter bekommen haben und irgendetwas gefunden haben, was ihn in Ihr Dorf führte. Er prahlte damit, dass er herausgefunden habe, wo Flora steckte und dass er sie bald finden werde, egal, was ich tun würde."

„Ich frage mich, ob Polly Briefe von Agnes mit unserer Adresse darauf bei sich hatte?" Lucy blickte zu Robert auf. „Trevor könnte einen davon gefunden haben."

„Da Polly Flora die Nachricht schrieb, in der sie sie warnte, dass ihre Tarnung aufgedeckt worden sei, ist davon auszugehen", sagte Robert. „Irgendwann hat es Ihr Bruder Trevor also geschafft, Ihnen zu entkommen, nach Kurland St. Mary zu reisen und auf eine Gelegenheit zu warten, um Flora umzubringen."

„So ist es, Sir Robert." Neville nickte.

Robert blickte zu Bert. „Und was taten Sie, während Mr Trevor Gravely Flora entführte und umbrachte? Sollten Sie sie nicht beschützen?"

Berts Lippe bebte kurz. „Ich habe mich mit ihr an ihrem freien Tag im Dorf getroffen. Sie hat mir Pollys Brief gezeigt und gesagt, dass sie glaubte, Trevor in der Postkutsche gesehen zu haben. Ich habe sie angewiesen, sofort zurück nach Kurland Hall zu gehen und das Anwesen nicht zu verlassen, bis ich es ihr gestattete." Er verzog das Gesicht. „Sie hat es nie sehr geschätzt, wenn man ihr vorschrieb, was sie tun sollte, daher haben wir uns ein wenig gestritten. Sie dachte darüber nach, erneut davonzulaufen, also nahm ich ihr den Geldbeutel ab, damit sie nirgendwo hinkonnte." Er brach ab und sah zu Robert. „Deshalb war er in meinem Stiefel, Sir, aber das konnte ich Ihnen natürlich nicht sagen, weil ich wusste, was Sie denken würden. Ich habe Flo zurück zum Herrenhaus gebracht und wir haben uns den ganzen Weg gestritten. Ich habe gewartet, bis sie wieder auf dem Grundstück war, bevor ich zurück an die Arbeit ging und ein Auge nach Trevor offen hielt. Er muss sie sich, kurz nachdem ich gegangen war, geschnappt haben." Bert atmete schwer durch. „Der Bastard. Ich war schon den halben Weg zurück beim Gasthaus, als ich jemanden schreien hörte. Ich dachte, es wäre Flo, also rannte ich zurück zur Kirche." Er nickte in Richtung der Tür, wo James Wache stand. „Ich habe gesehen, wie sich Ihr Diener und Ihr Landverwalter darüber stritten, wer von ihnen Flo lieber mochte. Ich muss gestehen, dass ich kurz stehen blieb, um mir das Spektakel anzusehen, und dadurch kam ich schließlich nicht rechtzeitig zu Flo. Da ich sie nirgendwo finden konnte, war mir sofort klar, was dieser üble Dreckskerl getan hatte. Also kehrte ich nach London zurück, um Viscount Gravely zu konfrontieren. Ich war sogar so dumm zu glauben, dass Trev Flo vielleicht mitgenommen hatte und ich sie retten könnte." Er räusperte sich. „Stattdessen habe ich die Person verloren, die mir auf der Welt am meisten bedeutete."

Als Berts Stimme brach und verstummte, blieb Schweigen im Raum zurück. Doch Robert war noch nicht ganz in versöhnlicher Stimmung.

„Wenn Sie mir die Wahrheit gesagt hätten, Bert, hätten wir früher herausgefunden, wer Floras Mörder ist, und Trevor davon abhalten können, Marjory das gleiche anzutun."

„Zuerst dachte ich, dass Flo vielleicht noch am Leben war." Bert hob den Blick. „Ich habe für Viscount

Gravely gearbeitet, also war es meine Pflicht, ihn darüber zu informieren, was vorgefallen war. Ich konnte ihn nicht verraten, denn vielleicht hätte er Trevor aufspüren und dazu zwingen können, Flo freizulassen. Doch mir wurde schnell klar, dass der Viscount mehr daran interessiert war, seinen Sohn zu schützen, anstatt ihn seiner gerechten Strafe zuzuführen, daher gingen wir bald wieder auseinander." Er funkelte Robert wütend an. „Wieso, denken Sie, bin ich ein zweites Mal nach Kurland St. Mary zurückgekehrt?"

„Ich weiß es nicht."

„Damit Trev nicht noch einmal herkommen würde, ohne dass jemand hier war, der in der Lage wäre, ihn dazu zu bewegen, Sie alle in Frieden zu lassen. Nur hat das nicht besonders gut funktioniert, nicht wahr?"

„In der Tat. *Wieso* sind Sie drei nach Kurland St. Mary gekommen, Mr Gravely?" Robert richtete das Wort an Neville.

„Weil Sie Trevor eingeladen hatten, Floras Leiche zu identifizieren. Er war hocherfreut darüber." Neville presste die Lippen aufeinander. „Zu diesem Zeitpunkt wussten wir noch nicht, wohin Polly verschwunden war, und hatten Angst, Trevor aus den Augen zu lassen. Ich habe also widerwillig meinem Vater erzählt, was vor sich ging. Als ihm einfiel, dass er mit Mr Harrington einen Bekannten in Kurland St. Mary hatte, beschloss er, dass wir beide Trevor begleiten sollten, um dafür zu sorgen, dass er sich benahm. Wir dachten, dass die ganze Sache vielleicht endlich ein Ende finden würde, wenn er Floras Leiche identifizierte."

„War Trevor klar, dass Sie ihn des Mordes an Flora verdächtigten?"

„Dafür war er viel zu arrogant“, sagte Neville. „Er dachte, das alles sei ein amüsantes Spiel, das er allein kontrollierte.“ Er überlegte kurz, bevor er weitersprach. „Manchmal hat er mich mit diesem bösen Funkeln angesehen, sodass ich überzeugt war, dass mein Leben ihm gar nichts bedeutete. Er wollte Flora. Vater hatte ihn von ihr ferngehalten und er war bereit gewesen, sein Äußerstes zu geben, um uns alle dafür leiden zu lassen.“

„Was mich zu meinem letzten Punkt bringt“, sagte Robert. „Wieso in Gottes Namen haben Sie sich nicht zu erkennen gegeben und mich nicht um Hilfe gebeten, als Sie heute zum Herrenhaus kamen, und stattdessen meine Frau verängstigt und mein Kindermädchen niedergeschlagen?“

Neville warf Bert einen anklagenden Blick zu, der nur mit den Schultern zuckte.

„Ich kann nicht behaupten, dass Sie viele Sympathien in mir geweckt haben, Sir Robert. Immerhin haben Sie mich wochenlang im Keller eingesperrt und alle meine Aussagen ignoriert. Ich muss gestehen, dass der Gedanke, Ihnen einen kleinen Schrecken einzujagen, ein wenig verlockend war.“

„Einen *kleinen* Schrecken?“ Jetzt war es an Robert, ihn anzufunkeln. „Sie haben mich ganz *bewusst* im Dunklen gelassen, um Ihren Arbeitgeber nicht zu verärgern. Und selbst wenn Sie Flora nicht eigenhändig ermordet haben, so waren Sie doch auch keine große Hilfe für sie.“

„Ich *dachte*, dass Viscount Gravely sich endlich um Trev kümmern würde, wenn ich ihm nur beweisen könnte, dass er ein Mörder ist. Doch der Viscount hat sich dagegen entschieden." Bert hielt Roberts Blick stand. Sein Adamsapfel sprang auf und ab und gab einen Hinweis auf die Emotionen, die sich hinter seiner Fassade abspielten. „Ich lag falsch, Sir, und habe einen hohen Preis dafür bezahlt, dass ich der Familie vertraut habe, die mir nach dem Waisenhaus ein Zuhause geschenkt hat. Weder für Flo noch für mich gibt es Gerechtigkeit. Ich wollte nur Nev dabei helfen, Trevor davon abzuhalten, Polly in die Finger zu bekommen. Danach hätte ich sie alle hinter mir gelassen."

„Waren Sie im selben Waisenhaus wie Flora?", fragte Lucy.

„Ja, natürlich. Sie ist meine verdammte Schwester!" Bert sah beleidigt aus. „Ich habe sie fünf Minuten nach ihrer Geburt in den Armen gehalten. Selbst damals schon war sie wunderschön." Berts Stimme brach erneut. „Unsere Mutter starb, als Flo fünf war, und man brachte uns ins Waisenhaus in Bethnal Green. Ich habe sie, so gut ich konnte, im Auge behalten, aber es war nicht leicht."

Er sah Lucy in die Augen, sodass sie das Glänzen seiner Tränen erkennen konnte. „Sie war wunderschön und schlau und hat es nicht verdient von einem verdammten Mistkerl wie Trevor Gravely ermordet zu werden."

„Da sind wir uns zur Abwechslung einig", sagte Robert. „Wären Sie bereit, im Mordprozess gegen Mr Trevor Gravely auszusagen?"

Bert warf Neville einen Blick zu. „Ich will dir nicht zu nahe treten, Nev, aber ich glaube, es ist an der Zeit, dass er bekommt, was er verdient."

„Ja“, flüsterte Neville. „Ich habe mein ganzes Leben
lang versucht, ihn aufzuhalten, und dennoch versagt.
Ich bin erschöpft. Die arme Flora Rosa und die arme
Marjory.“

Robert erhob sich. „Dürfte ich vorschlagen, dass Sie
beide hier in Kurland Hall unterkommen, während ich
dafür sorge, dass Anklage gegen Trevor erhoben und er
ins Gefängnis überstellt wird?“

Es war weniger eine Frage als vielmehr ein Befehl. Sowohl Bert als auch Neville sahen zu niedergeschlagen
aus, um mit ihm darüber zu diskutieren. Robert war
sich nicht sicher, ob er sie wegen Falschaussage in seiner Funktion als Magistrat belangen konnte. Er würde
von diesem Vorhaben nichts erwähnen, bis er nicht die
entsprechenden Gesetze ausführlich studiert und sich
mit Experten beraten hatte. Der Gedanke, dass die beiden davonkommen würden, obwohl sie seinem Haushalt so viel Schaden zugefügt hatten, gefiel ihm nicht.

„Darf ich meinen Vater sehen?“, fragte Neville unsi-
cher. „Er wird wissen wollen, was passiert ist.“

„Ihr Vater ist nicht in der Verfassung, um Sie zu empfangen oder über das Geschehene in Kenntnis gesetzt
zu werden“, sagte Robert nachdrücklich. „Um ehrlich
zu sein, könnte das seinen Zustand sogar verschlech-
tern. Ich werde Dr. Fletcher anweisen, Sie, sobald es
ihm möglich ist, über den gesundheitlichen Zustand Ihres Vaters zu informieren. Und ich schlage vor, dass Sie
seinem Rat Wort für Wort Folge leisten.“

Neville ließ sich in den Sessel sinken. Ginge es nach
Robert, würde es noch sehr lange dauern, bis man Viscount Gravely über den Verbleib seines ältesten Sohnes
in Kenntnis setzte. Hoffentlich bedeute das, dass ihm

dadurch wenig Zeit bliebe, um seine adlige Position für die Beeinflussung des Rechtssystems auszunutzen.

„Geht es Trevor gut?“, fragte Neville. Robert konnte nicht anders, als seine Hartnäckigkeit zu bewundern.

„Er hat ein paar Prellungen davongetragen und hat bei seinem Sturz die Treppe hinunter kurz das Bewusstsein verloren“, antwortete Robert. „Dr. Fletcher sagt, dass es keine gebrochenen Knochen gebe. Trevor ist derzeit in meinem Keller eingeschlossen und wird von Isaac und Isaiah bewacht. Es ist niemandem gestattet, ihn zu sehen.“

Neville erschauderte und warf Bert einen Blick zu. „Ich will ihn auch nicht sehen. Er ist ein äußerst überzeugender Teufel.“

Bert hielt ihm die Tür auf. „Dann komm mit, Nev. Wir werden das zusammen durchstehen, was?“

Robert bot Lucy den Arm an. „Würdest du gerne unsere ganzen Patienten besuchen wollen? Ich könnte schwören, dass sich das Haus heute mehr wie ein Krankenhaus als wie ein Landgut anfühlt.“

„Es wäre mir eine Freude, dich zu begleiten“, sagte Lucy und sah hinüber zu James. „Würden Sie unsere Gäste auf ihre Zimmer begleiten. Und sorgen Sie bitte dafür, dass Michael und Sie allzeit verfügbar sind, um sich um ihre Bedürfnisse zu kümmern.“

„Sehr wohl, Mylady.“

Bert gab ein Geräusch von sich, das wie ein verächtliches Schnauben klang, unterdrückte es jedoch eilig und folgte Neville hinaus. Michael würde sie auf Schritt und Tritt verfolgen. Nur für den Fall, dass sie ihre Meinung ändern und erneut fliehen wollten.

Lucy stützte sich schwer auf Roberts Arm, während sie die Treppe erklommen. „Was für ein verworrenes Durcheinander."

„In der Tat. Ich befürchte, dass niemals alle unsere Fragen beantwortet werden, aber sofern ich in der Sache ein Wörtchen mitzureden habe, wird Trevor vor Gericht stehen."

„Sofern Viscount Gravely das zulässt", sagte Lucy.

„Nach Dr. Fletchers Meinung war der Viscount bereits krank und erlangt nach seinem Anfall vielleicht nie wieder die Fähigkeit zu sprechen zurück."

Lucy nickte. „Vielleicht ist das auch eine Form der Gerechtigkeit. So wird er nie wieder dazu in der Lage sein, zu verteidigen, was nicht zu verteidigen ist."

Schweigend gingen sie zu Annas Zimmer, wo sie auf Dr. Fletcher trafen, der gerade von seiner Visite kam. Er hatte die kleine Platzwunde an ihrem Kopf versorgt und gab sich optimistisch, dass sie sich abgesehen von anhaltenden Kopfschmerzen bald schon wieder besser fühlen würde. Anna schlief gerade und eins der Dienstmädchen wachte über sie. Dr. Fletcher berichtete außerdem, dass Polly das Bewusstsein wiedererlangt hatte und bereit war, mit ihnen zu sprechen. Bei Agnes hatte er eine Rippenprellung festgestellt und sie mit einer Dosis Laudanum schlafen geschickt.

„Vielen Dank, Dr. Fletcher", sagte Lucy.

Er schenkte ihr ein Lächeln. „Ich denke, ich werde heute Nacht hierbleiben, wenn das in Ordnung für Sie ist, Mylady. Ich habe hier im Herrenhaus mehr Patienten zu versorgen als im gesamten restlichen Dorf."

„Sie sind herzlich willkommen", antwortete Robert für Sie beide. „Ich hoffe, Sie ziehen die Kosten für Ihr

Bett und Ihre Verpflegung von der recht umfangreichen Rechnung ab, die ich von Ihnen erwarte."

Dr. Fletcher zwinkerte ihm zu. „Da wir beide alte Bekannte sind, werde ich das bei meinen Berechnungen in Erwägung ziehen."

Zusammen gingen sie den Gang hinunter zu Foley, der in einem der prachtvolleren Gästezimmer untergebracht war.

Der alte Mann saß gestützt von Kissen im Bett und hatte den Arm in einer Schlinge. Lucy näherte sich dem Bett und platzierte einen Kuss auf der runzligen und leicht lädierten Wange des Butlers.

„Vielen Dank, Foley. Sie haben uns das Leben gerettet."

„Es war mir ein Vergnügen, Mylady", sagte Foley beherzt. „Ich konnte doch nicht zulassen, dass dieser Mistkerl unserem kostbaren, jungen Master ein Haar krümmt."

Robert schüttelte vorsichtig Foleys unversehrte Hand. „Ich gehe davon aus, dass Sie jetzt mehr als bereit für Ihren Ruhestand sind. Sagen Sie einfach Bescheid und ich suche Ihnen einen friedlichen Ort auf meinen Ländereien, wo man hoffentlich nie wieder auf Sie schießen wird."

„Ich werde damit noch bis Weihnachten warten, Sir Robert, wenn das für Sie in Ordnung ist und sofern James sich als angemessener Ersatz beweist", erwiderte Foley. „Ich stehe zu meinem Wort."

„Wie Sie wünschen." Robert bedachte seinen ältesten Bediensteten mit einem breiten Lächeln. „Jetzt werden wir Sie aber ausruhen lassen und dann sehen wir ja, ob

James in der Lage ist, den Haushalt ohne Ihre Hilfe ebenso gut zu führen.“

Foley schnaubte abschätzig. „Das bezweifle ich, Sir, aber ich bin mir sicher, dass er sein Bestes geben wird.“

Lucy lächelte noch immer, als sie den Flur hinunter zu ihrem Schlafzimmer gingen.

„Was, wenn es unser Sohn wäre?“, fragte Robert unvermittelt.

„Du meinst, wenn er wie Trevor wäre?“, fragte Lucy.

„Ja.“ Eine tiefe Falte zeichnete sich auf seiner Stirn ab. „Würden nicht auch wir alles in unserer Macht Stehende tun, um sein Leben zu retten?“

Lucy blickte zu ihm auf. „Mein Liebster, du hast einen sehr starken Sinn für Gerechtigkeit. Ich vermute, dass du das Richtige tun würdest, auch wenn es dein Herz bräche.“

„Ja, ich denke, das würde ich.“ Robert seufzte. „Ich *hoffe,* das würde ich.“

„Was haben all die Jahre, in denen Viscount Gravely Trevor in Schutz genommen und sein Verhalten geduldet hat, am Ende tatsächlich gebracht?“, fragte Lucy. „Nichts, außer dem sinnlosen Tod von zwei Frauen und die schleichende Korrumpierung von Viscount Gravelys eigenen moralischen Ansprüchen. Am Ende war er bereit, das Unentschuldbare einfach zu akzeptieren und zu ignorieren.“

„Du hast recht, meine Liebste, wie immer.“ Robert küsste sie sanft auf die Nase. „Du solltest jetzt ins Bett gehen.“

Sie zögerte. „Ich muss noch nach Ned sehen, bevor ich schlafe. Heute ist niemand außer Betty in der Kinderstube und er ist wirklich *sehr* aufgebracht.“

Robert bedachte sie mit einem ungewohnten Blick. „Wieso lässt du ihn dann nicht heute bei uns schlafen? Ich bin mir sicher, dass ihm das gefallen würde."

Seine Frau sah ihn stirnrunzelnd an. „Du beharrst doch immer darauf, dass Kinder und Hunde nichts in deinem Bett zu suchen haben."

Er schlang die Arme um sie und zog sie zu sich. „Nun, in diesem einen Fall bin ich bereit, meine eignen Regeln zu brechen. Heute Nacht würde ich es wirklich zu schätzen wissen, wenn die ganze Familie zusammen wäre."

„Amen", flüsterte Lucy.

„Es sei denn, Ned tritt mich so stark, wie das ungeborene Kind in dir. In dem Fall würde ich entweder Ned rauswerfen oder selbst gehen."

Lucy vergrub ihre Stirn an Roberts Weste, bis es ihr endlich wieder möglich war, zu lächeln. Sie war in Sicherheit, ihrer Familie ging es gut und nichts davon würde sie je wieder als selbstverständlich erachten.